Allen Roy Evans

Attu
Die Aleuten-Saga

Zu diesem Buch

Die Aleuteninseln sind der letzte Pfeiler einer versunkenen Brücke, die einst Asien mit Amerika verband. In dieser Winterwelt mit ihren flammenden Vulkanen leben die Einwohner seit undenklichen Zeiten ihr täglich im Kampf mit der unbarmherzigen Natur gefährdetes Leben. Doch dann erfolgt die Begegnung mit dem Industriezeitalter. Das erste Schiff, das vor Attu Anker wirft, halten die Aleuten für einen ungeheuren Vogel, bis aus seinem Leib fahlhäutige Männer strömen, die von den Inselbewohnern arglos willkommen geheißen werden. Aus der gemeinsamen Otterjagd wird bald Sklaverei. Den Russen folgen Amerikaner, Briten und schließlich Japaner, die hier Stützpunkte errichten wollen.

»Allen Roy Evans vermittelt grandiose Landschaften in suggestiver Schau. Ein gewaltiges Epos in Prosa.« *Tages-Anzeiger, Zürich*

»Evans hat mit ›Attu‹ den Roman der Aleuteninseln und ihrer unglücklichen, zum größten Teil im 19. Jahrhundert ausgerotteten Bewohner geschrieben ... Er ist ein meisterlicher Naturschilderer und zeichnet viele Einzelschicksale mit menschlicher Anteilnahme und Wärme.« *Kölnische Rundschau*

Der Autor

Allen Roy Evans (1885–1965) wuchs auf einer Farm in Manitoba, Kanada, auf. Nach dem Studium war er für einige Zeit Highschool-Lehrer und baute ab 1937 in Vancouver einen Beratungs- und Marketingdienst für Schriftsteller auf. Neben Kurzgeschichten veröffentlichte er einen Gedichtband und mehrere Romane, die fast alle im hohen Norden spielen. Sein erfolgreichster Roman ist »Der Zug der Rentiere«.

Der Übersetzer

Edmund Theodor Kauer (1899–1973) war Übersetzer und Journalist. Viele Jahre war er Kulturredakteur bei der Wiener »Volksstimme«.

Allen Roy Evans

Attu

Die Aleuten-Saga

Aus dem Englischen
von Edmund Theodor Kauer

Unionsverlag
Zürich

Die Originalausgabe erschien unter
dem Titel *The Aleutian Story.*
Die deutsche Erstausgabe erschien 1961
im Paul Zsolnay Verlag, Wien.

Im Internet
Aktuelle Informationen,
Dokumente, Materialien
www.unionsverlag.com

Unionsverlag Taschenbuch 271
Diese Ausgabe erscheint mit freundlicher Genehmigung
des Paul Zsolnay Verlags, Wien.

Rieterstrasse 18, CH-8027 Zürich
Telefon +41 (0)1 281 14 00, Fax +41 (0)1 281 14 40
mail@unionsverlag.ch

Umschlagkonzept: Heinz Unternährer, Zürich
Umschlagfoto: Corbis/Jack Fields
Druck und Bindung: Clausen & Bosse, Leck
ISBN 3-293-20271-3

Die äußeren Zahlen geben die aktuelle Auflage
und deren Erscheinungsjahr an:
1 2 3 4 5 - 06 05 04 03

Zok, Häuptling der Attu-Aleuten, kam zu den Pribiloffs, um die sommerliche Treibjagd auf Seelöwen zu leiten. In seiner fellüberzogenen Bidarka war er quer übers Meer von Attu herübergerudert. Zok hatte einen windstillen Tag abgewartet, aber selbst da hoben die schweren grünen Roller sein leichtes Boot, hoben und senkten es, endlos, Stunde um Stunde. Sie kamen aus dem grauen Horizont der geheimnisvollen See, hinter der kein Gestade mehr ist.

Die Roller erschwerten die Arbeit des Ruderns, aber sie waren vorausschaubar. Wer ein guter Mann war, der wusste, wie er mit ihnen umzugehen hatte.

Eher waren es die Springfluten, die man fürchten musste, denn sie hoben sich ohne allen Verstand und Sinn, ohne alle Ordnung aus dem Nichts und brachen über die winzige, widerstandslose Bidarka, die ein Mann ruderte, herein. Solch eine herantobende Wasserwand konnte keiner vorauswissen, noch konnte man ihr ausweichen. Zuweilen brauste es dumpf vom Meeresboden auf, dann dröhnte die See in jähem Zorn, und manchmal schleuderte sie solch eine Springflut hervor, und manchmal war gar nichts. Selbst der älteste Aleutenhäuptling konnte die Launen des Meeres nicht berechnen. Solch eine Wasserwand stieß mitten ins Land hinein und vernichtete ein Dorf, das jahrelang unbehelligt geblieben war. Oder die Wand rollte ins Meer zurück und verlor sich in der unendlichen Wildnis der schwellenden, wallenden Wasser.

Zok warf, während er ruderte, immer wieder Blicke über die Schulter. Er hatte das Grollen in der Tiefe mehr gefühlt als gehört. Es war natürlich, dass der Mensch seinen Feind im Auge behalten wollte, selbst wenn es kein Entkommen gab.

In der Ferne dampfte der alte Vulkan Bogosloff, trieb seinen Riesenschwamm rauchigen Qualms hoch. Manchmal gab es dort drüben etliche Inseln, manchmal auch nur eine einzige. Höchst wankelmütig und unbeständig war der Bogosloff. In friedlichen Zeiten dienten seine schwarzen Sandgestade tausenden von Seelöwen zur Herberge; war er aber in übler Laune, dann wich man ihm besser aus. Darum hatte Zok entschieden, dass die sommerliche Treibjagd an den zuverlässigeren Pribiloffs stattfinden solle.

Wenn Zok Umschau hielt, konnte er andere Bidarkas sehen, die auf den hohen Brechern ritten. Hoch und tief, hoch und tief, die Männer von Attu bahnten sich ihren Weg. Tulk war mitgekommen und Umbak, der alte Malak und sein Sohn Ipik, Alka und Kipat. Eine Auslese tüchtiger Jäger, alle erfahren bis auf den jungen Ipik. Nächstes Jahr würde Zoks eigener Sohn, Zip, alt genug sein, um zum ersten Mal an der Treibjagd teilzunehmen.

Zok ließ seine fellbezogene Bidarka auf einem Brecher reiten. Er hielt sie auf dem Kamm, jagte der Schräge des Strandes zu, bevor der nächste Roller ihn fangen und zerbrechen konnte. Selbst in der Gischt des brandenden Rollers konnte er das Grunzen und Bellen der Seelöwen hören. Zur Rechten drüben gewahrte er die dunkle Masse des Seelöwenstammes, die dort zu tausenden in ewiger Unruhe lagerte. Nie blieben sie einen Moment lang still, ewig hatten sie Zank und Streit untereinander um Probleme, die nie gelöst wurden. Händel waren ihr Lebenselement, und doch wurde ihre Zahl darum nie geringer.

Als Zok und seine Männer am Strande versammelt waren, gingen sie langsam gegen die Seelöwenkolonie vor. Sie versuchten, das Toben der Brecher und das Röhren der Tiere zu überbrüllen. Die waren so mit sich selber beschäftigt, dass sie offenbar gegen die herandringende Männerschar gleichmütig blieben. Jetzt gab Zok das Zeichen, anzuhalten, während er interessiert die Herde und das schräg zum Strand abfallende Gelände beobachtete.

Die Bullen waren in steter Bewegung, jeder wachsam, dass ihm kein Nebenbuhler eine aus seinem Kuhgefolge wegtrieb. Ungetreuen Kühen, die zu einer anderen Gruppe hinüberwechseln wollten, bliesen sie wüste Drohungen zu. Eifersüchtig überwachten sie ihre Kühe, doch schien ihnen das Wohlergehen der Jungtiere völlig gleichgültig. Rudelweise wurden die Jungen zwischen die mächtigen Mannstiere gequetscht, sooft einer der Bullen seine Tonne Gewicht durch eine der Familiengruppen zu wälzen suchte. Alte Bullen tobten grunzend und bellend in rasender Wut gegeneinander, entblößten ihre langen scharfen Zähne.

Jetzt war Zok mit seinem Schlachtplan fertig und gab das Zeichen zum Vorgehen. Die Männer waren erprobte Jäger und kannten ihr Handwerk. Schreiend und mit den Armen fuchtelnd bewegten sie sich vorwärts. Das Schreien war zwar nutzlos, aber sie schrien trotzdem. Seit Menschengedenken, viele Aleutengenerationen lang, hatte man bei den Treibjagden geschrien. Die Männer zogen am Strand dahin, dicht über der tosenden Brandung. Gelang ihnen eine rasche, jähe Wendung, so war es wohl möglich, dass einige der Tiere in der wilden Panik von der Herde abgetrennt und ins Binnenland getrieben wurden.

Doch nicht immer traten die Seelöwen den Rückzug an. Manchmal ging ein wütender Bulle zum Angriff gegen die winzigen Menschlein, die mit ihren Armen fuchtelten, vor. Der Angreifer richtete sich auf seinen Vorderflossen auf, warf den Kopf zurück, um wütend zu bellen, und rollte sich dann in jäher Wucht heran. Man musste schon recht wendig sein, um davonzurennen oder vor dem gewichtigen Anprall auszuweichen. Wer da zögerte oder ausglitt, dem war ein grässliches Schicksal beschieden.

Im ersten Schrecken rumpelten vier Kühe, die am Rande der Herde gelagert hatten, in blöder Panik landwärts, statt ihre Rettung in der See zu suchen. Die Aleutenleute trieben sie weiter, ließen sie nicht zur Ruhe kommen, bis sie einen weiten flachen Platz erreichten, der mit Stöcken aus Triftholz, die man in die weiche Erde getrieben hatte, abgesteckt war. Die Männer schlangen Fellstreifen um die Stockspitzen, und diese Streifen flatterten im Winde. Selbst in solch lockerer Einfriedung waren die Seelöwen sicher. Wieder und wieder gingen sie wütend gegen die Scheuchen los, aber immer wieder schreckten sie davor zurück, die befremdlichen Dinge anzugehen, flüchteten nach der Mitte des Corrals zu. Kaninchen wären aus einer solchen Falle entkommen, aber die riesigen Seelöwen waren die Gefangenen ihrer eigenen Furcht. Wann ein Urahn diese seltsame Ängstlichkeit der Riesentiere entdeckt hatte, davon wusste jetzt keiner mehr zu erzählen. Der Ruhm jenes Bahnbrechers war im Dämmer der Stammeserinnerungen zergangen.

Jetzt unternahmen es Zok, Tulk und Umbak, die große Herde zu umgehen und vorsichtig von der See her gegen sie vorzudringen. Der strenge Geruch der Seelöwen war in der Luft, das Röhren aus unzähligen hallenden Kehlen war so pausenlos wie das Brausen der Brandung. Die See und die Geschöpfe der See beherrschten Land und Luft. Doch auch die Aleuten waren Kinder der See. Ihr halbes Leben verbrachten sie auf den Wogen, und all ihre Habe zogen sie aus den unerschöpflichen Tiefen des Meeres. Nur Eier sammelten sie von den Felswänden und Klippen, wo die Seevögel nisteten, deren raues Geschrei die Luft erfüllte. Sonst boten diese unwirtlichen dürren Inseln, auf denen kein Baum wuchs, schier nichts: Die See aber, die war die Mutter allen Lebens.

Das schrille »Jip! Jip! Jip!« der vorgehenden Männer verlor sich im vielfältigen Getöse. Die Seelöwen gewahrten nur die plötzliche Annäherung der armeschwenkenden Feinde. Entweder flüchteten sie Hals über Kopf, oder sie gingen wütend zum Gegenangriff über, ganz wie es ihnen ihr unberechenbarer Impuls eingab. Tollkühnes Spiel war solche Jagd, frecher Bluff. Zeigte das bellende Ungetüm tödlichen Ernst und wandte sich, war man auf ein paar Fuß herangekommen, nicht zur Flucht, dann gab es nur eins: den richtigen Moment erfassen und davonrennen. Nach kurzer Verfolgung gab das kampfbereite Tier auf und kehrte zu seiner Herde zurück. Zuweilen aber geschah es auch, dass der Bulle im letzten Moment kehrtmachte und floh. Da musste der Jäger kühn sein, aber nicht tollkühn. Hinten bei dem Corral standen Alka und Kipat mit ihren flatternden Fellstreifen bereit, um jedes neue Rudel von Beutetieren in Empfang zu nehmen.

Gegen Mittag glitt der junge Ipik auf einer nassen Steinplatte aus, als er vor einem angreifenden Seelöwen auswich. Das Ungetüm hatte sich auf den Vorderflossen aufgerichtet und kam röhrend näher. Sein wuchtiger Nacken, seine mächtigen Schultern schwangen wie die eines großen Bären. Der Kopf war zurückgeworfen, das Maul zeigte klaffend bei jedem Aufbrüllen die langen Fänge. Erstaunlich war es, wie schnell sich solch eine Tonne Fleisch und Speck über den flachen Sandstrand vorwärts wälzen konnte. Der runde Schädel schnellte vor, als wäre er schon daran, den Feind zu rammen.

Ipik versuchte hochzukommen und stürzte wieder. Er begann sich zu rollen, als könne er durch diesen Trick dem Angriff entgehen. Näher wälzte sich das Ungetüm, wutschnaubend. Jetzt kamen ihm Zok, Tulk und Umbak, wild die Arme schwenkend, ins Blickfeld. Verzweifelt fuchtelnd suchten sie die Aufmerksamkeit des Riesentieres von Ipik abzulenken. Einen Moment hielt der Löwe inne, dann wandte er sich mit verdoppelter Wut gegen die neue Drohung. So verteilte sich nun sein Angriff auf mehrere Männer, die geschickt dem sich heranwälzenden Ungetüm auswichen. Das Tempo, in dem all dies geschah, ließ sich nicht lange halten. Eine ganz kurze Strecke noch, dann sank der Löwe aus seiner aufrechten

Haltung vornüber und rollte unwirsch grunzend zu seiner Herde zurück.

In Ipiks Gesicht stand die Scham, als er wieder zu den Männern trat. Doch tadelte Malak seinen Sohn nicht. Er wusste, dass die Erfahrung den Sohn lehren würde, wie Mannesarbeit getan werden musste. Auf den Inseln lernte man das entweder schnell oder man überlebte die ersten Lektionen nicht. Die Langsamen und die Schwachen gingen unter.

Den ganzen Tag über nahm die Treibjagd ihren Fortgang. Zwei, drei, manchmal sogar vier oder fünf Seelöwen wurden von der großen Herde abgetrennt, wurden in das Gehege aus dünnen Stöckchen, auf denen Fellstreifen flatterten, getrieben. Waren die Tiere erst einmal hier, so waren sie die Beute unsäglicher Angst und wagten es nicht, gegen die Einzäunung anzugehen.

Tag um Tag waren die Männer unermüdlich am Werk, bis zweihundertundachtundsechzig Seelöwen in der Hürde versammelt waren. So gewaltig war die Kolonie der Seelöwen, dass den Tieren die wenigen Abgetriebenen nicht einmal zu fehlen schienen. Tag und Nacht bellten und grunzten sie, und die Luft war schwer vom scharfen Geruch ihres Lagers. Bald würden sie fort sein: Bullen, Kühe und Kälber, ungezählt, würden spurlos im Meere untertauchen, bis sie dann nächstes Jahr wiederkämen. Seltsam war in der Zwischenzeit der Anblick der stillgewordenen Gestade – still bis auf das pausenlose Rauschen der Brandung.

Mit dem neuen Tag begann dann die Treibjagd. Das war ein langsamer Elfmeilenmarsch quer über die Insel zu ihrer Leeseite. Denn wenn die Boote hernach schwer mit dem Fleisch der Seelöwen beladen waren, konnte man nicht gegen die anrollenden Brecher aufkommen. Quer durch die Insel aber gelangte man zu einer geschützten Bucht, von der aus man – wenn nicht gerade die Williwaws tobten – die hohe See gewinnen konnte. In Zeiten der Williwaws allerdings wechselte die Windrichtung so rapide, dass man sich ihr nicht anpassen konnte. Auch war es dann so, als ob Hoch- und Tiefwinde ineinander wirbelten, sodass selbst enge Buchten von der tobenden Furie erfasst wurden.

Nun also rollten die schwerfälligen Seeungetüme landeinwärts zu ihrem letzten Abenteuer. Von den fuchtelnden Armen, mehr aber noch von ihrer eigenen Angst vor den flatternden Fellstreifen getrieben, wälzten sie sich auf dem alten Pfad, den unzählige Opfer schon vor ihnen ausgewalzt hatten, dahin. Ihrer Riesenkraft unbewusst, entfernten sich die Seelöwen immer mehr von der vertrauten See, deren schützende Tiefe ihnen stets Zuflucht geboten hatte. Unter Protestgebrüll watschelten sie über das ihnen so befremdliche Binnenland, immer weiter fort vom Duft des Meeres und vom vertrauten Rauschen der Brandung.

Bei kühlem, mit Regenschauern vermischtem Wetter konnte diese Wanderung in sechs Tagen bewerkstelligt werden. Setzte aber Wärme und Trockenheit ein, so konnte sich diese Frist auf zwanzig oder sogar dreißig Tage ausdehnen. Die Tiere waren ihrem Wesen nach ganz der See zugehörig, ihre Kraft ließ auf trockenem Wege schnell nach. Und die ganze Strecke über markierten die ausgebleichten Knochen von Tieren früherer Generationen, die auf dem harten Todesmarsch zusammengebrochen waren, den Weg. Vielleicht waren manche an übermäßiger Angst zu Grunde gegangen. Für die Seelöwen war es die Todesstraße.

Zok war kein unerbittlicher Treiber. Wenn er sah, dass die Tiere außer Atem kamen und keuchten, gab er das Zeichen zur Rast. Trieb der Wind dann eine Nebelwand vom Strande herauf, so wurden die Seelöwen wieder lebhaft. Es war gar nicht daran zu denken, ein ausgefallenes Tier oder auch nur seine nutzbarsten Teile mitzuschleppen. Man musste die Beutetiere dazu bringen, dass sie sich selbst weiterschleppten.

Auf halbem Weg bot ein meilenweiter Binnensee der Herde willkommene Belebung. Die Tiere stürzten sich freudig ins Wasser, überwanden aber auch hier ihre Ängstlichkeit nicht; sie ließen sich so leicht einschüchtern und weitertreiben wie an Land. Offenbar fühlten sie, dass dieses seltsame Binnenwasser eben nicht die alte wohlvertraute Salzsee war. Die Männer sprangen in ihre mitgeschleppten leichten Bidarkas, bildeten mit ihren Booten eine Zeile und schwangen die Stöcke mit den Fellstreifen, sodass diese Schrecken erregende Gefahr den Löwen nie aus den Augen kam.

Die Aleuten unterbrachen ihr Rudern, indem sie röhrten und brüllten und mit den Paddeln ins Wasser schlugen, um die Löwen anzutreiben. Jetzt glichen sie seefahrenden Cowboys, die ihre verzauberte Herde amphibischer Rinder zum Schlachthof trieben. Wohl nirgends sonst auf der Welt hätten Menschen sich darauf verstanden, eine so absonderliche Herde von Riesen, überdies in ihrem eigenen Element, unter der Fuchtel zu behalten.

Vor dem gegenüberliegenden Ufer des Sees gab es dann eine Pause, einen Moment des Zögerns. Doch die gefürchteten Fellwimpel trieben die Tiere aus dem Wasser, und sie traten zum zweiten Mal ihren Treck über Land an. Mit protestierendem Grunzen schleppten sie sich wieder weiter.

Am zweiten Tag nach der Seeüberquerung brachte die warme Mittagssonne trockene Luft. Die Seelöwen atmeten schwer keuchend, und als die ersten drei am Wege zusammengebrochen waren, gab Zok den Befehl zum großen Halt. Die Tiere schnappten nach Luft wie Fische, die man aus dem Wasser geholt hat. Dann kam von der See her eine Brise auf, Nebelfetzen verschleierten die Sonne. Menschen und Seelöwen machten sich wieder auf den Marsch.

Am einundzwanzigsten Tag erreichten sie die stille Bucht. Hier bot eine Anzahl leicht gebauter Schober einigen Schutz gegen Nebel und Regen. Die Seelöwen wurden auf die bereits erprobte lockere und doch sichere Weise eingepfercht. Ein kleines Stück weiter hätten sie sich mühelos in die See gestürzt und wären entkommen. Doch die Furcht hielt sie auch hier beisammen. Am Lande war ihre Intelligenz sehr gering.

Am Morgen begann dann die Abschlachtung. Ein Tier wurde von den übrigen abgesondert, und fünf oder sechs Mann machten sich darüber her. Sie kamen aus allen Richtungen auf das Opfer zu, sorglich bedacht, dass sie nie gleichzeitig überschaubar waren; das Tier konnte also seine Feinde nicht im Auge behalten. Dann ein schwerer Schlag mit einer Keule aus Triftholz, der Seelöwe erschauerte, zuckte einen Augenblick und legte sich dann auf den Sand.

Aus langer Erfahrung kannten die Männer ihre Arbeit. Dies war ein wichtiger Teil ihrer Jahresernte, die sie aus dem Meere heimbrachten, der großen Mutter, aus deren unermesslich tiefem Schoß alles Leben kommt. Jeder Einzelne hatte seine vertraute Rolle. Tulk und Umbak übernahmen dann das Abziehen der schweren Häute, die auf dem Erdboden der Barabaras als Teppiche dienten, der mit Rasenstücken gedeckten Hütten, in denen alle Aleutenbewohner hausen. Fellstücke dienten auch als Umhüllung für die Rümpfe der leichten Bidarkas, die zu allen Jahreszeiten auf den Wogen tanzten.

Alka war verantwortlich für die Innereien, die Darmhäute, aus denen man durchsichtige Regenmäntel verfertigte, so wasserdicht wie kein anderer Stoff, den Menschen je und irgendwo verwendet haben. Er sicherte auch den Ertrag an Sehnen, aus denen man vortreffliches Garn herstellte. Kipat sammelte die Mägen, die, aufgebläht und getrocknet, sofort ausgezeichnete Behälter für den Tran abgaben, der aus den dicken Speckschichten der Seelöwen gewonnen wurde. Malak bearbeitete mithilfe des jungen Ipik die Haut der Flossen, die Schuhsohlen lieferte. Die Gurgeln der Tiere verarbeitete er zu wasserdichtem Oberleder für die Schuhe. Und zuletzt – dies war das wichtigste – halfen alle zusammen, das Fleisch zu zerteilen, einen genügenden Vorrat für einen ganzen Winter, selbst wenn es einmal an allem andern fehlte. Wahrhaftig, der Seelöwe war ein segensreiches Tier, lieferte dem Menschen fast alles, was der Mensch braucht.

Wenn die Löwen alle erschlagen und die Ausbeute wohl geordnet am Strand gestapelt war, warteten die Jäger auf das Eintreffen der Baidars, der schweren Lastkanus. Stundenweise schien wohl die Sonne, zumeist aber trieb es weißen Nebel von der See herein – Nebel, der dicht wie Watte war. Dann ließ sich sogar das Rauschen der Brandung nur gedämpft vernehmen, wie aus weiter Ferne, und die Schreie der Möwen wurden in dieser weißen Dichtigkeit verschluckt.

Nebel mochte das Eintreffen der Lastkanus verzögern, aber er konnte es nicht verhindern. Alte Aleuten fanden ihren Weg quer durch die Unermesslichkeit der Wogen so sicher wie Seeotter oder Seehunde. Sie witterten einfach die Stellen, wo sich Geschöpfe aller Art zusammenfanden. Sie erschnupperten den Geruch der Gestade und Klippengalerien, an denen Möwen nisteten. Sie hörten aus unendlicher Ferne das Brechen der Brandung am Fels. Sie stießen Schreie aus oder schlugen mit dem flachen Paddel auf das Wasser, und dann trug ihnen das Echo Botschaft von den Riffen zurück – Echos, die scharf und schnell kamen, oder solche, die langsam und dumpf heranrollten. Es gab mancherlei Arten, sich durch dichtesten Nebel zu finden, seltsame Arten, die man nur in Jahren erlernte und die oft nicht erklärt oder in Worten mitgeteilt werden konnten.

Nun endlich trafen die Baidars ein, eines nach dem anderen, keilförmig angeordnet, so wie Schneegänse fliegen. Die Schiffer begrüßten die Jäger mit fröhlichem Geschrei, und die Jäger schrien den Schiffern ihr Willkommen zurück. Dies war ein Festtag, Erntedanktag des Meeres, und der Dank war berechtigt, denn nun war wieder für ein weiteres Jahr alle Not und aller Mangel gebannt.

Eifrig schwatzten die Männer, wollten alles hören, was sich während ihrer Abwesenheit von vier und mehr Wochen in ihren Dörfern zugetragen hatte. Auch wurde reichlich gegessen, man wählte die leckersten Stücke vom Seelöwenfleisch. Hernach aber begann das Beladen der schweren Lastkanus, eine Sache, auf die man sich verstehen musste. Es gehörte Intelligenz dazu, das Gewicht richtig auf die Ladefläche zu verteilen und alles so zu stapeln, dass es sich nicht verschob.

Die Aleuten brachten ihre Flotte von Baidars und Bidarkas in Fahrt. Schnell entschwand die Bucht den Blicken der Seeleute, verlassen, bis nächstes Jahr wieder Jäger eine neue Herde unwirsch protestierender Seelöwen hierher treiben würden.

Die Männer paddelten, bis sie den Hub der schweren langen Brecher spürten. Sie schwenkten scharf gegen links, denn jetzt wussten sie, dass sie von der Insel abgekommen waren. Das war recht so, so musste es sein. Das alte vertraute Schwellen und Sinken der See, die scharfe Salzluft, der alles verhüllende Nebel – dies war ihre Welt, darin lebten sie länger, als Menschen zurückdenken können. Vielleicht gab es noch andere Menschen irgendwo auf der Welt, aber eine schönere Heimat konnten sie wohl kaum haben. Wo gab es noch Seelöwen und Seeotter, Seehunde, Lachs und den Stint, ihren »Kerzenfisch«, der so tranhaltig war, dass man ihn, getrocknet, als Kerze benützen konnte? Hier aber gab es in den Mooren köstliche Beeren, hier gewann man das zähe Marschgras, das sich so gut verweben ließ. Im Sommer leuchtete die Sonne herab, manchmal sogar zwei oder drei Tage lang. Wo auf Erden konnte man so etwas finden, und was konnte ein Mensch sich mehr wünschen?

Gerüchtweise hieß es, dass fern im Osten andere Menschen lebten. Schaurige Geschichten gingen um über die wilden Kolosch, die jeden Artfremden, der ihnen in die Hände fiel, schlachteten, ganze Stämme ausrotteten und die Köpfe der Besiegten reihenweise auf Holzstöcke pfählten. Torturen dachten solche Menschen sich aus, für die ein Aleute gar keine Worte hatte, und obwohl jene

Menschen in weiter Ferne lebten, bedeutete ihr Dasein einen Schatten der Angst, der auf das Leben fiel.

Dieser Drohung suchte Zok vorzubeugen. Er war geradezu besessen von der Sorge, die Kolosch könnten eines Tages über die westlichen Inseln herfallen. Wo immer er hingelangte, drang er auf eine engere Einigkeit aller Aleutenmenschen gegen die gemeinsame Gefahr. Doch seine Landsleute ließen sich ungern überzeugen. Sie lebten weit auseinander, jedes Inselchen hatte seinen eigenen Häuptling, aber es gab niemanden, der das ganze Volk führte.

Im Laufe der Jahre war Zok von Insel zu Insel gezogen, von Attu nach Agattu und bis zum fernen Kiska. Er war nach Tanaga gepaddelt und nach Atka, und einmal hatte er den weiten Weg bis Unnak und bis zu den Vier Bergen bewältigt. Aber es war schwer, die Leute aufzurütteln. Kein jetzt lebender Aleute hatte je einen Kolosch zu sehen bekommen. Doch, kein Zweifel, es gab diese Ungeheuer! Was von ihren Scheußlichkeiten und Torturen berichtet wurde, das stimmte gewiss, nur lebten diese Unmenschen in weiter Ferne. Ohne Zweifel besaßen sie ihre eigenen Inseln – was sollte sie dazu bewegen, nach den Inseln anderer Leute zu trachten? Nächstes oder vielleicht übernächstes Jahr konnte man allenfalls darüber reden, einiges planen. War es nicht sinnvoller, jetzt ein Fest zu feiern, zu tanzen und nicht an die drohenden Kolosch zu denken?

Daran dachte Zok, während die Bidarkas in die Höhe schwebten und in die Tiefe sanken; sich hoben und senkten im endlosen Wogengang. Den unzähligen Generationen glichen diese Wogen, all diesen Generationen, die in Sicherheit und zufrieden dahingelebt hatten. Doch ein Instinkt sagte ihm, dass es nicht immer so bleiben würde. Die Stämme, die auf den locker verstreuten Inseln hausten, sollten sich einigen. Ein Rat sollte gehalten werden unter den Häuptlingen der Insel. Abwehr sollte geplant werden, Boten, Signale sollten verabredet werden, die von Insel zu Insel gingen. Eine Reserve von Speeren und Bogen musste in den warmen vulkanischen Höhlen gespeichert werden, wo nicht zu befürchten stand, dass alles durch den feuchten Dunst schnell verrottete. Vielerlei war zu tun, doch die Menschen dachten nur an den Tag.

In seiner Entmutigung richtete Zok seine Gedanken auf seinen Sohn Zip. Vielleicht war es im Lauf der Natur vorgesehen, dass der Junge, wenn er Häuptling auf Attu wurde, die Häuptlinge der anderen Inseln zusammenschloss. Zok wollte mit seinem Sohn darüber sprechen, ihm eindringlich erklären, wie nötig es war, dass das Volk sich vorbereitete. Wenn es ihm, Zok, versagt war, so Großes zu vollbringen, dann würde vielleicht sein Sohn oder seines Sohnes Sohn erleben, dass alle Aleuten sich zusammentaten. Dies musste geschehen, sollte das Inselvolk gedeihlich leben, ja vielleicht allein schon, damit es überhaupt am Leben blieb.

Jetzt trieben die Nebel nordwärts ab, und die Felsengalerie der Insel hob sich schwarz von der grünen See ab. Eine Nebelbank wich der Sonne aus, als scheute sie den Kampf mit den kräftigen Strahlen. Weitere Inseln kamen in Sicht, und der alte Bogosloff ließ seine Rauchfahne flattern. Weit im Osten kündeten Rauchwolken als Signale, dass es auch dort Feuer speiende Berge gab. Zok wusste aus Erfahrung, dass die andern, wenn einer der Berge zum Leben erwachte, brüderlich antworteten. So sollten auch die Häuptlinge der Inseln gegen einen gemeinsamen Feind einig sein.

Ringsum bahnten sich andere Bidarkas ihren Weg durch die sonnenüberglänzten Wogen. Aufsteigend und sinkend schienen sie nur wenig vorwärts zu kommen, und doch war es überraschend, welche Strecken die leichten fellüberzogenen Fahrzeuge an einem einzigen Tag zurücklegen konnten. Hatten sie guten Rückwind, so glitten sie über die See dahin fast wie Möwen. Wurden die Wogen berghoch, dann verbanden sich zwei, drei und zuweilen sogar vier Bidarkas und konnten so die furchtbarsten Stürme überstehen. Zok blickte um sich und war stolz auf seine Männer und die Art, wie sie die See meisterten.

Jetzt erkannte er in weiter Ferne, in den regelmäßigen Konturen der rollenden Brecher, ein Störungsfeld, eine leichte Ungleichheit in der unermesslichen Gleichheit des Wogengangs. Unzweifelhaft kam dort irgendein Ungetüm aus den Meerestiefen hoch. Zok rief eine Warnung. Zwar war es keinem Menschen gegeben, an Geschwindigkeit mit den blitzschnellen Geschöpfen des Meeres zu wetteifern, aber die Paddler konnten durch Wachsamkeit Gefahren meiden.

Und fast gleichzeitig erkannten die Leute die gewaltigen Formen eines mächtigen Grauwals. Wale waren zumeist harmlos, gefährlich nur, wenn ihre enormen Massen unvorhergesehen in eine Flottille gebrechlicher Bidarkas hineinprallten. Als die Männer aber jetzt Ausschau hielten, begriffen sie bald, dass dieses Ungetüm hier nicht die gewohnte tändelnde Bewegung des Grauwals hatte. Solche Seetiere waren zu groß, als dass Menschen daran denken durften, sie anzugreifen; man konnte ihnen nur ausweichen. Die Männer erwarteten ein Zeichen von Zok, ob sie nach links oder rechts abschwenken sollten.

Doch es kam kein solches Zeichen. Der Wal hielt so unsteten Kurs, dass niemand hätte voraussagen können, wohin er Richtung nahm. Als er sich den Leuten näherte, konnten die Männer einigermaßen den Kampfplatz überschauen. Dicht hinter dem großen Wal folgte ein Rudel Orcas, die gefürchteten Raubdelfine, die gemeinsam jagen. Die waren nicht sonderlich groß, aber von einer Wildheit wie kein anderes lebendes Geschöpf. Ihre hohen schwarzen Rückenflossen durchschnitten das Meer mit unvorstellbarer Geschwindigkeit, und immer holten sie das Opfer, das sie sich gewählt hatten, ein. Doch hierin lag für die Menschen die Rettung: Jäger und Gejagte waren so von ihrem mörderischen Geschäft erfüllt, dass die kleinen Boote ihrer Aufmerksamkeit ganz entgingen.

Die Männer paddelten aus Leibeskräften, um den jähen Wendungen des Grauwals zu entgehen. Obwohl der Riese seinen Angreifern um ein Vielfaches an Größe überlegen war, schien er gar nicht an Abwehr zu denken. Als er von den Raubdelfinen eingekreist war, schien er zu wissen, dass aller Widerstand vergebens war. Leicht neigte er sich zur Seite, auf den Rücken, die helle Bauchseite über dem Wasserspiegel. Ein Orca kam mit seiner doppelten Reihe dolchförmiger Zähne durch die Wogen herangeschossen. Er trieb seinen harten Schädel mitten in des Wals Rachen und riss ein mächtiges Stück der schwammigen Zunge heraus. Andere schlugen ihre Zähne in die weiche Kehle. In rasender Schnelligkeit verzehrten die mörderischen Räuber den sechzig Fuß langen Wal, der sich in grauenhaftem Todeskampf wand. Bei lebendigem Leibe wurde das Opfer verschlungen.

Im schaurigen Toben dieses Todeskampfes wirkten die kleinen Boote, als wären sie gar nicht vorhanden. Als die Männer sich aber aus dem wilden Wirbel der Wasser herausgearbeitet hatten, fehlte ein Boot, das von Grak und Naas. In der Panik der Flucht hatte niemand auf die beiden geachtet. Ein Schlag mit der zuckenden Schwanzflosse, ein Zuschnappen des dolchgezahnten Orcarachens, eine plötzliche Wendung des Ungetüms, ja die kleinste Berührung des zuckenden Riesen musste alles, Männer und Boot, zerschmettern und in die schwarzen Fluten hinabziehen.

Eilig hielt man Rat. Noch war Gefahr im Verzug. In ihrer Jagderregung konnten die Orcas anfallen, was ihnen nahe kam. Vom Nordwesten her schob sich eine Nebelwand heran, ihr Dämmer drohte mit anderer Ungewissheit. Die Männer schrien, sie warteten, doch keine Antwort kam. Da gab Zok den Befehl, und traurig paddelten die Männer davon. Bald wurde die Sonne matt. Nebel rollte über die Boote hinweg, nun gab es keine Sonne mehr und keinen Himmel. Ein Augenblick hatte genügt, und Unheil hatte den glückhaften Tag verdüstert.

Langsam hielten sie Kurs gegen Westen. Sie waren Aleuten, waren mit der unberechenbaren Heftigkeit des Meeres vertraut. Gewöhnung stumpfte nicht gegen die Trauer ab, aber man nahm den Verlust hin, man wusste, dass dies der Preis war, der bezahlt werden musste. Alles Leben kam aus dem Meer. Die See gab und die See nahm zurück. Es war eine strenge Gerechtigkeit darin, gegen die es kein Aufbegehren gab. Eines Mannes Zeit war bestimmt, und es bedeutete wenig, ob er seine Ruhestätte in der unermesslichen Tiefe fand oder in den warmen vulkanischen Höhlen bei seinen Ahnen.

Nach langen Tag- und Nachtwachen tauchten verhangen die Umrisse von Attu am Horizont auf. Attu war eine verhältnismäßig kleine Insel, dürrer, unwirtlicher als manche andere, aber sie war dieser Männer Heimat. Hier lebten Zok und sein Volk schon so lange, dass es keine Erinnerung an eine andere Heimstätte gab. Die Wurzeln seines Stammes waren tief in die Felswände und Schründe von Attu getrieben, und niemand dachte daran, dass es anderswo ein bequemeres Leben geben könnte.

Als die kleine Flotte sich dem Land näherte, standen die Dorfleute bereits am Ufer. Auch Zok sah seine Familie warten. Zip, der Sohn, mit seiner Schwester Kar, und Sak, ihre Mutter. Und so warteten Malaks Familie und die Familien von Kipat und Tulk und den anderen. Auch jene waren am Strand, die auf Grak und Naas warteten. Als aber deren Baidar nicht über die Brandungswogen ritt, lösten die Wartenden sich still von den übrigen, gingen heim und schlossen die Tür. Sie wussten: Weitab von hier, an tückischen Riffen, oder vielleicht tief im Busen der Meeresmutter war den beiden ihre Stunde gekommen.

Nun war es an beiden Familien, Vorsorge zu treffen, um den Nöten der Abgeschiedenen zu begegnen. Selbst im Schattenreich der Geister durfte es keine Entbehrung geben. Die beiden Witwen trugen das Nötige zusammen. Jeder Mann brauchte eine Harpune und ein Doppelpaddel, auch eine Steinlampe, damit im Düster der Höhle durch die lange Winternacht Licht sei. Auch Grasmatten von feinster Webart, mit unsäglicher Geduld aus erlesenen Stängeln des Marschschilfs geflochten. Auf solchen Matten konnten die Geister behaglich ruhen.

Auch Kleek und Hak waren bereit für die Höhlen der Unterwelt. Sie weilten schon geraume Zeit in der Geisterwelt, seit eine Brandungswoge sie gepackt und dann zerschmettert gegen die Felsnadeln geschleudert hatte. Kleek und Hak hatten in den Salzlaugetümpeln nach Seeotter gejagt. Offenbar waren sie müde geworden, waren wohl gar am Strand kurz eingeschlafen. So überhörten sie vielleicht das ferne Dröhnen der Springflut, oder sie hatten nicht mehr die Kraft, ihr zu entkommen. Wer kann das wissen? Die mächtig anprallende Wasserwand schleuderte sie gegen die Riffe, zerstieß sie an den Schründen, brach tiefer ins Binnenland ein, als man es je zuvor erlebt hatte. Häuser erbebten unter ihrer Wucht, Kinder wimmerten, bis das Dröhnen vorüber war.

Als die Leute sich wieder aus ihren Hütten wagten, fanden sie Kleek und Hak auf die nadelspitzen Klippen gepfählt. Behutsam trug man die Toten in ihre Häuser. Der alte Lag und seine zwei Söhne schickten sich an, die geheimnisvollen Prozeduren an Kleek und Hak zu vollziehen. Nur Lag und seine Söhne verstanden sich auf die unheimliche Kunst, die Toten zu mumifizieren.

Man hegte tiefe Achtung vor jenen, die nun in der Geisterwelt lebten, doch fürchtete man sie nicht. Man wies ihnen im Hause einen behaglichen Platz an, und nur während Lag und seine Gehilfen an der Härtung der Leichen arbeiteten, mussten die Lebenden das Haus verlassen. Hernach lebte man wieder zusammen, hielt sogar frei und unbekümmert Zwiesprache mit den Toten, unbeirrt dadurch, dass von der erstarrten Gestalt keine Antwort zurückkam.

Erst wenn nach Wochen oder Monaten das Gefühl Platz griff, der Geist habe sich nun von der ihm gewährten Gastfreundschaft hinreichend überzeugt, wurde die mumifizierte Person für die Verbringung in die Höhle zugerichtet. Die Knie wurden zur Brust hochgezogen und mit Lederriemen verschnürt. Ein Holzschild wurde ihnen gegeben und ein keilförmiger Holzhut. Eine prächtige Parka, ein Kapuzenmantel aus Seeotterfellen, mit Vogelbälgen geschmückt, war verfertigt und das Schnitzen der Bernsteinperlen vollendet.

Nun wurden Kleek und Hak zusammen mit all diesem Besitz davongetragen. Auch Waffen und Werkzeuge für Grak und Naas wurden mitgeführt. Konnten die beiden auch nicht leibhaftig zur Stelle sein, da sie im wilden Krieg der Wale untergegangen waren, so würden sie doch irgendwie wissen, was hier für sie geschah. Wenn sie durch das Toben der Stürme oder durch die geisterhafte Stille der Nebelnächte ihren Weg nahmen, dann mussten sie die ihnen bestimmte Nische in der warmen Höhle finden, und mit Freude würden sie dort vorfinden, was für sie bereitgelegt war.

Die Dorfleute zogen über das Hügelland. Ihr Gesang mischte sich zu einem luftigen Gewebe aus Wind und Wogen und aus den Stimmen der Seevögel. Die Toten, die hier ihren letzten Weg übers Land nahmen, konnten daraus Erquickung ziehen, getröstet durch die vertrauten Klänge aus ihrem Erdenleben.

Am Fuß der Hügelkette blieben die Dorfleute zurück. Es war strenger Brauch, dass nur der Häuptling, der Mumienmacher und seine Gehilfen den Hang des Vulkans hinaufzogen. Die Landschaft wurde jetzt wild, bot unerwartete und groteske Formen. Während die vier Männer bergwärts stiegen, waren sie bereits von dünnen Rauchfetzen umweht, die aus fast unmerklichen Sprüngen im Felsgestein aufstiegen. Der Boden unter ihren Füße begann zu knirschen, als schritten sie über verharschten Schnee.

Gegen den Gipfel zu lagen mächtige Lavaklumpen in fantastischer Unordnung umher. Zok und Lag und Lags zwei Söhne gelangten nun in den halbdunklen Durchlass zwischen zwei Felsengruppen. Es ging immer noch aufwärts, doch war der Anstieg nicht steil. Vielleicht war an dieser Stelle einst ein fast senkrecht aufspringender Vulkankegel gestanden. Doch als seine Feuer erloschen waren, bröckelten seine Wände allmählich ab, bis der Gipfel sich nur mehr um ein Geringes über der Insel erhob. Felsmassen verschlossen den Krater des alten Vulkans, der nun nicht mehr die Kraft hatte, seine Kehle freizubekommen. Nur in seiner Tiefe ließ sich zuweilen ein ersticktes Grollen vernehmen, und die Glut, die er früher zornig geschleudert hatte, wärmte jetzt die Höhlen, die sich beim Einsinken der Wände gebildet hatten.

Die Männer traten durch einen der Spalte. Zok und Lag trugen die Geschenke, die den Geistern geweiht waren, die beiden Jungen folgten ihnen. Sie schleppten Kleek und Hak, die ja jetzt nur mehr Hülsen von geringem Gewicht waren. Zok füllte eine Steinlampe mit Seelöwentran, als der Dämmer der Höhle zu totaler Finsternis wurde. Als die Männer weiter vordrangen, spürten sie die zunehmende Trockenheit der Luft als jähen Gegensatz zur dunstigen Feuchtigkeit draußen. Angenehme Wärme stieg aus der Tiefe zu ihnen herauf. An diesem Tag war kein Grollen aus dem Erdinnern zu vernehmen.

Gelassen wählten die älteren Männer eine Nische im Steingesims. Hier sollten Grak und Naas in unbestimmbarer Zukunft die Harpunen und Paddel und was sie sonst noch im schattigen Geisterreich brauchten finden.

Nach kurzem weiterem Suchen entdeckte Lag einen kleinen natürlichen Hohlraum, in der sie Kleek und Hak zur Ruhe betten konnten. Zuerst wurden Rasenstücke ausgebreitet. Dann wurde jeder der Stillen wohlig und warm in seine Seeotterparka gehüllt. Die kegelförmigen Hüte wurden über die Köpfe gestülpt, zuletzt die Holzschilde darübergelegt.

Nun ließen sich die Männer nieder und begannen ein mit leiser Stimme geführtes Gespräch, nicht untereinander, sondern einzig an die mumifizierten Kleek und Hak gerichtet. Sie beschrieben ihnen, wie sich die Treibjagd auf die Seelöwen abgespielt hatte. Feierlich berichteten sie ihnen von der Begegnung mit den mörderischen Orcas und bereiteten sie darauf vor, dass Grak und Naas alles, was sie benötigten, vorfinden sollten, wenn sie einträfen. Fürsorglich erklärte ihnen Lag, wo man die Harpunen und Paddel für sie in die Nische gestellt habe. Dann nahmen die Männer gewichtig und in aller Unbefangenheit von Kleek und Hak Abschied, ganz als ob sie aus einer Barabara träten, in der sie demnächst wieder vorzusprechen gedächten. Ganz unschicklich wäre es gewesen, Traurigkeit zu bekunden, denn sonst hätten Kleek und Hak ja bemerkt, dass man sie an einem für die Geister bestimmten Ort zurückließ.

Die Männer gingen davon, und kein Laut störte mehr die tiefe Stille. Zuweilen geschah es, dass die Erde sich vernehmen ließ, aber an diesem Tag waren ihre Stimmen nicht zu hören. Als die Männer an einer glatt polierten Felsplatte vorbeikamen, legten sie der Reihe nach jeder ihr Ohr daran. Aus ferner Tiefe kam ein regelmäßiges Murmeln und Rollen. Der alte Berg war also noch lebendig. Und somit war Verlass darauf, dass er Kleek und Hak, dann auch Grak und Naas und all den Schatten von Aleutenmenschen, die hier in diesen Höhlen hausten, wohlige Wärme spenden würde.

Es gab noch andere Höhlen, sowohl warme wie kalte. Es gehörte zu Zoks Häuptlingspflichten, dass er auch etliche dieser Höhlen besucht hatte. So lange hatten sie seinem Volk seit unermesslichen Zeiten gedient, dass nicht einmal mehr eine Legende berichtete, wer diese Höhlen entdeckt oder wer zuerst in ihrer warmen Obhut Unterkunft gefunden hatte.

Doch ein anderer geheimnisvoller Umstand gab Zok zu denken. Eines Tages hatte er die aufregende Entdeckung gemacht, dass nicht alle Mumien in diesen Höhlen Aleuten waren. Zu irgendeiner Zeit, die so weit zurücklag, dass Zok sie nicht zu ermessen vermochte, musste ein anderes Volk auf den Inseln gehaust haben. Die Gegenstände, die um diese Mumien aufgebaut waren, kamen nicht von der Hand von Aleuten, und das Sonderbarste war die Form der Mumienköpfe. Wer waren diese Leute gewesen, und von wo waren sie gekommen? Und, dies war die beängstigendste und wichtigste aller Fragen, wodurch waren sie zu Grunde gegangen?

Es gab Plätze in diesen Höhlen, auf denen Zok aufgeschichtete Asche gefunden hatte. Möglich, dass in vergangenen Zeiten Bäume hier auf diesen Inseln gewachsen waren oder dass Triftholz in großen Mengen angeschwemmt worden war. Gerüchte, so vage, dass man ihnen kaum Bedeutung beimaß, wollten wissen, dass man damals die Leiber derer, die in die Geisterwelt übergetreten waren, verbrannt hatte. Doch waren ja auch uralte Mumien in den Höhlen. Möglich, dass hier zwei Völker gehaust hatten – ein Volk von Herren und ein Sklavenvolk. Waren die Sklaven verbrannt worden? Oder hatte man sie geopfert, bevor sie von selber ins Geisterreich Einzug hielten?

Zok dachte darüber nach. Früher hatte er die alten Männer, die auf Nachbarinseln hausten, mit Fragen bestürmt. Doch auch die wussten darüber nichts oder behielten, was ihnen bekannt war, für sich.

Voll Ungeduld beobachtete Zok den Gleichmut seines Volkes. Seine Leute waren nahezu gleichgültig gegen die Vergangenheit und wandten kaum einen Gedanken an die Zukunft. Und doch war von diesem Volk, das hier verschwunden war, eine lebenswichtige Lehre zu erlangen. Aus irgendeinem unbekannten Grund hatte es sich nicht am Leben erhalten können. Vielleicht war es von Eindringlingen überwältigt worden. Darüber sann Zok nach. Wenn dem so war, dann konnten ja auch die Aleuten eines Tages überwältigt werden. Dagegen sollte es sich einigen, wappnen, einen Abwehrplan entwerfen, Rauchsignale verabreden, Waffen bereithalten. So vieles war nötig!

Jahrelang war Zok gereist, hatte den Leuten die Gefahr vor Augen gerückt. Hatte der Stamm, der auf Kiska wohnte, seinem Drängen nachgegeben, war er weitergezogen nach Agattu, nach Tanaga und Atka. Kam er dann auf der Rückreise wieder nach

Kiska, so fand er die Leute abermals in ihren Gleichmut zurückgesunken, und was er ihnen gesagt hatte, war so gut wie vergessen. Sie fanden nichts Bedeutsames in der Lehre, die das verschollene Volk zurückgelassen hatte. Viele Leute bezweifelten geradezu, dass es überhaupt solch ein Volk gegeben hatte. Unzweifelhaft war doch Nahrung genug für alle bereit, Seeotter gab es, Seelöwen und Robben in unermesslicher Menge, warum sollte da irgendein Volk in Schwierigkeiten geraten? Solange Kerzenfische durch die engen Wasserstraßen in die Buchten geschwommen kamen und Lachse regelmäßig ihre Laichplätze aufsuchten, was konnte ein Volk da mehr verlangen? Die See hatte immer allen genug geboten, und wer durfte sagen, dass es nicht immer so bleiben würde?

Gewiss, die See bot immer genug. Alljährlich kamen die Otter die Küste entlang oder spielten in den kleinen Buchten und Salzlacken. Riesenkrabben gab es, Zangenmuscheln und Schwarzmuscheln, die man nur von den Felsen zu lesen brauchte. Gerade jetzt strömten die Lachse zu ihren Laichplätzen. Preiselbeeren gediehen reichlich in den Mulden zwischen den Hügeln, und Gras wuchs hoch und geschmeidig, wartete nur darauf, für das winterliche Weben eingebracht zu werden. Mächtige Brutsiedlungen der Vögel lieferten Eier, und vom Strande wurde täglich kostbares Treibholz geborgen.

Eine Zeit gab es, in der man lange Tage hindurch arbeiten konnte: das war, wenn das Licht kaum schwand und schon wiederkam. Zu dieser Jahreszeit strömte vom Süden her Warmwasser zu den Inseln. Oft kam von der nördlichen Wasserstraße Eisluft herangeweht, und wenn solche Winde das Wasser berührten, quoll der weiße Nebel zu unglaublicher Dichtigkeit, hüllte die Inseln völlig ein. Doch die Inselvölker waren Kinder des Nebels. Ihr ganzes Leben lang hatten sie Nebel geatmet, waren im Nebel umhergegangen, hatten im Nebel gearbeitet. Noch auf ihrem letzten Wege zu den Geisterhöhlen wurden sie oft durch Nebel getragen. Ein unbeirrbarer Instinkt leitete sie auf ihren Inseln oder auf der Fahrt von Insel zu Insel, als wären sie Seeotter oder Robben, die durch die unermessliche spurenlose See zogen.

In einer stillen Seitenbucht, die gegen die Brandung abgeschirmt war, versammelten sich alljährlich Kerzenfische in großer Zahl. Niemand wusste, warum sie in diesen langen schmalen Fjord zogen, aber seit Generationen hatte man sie stets hier vorgefunden. Der Kerzenfisch war klein, aber höchst nützlich. Im langen Winter lieferte er Licht. Gewiss, es gab auch Steinlampen, die man mit Tran füllte, aber der Kerzenfisch war besser. Von ihm tropfte ein öliges Fett, das eine helle Flamme gab.

Am Strand ließen die Fischer ihre lang gezogenen Netze ins Wasser, den kleinen Fisch zu fangen. Frauen schichteten die Beutetiere in Behälter aus Seehundsfell, die alten Männer schleppten die Behälter ins Dorf. Kinder tollten ausgelassen am Strand im rauen Marschgras. Zuweilen stahlen sie sich ans Wasser, erwischten einen Fisch und trollten sich unter Triumphgeheul. Sie sogen den Fisch aus, als lutschten sie an einem Zuckerrohr. Von ihren Gesichtern und Händen tropfte das Fett. Tiefes Wohlbehagen überkam die Arbeitenden. Was sie da taten, sicherte auskömmliches Licht für die lange Zeit, in der die Sonne ihr Antlitz verbarg.

Ältere Frauen arbeiteten im hohen Gras der Salzmarschen. Vor und zurück gingen sie, vor und zurück, schnitten mit scharfen Knochenmessern das harte Gras. Die zähen Stängel wurden enthalmt und zu Bündeln geschnürt, die man trocknete, in Salzwasser quellen ließ und wieder trocknete, bis sie geschmeidig genug waren, um verwebt zu werden. Gingen dann die Regengüsse vom grauen Himmel nieder oder weißte der Schnee die Berge, so entstanden im warmen Licht der Barabaras aus dem Gras feine Matten und Körbe.

Weitab vom Strand arbeiteten gebückt die Preiselbeersammler. In den Mulden gediehen die Beeren üppig, schmiegten sich dicht an den Grund, um den stetigen Winden zu entgehen. Das Beerenpflücken fiel den Mädchen mit ihren jungen Rücken zu. Aufgeblasene Seelöwenmägen, getrocknet und gehärtet, bewährten sich als Behälter für die Beeren. Waren diese Behälter zur Hälfte gefüllt, so wurden die Beeren in gestocktem Kerzenfischtran konserviert.

Welch üppige Ernte brachten doch See und Land! Als die Sonne direkt über ihnen stand, zogen die Beerenpflückerinnen einen Hügel hinan. Sie hatten Streifen von Seelöwenfleisch mit, das mit den Beeren eine köstliche Mahlzeit gab. Dies war ein Tag heller Luft und sonnengleißender See. Vom Hügel hielten die Pflückerinnen Ausschau nach Osten hin. Sie entsannen sich, dass die alten Männer die Köpfe geschüttelt und Besorgnisse über den Bogosloff geäußert hatten. Neugierig sahen die Mädchen zu dem fernen Berg hinüber. Eine Rauchkrone hielt sich über seinem niedrigen Gipfel. Doch das war schon des Öfteren geschehen. Die ganze Inselkette entlang rauchten und dampften, rumorten und bebten die Berge. Warum also schüttelten die alten Männer besorgt die Köpfe, wenn dieser Berg doch so fern war? Der Makushan, auf ihrer eigenen Insel, der rauchte doch auch, aber das schienen die Männer gar nicht zu beachten. In der kristallklaren Luft sahen die Mädchen Rauchsäulen aufsteigen von Katmai und von der Feuerinsel, von Akutan und weit entlegeneren Inseln, deren Namen sie nicht wussten.

Schwarz und hart stand die Inselkette gegen die See gestemmt, als wolle sie noch tausend Jahre der heranrollenden Brandung widerstehen. Trieben Wolkenbänke übers Meer heran, so jagten die Schatten über Berge und Täler und über die See. Selbst im Sonnenglast verlor die Luft nicht ihren kalten Hauch. An den Nordhängen der höheren Hügel gab es verhärtete Schneestreifen, die auch im Sommer nicht schmolzen.

An den warmen Hängen hatten Sturmvögel den Boden mit den hornigen Spitzen ihrer Schnäbel zerlöchert. So waren kleine Höhlen entstanden, in deren Tiefe Nester eingebaut waren. Als die Pflückerinnen talwärts zogen, machten sie hier halt und sahen den Vögeln zu, wie sie sich feierlich-ernst in ihrer getragenen Art bewegten. Eines der Mädchen warf sich nieder, schob ihren Arm in ganzer Länge in eine der Höhlen. Nur Sekunden währte das, dann hatte sie das große Ei gepackt und herausgeholt.

Eine andere Pflückerin wollte nun ihrerseits ein Nest ausnehmen, zog aber ihren Arm sofort mit schrillem Geschrei zurück. Der Sturmvogel, der in der Höhle verborgen war, verteidigte sein Nest mit kräftigen Schnabelhieben. Das Mädchen betrachtete kummervoll seine Hand, während die andern sich vor Lachen bogen. Noch etliche Eier wurden aus den Höhlen geholt und leergetrunken, dann setzten sich die Mädchen talwärts in Trab.

Drunten in der Brandung waren die jungen Männer auf Lachsfang. Der Lachs war für das Leben der Inselbewohner nicht unerlässlich nötig, aber er bot willkommene Abwechslung. Wenn es nur irgend möglich war, hatte jede Barabara ihre Yukolas und trockenen Lachs in Bündeln an den Wänden hängen. Der Lachs war ein unberechenbares Tier. Zuweilen kam er in riesigen Schwärmen, dann wieder war er kaum aufzutreiben. Die alten Männer wussten im Voraus, welches ein Lachsjahr war. Es gab eine Regelmäßigkeit in der Wiederkehr der Lachsjahre. Auf ein besonders ergiebiges folgten magere Jahre, und die alten Männer konnten sich solche Dinge an den Fingern abzählen.

Der Lachs ging in die Mündungen der kurzen Süßwasserläufe. Er arbeitete sich stromaufwärts zu den ruhigen Ausbuchtungen an den Windungen der Bäche: Dort, im stillen Wasser, laichten die Lachse und starben dann. An diesen Laichplätzen konnte man sie fast mühelos greifen, doch waren sie armseliges schlaffes Zeug, so welk, dass sie einem fast in den Händen zergingen, kaum der Mühe wert, sie zu trocknen. Nur solange sie noch im Meere waren, hatten sie festes Fleisch und taugten etwas.

Die leichte Bidarka hob und senkte sich im sachten Wellengang. Kert und Gurr und Zip, der Häuptlingssohn, suchten das Wasser nach den ersten auftauchenden Lachsen ab. Dies Jahr würde ein gutes Lachsjahr sein, hatten die alten Männer angekündigt. Kert und Gurr und Zip waren junge Burschen, doch immerhin bereits alt genug, allein im Ufergewässer zu kreuzen. Und sie waren sehr selbstbewusst. Dies war das erste Jahr, dass man ihnen erlaubte, auf Lachsfang zu gehen. Sie empfanden das als eine ungeheure Verantwortung, die auf ihnen ruhte. Da durfte man sich nicht ablenken, durfte seine Gedanken nicht wandern lassen. Tauchte irgendwo der glatte Kopf eines Seeotters aus dem Wasser, so war die Versuchung natürlich übermächtig, eine Harpune zu schleudern oder einen Pfeil zu verschießen. Otter waren die gescheitesten von allen Geschöpfen. Sie schienen genau zu wissen, wann sie es sich leisten konnten, ungestört und vergnüglich auf den langen Brechern zu reiten. Es war ihre besondere Passion, auf dem Rücken zu schwimmen und sich aus angemessener Entfernung das seltsame Tun der Menschen in einem Boot anzusehen. Doch entschlossen wandten die Burschen ihre Köpfe von der Versuchung durch das nahe Beutetier ab.

Zuweilen brach sich das Wasser mit gischtendem Brausen an einer knapp über den Wasserspiegel ragenden Klippe, und das glich so sehr einem springenden Lachs, dass die Jungen in ihrer Aufregung laut aufschrien. Sie begannen solch ein Riff, das man kaum ausnehmen konnte, zu umrudern. Und siehe da, wieder kam das Riff hoch, ließ das Wasser abgischten. Lachs! Es war also gar kein Riff, sondern ein Lachszug, der die Küste nach der Mündung eines Süßwasserlaufes absuchte. Nun begannen die Burschen mit ihren gestachelten Harpunen zu arbeiten. War ihre Bidarka gefüllt, dann mussten sie heim, den Lachszug den Erwachsenen zu melden.

Was war das für eine Aufregung! Der Fisch war ganz auf seine Suche nach Süßwasser eingestellt und achtete nicht auf die kleinen Boote. In einem Drang, von dem nichts sie ablenken konnte, zogen die Lachse weiter. Sie mussten die Stelle, an der sie zur Welt gekommen waren, wiederfinden, erst dann war es für sie an der Zeit, zu sterben. Ihr Instinkt trieb sie mit solch erstaunlicher Beharrlichkeit, weil die Lachse nur in Seen und Strömen fortbestehen konnten.

Wieder und wieder stießen die Jungen ihre Harpunen in den Fischzug. Jedes gepfählte Tier zuckte und zappelte, um sich zu befreien. Selbst wenn sie von den Harpunen auf den Boden der Bidarka fielen, gaben die Lachse ihre Bemühungen nicht auf. Knietief standen die Burschen in der zappelnden Masse der Fische. In einer wahren Raserei holten sie Beute und wieder Beute in ihre Boote.

So völlig waren sie dieser Aufgabe hingegeben, dass sie zuerst nicht auf das leise Grollen in der Meerestiefe achteten. Ein Gegenstoß vom Meeresboden ließ die Bidarka erbeben. Doch die Burschen wurden sich der Gefahr nicht bewusst.

Erst jetzt warf Zip einen Blick seewärts und griff in jähem Schrecken nach dem Paddel. Jetzt sahen auch die andern die Wasserwand heranrollen. Von frühester Kindheit an waren sie zur Wachsamkeit erzogen worden, hatten gelernt, alle Zeichen zu deuten, in denen sich der tückische Feind verriet. Gurr warf sich mit seinem zweiten Paddel ins Zeug, und Kert leerte die größten, schwersten Lachse aus dem Boot, um das Fahrzeug leichter zu machen.

Bereits war das ferne Murren der heranrollenden Springflut zu vernehmen. Manchmal waren solche Wogen nicht allzu wuchtig, und selbst eine schmächtige Bidarka konnte ihrem Anprall widerstehen. Die Steilwogen aber setzten sogar aneinander gebundene Bidarkas unter Wasser und brachten sie zum Sinken. Welches Ausmaß solch eine Woge annahm, ließ sich nie vorhersagen, und darum flohen die Jungen inselwärts. Sie waren im Ufergewässer, doch Salzlagunen trennten sie vom Strand, und Zip und Gurr mussten sich ihren Weg durch die Lagunen erkämpfen.

Sie kamen auf dem schmalen Sandstreifen an Land, und der Donner der Springflut hallte jetzt unaufhörlich herüber. Ängstlich blickte Zip seewärts, gegen diese Wasserwand bot auch das Gestade keine Sicherheit. Das Schicksal Kleeks und Haks kam ihm in den Sinn. Gelähmt fühlte er sich, als wäre alle Kraft aus ihm gewichen. Einziger Ausweg, die steile Felswand hinanzuklimmen. Zwischen Fels und Woge zu geraten war schlimmer als auf hoher See überrollt zu werden.

Hastig zogen sich die Burschen an den Felsvorsprüngen hoch, während das Echo des Donners sich am Steingesims brach. Keine Hütte, kein Wall, nichts, was von Menschenhand kam, konnte dem Anprall einer Springflut widerstehen. Die Jungen waren jetzt Beute eines lähmenden Alps, sie fühlten, wie die Gefahr näher kam. Doch wie Bergziegen sprangen sie von Fels zu Fels. Eine Ewigkeit schien es ihnen, dass sie nun schon in der Wand hochklommen.

Als sie endlich den Felsgrat erreichten und sich auf flachen Boden fallen ließen, spürten sie das Beben der Erde. Instinktiv hielten sie sich die Ohren zu, um das Crescendo der dröhnenden Brandung nicht zu hören. Die volle Wucht der Springflut schlug gegen die Wand von Stein, die erzitterte wie wabbelnder Speck. Eine Kaskade gischtete an den Klippen hoch, fiel in ohnmächtiger Wut zurück. Die Burschen, flach an den Boden gepresst, spürten das Gewicht herabstürzenden Wassers. Sie klammerten sich aus Leibeskräften an, um nicht von den abrinnenden Wassern fortgespült zu werden.

Eine Ewigkeit schien es, bis dann auch die Luft sich von ihrer wallenden Bewegung erholte. Als der Tumult abgeebbt war, lagen die Burschen immer noch verängstigt auf der nassen Erde. Die Ohren an den Boden gepresst, hörten sie ein schwaches Rumoren, ganz als ob die in Verwirrung geratene Welt sich nach bösem Traum in eine behagliche Lage zurechtrücke. Der Riese schlief wieder ein, doch selbst im Einschlafen ließ er noch See und Land erbeben, und dumpfe Drohungen stiegen aus seiner dunklen Kehle auf.

Durchnässt, frierend und immer noch zitternd erhoben sich die Burschen. Sie blickten um sich, als müsse alles ringsum sich nach diesem Wutausbruch verändert, verwandelt haben. Doch die Insel sah aus wie vorher. Nur ein paar gewaltige Felsplatten hatten sich abgelöst und waren in die Tiefe gestürzt. Nach der Bidarka oder den Harpunen Ausschau zu halten, daran war gar nicht zu denken. Kein Rest, kein Splitter davon würde zu finden sein. Und keineswegs würde man im Triumph reichliche und wertvolle Lachsbeute heimbringen. Schweigend machten sie sich auf den Heimweg.

Aber in diesem großen Lachsjahr konnte man die Fische mit Harpunen in Massen erbeuten. Vor jedem Haus hingen sie an Schnüren zum Trocknen, und beständig lag eine Rauchwolke über dem Dorf, Tag und Nacht, Qualm von den Räucherfeuern. Ein wenig Treibholz wurde zum Anfeuern mitverwendet, das wichtigste Heizmaterial aber war halbtrockener Stechginster und Marschgras.

Überall auf den Inseln begingen die Stämme ihre altüberkommenen Erntefeste. Die Räucherfeuer, wenig Flamme und viel Rauch, lieferten den geisterhaften Hintergrund zu den Ernteriten. Seelöwen lieferten allen Rhythmus; ihre Felle, straff über ihre Schädel gezogen, mit Seelöwenknochen getrommelt, ließen sich weithin vernehmen.

Da gab es den Seelöwentanz, in dem die Jäger pantomimisch die jährliche Treibjagd verherrlichten. Tanzend, die Beine hochwerfend, näherten sie sich kampffreudig einer Herde der Tiere, die nur ihrer Fantasie vorschwebte. Mit den Armen fuchtelnd und rhythmisch im Chor schreiend zeigten sie, wie einzelne Tiere von der Herde abgedrängt wurden. Dann plötzlich eine wilde Flucht – jetzt stellten die Jäger dar, wie sie von einem Bullen angegriffen wurden. Einer der Jäger glitt aus, die andern kamen herbeigestürzt, eilten mit wildem Geschrei dem Gefährten zu Hilfe. Einen Augenblick lang schien der Ausgang ungewiss. Dann triumphierten der Mut und die Tüchtigkeit der Männer. Der imaginäre Feind hatte sich zur Flucht gewandt, der gestürzte Jäger konnte sich wieder unter seine Gefährten mischen. Und alle Zuschauer jubelten, als atmeten sie nach einer abgewendeten Tragödie auf. Stolz nahmen die Jagdtänzer den Beifall ihrer Bewunderer entgegen.

Manchmal überzog dichter Nebel die Bühne, und die Schauspieler wurden im weißlichen Dunst zu Schatten, bis zuletzt alle, Schauspieler und Publikum, gleicherweise unsichtbar wurden. Rauch und Nebel verdichteten sich zu einem fantastischen Vorhang, der sich zuweilen über den traditionellen Tribut an den Erntegeist senkte, bald wieder aufging.

Die Seeotterjäger zeigten in ihrem Tanz, wie sie mit Pfeil und Bogen gegen ihre schwimmenden Beutetiere angingen. Nach dem Abschuss des Pfeils folgte immer ein feierlicher Augenblick des Wartens – ob das Tier, das untertauchte, wieder hochkommen würde. Wieder zischten Pfeile durch die Luft, wieder tauchte das Jagdtier in die schützende Tiefe. Doch musste dem erschöpften Opfer unvermeidlich die Luft ausgehen, und schon zogen die geschickten Jäger den Kreis ihrer Bidarkas enger. Wenn der Seeotter nicht mehr Atem schöpfen konnte, war er erlegt und wurde an Bord geholt.

Jubelnder Beifall der Zuschauer. Wenn genug Seeotter eingebracht wurden, dann gab es mollige Matten für den Boden und feine Felle für neue Parkas. Auch diese pantomimische Jagd zeigte den Triumph des Menschen über das Tier. Von allen Lebewesen, die das Meer bevölkerten, war der Otter das schlaueste, aber der Mensch war eben noch pfiffiger. Dies zu wissen tat wohl, solcher Sieg sicherte den Wohlstand der Stämme für alle Zeiten.

Zum Rhythmus der Seelöwentrommel schleuderten Männer jetzt weit ausholend imaginäre Harpunen in die feisten Flanken imaginärer riesiger Lachse. Mädchen pflückten symbolische Beeren, und sogar die alten Frauen hatten ihren Tanz, bewegten sich zum langsamen Schlag der Trommeln, als schnitten sie Marschgras. Und all die Zeit über wallte der würzige Räucherqualm über die Tänzer hin, ob nun die Sonne schien oder Nebel vom Meer heranzog. Der Erntegeist hatte seine Launen, und die wurden verstanden. Auch die See hatte ihre jähen Wutausbrüche, und dann forderte sie Opfer. Doch dies war ein Preis, den einige wenige für die

Wohlfahrt der vielen zu bezahlen hatten. Es war eine Entschädigung, die man nicht anders abgelten konnte.

Dann war die frohe Zeit der Erntefeste vorüber. Singend und tanzend waren die Inselleute von Haus zu Haus gezogen. In endlos sich wiederholenden Chören hatten schrille, hochgeschraubte Stimmen zum Dröhnen der Trommeln Nacht und Nebel durchschnitten. Man musste schon schrill schreien, dass es durch die Wände einer Barabara drang, wenn die Tür geschlossen war. Die Bauten waren an steile Felswände geklebt, gingen teilweise in Höhlungen, die man aus dem Stein herausgehauen hatte, über. Fachwerk aus Treibholz stützte die dicken Wände und trug die Dächer aus getrockneten Rasenziegeln. Aus denen wuchsen dann neuerlich Gras und Schilf hervor, sodass die Behausungen sich kaum mehr von den Felshängen abhoben. Diese zähen Mauern widerstanden den Inselbeben, selbst wenn die zornigen Vulkane tobten. Nur eine durch Seebeben ausgelöste Springflut, die hoch genug war, die Uferklippen zu überjagen, konnte das Binnenland überfluten und eine Siedlung vernichten.

Die jungen Leute schleppten ihr Gerät zu den leichten Bidarkas und verstauten es darin. Denn nun kam die Zeit, zu den Vogelinseln auszufahren. Vögel gab es zwar überall auf den Inseln, doch sammelten sie sich in unerhörter Zahl an bevorzugten Plätzen, sodass die Jagd dort leichter und ergiebiger war. Eine Parka, die sich sehen lassen konnte, war am oberen Rand von Vogelbälgen eingefasst. Peitschten einem die Williwaws den Sprühregen ins Gesicht, so konnte man es in dem Gefiederkranz schützen. Vögel gab es, die konnte man essen, andere wieder hatten ein so zähes und ranziges Fleisch, dass man sich nur in schlimmster Hungersnot entschloss, davon zu kosten. Und dann waren da noch die Eier. Es war jetzt eigentlich zu spät, um noch Eier zu suchen, aber immer gab es ein paar närrische Vögel, die sich nicht recht in den Jahreszeiten auszukennen schienen. Oder diese Vögel waren überängstlich und wollten in einem Jahr gleich zweimal Nachwuchs haben.

Drei Bidarkas schwebten leicht wie Seemöwen über die Wogen hin. Lakim und Gant ruderten die erste, dann kam das Paddelboot, das Papi und Rimik fuhren, zuletzt Kass und Orp. Auch auf der eigenen Insel gab es Felswände, in denen Vögel nisteten: Es war also eher Abenteuerlust, dass die jungen Männer zu den Vogelinseln hinüberzogen.

Dies war einer der seltenen ganz ruhigen Morgen; wie eine dünne Säule stand der Rauch des Bogosloff am Himmel. Die Feuerinsel erschien als qualmiger Fleck am Horizont, und in weiter Ferne zeigten der Akutan und seine Vulkanbrüder wie Federbüsche ihre Signale. Immerfort waren sie am Werk, ließen Inseln versinken, bauten neue aus dem Wasser auf, stellten die tausend Meilen lange Brücke wieder her, die Riesenmole, die in die Wildnis des Ozeans hinausragte.

Die glatten Rundschädel der Seeotter erhoben sich zuweilen über die Wogen. Die Tiere spähten neugierig nach den drei Bidarkas aus und tauchten wieder. Sie waren auf ihrem Wege zur Küste, wo sie in den Salzlagunen und geschützten Buchten Nahrung suchten und spielten.

Weiß-schwarz gesprenkelte Flecken, so boten sich die Inseln dem Auge dar: schwarz, wo sich die Felswände kahl und düster hochreckten, weiß, wo Vögel in Mengen an den Felsbändern nisteten. Bidarkas konnten fast immer nur an der vom Wind abgelegenen Seite der Insel landen. Selbst an sturmfreien Tagen war der pausenlose Anprall der Brandung gefährlich.

Jetzt schwenkten sie in die enge Wasserstraße zwischen den östlichen und den westlichen Inseln ein. Die See schwoll in der Straße mit den Gezeiten an und senkte sich wieder. Wie trockenes Laub wirbelten die Boote darin hin, und die jungen Inselleute stießen, vom Tempo fortgerissen, fröhliches Geschrei aus. Gischt ergoss sich über sie, bis die Bidarkas in die geschützte Weite einer ruhigen Bucht einbogen.

Die Männer trugen ihre langen Hautriemen und ihre Graskörbe ans Ufer. Auch Pfeile und Bogen führten sie mit, doch brauchten sie diese Waffen wohl kaum. Manche Vogelarten hatten keinerlei Scheu vor Menschen und ließen sich einfach greifen. Andere musste man aus ihren kleinen Schlupflöchern ziehen, die sie mit den Schnäbeln so dicht aneinander gereiht in die Erde gruben, dass es für Menschen schwierig war, auf solchem Boden dahinzugehen, ohne immer wieder bis zu den Knien einzubrechen. Oft fing man niedrig fliegende Vögel mit hochgeworfenen Netzen. Es gehörte wirklich nicht viel Geschick dazu, Vögel zu fangen. Vögel waren nicht durchtrieben wie Seeotter, die an den Scharfsinn und die Zähigkeit des Jägers hohe Anforderungen stellten.

Die Jäger traten ihren langen, gemächlichen Anstieg zu dem Tafelland auf der Insel an. Hier, in diesem Bereich, gab es kaum einen Vogel. Höchst seltsam war das. An den Felsgalerien, die seewärts gewandt waren, drängten sich die Tiere so, dass sich kaum Platz zum Nestbau fand, ja dass die Vögel dicht beisammen standen. Merkwürdig, dass die Vögel sich nur eng gedrängt wohl fühlten, dass sie so dicht aneinander heranrückten: Oft genug rollten ihre Eier ins Meer hinab.

Als die Männer an den Rand des Tafellandes kamen, bot sich ihnen jäh eine neue Welt dar. Die Welt der Vögel! Hier lebten sie ungestört, beherrschten das Land, die See und die Luft. In weit zurückliegender Vergangenheit hatten sie auf diesen entlegenen schwarzen Inseln eine Heimat gefunden. Jetzt war ihre Zahl so ungeheuerlich angewachsen, dass hier keine anderen Lebewesen mehr ein Auskommen finden konnten.

Die Männer marschierten buchstäblich in die Vögel hinein. Gleich hinter den Felsgalerien begann poröses Land von eigentümlicher Struktur, weiches, schwammiges Gestein, wie von vorzeitlichen Feuern verglüht, sodass nur ein wabenartiges Gebilde übrig geblieben war. Darin hatten die Sturmvögel ihre Höhlenstadt gebaut. Feierlich stelzten die Vögel auf und ab, waren aber, wenn es nötig wurde, rasch bereit, sich mit Hieben ihrer kräftigen, mit Hornplatten verstärkten Schnäbel zu verteidigen. Federbüschel auf den Köpfen verliehen ihnen eine zusätzliche Würde. Darum nannten die Inselbewohner diese Vögel die »Alten Herren«.

Immer wieder brachen die Männer in dem schwammigen Steinboden ein. Sie befreiten sich, zogen weiter, brachen wieder ein. Sie schoben ihre Arme in Höhlen, aber mit kräftigen Schnabelhieben verteidigten die Sturmvögel ihre Heimstätten. Lachend und schreiend zogen die Jäger ihre Hände zurück, wenn sie sich scharf angegriffen fühlten. Nun, Eier gab es jedenfalls keine, und überdies waren die Alten Herren ein zäheres Essen als irgendein anderer Seevogel. So hielt man sich nicht mit ihnen auf, sondern watete weiter über die unterirdische Höhlenstadt der Sturmvögel hin.

Nun kam man in den Bereich der ungezählten Rissa-Möwen, bei denen die Hinterklaue verkümmert ist, der Kreischer, deren unaufhörliches Geschrei sich als pausenloses raues Getöse vom Felsen aufstieg. Schermesserschnäbler hatten sich an jedem Felsvorsprung angesiedelt. Kleinen Pinguinen glichen sie, hatten weiße Westen und lebten friedlich, höchstens von Seeadlern und Raben bedroht. Oft waren sie sehr fett. Sie nährten sich von Kerzenfischen und vom schlaffen weichen Fleisch der Lachse, wenn diese nach dem Laichen am Verenden waren.

Von hier fiel das Hochplateau in mächtigen Felsgalerien zur See ab. Stand man am Rande, so gab die gischtende Brandung, die über den schmalen Sandstrand hinwegging, den Männern das fantastische Gefühl, in der Luft zu hängen. Nichts schien hier wirklich. Erde und See und Himmel und die wogenden Vogelwolken schienen eins geworden.

Die Jäger kannten die Vogelinseln von früheren Plünderungszügen her, aber dieser Anblick erfüllte sie mit ehrfürchtiger Scheu. Wie konnten schwache und kleine Tiere ein so überwältigendes Getöse erzeugen, dass aller Menschenruf, er mochte noch so laut sein, darin wie ein Nichts verhauchte? Nur durch Zeichen konnte man sich verständigen. Vogelwolken teilten die Luft; Vogelmassen breiteten sich über Tafelland und Felsgesims aus, tauchten, kamen hoch, tauchten wieder, holten sich ihre Nahrung aus der See. Was bezweckten die Vögel mit ihrem unaufhörlichen Geschrei? Vielleicht besaßen sie irgendwelche geheimnisvolle Sinne, die es ihnen erlaubten, individuelle Grüße und Warnungen aus dem Orkan der Stimmen herauszuhören; vielleicht erkannten sie einander, empfingen Weisungen, wo das Menschenohr im Tumult der Misstöne keinen Halt fand. Und welch seltsamer Instinkt ließ jeden Vogel immer wieder seinen zollbreiten Platz in der Felsgalerie finden, zwischen Millionen von Vögeln, die durch die Luft wirbelten? In tiefer Verwunderung standen die Männer da, bevor sie sich an ihr Tagwerk machten.

Die Rissa-Möwen erhoben lauten Protest gegen das Vordringen der Jäger. Unwillig nur wichen sie aus, ergriffen selten die Flucht. Die Männer trugen ihre Graskörbe und Matten. Ein einziger Pfeil wäre mehr wert gewesen als der Vogel, den man damit erbeutete. Mit jäher Armbewegung warf Lakim jetzt sein Netz hoch und ebenso tat Gant. Beide hatten etliche der überraschten Vögel in den Maschen. Die Beutetiere zeterten und schlugen mit den Flügeln, doch Papi und Rimik stürzten sich auf sie, rasch wurde jedem mit geschickter Bewegung der Hals umgedreht, und die Vögel wurden in die Körbe geworfen.

So hatten die Jäger, als sie den Felsrand erreichten, bereits genug Beutetiere beisammen. Ganz wie die See sich über der Kielwasserfurche eines vorüberziehenden Schiffes schließt, so schlossen die Rissa-Möwen den schmalen Spalt, den die Menschen in ihre Masse gerissen hatten, und keine Spur blieb zurück. Von der See her gesehen erschien die Steilküste hier wie eine senkrechte Wand, von ihrer Höhe aus aber bot sie sich nur als eine schmalstufige Felstreppe dar.

Dies war die Zitadelle der Schermesserschnäbler, der weißbrüstigen Vögel, die selbst auf dem knappsten Vorsprung der Felswand nisteten. Der engste Felsspalt, die winzigste Mulde bot Raum für ihre Eier. Zur Brutzeit hockten die Schermesserschnäbler in langen Reihen, Seite an Seite, so dicht gedrängt auf ihren schmalen Wohnplätzen, dass ihre Eier kaum Platz fanden. Schalen zerbrochener Eier fanden sich in Unmengen im Sand zu Füßen der Bergwand. Offenbar waren sie über die allzu engen Nester hinausgeglitten, und die Vögel legten ein zweites Mal. Dies waren die Eier, die man manchmal fand, wenn die große Brutzeit längst vorüber war.

Nun seilte sich Orp an dem aus Seelöwenriemen zusammengeknüpften Tau fest. An einem anderen Seil wurde gleichzeitig ein Korb für die Eier an der Felswand hinabgelassen. Die andern standen bereit, die Seile zu lenken, den Signalen gemäß, die Orp geben würde.

Sacht ließ sich Orp an dem Seil hinab. Zuweilen fand er einen Halt für seinen Fuß, zumeist aber baumelte er nur mit vollem Gewicht an dem Tau. Aufmerksam durchsuchte er die Spalten. Nach vielem Tasten entdeckte er endlich ein Ei. Hoch im Wert standen diese Eier nicht, aber jetzt war es zur Ehrensache geworden, wenigstens ein paar heimzubringen, als Beweis, dass Orp es gewagt hatte, sich an der Wand hinabzulassen.

Wie Wolken fegten die Vögel um Orps Kopf, sie wagten zwar nicht, ihn anzufliegen, erhoben aber mit betäubendem Geschrei, das keinen Augenblick lang aussetzte, Einspruch gegen seinen unwillkommenen Besuch. Dies war das erste Mal, dass Orp sich am Seil die Wand hinunterließ. In einem Moment der Unbedachtsamkeit warf er einen Blick in die Tiefe. Jähe Angst ergriff ihn, er wurde unsicher, riss sich die Hand an einem scharfen Felssplitter blutig. So seltsam war der Ruf der Tiefe, so unheimlich, dass ihn eine nie gekannte plötzliche Übelkeit befiel. Er schloss die Augen, sah im Geist noch einmal die Felsengalerie, in der die Vögel nisteten, glaubte tiefer und tiefer und dann in eine grauenvolle Unendlichkeit des Nichts zu sinken. Er fing sich wieder, konnte denken, überwand die betäubende Furcht. Überwältigend war in ihm das Verlangen, da oben bei den andern zu sein, heil auf guter fester Erde zu stehen. Im leeren Raum zu schweben, nur durch ein dünnes Seil mit der Welt verbunden, das war keineswegs das vergnügliche Abenteuer, das er sich vorgestellt hatte. Eier gab es hier ja doch so gut wie keine – armselige drei nach emsigstem Suchen. Besser, er gab denen droben das Zeichen, ihn hinaufzuziehen.

Plötzlich wurde Orp einer so jähen und vollständigen Stille gewahr, dass sie ihm verblüffender schien als zuvor der Orkan der Vogelstimmen. Er sah auch keine Vögel mehr in der Luft und keine vor sich an der Felswand, und noch einmal in die Tiefe zu blicken, wagte er nicht. Verschwunden waren die Vögel, als hätte es sie nie gegeben. Ob sie sich in irgendwelche Schluchten und Schründe zurückgezogen oder die Felsgalerie ganz verlassen hatten, dies zu ermitteln blieb ihm jetzt nicht die Zeit. Er zerrte krampfhaft am Seil. Jetzt galt es nicht nur, einer unbestimmten Gefahr zu begegnen. Dass das Seil ihn jetzt hochzog, flößte ihm ein wenig Mut ein. Die andern hatten ihn also nicht im Stich gelassen.

In seiner Angst jedoch versuchte Orp zu schnell hochzukommen. Schon lief das Blut an seinen Händen herab, aber er wollte es nicht aufgeben, sich an den scharfen Felskanten hochzustemmen. Alles, was sein Hinaufkommen beschleunigen konnte, musste geschehen. Er hatte auch keine Zeit, jeden Halt, auf den er seinen Fuß setzte, umständlich zu prüfen; mehrmals gab das verwitterte Gestein unter seinem Gewicht nach, und das gestraffte Seil fing ihn auf, wenigstens nach einigen Zoll des Nachgebens. Orp wusste, dass er nur ruhig und gelassen weiterarbeiten musste, das würde ihn geschwinder und sicherer hinaufbringen als sein wildes Gezappel, aber er konnte einfach die unsägliche Angst nicht überwinden, die ihn kopflos machte, seit die Vögel verschwunden waren.

Orp hörte die Gefahr, ehe er sie spürte. Erst klang sie wie ein leises Raunen, dann lauter, ein knurrendes Schnarren wie von einem Tier, das sein Opfer warnt, bevor es angreift. Und jetzt wusste Orp, woran er war – wusste es, bevor er ins Schwingen kam. Die Williwaws! Die jähen Sturmböen, die plötzlich ohne bestimmtes Ziel aus allen Richtungen zustießen. Die Williwaws waren die Geißel der Aleuten, die Peitsche, von der nur die Erfahrensten wussten, wo sie zuschlagen würde, und auch dies nur einen Augenblick vorher. Keine Zeichen gab es, diese Wirbelstürme zu erraten, keine Signale, sich vorzusehen, nur eine instinktive Ahnung, die man spüren, aber nicht erklären konnte.

Und schon war Orp in einen solchen Wirbel gerissen. Vielleicht kam der Hauptstoß aus Norden, vielleicht auch aus Westen oder Süden, Ströme gab es da und Gegenströme, ein Kochen und Wirbeln von solcher Heftigkeit, dass kein Mensch vorhersagen konnte, was im nächsten Augenblick geschehen würde. Orp fühlte nur, wie er von der Felswand weggezerrt wurde, dann pendelgleich zurückschwankte, mit voller Wucht gegen den Fels flog, bevor er zu wirbeln und zu flattern begann wie ein trockenes Laubblatt. Mit seinen Armen suchte er den Kopf gegen den Felsen zu schützen. Die da oben konnten jetzt nichts für ihn tun. Kein Zweifel, die hatten das Seil am Fels befestigt und sich selber platt hingeworfen, um nicht über den Grat geweht zu werden. Im Hin- und Hertaumeln blickte Orp in die Tiefe, zu dem schwarzen Wasser hinab, das jetzt Gischtberge hochschleuderte. Nirgends eine Hoffnung.

Nun wurde der Williwaw zu einem Maelstrom kreisenden Sturms, unter dessen Gewalt selbst die Felsen und Felskamine ächzten und stöhnten. Aus kleinen Höhlen, in die sich der Sturm zwängte, jaulte der Widerhall. Aus allen Schründen kamen pfeifend und ächzend neue Windstöße, die Felsgalerie war die Beute wilder Dämonen.

Jetzt fühlte Orp, dass er die Besinnung verlor. Vielleicht konnte er sich noch, zerschmettert und gelähmt, eine kurze Weile halten, dann aber war das kräftige Ledertau durchgescheuert – und dann kam der endlose Sturz hinab in die tobende Brandung. Ein unwiderstehlicher Hub, ein hochdrückender Aufwind drückte ihn gegen die Felswand. Er spürte diesen Hub, als wäre der Wind an der Felswand zerborsten, dann Dunkelheit.

Eine unbestimmte Weile nebelhafter Ungewissheit – schon glaubte Orp, er wäre bereits in die Geisterwelt entrückt. Vielleicht hauste er schon in einer der warmen Höhlen, mit Kleek und Hak zusammen, mit Grak und Naas und all den Ungezählten, die ins geheimnisvolle Reich des Unsichtbaren getreten waren. Jetzt aber spürte er wieder Erde, und fast gleichzeitig kam ihm ein jäher Schmerz zu Bewusstsein, Schmerz überall an seinem ganzen Leib, als hätte ein riesiger Seelöwe sich über ihn gewälzt. Am schneidendsten war der Schmerz am Bein. Und mit diesem Schmerz traten die Vögel und die Felswand und die Williwaws wieder in sein Bewusstsein. Dann hörte er Gants Stimme, dann die Rimiks. Es kostete ihn Anstrengung, sie, die da über ihn gebeugt waren, auch zu sehen.

Sie erklärten ihm, was sie wussten. Der Williwaw hatte sich, wie das seine Art war, rasch an seiner eigenen Tobsucht erschöpft. Im letzten, äußersten Aufbäumen seiner Wut hatte ein Stoß Orp über den Grat geschleudert. Mehr wusste keiner zu sagen. Als die Raserei vorüber war, hatten sie Orp ausgestreckt auf dem Boden liegend gefunden. Ein Bein war gebrochen, überall am Leibe hatte er Schrammen. Gant erklärte ihm, wie sie platt auf dem Boden gelegen und sich mit den Händen in Felsspalten geklammert hatten, um den Sturm zu überstehen. Hernach hatten sie Orp den langen, sanften Hang hinabgetragen, zu der geschützten Bucht und zu den

Bidarkas. Die Körbe waren verloren, die leeren und auch jene, die sie mit Vögeln voll gestopft hatten. Nichts blieb ihnen, damit im Dorf zu prahlen. Das Einzige, was sie tun konnten, war, am nächsten Morgen die lange Heimfahrt anzutreten.

Nebel verhüllte die Inseln. Als dickes weißes Gespinst schob er sich von der See heran. Eine Insel nach der andern versank darin, zuletzt Attu, der heimische Berg mit seinen Ausläufern und Hügeln, das Dorf, die letzte Barabara. Nun war die Welt nur mehr eine dichte Nebelwand, in der auch alles Geräusch bis zur Unhörbarkeit gedämpft war, nichts zurückblieb als das schwache, monotone Schleppen der Gezeiten.

Die alten Männer beschäftigten sich damit, hölzerne Regenhüte und Paddel mit Doppelblättern zu schnitzen. Von Metall abgesehen war Holz das kostbarste von allen Dingen. Es wurde nur in geringen Mengen von fernen Gestaden herübergeschwemmt, und keiner wusste genau, wie es aussah, bevor es zu Holz wurde, und wie es eigentlich wuchs, denn auf den Inseln gab es keinen Baum. Ein gutes Stück Holz war äußerst wertvoll, und allen im Dorf war das Ausspähen nach Holz zur zweiten Natur geworden. Steckte dann gar ein Nagel oder sonst ein Stück Metall darin, so war der Fund ein Haupttreffer. Eisen ließ sich wundervoll zur Verstärkung aller Arten von Waffen benützen, es ergab ausgezeichnete Spitzen. Gewiss, dazu hatte man ja verarbeitete Knochen, aber Eisen war eben das beste Material. Es drang unwiderstehlich ein und zersplitterte niemals.

Andere alte Männer höhlten Steine für Lampen aus und bearbeiteten Seelöwenknochen für alle möglichen Verwendungen. Die Anfertigung der Regenmäntel war den Frauen überlassen. Sie fertigten aus Sehnen das Garn, schnitzten sich aus den besten Knochen Nadeln. Aus Seeotterfellen, die sie mit zarten Vogelbälgen besetzten, schneiderten sie prächtige Parkas.

Waren die Tage einigermaßen schön, arbeitete man im Freien. In der Barabara war es immer dumpf und dämmerig, Steinlampen oder Kerzenfisch, ja selbst beide zusammen gaben nur ein spärliches Licht. Jagte der Wind aber die lange währenden winterlichen Regengüsse gleich Millionen von Wasserspeeren herüber, dann fühlte man sich im Innern der Hütten wohler.

Doch der Winter war auch die Zeit des Gesanges, die Zeit der Lieder, die ausführlich und mit vielen Refrains und Wiederholungen die alte Sage lebendig hielten. Die Zeit, in der die Legenden wieder auflebten, Heldentaten und Kämpfe der Vergangenheit. Zwar kämpften die Männer nie gegeneinander, aber sie rangen mit der See und stritten wider die Geschöpfe des Meeres, bestanden harte Kämpfe mit den Williwaws, waren von Feuer speienden Bergen und Erdbeben bedroht.

Unter den Heldenahnen war Rak, der einen Riesenwal besiegte. Oder Marr, der tief in den Schlund und bis zum Herzen eines Feuer speienden Berges hinabgestiegen war, oder Tick mit den hundert Seehunden. Solche und andere Berichte wiederholte der Erzähler viele und viele Male. Gespannt folgte die Zuhörerschaft, freute sich an jeder neuen Abwandlung, spendete Beifall, sooft neuer Ruhm auf einen Helden gehäuft wurde.

Für die Seeotterjagd aber war jede Zeit eine gute Zeit. Seelöwen kamen nur zu ihrem ganz bestimmten Zeitpunkt herein, Seehunde für eine kurze Weile im Frühling. Otter aber schwammen immer um die Inseln herum und trieben in den Salzwasserlagunen ihr Spiel. Junge bekamen sie zu allen Jahreszeiten, und ihre dicken Felle waren stets von gleicher Güte. So dicht waren die, dass ein Mensch seine Finger nicht bis zur Haut darunter durchbohren konnte. Weder Wind noch Regen drang durch einen Ottermantel; nur war der so schwer, dass bloß ein kräftiger Mann ihn tragen konnte.

Fünfzehn Bidarkas fuhren aus. Nur erfahrene Jäger gingen auf hoher See auf Otterfang. Unvorhersehbare Gefahren drohten dort, doch wurden alte Jäger von einem Instinkt geleitet, der dem der Vögel und Seetiere glich. Die jungen Männer hatten eben noch nicht das feine Gefühl für die unzähligen Nuancen der See und des Himmels, des Windes und Regens erworben, verstanden sich noch nicht so auf das Gehaben der lebenden Geschöpfe. Am wichtigsten war das Gehör für das Raunen der Erde, für dieses oft fast unhörbare Murren, das man zuweilen mehr spürte als mit dem Ohr aufnahm. Solches Grollen aus der Tiefe kündigte die Springfluten an.

Es war Brauch, an einem hellen Morgen zur Otterjagd auszufahren. Niemand konnte vorhersagen, ob in einer Stunde, ob am nächsten Tage oder erst in einigen Tagen Nebel herankriechen würde. Manchmal half der Nebel den Jägern, manchmal war er dem Entkommen der Otter günstig. Jäger und Gejagte nutzten die jähen Wetterwechsel zu ihren Gunsten. Da konnten beide, Mensch und Tier, ihr Geschick auf die Probe stellen.

Dicht aneinander gedrängt paddelten die Bidarkas in die offene See hinaus. Sobald Malak den ersten schwarzen Otterschädel erblickt hatte, gab er lautlos das verabredete Zeichen und hob sein Paddel. Schleunigst zogen die fünfzehn Bidarkas einen weiten Kreis um die Stelle, wo der Otter untergetaucht war. Kam das Tier an die Oberfläche, um Luft zu schnappen, so schossen die Jäger ihre Bogen ab, und das Zischen der Pfeile pfiff über das stille Wasser. Manch ein Pfeil kam dem Ziel nahe, doch gelang es dem nicht getroffenen Otter, wieder zu tauchen. Jetzt war er verängstigt und blieb unglaublich lange unter Wasser, bis er fast erstickt wieder hochkam.

Ein zweites Mal hob sich der glatte Rundschädel über die Wasserfläche. Doch außerhalb des Kreises der Jäger. Ah, man hatte es mit einem alten und gewitzten Otter zu tun! Der hatte den Kreis der Feinde unterschwommen. Die Jäger, die am nächsten waren, schossen von neuem. Alles paddelte aus Leibeskräften drauflos, um einen neuen Kreis zu ziehen. Man durfte dem Opfer nicht Zeit lassen, seine Lungen mit Luft voll zu pumpen. In seiner verzweifelten Atemnot würde es dann immer länger und länger sichtbar bleiben. Jedesmal zog sich der Kreis enger um den Otter zusammen, doch nicht zu eng, damit das Tier nicht noch einmal versuchte, die Einkreisung zu unterschwimmen. Ein aufregendes Spiel war das, bei dem jeder versuchte, den andern im Erraten, was sein Gegner zunächst tun würde, zu übertrumpfen.

Die langen Wellen, geschmeidig wie Öl, überschlugen sich nicht, der Wasserspiegel blieb glatt – ideales Jagdwetter. Nun tauchte der Kopf von neuem auf, näher heran zischten die Pfeile. Diesmal war der Otter länger in Sicht als zuvor, das Verlangen nach Luft machte sich geltend. Erst unter einem zweiten Pfeilregen tauchte das Tier. Jetzt war kaum mehr zu befürchten, dass es aus der Umkreisung entkam, doch blieb es immer noch schlau genug, nie in der Nähe einer Bidarka aufzutauchen.

Die Jäger hatten kurze Bogen, die nur in beträchtlicher Nähe zielgerecht waren. Nur schwer ließ sich brauchbares Treibholz für Pfeile und Bogen beschaffen. Die Pfeile waren kostbar. Man musste sie auf dem Wasser wieder einsammeln und ins Boot holen.

Wieder tauchte der Kopf auf, diesmal fast im Mittelpunkt des Kreises. Einige Pfeile trafen. So musste der Otter tauchen, bevor er Luft schöpfen konnte. Enger rückten die Bidarkas aneinander, sie verringerten den Durchmesser des Kreises. Das Opfer war jetzt zu erschöpft, um zu entkommen.

Einmal noch – diesmal mussten die Pfeile ihre Wirkung tun. Alle Augen, die der Ruderer und die der Schützen, waren auf den eng gewordenen Platz gerichtet, auf dem der Kopf auftauchen musste. Die Schützen hielten die Pfeile auf der gespannten Sehne aufgesetzt. So fasziniert waren sie, dass sie die über sie hinwegrollende Nebelwand erst merkten, als die Bidarkas darin untertauchten. Sacht, unmerklich und doch unaufhaltbar wie ein Sonnenaufgang vollzog sich das. Die Männer in den Booten, sacht auf sanften Wogen gehoben, erlagen der seltsamen Täuschung, in bodenlosem Nebel zu schweben. Nebel und See schienen so ineinander gemischt, dass kein Horizont, keine Teilung sichtbar war. Der Mensch konnte kaum das Ende seines Paddels sehen.

Eng rückten die Bidarkas zusammen, wie immer, wenn man vom Nebel überrascht wurde. Der Otter war entschwunden. Irgendwo lag er gerettet unter der schützenden Decke, sog tief Luft ein. Gewitzt durch sein knappes Entkommen, ließ er sich dann kein zweites Mal umzingeln. Manche Jäger meinten, dass ein ausgewachsener Otter, der einmal entkommen war, nie wieder in die Einkreisung der Bidarkas geriet.

Eine Weile harrten die Männer reglos in ihren Booten aus. Die Ränder der Boote stießen aneinander, wenn die Bidarkas von den sanften Wogen gehoben und wieder gesenkt wurden. Irgendwo blies ein Wal, und seine Fontäne fiel mit gedämpft herüberklingendem Brausen in die See zurück. Der Nebel konnte bis zur Dunkelheit währen, er konnte sich auch sofort heben. Kein Mensch, er mochte noch so erfahren sein, wusste mit den Launen des Nebels Bescheid.

Bedachtsam nahmen sie Kurs auf die Insel. Ihr feines Gehör trug die Geräusche der brechenden Brandung herüber, die Rufe der Vögel, das Gebell der Seehunde, Echos von den Klippen. Auch der Geruch der Salzlagunen längs des Strandes lenkte sie, der Gestank der Vogelhorste und zuweilen der Schwefelhauch der Vulkane. Es gab unzählige Kombinationen all dieser vielfältigen Gerüche und, bedeutsamer als sie alle, einen Instinkt, der nicht erklärbar war. Junge Leute mochten sich auf der See verirren, aber erwachsene Aleuten hielten es für eine Schande, sich vom Nebel verwirren zu lassen.

Geräuschlos zogen die Bidarkas dahin. Die Männer empfanden weder Ärger noch Enttäuschung, dass ihnen ein Otter entkommen war. Das war Sache des Jägerglücks. Manchmal stellte es sich auf die Seite des Otters, manchmal nahm es für die Jäger Partei. Damit musste man rechnen, daran änderte Ärger nichts.

So plötzlich, wie er gekommen war, wich der Nebel vor einer frischen Brise. Leichter Wogengang schlug an die Flanken der Bidarkas, die nun wieder in ihre geregelte Fahrtordnung eingerückt waren. Die Männer hielten, während sie gemächlich gegen den Wind paddelten, nach Otter Ausschau. Und jetzt gab Umbak das Zeichen. Vor ihnen, auf die Küste zu, ließ ein Otter sich treiben. Sogleich zogen die Jäger wieder ihren Kreis.

Bevor der Otter verschwand, gewahrten sie das Junge. Hier hatte man also leichtes Spiel. Ein Otter, der sein Junges bei sich hatte, flüchtete nie allein. Mit dem Jungen zu entkommen, war für ihn überaus schwer. Ein junger Otter konnte nur für kurze Frist tauchen, er besaß noch nicht die zähe verzweifelte Kraft des ausgewachsenen Tieres. Blieb das Junge zu lange unten, so ertrank es; das Muttertier wusste genau, bis zu welcher Grenze es die Lungen des Jungen belasten durfte. So groß auch die Gefahr war, nie wurde ein Junges verlassen oder preisgegeben.

Jetzt kam der Otter wieder hoch, doch ein Schauer von Pfeilen trieb ihn unter Wasser. Der alten Jagdregel getreu, engten die Männer den Kreis nur um ein Weniges ein. Diesmal würde man ja nicht so lange zu warten haben. Ein ausgewachsener Otter, der genügend schlau war, blieb fünfzehn, zwanzig oder sogar dreißig Minuten unter Wasser. Doch schon nach fünf, allenfalls zehn Minuten musste das Jungtier Atem holen. Auch verstand es sich noch nicht darauf, blitzschnell die Lungen voll zu pumpen.

Wieder erschien der runde, glitzernde Kopf, wieder wurden die Flossen sichtbar, die das Junge umfasst hielten. Doch folgte das Tauchen nicht sofort: Das Jungtier rang nach Luft. Pfeile schwirrten, einer traf. Die Otter tauchten, die Bidarkas rückten näher aneinander.

Sofort kam das Opfer wieder hoch. Der Otter hatte sich auf den Rücken gelegt, ließ sich treiben, das Jungtier in die Flossen genommen, in einer letzten hoffnungslosen Schutzgebärde. Malak war am nächsten. Ein Pfeil aus seinem Bogen genügte. Der alte Otter erschauerte, zuckte hoch, fiel dann zurück wie ein Stück Treibholz. Das Jungtier löste sich nicht aus der Umarmung der mütterlichen Flossen, ohne Waffe würde man es greifen können. Malak und Kipat holten die beiden Otter in ihre Bidarka.

Noch bevor der Abend dämmerte, hatten die Jäger sieben ausgewachsene Seeotter und vier Jungtiere erbeutet. In geschlossener Fahrtordnung traten sie die Heimfahrt an. Ererbtes Wissen hatte sie gelehrt, immer in solcher Fahrtordnung zu rudern, wenn kein Grund vorlag, es anders zu halten. Das Wetter auf diesen stürmischen Inseln war tückisch und unstet, und manch ein Menschenleben war durch rasche Hilfe gerettet worden. Andere seefahrende Stämme waren im Laufe der Zeiten untergegangen, die Aleuten aber gediehen, und sie führten das auf ihre altbewährte Kenntnis des Meeres zurück.

Die Männer stimmten das Lied von den Seeotter an, das Echo ihres Gesangs widerhallte vom Strand, während sie triumphale Einfahrt hielten. Die eigenartigen rhythmischen Wiederholungen fluteten in die Nacht. Sooft sich die Bidarkas auf den Kamm einer Woge hoben, schwollen die Gesänge zu hohen schrillen Klängen an. Senkten sich die Boote, wurde der Ton gedämpft und kehlig. So übertrug sich die Bewegung der See auf den Rhythmus des Gesanges. Inhalt des Liedes war die Schlauheit der Otter, über die dann die List der Jäger doch noch den Sieg davongetragen hatte. Die Bidarkas wurden auf den groben Kies des Strandes an Land gesetzt und weit genug landeinwärts gezogen, um nicht in Reichweite der Flut zu kommen.

Seeotter waren als Nahrung wertlos. Der ranzige Fischgeruch war so intensiv, dass Menschen es nur unmittelbar vor dem Verhungern über sich brachten, Otterfleisch zu essen. Selbst das Abhäuten der Tiere war eine unangenehme Arbeit. Einzig das kostbare Fell bewog die Inselleute, sie auf sich zu nehmen.

Die ganze Nacht über wehte kräftiger Wind. Selbst in den abgedichteten Barabaras konnte man das Heulen hören. Am Morgen jagten weiße Wolken über das offene Meer. Das Wetter war zu rau, als dass die Bidarkas zum Otterfang hätten ausfahren können. Doch war dies gerade das Wetter, das die Otter in die Salzwasserlagunen lockte. In den geschützten Buchten trieb Salzkraut in Menge auf dem Wasser, hob und senkte sich sacht im Rhythmus des Wogenganges der hohen See. Hierher kamen die Otter, Futter zu suchen, ihre Spiele zu treiben und ihre Jungen zur Welt zu bringen. Im seichten Wasser fanden sie reichlich Nahrung. Da wimmelte es von Seeigeln, Krabben, Uferschnecken, Tellermuscheln und Seegras.

Die Jäger zogen zu den Lagunen hinab. Die Männer wateten durch dickes Salzkraut, mussten sich immer wieder von den langen Ranken freimachen, die sich wie Fangarme um sie schlangen. Sie trugen grobe Netze, die sie durch Gewichte unter dem Wasserspiegel festmachten, dann plantschten die Leute, so rasch es nur ging, aus dem eisigen Wasser heraus. Das Meerwasser fror hier niemals zu, war aber selbst im Sommer lähmend kalt.

Von da ging es in aller Eile über felsiges Gelände zur nächsten Lagune. Sobald die Jäger den Schimmer des grünen Salzgrases gewahrten, änderten sie ihre Gangart, schlichen behutsam, gedeckt durch verstreut liegende Felsen, näher. Otter waren über alle Maßen geruchs- und gehörempfindlich, doch strich von der See kräftiger Wind herüber, der den Jägern günstig war. In den Händen trugen sie knotige Treibholzkeulen. Dies war eine erregende, rasche Jagdart, da musste man nicht lange darauf warten, dass die Tiere wieder auftauchten oder sich in einem Netz verfingen.

Sie krochen an den Rand der windstillen Lagune heran. An solchen Plätzen suchten die Otter gern vor Stürmen Schutz. Von ihren

Felsen aus spähten die Jäger nach den glatten Otterköpfen aus. Tiere, die Junge hatten, ließen sich auf dem Rücken treiben. Sie knackten mit ihren harten, pfotenartigen Flossen stachelige Igel auf und fütterten damit ihre Jungen. Die Jungen hielten sich an die Brüste ihrer Mütter geklammert und ließen wie kleine Katzen miauende Laute hören. Fast alle schwammen auf dem Rücken, nur einige wenige, die sich schon gesättigt hatten, schliefen, Ranken von Salzkraut um sich gezogen, damit sie nicht schlafend in die See hinausgetrieben wurden.

Andere Seeotter hatten sich auf halbüberfluteten Felsen und im struppigen Marschgras zur Ruhe begeben. Seeottermütter lehrten ihre Jungen schwimmen, indem sie plötzlich tauchten und die Kleinen dadurch zwangen, kurze Strecken zu paddeln. Andere schleppten ihre Jungen, unter eine Flosse geklemmt, von Ort zu Ort; einige alte Graubärte waren als Wachtposten aufgestellt. Sie hoben sich brusthoch aus dem Wasser und warfen spöttische Blicke um sich, ungeduldigen alten Männern ähnlich; dann ließen sie sich wieder ins Salzkraut zurückfallen. Dicht war die kleine Bucht vom Treiben der Otterfamilien belebt.

Drei der Jäger hatten inzwischen die Lagune umgangen und tauchten am gegenüberliegenden Ufer auf. Auf ein gegebenes Signal sollten die Männer von allen Seiten ins Wasser springen und versuchen, an der schmalen Öffnung der Lagune eine Sperrkette zu bilden. Keine Gefahr, kein Lärm konnte Otter vom Wasser forttreiben. In Panik strebten sie immer nach der offenen See. Da sie ohne Verteidigungsmittel waren, suchten sie ihr Heil nur in der Flucht.

Nun gab Tulk das Signal, die Männer stürzten hinter ihren Felsen hervor. Die stille Lagune war jäh von den verschreckten Tieren aufgewühlt. Die Seeotter, die keine Jungen hatten, waren rasch außer Reichweite, doch die Muttertiere bewegten sich um etliches langsamer. Tiere, die sich im dichten Gras hielten, merkten die Gefahr erst spät, und als sie endlich auftauchten, unternahmen sie verzweifelte Anstrengungen, ihre Jungen unterzufassen und mit ihnen zu tauchen. Doch in dem seichten, dicht verkrauteten Wasser ging das Schwimmen nicht so gut wie in der offenen See.

Enger schloss sich der Kreis der Jäger, näherte sich dem Ausgang der Lagune. Eine richtige Sperre konnten sie jedoch nicht bilden, der mittlere Teil der Lagune war zu tief. Viele Otter würden durch den schmalen Auslass entkommen. Aus der Bewegung im Salzkraut konnten die Männer erkennen, dass die Otter bereits Richtung auf den Ausgang genommen hatten. Dagegen ließ sich nichts unternehmen. Mit der schweren Keule in tiefes Wasser zu schlagen, war sinnlos. Taumelnd und stolpernd bewegten sich die Leute auf das Seichtere zu.

Nach allen Richtungen stoben die verschreckten Otter auseinander. In ihrer wilden Aufregung schlugen und stießen sie gegen die Beine der Männer. Die Keulen zuckten auf die runden, feucht glitzernden Köpfe nieder, ein einziger, sogar ein leichter Schlag genügte. Für ihre Größe schienen die Tiere erstaunlich zart. Alte Jäger behaupteten sogar, Otter könnten aus schierer Furcht sterben. Und ob die Muttertiere nun tot oder lebend waren, niemals trennten sich die Jungen von ihnen.

Schreiend fuchtelten die Jäger mit ihren Keulen. Sie torkelten auf Otter zu, glitten aus, richteten sich wieder auf, rissen sich aus der Umklammerung des Salzkrautes los, schrien wieder auf, schlugen zu. Es war ihre feste Überzeugung, dass das Gebrüll die Otter verwirrte und in ihren Bewegungen hemmte. Auf jeden Fall schrien die Männer gern. Von jeher hatte man beim Jagen gebrüllt, und eine Jagd ohne Gebrüll war gar keine richtige Jagd.

Bald war die Treibjagd beendigt. Unmöglich, dass sich noch ein lebendes Tier im Kraut verbarg. Man schleppte die erbeuteten Otter aufs Trockene. Nur neun ausgewachsene und vier junge, ein dürftiger Teil der Herde. Allzu viele hatten den Durchlass gefunden. Die Männer standen da, sahen einander an und lachten. Sie waren durchnässt, Salzkraut und Seekraut hing ihnen wie Laubgewinde an den Kleidern. Exotischen Geschöpfen der See glichen sie, die eben aus der Tiefe einer Märchenhöhle heraufgestiegen waren.

Nach der Fröhlichkeit der Jagd kam nun das widerliche Geschäft des Ausweidens. Seehunde oder Seelöwen abzuhäuten, war eine gewohnte Arbeit, aber selbst die hart gesottensten alten Inselbewohner konnten ihren Abscheu vor dem Geruch der Seeotter kaum überwinden, die stanken, als wären sie schon halb verwest. Vielleicht war dieser Gestank ein Schutz gegen Haie, Orcas und all die anderen reißenden Bestien der Tiefe.

Die Felle wurden zu Ballen geschnürt, dann kletterten die Leute über das Felsengelände zu der Bucht zurück, in der sie die Netze ausgelegt hatten. Einige der glatten Köpfe ließen sich reglos über dem Grün des Salzkrauts sehen. Wenn Otter spürten, dass sie ins Netz gegangen waren, benahmen sie sich nicht wie andere Tiere. Sie versuchten sich nicht freizuzappeln, oder sie taten das wenigstens nicht lange. Bei ihrer Kraft und Beweglichkeit wäre es ihnen wohl möglich gewesen, sich mit einiger Anstrengung aus den kleinen und nicht allzu festen Netzen zu lösen. Doch die Seeotter ergaben sich ihrem Entsetzen und erwarteten reglos das Ende. Für den Jäger war ein solcher leichter Sieg nur geringe Genugtuung, und so benützten die Inselleute die Netze nur als zusätzliches Mittel, noch ein paar Felle hereinzubringen, wenn großer Bedarf an Fellen war.

Malak und Kipat wateten in die Bucht hinaus und erledigten die fünf vor Angst halb toten Otter. Tulk und Umbak holten die Netze ein. Dann begann das Abhäuten. Es war, alles in allem, kein großer Tag, aber man konnte zufrieden sein.

Im Winter besuchte Zok, der Häuptling von Attu, die benachbarten Inseln. Der Winter war eine Zeit der Stürme und eisiger Kälte, aber es gab weniger Nebel. Jetzt waren die Stämme zu Hause. Das war die Zeit, Dinge mit ihnen zu bereden, da konnte man auf engeren Zusammenschluss drängen.

Es hieß, der alte Zok besitze eine ungewöhnliche Barabara, die halb mit Pfeilen, Bogen und Speeren voll gestopft sei. Seine Tage füllte er damit aus, Waffen anzufertigen und Treibholz oder Knochen zu Keulen zu verarbeiten. Pfeile besaß er ohne Zahl, hieß es, und Speere, mehr als ein Mann bei Lebzeiten brauchen konnte. Das Dorf war von einem halb fertigen Steinwall umgürtet, den die Männer in müßigen Tagen errichtet hatten, um Zok Genüge zu tun. Vielleicht würde dieser Wall irgendeinmal fertig gebaut, doch schien das niemandem eilig.

Zum ersten Mal nahm Zok seinen Sohn Zip auf seine Reise mit. Zip war nun kein Knabe mehr, also war es an der Zeit, dass er die Inseln kennen lerne und sich an den Gedanken gewöhne, so viel wie möglich für ihre Verteidigung zu tun. Auch sollte ein Mann niemals allein eine weite Reise tun, und Zip war bereits ein tüchtiger Paddler. Es war Zok jetzt klar, dass es ihm bei Lebzeiten nicht gelingen würde, den Zusammenschluss der weit verstreuten Inseln zu vollenden. Sein Sohn musste dies Werk weiterführen, und deshalb galt es, ihm dieses Ziel nahezubringen.

Die Bidarka wurde also mit Lebensmitteln und Waffen ausgerüstet, dann kamen die Dorfleute an den Strand, um den Häuptling und seinen Sohn zu verabschieden. Auch Kar, die nun fast erwachsene Tochter, und Sak, des Häuptlings Frau, sahen der Ausfahrt zu. Kar hätte sich gerne dem Vater auf der langen Fahrt angeschlossen, doch die Mutter weigerte sich. Zu viele Bidarkas waren allein in die tückische, unberechenbare See hinausgefahren und nicht zurückgekommen. Es reichte, dass sie alle Männer ihres Haushalts den Launen der See preisgeben musste.

Zip winkte und schrie, und Kar quietschte und tanzte in ihrer Aufregung, doch Sak sah mit verhangenen Augen zu, wie die Bidarka in der Ferne zu einem Pünktchen zusammenschrumpfte und dann vom Nebel verschlungen wurde. So war das, die See gab alles, und die See nahm wieder, und keiner konnte sagen, warum oder wann.

Die beiden paddelten der aufgehenden Sonne zu. Gegen Osten hin lagen die Inseln, ein mächtiger Bogen, weit verstreut. Manche waren nur Anhäufungen von schwarzem Fels, unwirtlich und unbelebt, nicht einmal den Vögeln eine Heimstätte. Dann wieder gab es gewaltig große Inseln mit Bergen und Flüssen und mächtigen Gebirgszügen, deren Gletscher in die See tauchten. Es gab rauchende Inseln, deren schwarze, kegelförmige Vulkane niemals ruhten und in unersättlichem Zorn an dem rüttelten, was sie selber geschaffen. Dies war ein unfertig gebliebener Winkel der Welt, noch ruhelos im Entstehen und ungewiss der endgültigen Form.

Zok, auch er, war ruhelos. Bald beugte er sich vor, als ob er lauschte, und beständig hielt er die Kimmung im Auge. Waren Inseln auf ihrem Wege, so hielt er die Bidarka gern in Landnähe. Zip wusste, dass der Vater über irgendetwas beunruhigt war, doch wollte der Junge nicht fragen. Einem guten Sohn kam es zu, zu warten, bis sein Vater den Mund auftat. Nun aber hatte auch Zip ein unbestimmtes Gefühl. Auch er spürte etwas. Vielleicht war seine von leiser Angst erregte Fantasie daran schuld – er fühlte ein leises Beben, ein fast unmerkliches Erzittern der See, das nicht von Winden oder rollenden Brechern herrührte. Nun ja, es mochte die unbegründete Angst eines jungen Burschen sein. Aber war er denn jetzt nicht ein Mann? Zip riss sich zusammen und versuchte, das unwürdige Gefühl abzustreifen.

Gegen Einbruch der Dämmerung landeten sie an der Leeseite von Agattu. Einwohner, die ihr Herankommen beobachtet hatten, führten sie zu der Barabara, die für Gäste von anderen Inseln bestimmt war.

Die Furcht wich von Zip. Vielleicht hatte er sich dieses Seebeben nur eingebildet, aber nun war es doch wohltuend, seinen Fuß auf guten festen Stein zu setzen. Und es war Zip angenehm, als junger

Häuptling behandelt zu werden. Auch daheim wussten die Leute, dass er einmal ihr Häuptling sein würde, doch die hatten ihn ja von klein auf gekannt. Sie waren alle freundlich, doch bezeigten sie ihm keine besondere Achtung. Diese Leute auf Agattu aber waren zwar Nachbarn, doch auch Fremde. Sie verschafften Zip ein Gefühl seiner Bedeutung.

Am Morgen trat die Dorfversammlung zusammen, um zu hören, was der Häuptling von Attu sagen würde, obwohl sie alle schon von früher her wussten, worauf er hinaus wollte. Zok stand auf einer flachen Felsplatte, die andern hockten ringsum auf den Felsen. Zuhören würden sie ihm, weil sie das immer getan hatten und weil es ja auch nichts gab, was ihr Interesse abgelenkt hätte. Und Zok begann:

»Die Leute von Agattu haben nur einen geringen Vorrat an Speeren und Pfeilen. Das ist seit Jahren dasselbe: Nur für Otterfang und Vogeljagd habt ihr Waffen bereit. Unsere Inseln aber müssen einen großen Vorrat an Waffen vorbereiten für den Tag, an dem Feinde über uns kommen werden. Wir verschießen eine Hand voll Pfeile, dann haben wir keine mehr. Wir werfen ein paar Speere, und unsere Hände sind leer. Dann kommen unsere Feinde, die noch Waffen besitzen, über uns, und wir sind wehrlos wie Weiber.

Lasst uns also viele Speere und Pfeile anfertigen, dass niemand sie mehr zählen kann. Keinen Mangel leiden unsere Inseln an Fels, und die Felssteine sollten mächtige Wälle werden gegen unsere Feinde. Wasser sollte in die umgürtete Siedlung geleitet, trockener Lachs und Seelöwenfleisch sollte gehortet werden, dass wir nicht schwach werden, wenn Feinde uns belagern.

Führer müssen wir haben, die so klug wie tapfer sind, dass sie uns ansagen, wann wir schießen sollen und wann warten; wann wir uns hinter den Wällen halten und wann wir ausschwärmen sollen. Und unsere Männer müssen lernen, diesen Führern zu gehorchen, damit ihre Kraft sich nicht vergeudet wie die Tobsucht des Williwaw.

Flinke Ruderer und leichte Bidarkas müssen immer bereit sein, damit wir Warnungen zu allen Inseln tragen und überallhin, wo unser Volk wohnt. Wir sind viele, wir kennen die Inseln und wissen auf den Wässern und Strömungen zwischen den Inseln Bescheid. Jeder Stamm für sich allein ist nur schwach; alle Stämme zusammen können sehr stark sein. Brüder von Agattu, bestimmt eure Führer und haltet Speere und Pfeile vorrätig. Errichtet Wälle und haltet eure wendigsten und flinksten Bidarkas stets alarmbereit.«

Als Zok geendet hatte, fragte ein alter Mann: »Und wo ist er denn, dieser Feind, der so groß ist?«

Einen Moment horchten alle gespannt, obwohl sie Zoks Antwort schon früher gehört hatten.

»Er kommt von Sonnenaufgang, denke ich, wo die Inseln zahlreich und dicht sind. Dort hinten gibt es Inseln, die uns fremd sind, und es mag sein, dass dort ein wildwütiges Volk haust.«

Ein anderer wandte ein: »Es mag auch sein, dass die Seelöwen dort weiß sind wie Schnee, aber gesehen haben wir sie noch nicht, oder die Wale brennen dort wie die Sonne, doch auch solche Wale sind uns noch nicht begegnet. Soviel ich weiß, begegnen wir nie fremden Leuten, überall wohnen nur Menschen unserer Stämme. Wozu also sollen wir für nichts und wieder nichts arbeiten?«

Auf diesen Einwand war Zok vorbereitet. Er streckte einen Stock aus Treibholz vor, dessen Ende eine eiserne Spitze trug. »Diese höchst kostbaren schwarzen Dinge, die wir mit solcher Sorgfalt an den Spitzen unserer Waffen anbringen, stammen von einem anderen Volk. Irgendwo gibt es ein schlaues Volk, das mit solchem schwarzen Stein umzugehen weiß, von dem wir wenig wissen. Wenn das Volk der schwarzen Steinwaffen über uns käme, dann wären wir verloren.«

Der Alte, der zuerst das Wort ergriffen, sagte nun: »Stämme, die so weit von uns wohnen, können auch nicht zu uns gelangen. Ich habe sie noch nicht gesehen. Mein Vater und meines Vaters Vater haben auch noch keine gesehen. Immer ist die zornige See gegen sie, und ihre Bidarkas sinken.«

Wieder antwortete Zok: »Einst haben auf diesen Inseln Menschen gewohnt, die nicht von unserem Volk waren. Jetzt sitzen sie nur noch in den warmen Höhlen der Geisterwelt. Ihre Schädel sind von anderer Form als die unseren, und sie hatten Waffen, die wir nicht kennen. Es waren keine Unsrigen. Jetzt leben sie nur mehr in der Geisterwelt, weil ein fremdes Volk, wir selber, ihnen die Inseln wegnahm. Ein anderer Feind mag kommen, und dann werden wir nur in der Geisterwelt sitzen.«

Die Männer waren schweigsam geworden. Nur bei feierlichen Anlässen tat man des Schattenreichs Erwähnung, in dem auf eine Weise gelebt wird, die voll Geheimnis ist. Sacht zogen die Dörfler sich zurück. Nur die älteren Männer blieben, traten näher um Zok zusammen. Sie waren ernst und es war in ihnen die Bereitschaft, mehr darüber zu hören, wie man sich gegen einen unbekannten Feind verteidigen könne. Man erwog auch, wer sich wohl zum Führer eigne; man sprach über Steinwälle, über Signale und über Boten in flinken Bidarkas. Die Männer wurden eifrig, sie sagten mancherlei zu, und es schien, dass der Traum des alten Häuptlings in Erfüllung gehen sollte, wenigstens auf einer der Inseln.

Und wieder schiffte Zok an der endlosen Kette der Inseln, die sich zeitlos dem Sonnenaufgang entgegenstreckte, entlang. Sooft er mit den Leuten auf den Inseln Rücksprache nahm, war er enttäuscht und niedergedrückt. Tapfere Leute, fleißig, wie es nötig ist, wenn man all seinen Bedarf selbst zu decken hat, freundlich, friedfertig. Doch ihre Entschlossenheit schwand dahin, lange bevor das Geplante erfüllt war. In Zok war dieser Glaube schier zur Besessenheit geworden. Eine nach der andern würden die Inseln des leichtsinnigen Aleutenvolks überwältigt werden; unterworfen, bevor sie nur der Gefahr innewurde. Dann war es vorbei mit dem alten Leben in Freiheit. Dann würde das Volk ausgerottet oder unter das

Sklavenjoch gebeugt werden. Wann würde das sein? Vielleicht morgen schon, vielleicht nächsten Sommer. Vielleicht auch nicht zu seinen Lebzeiten oder zu denen seines Sohnes oder Sohnessohns. Zok begriff nur, dass es einmal kommen musste.

Und so begann er ernsthaft darüber mit seinem Sohn zu sprechen, fast überrascht, wie sehr der schon zum Mann gereift war. Eine seltsame Sache war das mit Söhnen, jahrelang spielten sie einem um die Beine, und dann, ganz plötzlich, wurde der Junge zum Mann, in so jäher Verwandlung, dass man es kaum fassen konnte. Nun entdeckte auch Zok, dass sein Sohn erwachsen war. In solch rasendem Wechsel jagten die Jahreszeiten an einem vorbei, dass man sich alt fand, bevor man so recht zu leben begonnen hatte. Und so war es auch ihm, Zok, Häuptling auf Attu, ergangen. So vieles war zu vollbringen, und er hatte kaum beginnen können. Der Sohn, ernst gestimmt durch des Vaters gewichtige Worte, hörte ihm mit einer Aufmerksamkeit zu, die er noch nie gezeigt hatte.

Das Wetter war jetzt rau, der Wind, von eisigen Regenschauern schräg durchpfeilt, setzte nur aus, wenn Nebel die See einhüllte. Dieser Nebel schien sich nur heben zu wollen, damit die Regenwasser ins Meer heimfänden. Schnee zog sich an den Flanken der schwarzen Hügel und Berge herab, doch kein Schnee konnte jemals den endlosen Rauch der Feuer speienden Berge ersticken. Immer hoben sich die Rauchfahnen des Bogosloff und Akutan, des Katmai und Makushan und hundert niedrigerer Krater vom Grau des Himmels ab. Immer waren die Berge in Tätigkeit.

In ihrer Bidarka saßen Zok und Zip, in den durchsichtigen Regenmänteln, die geschickt aus den Eingeweiden der Seelöwen hergestellt waren. Wasser floss von den Rändern ihrer kegelförmigen Holz-Regenhüte ab. Wogen schwappten über den Rand der Bidarka, Regen prasselte ins Boot. Unaufhörlich musste man Wasser schöpfen. Der Regen durchnässte sie, die See belagerte sie. Sie lebten vom Wasser und im Wasser. Auch die Luft war davon voll, und ihr Tagwerk war das Meer. Sie waren Geschöpfe des Wassers. Es gab so viele Inseln, die auf die Dringlichkeit von Verteidigungsmaßnahmen hingewiesen werden mussten. Kiska, Tanaga, Atka, Ambia, Kagamil und Adak; dann Kanaga, Unimak, Akutan, Akun und noch manche andere. Klein und unvermögend fühlte sich Zok vor der Größe der Aufgabe. Doch ein innerer Zwang drängte ihn, so wie er wohl die Feuer speienden Berge in endlosen Wehen hält. Solch ein Berg grollte und rauchte jahrelang, und nichts kam zu Tage. Und dann, fast im Laufe einer Nacht, schuf er sich einen mächtigen kegelförmigen Krater. Vielleicht war Zoks Kampf wie ein solcher Vulkan, scheinbar in Ruhe und kaum gefährlich, dann aber plötzlich zu Gewaltigem aufbrechend.

Etwa halbenwegs auf der Strecke zur großen Inselkette hielt Zok plötzlich auf das nächste Stück Land zu. Zuerst schien es keinen Anlass zu unmittelbarer Angst zu geben, doch ein starkes Vorgefühl sagte Zok, dass sie jetzt aus dem Meer heraus müssten. Beunruhigend war allein schon, dass die Luft so totenstill war. Immer musste es Wind geben im Winter – viel Wind. Etwas lag in der Luft.

Bevor sie das Land erreicht hatten, begann die See zu grollen. Es waren nicht Oberflächengeräusche des Wogengangs, sondern ein Mahlen und Geschütteltwerden, ein Ächzen und Krachen, als wolle die Erde sich irgendwo in unermesslichen Tiefen zurechtrücken und fände dies schwer und schmerzvoll. Bebender Widerhall kam aus den Tiefen, und Zok beschleunigte die Fahrt. Land bot auch nicht immer volle Sicherheit, doch war es weniger flüchtig, unter den Füßen nachgebend, weniger tückisch. Lauter wurde das dumpfe Rollen, doch da zogen Vater und Sohn ihre Bidarka bereits über den Strand, weit aus dem Bereich der Springfluten. Von ihrer Höhe herab sahen sie auf das bewegte Meer. Wasserwände rasten aus verschiedenen Richtungen aufeinander zu. Laut dröhnend prallten sie aufeinander, ließen den Gischt hoch aufsprühen. Wieder und wieder tobten die Seen gegeneinander, als wäre Krieg zwischen ihnen, bis das Meer wie ein einziger gewaltiger Kessel kochte.

Mit neuer Ehrfurcht blickte Zip auf den Vater. Hätte den nicht sein Instinkt geleitet, so würden sie jetzt in den tobenden Wassern herumgeschleudert. Schon war der Strand ein einziger Gürtel aus Schaum, an ein Landen wäre nicht mehr zu denken. Und wie seltsam war es, dies Toben der Wasser zu beobachten, während sich doch nirgends ein Lüftchen regte.

Die Insel schien unbewohnt. Mürrisch hockten die Berge direkt am Strand, schoben ihre Gletscher über jähe Abstürze ins Meer. Schwarze Felsgalerien schnitten allen Ausblick auf das Binnenland ab. Zok fühlte Beben in dem Fels, auf dem er stand, doch erzitterten die Inseln oft, auch wenn nur in weiter Ferne ein Berg barst. Zip hielt sich dicht an den Vater.

Jetzt begann hinter der weiten Wasserfläche ein Berg ungeheure Rauchwolken auszustoßen. Dies war nicht die gewohnte, träg aufsteigende Rauchsäule, hier wurde Qualm zu gewaltiger Höhe hochgeschleudert und breitete sich dann wie der Hut eines Pilzes auf dem Stiel aus. Viel weiter östlich begann nun ein anderer Berg einen ähnlichen Rauchpilz aufzusteilen, als wären die Ausbrüche unterirdisch verbunden.

Als die Rauchpilze ihre Hüte senkten, überzog sich der ganze Horizont mit Rauch. Das Grollen der Berge wurde zu einem Getöse, als ob Felsriesen in ihrer Wut Riesenkanonen aufeinander abfeuerten. Als hochgeschleuderte Steine auf den Berghang niederzugehen begannen, pressten sich Zok und Zip eng an die Flanke eines wallartigen Riffs, und schon jagten Steine über ihre Köpfe hinweg. Das Wallen und Schauern und Beben unter ihren Füßen war jetzt pausenlos, als wäre der Fels am Zerbersten.

Dann begann auch Eis zu krachen und sich zu lösen. Hoch über den beiden Männern mussten Gletscher sein, und ihr Eis brach nun unter der Wucht der Erdstöße. Zuerst klatschten nur kleine

Stücke ins Meer, doch als sich die Form des Berges mehr und mehr veränderte, brachen enorme Eismassen ab, rasten dröhnend die Steilhänge hinab und stürzten in die See. Vater und Sohn pressten sich noch enger in ihre Felsspalte, als gewaltige Gletscherteile über ihre Köpfe hinwegfegten. So hoch über ihnen sich dies vollzog, so weit auch die See bereits lag, bekamen sie doch nach jedem Absturz Luftprall und Wassergesprüh zu spüren.

Gegen Mittag war es fast so dunkel wie um Mitternacht. Blendende Blitze fuhren in die See, und der donnernde Widerhall war furchtbarer als alles, was sommerliche Gewitter sonst hervorbrachten. Die unnatürliche Wärme aber war erschreckender als das Gedröhn und der dicke Schwefelgeruch, der in der Luft hing. Und von den Bergen kam ein tiefes stetiges Bellen, wie das Gekläff in tödlichem Kampf streitender riesiger Seelöwen. In ihre Felsspalte gepresst fühlten die Männer, dass stetig Asche niederging. Im Licht der zuckenden Blitze sah das Herabschweben der Asche fast wie Schneefall aus.

Und nun hüllten sich die Berge jenseits des weiten Wassers völlig in eine weiße Wolke aus Dampf. Die überhitzten Felsen, die aus dem Meer ragten, gaben Dampf in solcher Menge ab, dass ein feiner, dunstartiger Regen sich der fallenden Asche beizumengen begann.

Zok und sein Sohn hatten lange Zeit gar nicht versucht, miteinander zu sprechen. Sie hatten einen Punkt jenseits aller Furcht erreicht, und dort war ihr winziges Ich verloren im grandiosen Kampf zwischen Feuer und Wasser. Winzige Insekten waren sie, Zuschauer einer Bühne, auf der Riesen agierten, und nichts wog ihr eigenes Schicksal im Kampf einer Welt mit sich selbst.

Das Atmen fiel schwer in diesem Dunst aus Schwefel und Asche. Die Augen brannten und die Ohren schmerzten, doch war der Kampf der Elemente so faszinierend, dass die beiden der Schaulust nicht widerstehen konnten.

Von Gipfel zu Gipfel ließen die Berge jetzt Blitzspeere zucken. Die verängstigten Inseln bebten in der Wut jenes Kampfes, die Berge schüttelten verängstigt ihre Eiskappen ab. Unterseeische Feuer brachten wieder und wieder ihre mächtigen Öfen zum Erglühen, gigantisch in ihrer Anstrengung, eine neue Insel oder wenigstens einen neuen hochgegipfelten Berg hervorzubringen. Doch die Macht der See bäumte sich auf gegen das Joch vermehrten Landes, die See warf sich selbst ins Feuer, gegen die Hitze rot glühender Gesteinsmassen, um das Feste zurückzutreiben, damit die mächtigen Wogen auf ihrer Bahn nichts finden sollten, was ihren majestätischen Schritt hemmte.

Ob dieser Kampf einen Tag dauerte oder mehrere Tage, konnten Zok und sein Sohn nicht unterscheiden. Unter der alles löschenden Dunkelheit zergingen Tage und Nächte in nicht mehr unterscheidbare Zeit. Als die Blitze aussetzten, blieb nur undurchdringliche Dunkelheit zurück, vom Rot und vom fernen Glühen der Berggipfel abgesehen. Auch waren die Männer nach so langer atemraubender Spannung kraftlos. Fast ohne sich zu rühren lagen sie da, wenn sie nicht ein paar Schritte wagten, um Ausschau zu halten.

Das Beben war jetzt auf ihrer Insel weniger spürbar, war nur noch ein schwaches Zittern im Gestein. Nur das Grollen aus der Tiefe wollte nicht aufhören, als wäre die Wut noch nicht beschwichtigt und als könnte der Kampf jeden Augenblick von neuem beginnen.

Als die lange Nacht fortdauerte, öffnete Zok die kleine wasserdichte Tasche, in der er, durch lange Erfahrungen gewitzt, stets eine Notration bei sich führte. Schon einige Male hatte er sich auf diese Art gerettet, wenn er von aller Hilfe abgeschnitten war. Er holte in Streifen geräuchertes Seelöwen- und Kerzenfischfleisch hervor. Das fette, schmerige Kerzenfischfleisch war dem Gaumen nicht angenehm, hielt aber Lebenskraft und Lebenswärme tagelang wach.

Aschenstaub füllte eine lange Zeit hindurch dick die Luft, und als endlich wieder Licht durchbrach, hatte es eine geisterhafte kupferdunkle Tönung, die Land und Wasser etwas Unwirkliches verlieh. Überall lag knietief graue Asche, trügerisch weich über Risse und Felssprünge gebreitet. Wechten aus Asche hingen wie Gesimse über den Felsen, und man musste behutsam ausschreiten, um den Fuß auf festem Grund zu halten. Die Berge wirkten greisenhaft und grau in den Mantel der Aschendecke gehüllt. Nur die See war unverändert. Triumphierend peitschte sie die Felswände, als wäre sie sich dessen bewusst, dass kein Aufbruch aufwärts drängenden Landes ihr ihre ewige Gleichgestalt rauben könnte. Sturm und Regenfälle würden das Land erst wieder reinfegen, das Meer aber war rein wie immer.

Als es wieder einigermaßen hell war, wagten sich Zok und Zip aus ihrer Zuflucht hervor. Die helle Asche knisterte unter ihren Füßen wie trockener Neuschnee. Sie stießen auf Rudel toter Vögel, die offenbar unverletzt waren: zweifellos nur in der dicken, von Giftgasen geschwängerten Luft zu Grunde gegangen. Nach einer Weile entdeckten sie auch die Bidarka und säuberten sie von der auf ihr lastenden Asche. Sie aßen zwei von den Vögeln und schmolzen Eisstücke, die von dem berstenden Gletscher herübergeschleudert worden waren.

Nun setzten sie die Bidarka ins Wasser und ruderten an der Leeseite der Insel hin, die weder Namen hatte noch Bewohner. Das Wasser war noch unruhig, schien aber keine Gefahren mehr zu bergen. Alles schien ihnen unwirklich. Wie eh und je konnte man an einer Insel entlangrudern, obwohl soeben noch die Welt vor den Augen der beiden hatte untergehen wollen. Nur das Licht hatte noch eine seltsame Tönung, und die Luft war ungewöhnlich warm.

Gegen Abend des nächsten Tages sahen sie die Rauchfahne des Bogosloff. Doch aus der Zwillingsinsel war eine Einzelinsel geworden. Zok konnte sich entsinnen, dass diese Inselgruppe sich mehrmals verändert hatte, auf unvorhersehbare Weise gesunken und wieder aufgetaucht war. Jetzt war eine ganze große Insel verschwunden. Vielleicht würde sie nächstes Jahr, in fünf Jahren oder zehn Jahren wieder auftauchen. Im Tausendmeilenbogen formte die Inselkette sich stetig neu, wurde aufgebaut und zerstört, rückte ihre unzähligen Inseln an Orte, wo sie ein Jahrhundert oder viele Jahrhunderte verblieben oder für immer standhielten.

Zok und Zip hielten auf den Strand der nächsten Insel zu, ein eigentümlich kreisförmiges Tafelland, das in seiner Form einer säuberlich von der Basis abgeschnittenen Kegelspitze glich. Die Luft war hier heiß und dampfig, sodass Zok zögerte, ob er an Land gehen solle. Dann sahen sie die Vögel – tausende und abertausende, reglos. Sie gingen an Land, um einige von diesen Vögeln zu holen, aber man konnte sie nicht aufklauben. Unter der leisesten Berührung zerfielen sie in feinen weißen Staub. Offenbar waren sie auf ihrem glatten Nistfelsen verblieben, und der heiße Stein hatte sie buchstäblich geröstet. Dicht am Strand war der Stein bereits ausgekühlt, aber schon nach wenigen Schritten war die Hitze unerträglich. Unzählige Möwen waren in einem einzigen Augenblick des Todeskampfes zu Grunde gegangen.

Als Zok und sein Sohn staunend diese tausenden und abertausenden von verglühten Vögeln betrachteten, erschütterte ein Knall ihre Ohren. Der erkaltete Fels war krachend geborsten, ein schwarzer zackiger Spalt riss ihn vom Rande her auf. Schleunigst verschwanden Zok und Zip von der aufgeschreckten, in Bewegung geratenen Insel. Ähnliche krachende Explosionen würden aufeinander folgen, sobald das Wasser den heißen Stein berührte, während es in die zerspaltene, zerrissene Felsmasse eindrang.

Fische trieben auf dem Wasserspiegel, als wären sie in einem Riesenkessel gesotten und dann aus der Tiefe hochgetragen worden. Unvermittelt fasste Zok den Entschluss zur Heimkehr. Auf allen Inseln würde er die Leute erschüttert und verängstigt finden. Wer sollte ihm da zuhören, wenn er von irgendwelchen geheimnisvollen Feinden sprach, für deren Vorhandensein er keinen Beweis bieten konnte? Vielleicht waren selbst auf Attu die Berge von diesem Ausbruch, der sich unter der ganzen Inselkette fortpflanzte, in Wut gebracht worden. Die Bidarka trat die Heimreise an.

Als dann vom Westen her kalter Wind einfiel und die glutgewärmte Luft über die Inseln streifte, wälzten sich Nebelschwaden über Land und Wasserstraßen. Selbst wenn man langsam und vorsichtig paddelte, musste Zok all seinen Scharfsinn aufbieten. Alle Gerüche, von denen man sich sonst lenken ließ, waren fortgewischt.

Unermüdlich schlug Zok mit dem flachen Paddel auf das Wasser und lauschte dem Echo. Nur wer über eine lange Erfahrung verfügte, konnte den schwachen Widerhall vernehmen und deuten. Bald kamen die Echos von hohen Felswänden, bald von flachen Sandufern. Und diese Echos klangen ganz anders als jene der Berge und der tief ins Land geschnittenen Inselfjorde. Auch achtete er auf die Brandungsgeräusche, denn die Flut brach sich an verschiedenen Gestaden mit verschiedenem Widerhall. Reich war er an Erinnerungen, und viele Berechnungen musste er anstellen, und darum konnte er, solange sie in Nebel gehüllt waren, nichts anderes denken oder sprechen.

Langsam zogen sie am Bogen der Inseln dahin. Wo es Siedlungen gab, machten sie Halt. Es war kein übermäßiger Schaden entstanden. Die robusten Barabaras, an die schutzbietenden Felsenhänge geschmiegt, waren widerstandsfähig, wenn sich die Wucht des Unheils nicht direkt gegen sie richtete. Gerüchtweise verlautete, ein Dorf sei durch einen plötzlichen Regen glühenden Gesteins vom Erdboden getilgt worden, und kein Mensch sei übrig geblieben, den Hergang zu berichten. Zweifellos, so wurde gesagt, wären Steinwälle, hätte man die Dörfer damit umgeben, von den Beben niedergelegt worden. Dagegen wandte Zok ein, es wäre doch hauptsächlich darauf angekommen, geeignete Steine zu finden und zusammenzutragen, und wären sie am Ort, so wäre es dann ein kleines, sie wieder aufeinander zu schichten. Doch war den Leuten wohl keinerlei derartige Arbeit mundgerecht zu machen, solange sie den Schrecken der Naturkatastrophe nicht überwunden hatten. Mit einem einzigen Wutausbruch hatte das Feuer aus dem Erdinnern Zoks Arbeit für dieses Jahr zunichte gemacht.

Wenn die kalten winterlichen Regengüsse kamen, hoben sich die Nebel. Tiefer und tiefer kroch die Schneedecke von den Berghängen herab. Im Morgendämmer vermischte sich das Zwielicht mit dem Grau der See zu trüben Tagen. Selbst die störrischen Raben saßen nun nicht mehr an den Felsrändern aufgereiht.

Zip hielt Walwache, und sooft in den breiten Wasserstraßen zwischen den Inseln solch ein Ungeheuer die Fluten durchpflügte, flüchtete alles ins seichte Wasser. Es war gefährlich, in Gebieten, in denen Wale ihre Kämpfe austrugen, ertappt zu werden. Masse und Kraft der Wale ließen alle Waffen, die die Inselleute besaßen, gering erscheinen, und so war es klüger, einem Feind auszuweichen, den man doch nicht bezwingen konnte.

Zuweilen allerdings, wenn auch selten, geschah es, dass eines dieser Ungetüme die Meerestiefe falsch einschätzte und im seichten Wasser strandete. Dann hatte das nächstgelegene Dorf gute Tage. Tran gab es dann und Fleisch für vier Monate, und die mächtigen Knochen konnten vielfältig verwendet werden. Vor Walen hatte man tiefen Respekt. Alte Jäger erörterten Methoden und Angriffswaffen, um die Wale einzukreisen und zu bekämpfen. Mehrmals, so weit Menschen zurückdenken konnten, waren kühne Recken zu solcher Jagd ausgezogen, um ihre Namen unvergesslich zu machen. Doch ihre schärfsten Pfeile, ihre schwersten Harpunen hatten auf Wale kaum Eindruck gemacht. Es war nicht viel anders, als hätte man in eine Felsengalerie hineingeschossen. Gemeinhin zog sich das Ungetüm zurück, und an Verfolgung zu denken, wäre Narrheit gewesen. Riss man aber eine Wunde, die tief genug war, dass der

Wal sie spürte, dann konnte ein Klaps mit der Schwanzflosse die größte Bidarka zertrümmern. Wale waren launische Tiere, niemals taten sie zweimal dasselbe, keiner konnte vorhersagen, was ein Wal anstellen würde, und so wich ein kluger Jäger ihm lieber aus.

Endlich hatten Zok und Zip den nebelverhangenen Hafen von Attu vor Augen. Nichts schien auf den ersten Blick verändert. Ohne Hast paddelten sie durch die enge Einfahrt in die Bucht hinein. Dieselben Felsen, dieselben schneehäuptigen Berge, dieselben grauen Barabaras an den Felshang geklebt. Nur der Berg zeigte eine etwas kräftigere Rauchwolke, wohl aus Sympathie zu seinen fernen Brüdern. Über die eintönige Tundra wehte von der Beringsee herüber rauer Wind. Schneeschleier zogen sich wie Rauch durch die Täler. Es war eine Zeit, um das Heimkommen angenehm zu empfinden.

Als sie dann in der dick ummauerten Barabara saßen, berichtete Zip vom großen Kampf der Berge. Dann erzählte Kar, die Schwester, wie die lange Dunkelheit sich über Attu gebreitet hatte. Die Berge hatten gegrollt und Schauer über die Insel gejagt, aber wirkliche Gefahr hatte sich nicht gezeigt.

Während seine Kinder schwatzten, brütete Zok über dem Fehlschlag seiner Fahrt. Auch weiterhin blieben die Stämme fast gleichgültig gegen die drohende Gefahr. Ein Leichtes war es, ihre Aufmerksamkeit abzulenken – ein Vulkanausbruch, ein Erdbeben, eine Springflut, ein Williwaw genügte. Die Zukunft galt den Menschen nichts, die Gegenwart alles.

Sak, Hausmutter, rührte unermüdlich die sachte brodelnde Seelöwenbrühe. Hernach würde es geräucherten Lachs geben und Preiselbeeren, in Kerzenfischfett eingemacht. Wenn je, so war jetzt Zeit, es sich gut gehen zu lassen. Nicht jeden Tag kam ein Sohn heil von seiner ersten langen Fahrt heim.

Während der langen Abwesenheit Zoks und seines Sohnes war Großvater Hig in die Geisterwelt eingegangen. Zum Mindesten stand es fest, dass er das Erdenleben beendet hatte; ob er in der Zwischenzeit schon den Weg zu den Geistern gefunden hatte, ließ sich nicht sagen. Lag, der bewährte Fachmann im Mumifizieren, war des Öfteren ins Haus gekommen, um Großvater Hig für die warmen Höhlen auszurüsten. Die ganze Familie hielt stetig Zwiesprache mit Hig, damit er sich nicht ausgestoßen oder vernachlässigt fühle, in dieser schwierigen Zeit des Übergangs aus einer Daseinsform in die andere. Natürlich waren die Gespräche nicht so umfänglich und detailliert wie jene zwischen den auf Erden Lebenden, sondern eher eine gelegentliche Übermittlung der Neuigkeiten.

»Zok ist heute heimgekommen und Zip mit ihm«, berichtete Mutter Sak dem toten Großvater, während sie Fisch und Fleisch anrichtete. »Sie haben eine schwere Fahrt gehabt wegen der Feuer speienden Berge.«

Dass der dürre, wie Leder gegerbte alte Hig seinerseits kein Interesse zeigte, war keineswegs befremdend. Um eine Antwort von ihm zu gewärtigen, hätte Schlimmeres über die Familie hereinbrechen müssen.

»Wir haben eine ganz heiße Insel gesehen und viele zu Asche verglühte Vögel«, berichtete Zip dem Großvater, als er ihm gegenüberstand.

»Sturm hat geweht und Schnee jagte über die Klippen«, fügte Zok halblaut hinzu.

Der alte Hig zuckte nicht mit der Wimper, sondern saß grimmig und starr in dem Winkel, in dem Lag es ihm bequem gemacht hatte.

»Zip hat gesehen, wie riesige Eismassen über seinen Kopf hinweg ins Meer stürzten«, verkündete Kar stolz.

»Auch unser Berg raucht stark«, stellte Sak nach einem Blick durch die offene Tür fest, »aber der Wind drückt den Rauch flach an die Bergwände.«

Doch Hig blieb für Wind und Schnee, Rauch und Feuer speiende

Berge unzugänglich. All diesen Dingen hatte er Widerstand geleistet, endlose Jahre seines langen Lebens hindurch. Die See, der Wind und der Nebel hatten seine Tage bestimmt. Es war natürlich, dass man annahm, sein Interesse wäre noch immer auf die gleichen Gegenstände gerichtet. Es ziemte sich, ihn darüber, dass sein Lebenswerk weise geplant gewesen war, auf dem Laufenden zu halten.

Als der Winter sich seinem Ende zuneigte, waren die geheimnisvollen Prozeduren, die Lag und seine Söhne vornahmen, beendet, und Großvater Hig war für seine letzte Reise in der sichtbaren Oberwelt bereit. Lags Autorität war in solchen Dingen unbestritten. Jahrelang hatte er alle Launen der Berge aufmerksam studiert. Ob der Rauch in einer dünnen Säule aufstieg, ob er sich breit oder schmal hochwälzte oder in eine vom Wind zerfetzte Wolke auflöste, ob er gar lange winkende Finger ausstreckte, all das waren Zeichen, die der alte Lag zu deuten wusste. Schon seine Vorfahren hatten auf der Insel viel gegolten. Viele Verrichtungen auch von geringerer Bedeutung wurden der Auslegung angepasst, die Lag den Zeichen der Berge gab. Und es war erstaunlich, wie oft seine Weisungen sich bewährten. Vor Zeiten war der Berg der schicksalbestimmende Faktor gewesen, alles auf der Insel richtete sich nach ihm, und oft hatte seine machtvolle Tätigkeit verheerend gewirkt. Der Berg war damals viel stärker, die Insel weit kleiner gewesen. Der leichteste Hauch seines Feueratems hatte den entlegensten Winkel auf der Insel erreicht. Die wenigen Bewohner hatten in beständiger Furcht gelebt. Jetzt hatten sie keine Angst mehr, bewahrten aber noch ehrfürchtige Scheu vor der alten Macht.

So stammten Lags Kenntnisse über das Verhalten des Berges aus dunkler Vorzeit, Erfahrungen, die inzwischen zu fast vergessenen Legenden geworden waren. Aber das Interesse an den Zeichen, die er gab, blieb wach: halb Glaube, halb hingenommene Tradition. Als Lag das Zeichen gab, der Zeitpunkt für Higs Verbringung sei nun gekommen, zweifelte niemand an seinem Wort.

Der Tag ließ sich ruhig und kalt an. Die Prozession machte sich auf den Weg, ganz wie es mit Kleek und Hak, den Opfern der Springflut, geschehen war: voran Lag und seine Söhne mit Großvater Hig; dann Zok und die Seinen, Verwandte, Freunde, Dorfleute. Eine lange dunkle Reihe, zogen sie sich durch Täler und über weiße Hänge hin. Die Schreitenden waren in feierlicher Stimmung, aber nicht traurig. Sie hatten nicht das Gefühl eines Abschiednehmens für immer, sie wohnten nur dem geheimnisvollen Übergang vom Erdenleben in die Geisterwelt bei. Großvater Hig war noch greifbar nahe, gleichsam in einer Zwischenwelt schwebend, über die niemand Genaueres wusste – nicht einmal Lag, der Weise.

Als die Dahinziehenden den halben Weg über die unwirtliche Tundra hinter sich hatten, kam der Wind von Nordwesten. Murmelnde Stimmen flüsterten über den Schnee herüber, klangen, als wären auch sie in ehrfürchtiger Trauer um Großvater Hig. Dann schwollen sie an und verschmolzen zu einem stetigen Summen, einem feierlichen, an Trommelklang gemahnenden Grablied, das dumpf pochte und rollte und von den Bergen her zu stets wachsender Kraft angefacht wurde.

Die Dahinziehenden bargen jetzt ihre Gesichter gegen das Schneetreiben in den Rändern ihrer Parkas. Denen, die weiter hinten kamen, erschienen die an der Spitze Schreitenden wie weiß verhüllte Geister, die über das endlose Land hinzogen. Schneefedern neigten sich von den Felswänden herab, als sendeten Feuer speiende Berge zum Gruße Dampfwolken hernieder.

So wand sich die lange Linie der Dahinziehenden bis zum Fuß des letzten Berges. Dort droben lagen die warmen Höhlen, in denen Generationen von Inselbewohnern darauf warteten, dass ihr Geister-Ich über sie käme. In einem aus Spannung und Ehrfurcht gemischten Gefühl hielt man an. Nur jene, die an den letzten Riten teilnehmen durften, überschritten diese Grenze. Während des Halts stimmte das Gefolge den Geistergesang – einen schrillen, stetig sich wiederholenden Rhythmus – an. Dieser Gesang sollte jenem, der nun die lange Wache in den Höhlen antrat, die jähe Trennung von seinen irdischen Freunden erleichtern. Der Gesang begleitete ihn, und so würde er nicht merken, dass sie Halt gemacht hatten und zurückblieben.

Lag und seine zwei Söhne, dann Zok und sein Sohn Zip zogen jetzt weiter, nun auf steilem, steinigem Pfad. In Gipfelnähe wurde das Gestein schwammig und porös, als hätten vorzeitliche Feuer die Felsmasse verglüht und nur solch schwammartiges Gebilde zurückgelassen, auf dem sich Menschen bewegen konnten.

Die fünf zogen in den Berg ein. Dies war die Katakombe, die der Vulkan vor sehr langer Zeit hatte entstehen lassen. Sie folgten dem gewundenen Gang, froh, nun gegen die Windstöße geschützt zu sein. Die Luft war hier wärmer, also traten sie in das Reich der Mumien ein. An die Wände gelehnt, die Knie zur Brust hochgebunden, saßen die Inselleute hier, wartend, wartend. Generation auf Generation war hier eingezogen und hockten brütend in schaurigem Schweigen, in einer Stille, die kaum jemals von leisestem Gemurmel unterbrochen wurde, gedämpft hereindringenden Außenweltgeräuschen, die man nur vernahm, wenn man das Ohr an den Fels legte.

Dieser Berg war einmal ein Vulkan gewesen. So ungebärdig war er in seiner Jugend, so ungezähmt in seinem Zorn, dass er sein eigenes Haupt weggeblasen hatte und dass nur die zum Rumpf gekappte Basis übrig blieb. Das unterirdische Feuer lebte noch, aber aus dem schwarzen Innern drang kein Lebensfunken mehr hervor. Jenen, die in die Geisterwelt eingehen wollten, boten die warmen Höhlen eine langfristige und behagliche Heimstätte. Keine Feuchtigkeit zersetzte die Körper. Hier konnten die Schläfer in vollkommenem Frieden träumen und wieder träumen.

Als die Männer an jenen vorüberkamen, die sie noch gekannt und deren Erdenleben erst vor kurzem zu Ende gegangen war, meldeten sie ihnen in knappen Worten, was es auf der Insel Neues gab.

»Heute herrscht Wind und Schneetreiben«, brach Lag als Erster das bedrückte Schweigen.

»Seeotter haben wir reichlich gefangen und haben davon großen Vorrat«, meldete Zok seinem Schwiegervater im Vorbeikommen.

Nun kamen die jungen Männer zu Wort: »Wir waren auf der Vogeljagd, doch ein Williwaw holte die Vögel fort, und Orp war in großer Gefahr.«

»Für viele Tage war die Sonne verdunkelt, als die Feuerberge zürnten.«

»Kommendes Frühjahr fahre ich zum ersten Mal mit den Seehundsjägern aus«, erzählte Zip dem Vatersbruder.

Als Lag einen geeigneten Platz gefunden hatte, wurde Großvater Hig auf einer weichen Grasmatte niedergelassen, und eine feine, mit Federn besetzte Parka wurde um ihn ausgebreitet. Speer und Harpune wurden in seiner Reichweite niedergelegt: Nie hatte Hig Pfeil oder Bogen benützt. Kleine Gebrauchsgegenstände, aus Knochen geschnitzt, wurden dicht neben seiner rechten Hand aufgehäuft, doch waren griffige Jagdwaffen wichtiger als alles andere.

Sacht wandten die Männer sich zum Gehen, damit ihr Abgang nicht zu unvermittelt wirkte. Wie es der Brauch war, sangen sie, um in dem Toten die Illusion zu verlängern, sie wären nahe. Die hochgeschraubten Stimmen lösten seltsam hallende Echos in den unzähligen Nischen des Ganges aus.

Draußen heulte der Wind zwischen den Felsen, und das Land war in einen einzigen Schneewirbel getaucht. Jäh und rau war der Wechsel, wenn man aus der Stille und Wärme der Höhlen kam. Doch den Inselleuten konnte das nichts anhaben. Unfehlbar fand jeder Erwachsene seinen Weg. Dicht am Felshang zogen die Männer jetzt hin, sturmgeschützt, ohne dass über den Weg ein Zweifel oder eine Frage aufgekommen wäre.

Die Winterszeit war angefüllt mit den wüsten Launen der Wilden Jagd. Gehässige Windstöße trieben Graupeln und Schlossen gegen Parkas und Kamlykas. Keine Sonne zeigte sich, nur graues, trübseliges Dämmerlicht sickerte auf die frostige Erde herab. Wie weiße Astknoten waren die Barabaras des Dorfes in den Fels gesetzt, und mit alter Geduld harrten die Dörfler des kommenden Frühlings.

Erst im späten Frühling tauchten dann die Robben wieder auf. Von einem seltsamen Instinkt geleitet, den Lachsen gleich, fanden trächtige Seehundsweibchen den Weg zu diesen Felsufern, auf denen sie selbst zur Welt gekommen waren.

Acht Mann fuhren von Attu auf Seehundsfang, immer zwei in jeder Bidarka. Tagelang mussten sie paddeln, und obwohl Seehunde nichts lieferten, was unentbehrlich war, war den Männern nach langem Winter solche Betätigung doch willkommen. Der Frühling war eine Zeit jähen Wechsels von Sonnenschein, Nebel und Sturm. Schönwettertage gab es kaum. Doch der Mensch fühlte den Drang, sich auf den Weg zu machen, und so tat er es.

Auf ihrer langen Fahrt sprachen die Seehundsfänger stets in den Dörfern auf Nachbarinseln vor. Es tat wohl, für eine kurze Zeit der Enge der Bidarkas zu entkommen. Außerdem war es ein Vergnügen, Inselklatsch zu hören und weiterzugeben. Fahrende trugen Neuigkeiten von Insel zu Insel, überall waren sie willkommene Gäste.

Nach einer gemächlichen Fahrt erreichten die Männer von Attu schließlich die Seehundsinsel. Hier fühlten die Männer sich wie zu Hause. Auch ihre Väter waren immer zu dieser Insel gefahren, aus keinem anderen Grunde als aus schierer Gewohnheit. Und sie richteten sich gern häuslich ein, bevor die ersten Seehunde auftauchten.

Kipat und Alka, Malak, Umbak und die andern gingen auf Seehundswache. Es machte ihnen nichts aus, zu warten: Lag nicht der ganze Sommer vor ihnen? Weit hinauf am Strande, in vorjähriges Marschgras, hatten sie ihre Bidarkas gezogen. Ein Boot und eine aus Seelöwenfellen zusammengenähte Plache bildeten das behaglichste Zelt, das ein Mensch sich nur wünschen konnte. Hier ließ es sich gut weilen, während die Tage länger wurden und der Schnee sich von den Berghängen zurückzog.

Eines Tages am frühen Morgen hörten die Männer das Grunzen der Bullen. Immer kamen sie zuerst, bezogen ihre Sommerquartiere. Die Frühankömmlinge bezogen die besten Plätze nahe dem Strande. Wer später kam, musste harte Kämpfe bestehen, um den Zuerstgekommenen ihre Claims streitig zu machen. Grimmige und lärmende Kämpfe gab es, wenn die großen Bullen sich auf ihren Hinterflossen aufrichteten und mit ihren langen scharfen Zähnen gegen ihre Widersacher angingen.

Den Männern war es ein außerordentliches Vergnügen, diese Kämpfe zu beobachten. Sie blickten in das weite Panorama lärmender Raserei und wetteten auf die Gewinner im Kampf. Seehunde sahen nicht gut, und da ihre ganze Aufmerksamkeit auf ihr Tun gerichtet war, schienen sie der menschlichen Beobachter gar nicht gewahr zu werden.

Trafen dann die Seehundsweibchen ein, so gab es ein zögerndes Spielen in der Brandung, als widerstrebte es den weiblichen Tieren, auf einem so wilden Schlachtfeld zu landen. Jeder Bulle hielt sich röhrend an seinem Platz, versuchte Weibchen auf das trockene Land zu locken. Erst nach neuerlichem Zögern tauchten die Ankömmlinge aus dem Wasser, und jetzt verdoppelte sich überall, so weit das Auge sehen konnte, der rasende Tumult. Jeder Bulle warf sich in den Kampf, um eine so umfangreiche Schar, als er nur einen auf seinem Grund und Boden unterbringen konnte, zu gewinnen. Dabei wandte er alle Methoden von Gewalt und Überredung, in höchst sonderbarer Mischung, an. Doch wirkte sein Zauber nicht immer lange. Machte er sich auf den Weg, Nachschub für seinen

Harem zu holen, so wechselten jene, die er bereits gewonnen, oft zu einer verlockenderen Stelle hinüber. Der schwergekränkte Bulle suchte die Flatterhafte wieder heimzutreiben, er kämpfte mit seinem Nebenbuhler und hielt dabei gleichzeitig Ausschau nach verlockenden Neuankömmlingen; und so ging das fort, bis sich der ganze Strand in einen Wirrwarr aufgelöst hatte, in dem es fast unmöglich war, das Einzelglück eines Bullen, dem man seine Aufmerksamkeit geschenkt hatte, weiter zu verfolgen.

Nach einiger Zeit pausenlosen Getümmels begannen auch junge Seehunde aufzutauchen. Überall am Strande zeigten sich zu tausenden Miniaturseehunde, die höchst verwundert in diese neue und unfreundliche Welt blickten. Im Auf und Ab der Bullenkämpfe wurden viele Jungtiere zermalmt, aber Ordnung und Disziplin mussten aufrechterhalten werden, kostete es, was es wollte.

Jeden Morgen zogen die Mütter, die männlichen Jährlinge und Zweijährigen, die noch nicht alt genug waren, eigene Haushalte zu gründen, zum Fischfang ins Meer hinaus. Die Bullen aber gönnten sich weder Schlaf noch Nahrung. Wochenlang blieben sie im Streit und bewachten ihr Eigentum, bis sie hager und müde wurden. Ihre Häute trugen die Zeichen der bestandenen Kämpfe. Zuletzt bewegten sie sich nur völlig erschöpft und träge, betteten sich ins Marschgras und verschliefen ganze Tage, ohne sich zu rühren. Die Zeit der Kämpfe war vorüber.

Es wäre nun ein Leichtes gewesen, über die erschöpften alten Bullen herzufallen, aber ihr Fleisch war zäh, und ihre Häute waren rau und schadhaft. Nur die jungen Mannstiere waren zart, ihr Fell glatt und schmiegsam. Sie waren das Wertvollste an der ganzen Herde.

Aufmerksam beobachteten die Jäger eine Versammlung solcher argloser Seehunds-Junggesellen, die im dichten Salzgras spielten. Die knotigen Keulen zum Schlag erhoben, warfen sich die Jäger zwischen ihre Opfer und die See, um den Tieren den Fluchtweg abzuschneiden. Keulenhiebe prasselten auf glatte runde Schädel nieder, und die Jährlinge rollten zuckend ins Gras. In unwahrscheinlich kurzer Zeit hatten die Männer so viel Jagdbeute beisammen, wie sie nur irgend heimschleppen konnten.

Die wenigen Tiere, die der Abschlachtung entgangen waren, alarmierten nun die Riesenherde. Einen Augenblick lang starrten die Seehunde die menschlichen Störenfriede fassungslos an. Dann stürzten sie sich in Panik in die Brandung. Ein Seehund überrollte den andern, und bald war der ganze Strand ein lebender Strom verzweifelt dem Meere zustrebender Robben. Endlich gelangten sie zu tausenden ins Wasser, und nun war die Brandung schwarz von den aus ihr aufragenden Seehundsköpfen.

Plötzliche Stille überfiel die Jäger. Nach Tagen und Nächten wilden Getümmels ließ sich jetzt nur mehr der Wind vernehmen, der melancholisch im Marschgras wisperte. Aus irgendeinem Grund, den sie selbst nicht hätten angeben können, fühlten die Männer sich bedrückt. Schließlich schickten sie sich an, die regungslosen Tierkadaver abzuhäuten.

Der Hochsommer brachte wieder seine in diesen Himmelsgegenden so seltenen warmen Sonnentage und die vielen Tage dichten Nebels. Das Leben der Inselleute folgte dem altbewährten Kreislauf: Seelöwenjagd, Lachs- und Kerzenfischfang, Jagd auf Seevögel und Preiselbeerpflücken, Otterschießen und Erntefeier. Da gab es alle Hände voll zu tun, und niemand schloss sich von den gemeinsamen Verrichtungen aus.

Dann war der Sommer vorüber, die Feuerberge spien und rauchten und sandten ihren grollenden Alarm von Insel zu Insel. In weiter Ferne oblag eine unbekannte Welt ihren vielfältigen Geschäften, ohne von den nebelverhüllten Inseln und den kleinen stämmigen Aleutenmenschen Kenntnis zu haben.

Zok, der Häuptling, glitt in die Geisterwelt hinüber. Tulk und Umbak, Malak und Kipat, all die wackeren Alten, die ein Leben lang gegen Seelöwen gekämpft und den Otter überlistet hatten, gingen auch den Weg des Schweigens. Geduldig hatten sie jahrelang auf See und am Lande ausgeharrt, und nun warteten sie in gleicher Geduld in den Höhlen oben im Berg. Das Dröhnen der Brandung und das Jaulen der Williwaws erreichte sie nicht mehr. Um sie war nur noch die altehrwürdige Stille, höchstens gelegentlich das gedämpfte Grollen der Vulkane.

Nun war Zip Häuptling, nun lasteten die Angelegenheiten des Stammes auf seinen Schultern. Er fuhr fort, Waffen für das Arsenal, das sein Vater angelegt, anzufertigen, und getreulich hielt er sich für den unbekannten Tag bereit, an dem die Feinde über die Inseln kommen mochten. Gab es im Winter nichts zu tun, so fuhr er den großen Bogen der Inseln ab, drang überall auf Verteidigungsmaßnahmen. Er war beredter als sein Vater, die Häuptlinge von Tanaga und Atka, ja selbst der Häuptling des fernen Umbak hörten auf sein Wort. Überall begann man mit den Arbeiten.

Selbst wenn es jähe Verluste gab, wuchs doch allmählich die Zahl der Menschen. Jedes Jahr wurden neue Barabaras in die Felswände gezwängt, und neue Dörfer entstanden an ausgewählten Plätzen, wo geeignete Häfen in der Nähe waren. Niemand hätte die Zahl der Stämme angeben können, aber die Häuptlinge, die auf großer Fahrt auch ferne Inseln aufsuchten, glaubten, es wären ihrer tausend. Es fiel ihnen nicht leicht, Zahlen richtig einzuschätzen, wenn sie solche Ausmaße annahmen. Doch jedenfalls nahmen die Inselleute an Zahl zu und genossen ihr Wohlergehen.

Ipik war der Erste, der das seltsame Ding fern im Südwesten sichtete. Es war einem Vogel nicht unähnlich, aber von so überwältigender Größe, dass es bestimmt nicht zu irgendeiner Vogelart gehörte, die sich je auf diesen Inseln gezeigt hatte. Ipik schrie und deutete, und die Dörfler kamen angelaufen, das rätselhafte Ding zu betrachten. Sacht kam es näher, nicht wie ein fliegender Vogel, sondern mehr wie ein Ding, das im Wasser schwimmt. Unter großen grauen Schwingen nahm jetzt ein schwarzer Rumpf Gestalt an. Wenn dieses Ungetüm feindlich gesinnt war, so war ihm wohl zuzutrauen, dass es einen erwachsenen Mann in seine Klauen nahm und weit auf die See hinaustrug. Es war wohl sicherer, wenn Frauen und Kinder sich hinter den Türen ihrer Barabaras hielten.

Plötzlich setzte die Bewegung des fremdartigen Dinges aus, und die Schwingen falteten sich zusammen, dass man sie nicht mehr sah. Und jetzt kamen gar aus dem Innern des rätselhaften Geschöpfs Menschen hervor, und zwei lange Bidarkas von einer Form, wie man sie auf den Inseln noch nie gesehen, nahmen Kurs auf die Insel. Doch fuhren sie behutsam, als wären sie ihrer Sache nicht recht sicher und müssten den Weg ertasten.

Nun erst wurde den Männern von Attu klar, dass dies geflügelte Ding eher ein höchst wundersames Schiff, die Leute in den Booten aber Männer wie sie selbst waren, und da ließ ihre Furcht nach. Menschen waren eben Menschen, und überdies waren diese Fremden gering an Zahl. Sie trugen offenbar keine Waffen und schienen so erstaunt wie die Inselleute selbst.

Am Strande wartete man gelassen auf das Eintreffen der Seefahrer. Als die Fremden an Land gegangen waren, hielten sie im Vorwärtsschreiten die Arme vor sich, offenbar um zu zeigen, dass sie weder Bogen noch Speere bei sich hatten. Und als sie dann den Inselleuten gegenüberstanden, hatten sie so erstaunte Augen wie die Inselleute ihrerseits.

Fast unfasslich schien es, dass es andere Leute geben sollte als jene, die auf den Inseln lebten. Doch die hier kamen nicht von den Inseln. Sie hatten eine fahlweiße Haut und blaue Augen. Kleidung trugen sie, wie man sie auf den Inseln nie anfertigen konnte, und das Erstaunlichste von allem war ihre riesengroße Bidarka. Vielleicht gehörten diese Männer dem Stamm an, den Zok und Zip so gefürchtet hatten. Doch waren es nur wenige, und sie zeigten eine freundliche Gesinnung. Zok hatte doch immer von einem furchtbaren Feind geredet, von unzähligen Bogen schießenden und Speere werfenden Männern, die sich brüllend auf das Inselvolk stürzen würden.

Diese Fahlhäutigen aber brüllten nicht und zeigten sich in keiner Weise herausfordernd. Vielleicht waren es Menschen, die auf der unfasslichen Weite des Meeres ihren Weg verloren hatten. Zip redete sie an, um zu erfragen, was für Leute sie wohl wären. Ein Fremder antwortete, doch seine Rede kam überstürzt und war sinnlos wie das Geschnatter der Seevögel. Die Männer von Attu schmunzelten beim Klang dieser befremdlichen Laute. Nun lächelten auch die Fremden. Irgendwie war es spaßhaft bei aller Merkwürdigkeit dieses Vorgangs, dass ausgewachsene Männer aufeinander zutraten und nicht reden konnten. Nie hatten die Inselleute etwas dergleichen für möglich gehalten.

Jetzt kam Zip in den Sinn, dass diese Fremden, wie eben alle Leute, die von langer Fahrt kamen, Hunger haben möchten. Er erklärte dies den Inselleuten, und sofort machten sie Zeichen, die Essen bedeuteten, und wiesen nach ihren Hütten. Die Fremden nickten, winkten vielmals mit ihren Armen und wiesen nach ihrem großen Schiff. Auf diese Zeichen hin wurden dort zwei weitere kleine Boote ausgesetzt, und die Männer, die jetzt kamen, brachten Geschenke – glitzernde Perlen in vielen Farben und schönen Stoff, kleine Glöckchen, die ein Klingeln hören ließen, und gleißende Dinge, die man um die Handgelenke fügen konnte.

Jetzt drängten Zip und die Seinen darauf, dass die Fremden ins Dorf kämen. Im Gehen wurde viel mit Zeichen versucht, aber die Inselleute hatten es noch niemals unternommen, sich in der Zeichensprache zu verständigen. Sie kamen sich wie kleine Kinder vor, die ein Spiel trieben, und sie mussten bei dem befremdlichen Anblick des wortlosen Armgefuchtels breit lächeln.

Neugierig nahmen die Fremden die Barabaras in Augenschein, die mit ihren grasüberwachsenen Wänden und Dächern unzweifelhaft aussahen, als wären sie einfach aus der Steile des Felshangs hervorgewachsen. Ängstlich, aber doch voll brennender Neugierde schielten die Frauen durch die Türspalte. Soweit man zurückdenken konnte, hatte sich nie etwas so Ungewöhnliches ereignet. Wären Lebewesen von der Sonne oder vom Mond auf die Insel herabgeschwebt, so wäre das nicht verwunderlicher gewesen.

Als die Männer dann die Gaben der Fremden an die Frauen weiterreichten, verwunderten sich diese sehr über die leuchtenden Farben, und selbst die Kinder überwanden ihre Scheu und drängten heran. Nun entsannen sich die Inselleute ihrer Pflicht der Gastlichkeit, und die Frauen beeilten sich, Seelöwenfleisch vorzuschneiden. Jedes Haus steuerte Yukola oder Bündel trockener Lachse bei. Die Fremden konnten nicht alle in eine Barabara eintreten. Nachdem sie sich mit einem, der offenbar ihr Häuptling war, beredet hatten, verteilten sie sich auf das Dorf.

Es war leicht zu erkennen, dass diese Leute einem mächtigen Volk entstammten. Sie hatten etwas Gewichtiges an sich, und die Frauen waren in ihrer Gegenwart verlegen und brachten kein Wort hervor. Doch holten sie, was es nur an erlesener Speise gab, heran, da ihnen sonst nichts einfiel, was als Gegengabe den Geschenken, die sie erhalten, gemäß gewesen wäre. Immerhin waren die Frauen auf einiges, was ihre Hände vollbracht hatten, stolz. Keinesfalls durfte man zulassen, dass diese Fremden mit leeren Händen fortgingen.

Parkas mit gefiederten Vogelbälgen als Verzierung und wasserdichte Umhänge aus den durchsichtigen Darmwänden der Seelöwen wurden angeschleppt. Des Weiteren schwere Stiefel aus Seelöwenfell und schön geschnitzte Regenhüte: dies alles mochte den Fremden doch wohl gefallen. Die Frauen begannen, was sie den Gästen zu bieten hatten, bereitzulegen, zögerten aber noch. Vielleicht waren diese Armseligkeiten solcher Gäste doch nicht würdig.

Während die Frauen so taten, unternahmen die Männer von Attu einen neuerlichen Versuch, mit den Leuten von überm Meer zu reden. Das gab mancherlei Missverständnis, alle lachten, aber man versuchte es wiederum. Erstaunlich war, was sich alles mit Zeichen sagen ließ. Die Heimat der Fremden lag fern im Westen, und sie gaben ihr einen Namen, der wie »Russe« klang. Darauf sagten die Inselleute immer wieder »Attu, Attu«, und die Männer von Russe sprachen es ihnen nach. Nun stellten die Fremden sich mit Namen vor, indem ein jeder auf sich selbst zeigte und sagte: »Iwan«, »Lew«, »Sergej«, »Igor«, »Pjotr«. Darauf die Inselleute: »Zip«, »Kass«, »Papi«, »Orp«, »Rimik«. Das war ein neues Spiel, und die Inselleute lachten und waren stolz, dass sie auch Namen anzubieten hatten, ganz wie diese erstaunlichen Menschen von Russe.

Jetzt entdeckte ein Russe ein Otterfell in einem dunklen Winkel. Er zeigte darauf, und Orp brachte es ihm. Die Fremden befühlten es interessiert und traten damit vor die Tür, um es in vollem Tageslicht zu betrachten. Der Mann aus Russe blies die Fellhaare auseinander und betastete die Haut eine lange Zeit. Dann gab er wortlos die Parka, die ihm als Geschenk geboten worden war, zurück und behielt stattdessen das Otterfell. Das war ein höchst sonderbares Verhalten. Warum sollte ein Mensch nach einem gemeinen Otterfell trachten, wenn ihm eine Parka geboten wurde, auf deren Anfertigung Tage und Tage gingen? Dieser hier rief die anderen Männer von Russe heran, und sie alle betasteten das Otterfell und redeten untereinander. Und nun gaben gar die andern auch ihre Geschenke zurück und zeigten auf das Otterfell. Aha, alle wollten sie nur Otterfelle. Das ging den Attu-Leuten wirklich über den Verstand. Da ging ein Mann vor das Haus, holte sich einen Otter, und man merkte kaum, dass er weg gewesen war, aber wie viel Zeit musste man darauf wenden, eine Parka oder Mukluks anzufertigen!

Die Leute holten Otterfelle aus ihren Barabaras, und diese Fremden rissen die Augen auf, als könnten sie nicht glauben, dass ein so kleines Dorf so viel Otterfelle besitze. Jetzt war von dem großen Fahrzeug der Russe-Leute ein Getöse wie von einer Eruption zu hören, eine kleine Rauchwolke wurde sichtbar, und darauf schickten sich die Männer an zu gehen. Durch Zeichen versprachen sie, wiederzukommen, wenn die Sonne morgen ein Stück über der Kimmung wäre.

Noch nie hatte man im Dorf so aufgeregt durcheinander geredet. An einem einzigen Tag war der Horizont der Inselleute ins unermesslich Weite geöffnet worden. Es gab also noch andere Völker auf der Welt, und diese Russe-Leute hatten versucht, mit Gebärden auszudrücken, wie ungeheuer groß ihr Land wäre. Es gab also ein Land, das weit größer war als die Inseln. Schier unmöglich, sich so etwas vorzustellen! Anderseits konnte nur ein sehr großes Volk ein Schiff zimmern, das so groß war, dass es nicht in den Hafen von Attu einfahren konnte, sondern draußen auf hoher See die Wogen reiten musste.

Zip, der Häuptling, war ernst und unentschlossen. Konnten diese Männer von Russe der unbekannte Feind sein, den sein Vater gefürchtet hatte? Dem Anschein nach waren sie nicht Feinde. Doch man wusste ja nichts Näheres darüber, wie dergleichen sich abspielte. Die Leute von Russe brachten Geschenke, und sie trugen keine Waffen. Sie nahmen nichts mit Gewalt, sie gaben kostbare Geschenke und wollten dafür nur Otterfelle von geringem Wert. Zuerst waren sie auf Attu, der westlichsten Insel des großen Bogens, gelandet. Stolz würde man sich vor den anderen Stämmen solch wunderbarer neuer Freunde rühmen. Die andern würden verblüfft sein, die Leute aus Attu beneiden, und Attu würde zu hohem Ansehen gelangen.

Sofern Zip Zweifel hegte, wurden sie von der Befriedigung der andern übertrumpft. Die Frauen prahlten mit ihren farbigen Perlen und ihren Armbändern. Schon hatten sie sich daran gemacht, aus diesem fremdländischen Stoff Dinge zu schneidern, die weit feiner waren als die besten Seehundsfelle. Die Kinder jagten umher und klingelten mit ihren kleinen Glöckchen.

Als die Russe-Männer am nächsten Morgen wiederkamen, zeigten sie sich alle nach Otterfellen begierig. Sie winkten und gestikulierten, vollführten die merkwürdigsten Pantomimen, und dann lachten alle herzlich über solch possierliche Fratzen und Gebärden. Schließlich gelangte man auch zu einem Einverständnis. Die Fremden wollten das Tier sehen, von dem man das Otterfell gewann. Natürlich war es ein Leichtes, einen Otter herbeizuschaffen. Einen? Viele Otter! Waren die Männer von Attu nicht die geschicktesten Jäger im Bereich der Inseln?

Sie zogen ihre Bidarkas in die See, und die Männer von Russe brachten ihre kleinen Boote ins Wasser. So waren sie zusammen ein prächtiges »Artel« – ein tüchtiger Verband. Eifrig paddelten die Inselleute an der Küste entlang. Sie wiesen auf die verkrauteten Salzlagunen, aus deren Grün Otterköpfe sich abhoben. Vor einer seichten Bucht gingen die Inselleute an Land, um den Fremden vorzuführen, wie man Otter einkreiste und mit Keulen erschlug. Sie bewährten ihr Geschick im Abhäuten, und als sie die Felle den Russe-Leuten vorwiesen, nickten die lebhaft und klatschten in die Hände. Nun wurde in die See hinausgefahren, und die Jäger zeigten auch noch, wie man einen Otter einkreiste. Der Tag war der Jagd günstig. Schon auf den ersten Anhieb erbeuteten sie ein Muttertier und ein Junges.

Überall zeigten sich Otterköpfe auf den sanften Wellen. Die Tiere hoben sich halb aus dem Wasser, hielten Umschau und tauchten dann schnell. Die Fremden schmunzelten und nickten. Es gefiel ihnen, dass es Otter in solchem Überfluss gab. Doch bezeigten sie keine Lust, länger an der Jagd teilzunehmen. Sie waren nur begierig, auf ihr großes Schiff zurückzukommen.

Wo mochten diese Fremden solch riesige Stücke von Treibholz hernehmen, daraus ein Schiff von solchen Ausmaßen zu bauen? Die Jäger konnten ihre Aufregung kaum bemeistern, als die Russe-Männer ihnen durch Zeichen bedeuteten, sie sollten auf der Strickleiter in das Riesenschiff hinaufklettern. Fassungslos bestaunten die Inselleute die ragenden Maste und das rätselhafte Takelwerk. Sie wanderten auf dem unvorstellbar geräumigen Deck umher und betasteten die seltsamen Dinge, die alle so glatt und gleißend waren.

Und als ob dies noch nicht genug wäre, riefen die Fremden ihre Gäste jetzt unter Deck in eine andere Wunderwelt. Das Schiff war hier in Räume eingeteilt, deren jeder größer war als eine Barabara. Überall war Metall, schwarzes oder blitzendes, glattes oder raues, Metall an allen Ecken und Enden! Was für ein Wunderland musste Russe sein, wo es solches Holz und solches Metall gab!

In einem der großen Räume setzten sich alle. Ein Russe-Mann goss etwas Dunkles aus einer Tonne, und sie schickten sich an zu trinken, ermunterten auch die Attu-Leute mit freundlichem Winken, mitzutrinken. Es war etwas Bitteres, Brennendes, das den Attu-Leuten gar nicht mundete, aber man durfte doch die neuen Freunde nicht beleidigen. Die Attu-Leute husteten und spuckten, und die Russe-Leute lachten und tranken.

Einer, der Iwan gerufen wurde, setzte den Attu-Leuten auseinander, dass die Russe-Leute nun in ihr Land zurückreisen mussten. Er sprach viele Worte und gab viele befremdliche Zeichen, doch verstand ihn keiner aus Attu. Anscheinend wollte er ihnen begreiflich machen, dass sie wiederkommen würden, aber ganz gewiss war das den Inselleuten nicht.

Als sie vom Schiff gehen wollten, warf Orp einen begehrlichen Blick auf einen kleinen Haufen in einem Winkel, auf dem allerlei zerbrochenes Metallgerät lag. Iwan merkte es und bedeutete ihm, er könne den Plunder nehmen, doch Orp schämte sich seiner Begehrlichkeit und wehrte ab. Da hob Iwan die Stücke auf und häufte sie einfach Orp in die Arme. Wahrhaftig, dies war das kostbarste von allen Geschenken!

Die Bidarkas stießen von dem Schiff ab. Erstaunt sahen die Inselleute zu, wie die großen grauen Schwingen sich auffalteten und an den Masten höher und höher stiegen. Sacht setzte sich das Riesending in Bewegung. Die Männer von Russe winkten von oben, die Männer von Attu standen in ihren Bidarkas und erwiderten gar feierlich ihren Gruß. Schweigend sahen sie hinauf, bis die Männer da oben nicht mehr zu erkennen waren.

Traurig und bedrückt paddelten sie heim. Solch eine Bidarka war doch ein recht armseliges Ding und eine Barabara eine schäbige und lichtlose Behausung, in der ein Mensch nicht sein ganzes Leben verbringen sollte. Nach all dem Glanzvollen, das man auf dem Schiff der Russe-Leute gesehen hatte, schien die Insel nicht mehr ein so wünschenswerter Verbleib. Als sie an Land gingen, setzten sie sich noch auf die Felsen und erhaschten einen letzten Ausblick auf die fernen Segel.

Orp teilte seine Metallbeute mit den andern. Nun gut, wenn man auch nicht das große und erstaunliche Leben der Russe-Leute führen konnte, so besaßen die Männer von Attu doch jetzt bessere Waffen als jene auf den anderen Inseln. Wenn das große Schiff wiederkam, musste man Mittel und Wege finden, noch mehr Metall zu erlangen. Seeotterfelle! Das war die Antwort auf die Frage. Otterfelle für Metallstücke! Das war eine gesunde Handelsbasis.

Wenn die See jetzt nicht allzu rau war, fuhren die Männer ins offene Meer hinaus, kreisten viele Otter ein und töteten sie mit Pfeilschüssen. Schlugen allzu hohe Wogen gegen den Strand, sodass keine Bidarka ausfahren konnte, wurde mit Netzen in den geschützten Buchten gejagt. Kamen die Otter um Futter oder auf der Flucht vor den Stürmen in die Lagunen, so erschlug man sie mit Keulenhieben. Nie hatte das Dorf solche Vorräte an Otterfellen aufgehäuft. Wenn das große Schiff nicht mehr käme, war man auf Attu für lange mit Otterfellen eingedeckt.

Zip, der Häuptling, war dessen nicht froh. Gewiss, auch er hatte die Russe-Leute willkommen geheißen, wie es die andern getan, und eine Weile lang hatte auch ihn das Entzücken mit fortgerissen. Bald aber machte sich seines Vaters Besorgnis wieder geltend. Es war nicht leicht, eine Furcht, für die es keine greifbaren Gründe gab, zu erklären. Der weise alte Zok hatte also vorausgewusst, dass eines Tages fremde Menschen auf den Inseln landen würden. Sein Wort war in Erfüllung gegangen. Und er hatte mit Bestimmtheit erklärt, diese Unbekannten würden Feinde sein. Wenn ein Teil seiner Prophezeiung Wirklichkeit geworden war, würde dann das Übrige nicht auch zutreffen?

Weise war der alte Häuptling gewesen über seine Lebzeiten hinaus. Was die Mumien in den warmen Höhlen bedeuteten, hatte er klarer gesehen als irgendein anderer. Und jetzt entsann Zip sich der Warnung seines Vaters. Leute mit fremdartig geformten Schädeln waren vor sehr langer Zeit in diesen Höhlen bestattet worden. In dämmeriger Vergangenheit waren sie von einem neuen Volk überwältigt worden. Vielleicht hatte Zok nichts Bestimmtes gewusst, aber so sicher war er seiner Sache gewesen, dass er seine ganzen Mannesjahre darauf wandte, mit seiner Warnung inselauf und inselab zu ziehen. Manch langen Winter hindurch hatte er mit der stürmischen See gekämpft, hatte die Gefahr der Nebel und der Feuer speienden Berge, sogar der Springfluten auf sich genommen. Wie sollte ein Mann solch ein Leben wählen, wenn er doch warm in seiner Barabara sitzen konnte; Zok musste seiner Sache sehr sicher gewesen sein.

Zip fühlte sich beschämt, dass er, wenn auch nur eine kurze Weile, seine Wachsamkeit hintangesetzt hatte. Als sich da plötzlich eine neue Welt auftat, hatte die Aufregung ihn die Warnung vergessen lassen. Was bedeuteten bunte Perlen, Armbänder und klingende Glöckchen? Vielleicht waren das nur Köder für dumme Fische. Nur das Metall fiel ins Gewicht, es war gutes, hartes Metall, das für Speerspitzen geeignet war.

Eines Tages, bei heulendem Wind und Schneetreiben, wanderte Zip allein über die Hänge und das Tafelland zu dem Berg der warmen Höhlen. Erst dort verstummte die Stimme des Windes, und Zip fühlte die trockene Wärme der vulkanischen Katakombe. Während er an den Mumiennischen vorbeischritt und jene wieder sah, die einst ihr Erdenleben voll gelebt hatten, fühlte er deutlich und beschämend, schmerzlicher als je, dass er in der kurzen Zeit seines Wirkens sich des Vertrauens bereits unwert gezeigt hatte, das die Leute von Attu ihren Häuptlingen entgegenbrachten. Wie ein Weib oder gar wie ein Kind hatte er sich durch gleißende Geschenke und zur Schau gestellte Freundschaft verwirren lassen. Und jetzt kam er hierher, das Versprechen zu erneuern, das er einst dem Vater gegeben hatte.

Als er zur Nische seines Vaters gelangte, ließ er sich nieder und verharrte eine Weile schweigend. Der Großvater war hier, und viele alte Männer hatte er gesehen, deren er sich aus seinen Knabentagen erinnerte. Zip empfand weder Furcht noch Scheu, wenn er so unter den Menschen der Geisterwelt weilte. Sie waren ihm früher freundlich gesinnt gewesen, warum sollten sie ihm jetzt böse sein? So weit die Erinnerung der Inselleute zurückreichte, hatte niemals jemand von denen, die in die Geisterwelt eingegangen waren, Schlimmes erfahren. Es war eher tröstlich, hier stillzusitzen und die stille Weisheit der Dahingeschiedenen in sich aufzunehmen. Erst als Zip das Gefühl hatte, es wäre nun an der Zeit, richtete er das Wort an den Vater.

»Ich bin gekommen, dir Erstaunliches zu berichten. Menschen aus einem fernen Land sind gekommen und wieder fortgezogen.« Er hielt inne, um dem Vater Zeit zu lassen, diese Nachricht in ihrer ganzen ungeheuren Bedeutung zu erfassen. Erst dann erstattete Zip Bericht von dem kurzen Verweilen der Russe-Leute auf Attu.

Wieder wartete er, wie einer wohl im Gespräch mit einem Menschen, der noch das irdische Leben führt, die Erwiderung abwartet. Doch schien keine zu erfolgen, denn Zip sagte:

»Dann will ich jetzt gehen, und ich werde dessen eingedenk sein, was du so oft gesagt hast. Noch ist nichts Schlimmes geschehen. Wir werden freundlich zu den Männern aus Russe sein, aber vorsichtig wie ein alter Otter. Es scheint uns, dass die Fremden nicht böse gesinnt sind, doch wollen wir auf alles vorbereitet sein. Der Steinwall soll um das Dorf gebaut werden, und jeder soll seinen Platz kennen. Ich werde unermüdlich sein und auch die andern zur Arbeit drängen. Wir können gut mit den Fremden stehen und können doch auch stark sein. Kommen sie nicht wieder, so werden wir leben, wie wir immer gelebt haben. Kommen sie wieder, so werde ich dir von allem, was sich zuträgt, Bericht erstatten.« Damit war gesagt, was Zip zu sagen hatte, aber er wartete noch eine geraume Zeit. Die Ehrfurcht erforderte, dass man dem Älteren das letzte Wort ließ. Erst dann stand Zip auf und schritt, den brennenden Kerzenfisch vor sich haltend, davon. Als er aus dem Berg hinaustrat, löschte ein Windstoß das Licht.

Den langen Heimweg legte Zip zurück, fast ohne auf den Sturm zu achten. Er hatte sein Selbst wieder gefunden und fühlte sich durch das Gespräch mit den Weisen in der Höhle gestärkt. Auch mit der Insel war er wieder zufrieden – dies hier, seine Heimat, war ein gutes Land, es mangelte darin nicht an Nahrung und Kleidung, und den Menschen wurde Schutz gegen den Sturm geboten. Er hatte ein flinkes und fleißiges Weib, und dieses Weib hatte ihm einen Sohn und zwei Töchter geboren. Eine der Töchter war bereits wieder Mutter. All die Seinigen um sich, besaß er denn nicht alles, was ein Mann sich wünschen konnte?

Zip verstand es auch, warum sie sich von den Männern aus Russe so hatten verblüffen lassen. Da war ihr riesenhaftes Schiff, da waren die glitzernden Geschenke; ihr ungewöhnliches Gehaben, ihr fremdes Reden hatte die Leute von Attu verführt, sich närrisch zu betragen wie Kinder, die mit offenem Mund dastehen. Nächstes Mal würde man sich nicht verblüffen lassen. Freundschaft würde es geben, wofern das möglich war, aber Freundschaft von Mann zu Mann.

Zips neuer Ernst setzte die Leute im Dorf in Erstaunen. Sie begriffen nicht recht, warum er meinte, die freundlichen Leute aus Russe könnten jemals bedrohlich werden. Sie schmunzelten sogar, wenn sie sahen, wie er an der Steinummauerung seiner Barabara arbeitete. Zuweilen griffen sie sogar hilfreich zu, wenn keine andere Verrichtung sie abhielt, aber mit dem Herzen waren sie doch nicht dabei. Zip wäre eben, meinten sie, wie der Vater, er leide an derselben Krankheit, an der Furcht vor einem Feind, den es nur in seiner Fantasie gab.

Den ganzen Winter über arbeitete Zip in solch verspätetem Übereifer. Frauen und Kinder blieben zuweilen stehen und bestaunten die hohe Steinmauer. Sie war schon um einiges höher als ein ausgewachsener Mann und hatte nur einen einzigen Durchlass. Jeden Tag übte Zips Sohn Kalk in dieser Pforte Bogenschießen. Er konnte seine Pfeile bereits ins Ziel bringen, ohne dass man mehr als einen Arm von ihm sah: Es war fast, als schösse er um die Ecke. Den ganzen Tag über hörten die Dorfleute das Schwirren seiner Pfeile. Noch nie hatte jemand auf Attu eine solche Geschicklichkeit im Bogenschießen erlangt wie Kalk.

Manchmal schleuderte Kalk auch Speere über die Mauer. Er warf sie in hohem Bogen und so flink, dass drei bereits in der Luft waren, bevor der erste federnd in der harten Erde steckte. Wenn ein

Feind seine Brust gegen den ersten Speer Kalks schützte, konnte der zweite bereits in den ungedeckten Kopf fahren. Kalk würde eines Tages ein sehr großer Häuptling sein. Wenn Kalk und sein Vater diese Mauer verteidigten, war es einem Feinde nicht geraten, sich der Barabara zu nähern. Dunkelte es abends, so schoben Zip und sein Sohn einen Block aus schwerem Treibholz vor die Pforte. Manchmal luden sie die Leute aus dem Dorf ein, die Kraft dieser Sperre zu erproben. Auf ein Zeichen Zips nahmen die Männer einen Anlauf, versuchten durch die Öffnungen zu gelangen, bevor die Sperre vorgeschoben war. Wie ein Spiel war das. Die angeblichen Feinde rannten brüllend und die Arme schwenkend gegen den Einlass und prallten gegen die Holzsperre. Sie rüttelten daran, aber der Holzblock war so exakt in die Steinumrandung eingefügt, dass sie allen Anstrengungen widerstand. Die ummauerte Barabara war eine kleine, aber sichere Festung.

In den wenigen, kurzen Schönwetterfristen paddelte Zip zu den nächstgelegenen Inseln hinüber, zu denen er einst seinen Vater begleitet hatte. Und er war immer enttäuscht und bedrückt, wenn er sah, dass nichts vorwärts gekommen war – man begann wohl, Steinwälle zu errichten, wurde aber nie damit fertig; ein paar Pfeile und Speere waren vorhanden, aber bei weitem nicht genug. Die Inselleute ließen sich einfach nicht überzeugen, dass man gegen eine Gefahr, die nur in der Einbildung bestand, Vorkehrungen traf. Hätte sich etwas tun lassen, um sie gegen Springfluten oder Vulkanausbrüche zu schützen, sie hätten Felsen geschleppt wie Riesen. Diese Fremden, die da kurze Zeit auf Attu geweilt hatten, waren freundlich gewesen, und Zip selbst musste zugeben, dass sie keine Waffen bei sich gehabt hatten. Zip war ein wackerer Mann, aber er glich seinem Vater, er hatte im Traum Feinde gesehen und kämpfte bei Tag gegen ihren Schatten.

Und eines Morgens, als der Winter vorbei war, sahen die Männer von Attu, wie zwei große Schiffe vor der Bucht vor Anker gingen. Die Russe-Leute! Wahrhaftig, sie waren also wiedergekommen, und sie brachten wieder einen Hauch von jener fernen Fabelwelt, die für die Inselleute in tiefes Geheimnis gehüllt war.

Sogleich machten die Frauen sich daran, eine gute Mahlzeit anzurichten, und die Kinder schwatzten aufgeregt von den Geschenken, die sie erhofften. Die Männer aber überzählten ihren Vorrat an Otterfellen. Wie begierig hatten sie alle auf diesen Tag gewartet!

Nur Zip teilte diesen Eifer nicht, war im Gegenteil ein wenig bedrückt. Er ging von Haus zu Haus und ermahnte die Leute, nicht übereilig zu sein in der schrankenlosen Bereitwilligkeit, auf die Männer aus Russe einzugehen. Wenn man sich übereifrig und närrisch zeigte, was sollten die Fremden dann von der Klugheit der Inselleute halten? Der Freundschaft solle man mit Freundschaft begegnen, wie es unter Inselleuten von jeher der Brauch sei, doch dürfe es nicht an geziemender Zurückhaltung fehlen. Schließlich waren es ja die Leute aus Russe, die hier einen Vorteil suchten, und nicht die Leute von Attu.

Man hörte ihm mit der Achtung zu, die einem Häuptling gebührte, doch waren seine Worte, sobald er gegangen war, in der allgemeinen freudigen Erregung bald vergessen. Im Geist überzählten die Männer bereits die Eisenstücke, die sie von den Russe-Männern für ihre Otterfelle eintauschen würden.

Und als dann die kleinen Boote von den Schiffen abstießen, eilten alle Männer zum Hafen. Sie rannten nicht in offener Sicht: Nicht umsonst hatte Zip sie ermahnt, es sollten einige, nicht allzu wenige, gedeckt bleiben, als ob ein Feind im Anzug wäre. Doch waren es nur alte Männer, die sich zu Zip hielten. Sie versammelten sich in seiner befestigten Barabara, und er ließ sie so an dem Steinwall Posten beziehen, dass sie, auf Sockeln stehend, über die Brüstung blicken konnten. Kalk hatte am Einlass seinen Platz. Vielleicht war das alles jetzt unnütz, aber es war eine gute Vorübung für den Tag, den der alte Häuptling Zok gefürchtet hatte.

Nun sah man sie vom Strand herankommen – Attu-Leute und Russe-Leute bunt durcheinander. Zip sah, dass die Fremden diesmal zahlreicher waren, etwa viermal so viel wie bei ihrem ersten Besuch. Doch trugen sie wieder keine sichtbaren Waffen bei sich. Sie kamen ganz arglos heran, bis sie die neue Befestigung sahen und die Reihe der Köpfe über der Brüstung.

Jetzt machten die Russe-Leute halt und berieten sich. Das war doch neu, das hatte es voriges Mal noch nicht gegeben. Zip sah, dass sie aufgeregt redeten und die Köpfe schüttelten. So, also dieser Wall gefiel ihnen gar nicht? Vielleicht fürchteten sie eine Falle. Sie wussten ja nicht, dass sich hinter dem Wall nur ein paar alte Männer befanden. Vermuteten sie, das Haus wäre voll waffenstarrender Kämpfer? Mochten sie das ruhig glauben!

Bevor die Männer aus Russe untereinander einig geworden waren, schoben Zik und Kalk die Sperre vor die Pforte. Drinnen erhielten die Alten, die auf ihren Sockeln standen, Anweisung, Pfeil und Bogen zu zeigen. Eine solche Prachtentfaltung konnte doch nicht von Übel sein? Allerdings würden die Alten im Ernstfall kaum besondere Kraft oder Geschick zeigen. Immerhin, die Fremden mochten ein starkes Volk nach Gebühr einschätzen.

Es geschah so, wie Zip erwartet hatte. Die Russe-Leute gingen nicht an die Festung heran, sondern begannen, sich auf ihre kleinen Boote zurückzuziehen. Die Dorfleute ihrerseits bepackten sich mit ihren Otterfellen: Wenn die Fremden nicht zu den Fellen kamen, so würden die Felle zu den Fremden gehen. Von der Brüstung des Walles aus konnte man sehen, wie die Dorfleute zum Strande strömten.

Als die Attu-Leute zurückkehrten, waren sie bedrückt und ärgerlich. Diese guten Russe- Männer hatten Scheu vor der neuen Festung und vor den Bewaffneten bekundet. Sie wären doch als Freunde gekommen, und solch Empfang hätte ihnen gar nicht gefallen.

»Wenn sie kein Arg im Herzen hatten«, erklärte Zip, »dann hatten sie auch keinen Grund, sich zu fürchten.«

Ipik berichtete, er habe versucht, den Fremden auseinander zu setzen, dass dieser Wall nicht gegen die Leute aus Russe errichtet sei, sondern gegen einen Feind, der sich noch nicht gezeigt habe, aber die Fremden hätten ihn wohl nicht verstanden.

»Und die Otterfelle?«, fragte Zip. »Was ist aus den schweren Bündeln geworden? Ich sehe keine Metallstücke in euren Händen.«

Ach ja, die Otterfelle! Rimik erklärte, die Russe-Leute hätten viel Gefallen an den Fellen bezeigt. Und sehr bald würde aus dem Innern der großen Schiffe viel Metall an den Strand gebracht werden.

Zip betrachtete seine Landsleute voll Sorge und Unmut. Nun hatten sie, was sie in langer mühseliger Arbeit herbeigeschafft hatten, in einem Augenblick vergeudet. Vielleicht würden die Russe-Leute etwas Metall bringen, vielleicht auch nicht. Es erbitterte Zip, dass seine Leute seiner Mahnung nicht Folge geleistet hatten. Wie sollten die Fremden sie noch achten? Mussten sie nicht in den Leuten von Attu alberne und unbesonnene Kinder sehen, die auf ein Wort Unbekannter hin alles, was sie besaßen, aus der Hand gaben?

Offenbar fühlten die Dorfleute, dass Zips Tadel nicht unbegründet war. Mit verspätetem Eifer begannen sie sogar Steine vor ihren Häusern aufzuschichten, doch Zip sah voraus, dass diese Emsigkeit nicht von Dauer sein würde. Und man hatte den Russe-Leuten versprochen, weitere Otter zu jagen. Stücke des kostbaren Metalls würden dann morgen an Land gebracht werden. Ja doch, sie hatten Eisen versprochen, viel Eisen für ein wenig Hilfe beim Otterfang.

Am Morgen zogen die Otterjäger ihre Bidarkas ins Meer. Zips Unmut war nicht ganz spurlos an den Leuten vorübergegangen, aber ihr Eifer, vor den Fremden mit ihrer Geschicklichkeit zu paradieren, war stärker. Und als die Fremden dann mit ihren Booten an den Strand kamen, zeigten sie sich freundlicher als je. Sie lächelten, klopften den Attu- Männern auf die Schulter und vollführten jene seltsamen Kopfbewegungen, die bei ihnen wohl die Begrüßung bedeuteten. So eilig hatten sie es, mit der Jagd zu beginnen, dass die Inselleute es nicht übers Herz brachten, nach den Metallstücken zu fragen.

Man kam überein, dass in jeder Bidarka einer aus Attu und einer aus Russe Platz nehmen sollte. Und so sollte es gehalten werden, bis man sich besser verständigte. Jeder Russe-Mann führte einen schweren schwarzen Stock bei sich, dem er sichtlich große Bedeutung beimaß, denn keiner legte je einen der Stöcke aus der Hand.

Die Attu-Leute paddelten ins offene Meer hinaus, fünfzehn Bidarkas, die auf den Wogen ritten wie wendige Seehunde. Vom üblichen Wogengang abgesehen, war das Meer ruhig und das Wetter klar. Man hätte sich keinen schöneren Tag wünschen können, den Russe-Leuten seine Jagdgeschicklichkeit vorzuführen. Die Aleuten waren sehr vergnügt, sie tauschten fröhliche Zurufe untereinander aus. Ipik sichtete als Erster einen schwarzen Otterschädel und gab das altgewohnte Zeichen, indem er sein Paddel hob. Auf dieses Signal hin begannen die Bidarkas das Opfer einzukreisen. Waren dann die ersten Pfeile verschossen, würde der Kreis enger und enger gezogen werden, bis der erschöpfte Otter sich seinem Schicksal ergab.

Doch da geschah etwas Seltsames. Die Russe-Leute winkten ab und hießen die Inselleute das Paddeln einstellen. Der Mann, der mit Ipik im Boot war, stand auf und richtete seinen schwarzen Stock auf den fernen Otter. Eine ganze Weile regte er sich nicht, dann explodierte der Stock plötzlich mit erschrecklichem Krachen, und eine Wolke stieg von ihm auf. Ipik war fassungslos. Ihm schien, ein ganzer Feuer speiender Berg wäre in dem kleinen Stock verborgen. Die Bidarka war ins Schwanken geraten, und Ipik saß so starr da wie seines Vaters Mumie.

Sein Jagdgefährte lachte, schlug ihn auf die Schulter und zeigte auf den Otter. Ipik begann wieder zu paddeln. Und nun kamen alle Bidarkas zu der Stelle, wo der Otter reglos auf dem Wasser trieb. Das Tier schien unberührt. Vielleicht war es vor Angst verendet, als der furchtbare Knall über die See hin hallte. Auf einen Wink des Russe-Mannes hin zog Ipik den Otter in die Bidarka.

Sofort war den Inselleuten klar, dass von nun an ein Zusammenwirken vieler Bidarkas nicht mehr vonnöten war, um einen einzelnen Otter einzukreisen. Man konnte fächerförmig ausfahren, und die schrecklichen Feuerstöcke würden den Otter auch auf große Entfernung schlagen.

Und wirklich sprachen die Feuerstöcke mit Getöse, Aufflammen und Rauch, bis die kleinen Bidarkas mit Otter angefüllt waren. Dann begannen die Männer von Attu ihre schwer gewordenen Boote heimwärts zu steuern. Doch wurden jetzt keine frohen Zurufe ausgetauscht wie sonst, irgendwie war den Leuten die Freude an der Jagd vergällt. Wie begierig waren sie gewesen, sich den Männern aus Russe als geschickte Jäger zu zeigen! Nun aber hatten die Russe-Leute das Jagen ganz allein besorgt, und die armseligen Bogen und Pfeile hatten sich als Spielzeug erwiesen.

Immerhin hoffte man, die großen Schiffe zu besuchen, sich in ihren unglaublich geräumigen Sälen zu ergehen, die rätselhaften Ruder zu bestaunen, die solch ein Schiff über nie gekannte Meere führten. Doch die Russe-Männer gaben kein Zeichen, dass solch ein Besuch erwünscht sei, und so mussten die Paddler Kurs auf den alten Hafen nehmen. Sie schleppten die Otter an Land. Welche Unzahl von Tieren! Ein ganzer Verband von Bidarkas brachte gewöhnlich zwei oder drei als Beute heim, an besonders guten Jagdtagen allenfalls vier oder fünf. In solcher Zahl, wie man sie jetzt ans Land trug, hatte man nie an einem einzigen Tag Otter aus dem offenen Meere heimgebracht, ja selbst an vielen Tagen nicht. Die Männer waren müde vom Paddeln und vom Hereinziehen so vieler

Otter. Doch hatten sie es eilig, zu Hause von ihren erstaunlichen Abenteuern zu erzählen. In der wohligen Wärme der Hütten, beim Essen, würde man berichten. Man hob die Bidarkas auf die Schultern und wollte den Heimweg zum Dorf antreten.

Doch da schüttelten die Russe-Männer die Köpfe, und so blieben die Inselleute wartend stehen. Durch Zeichen wurde ihnen bedeutet, dass man erwartete, sie würden die Otter jetzt abhäuten. Das empfanden die Inselleute als Kränkung. Nie zuvor in ihrem freien Leben hatte man sie gedrängt, mehr Arbeit zu leisten als ihnen beliebte. Selbst die Häuptlinge mochten gelegentlich zwar darauf dringen, dass eine bestimmte Arbeit geleistet würde, aber sie trieben nicht zu sinnloser Eile an.

Die Männer von Attu steckten die Köpfe zusammen. Sie waren verblüfft und fühlten sich bedrückt. Wenn sie das Ansinnen zurückwiesen und heimgingen, was würden die Russe-Leute dazu sagen?

Es war Ipik, der die Frage aufwarf: »Wenn ein Otter vor einem Feuerstock umfällt, fällt da ein Mensch auch?«

Darauf wusste niemand die Antwort, aber ein wenig Angst hatten sie doch alle. Die Russe-Männer legten ihre Zauberwaffen nie aus den Händen. Die Kraft dieser Waffen musste ungeheuer sein. Auch hatten die Russe-Leute in aller Stille eine Linie gebildet, die den Weg zum Dorf sperrte. Halb ängstlich, halb ärgerlich machten die Inselleute sich an das unvergnügliche Geschäft des Abhäutens. Beim ersten Zusammenstoß gegensätzlicher Wünsche hatten die Attu-Leute verloren.

Um dem scheußlichen Gestank so vieler Otter zu entgehen, hatten die Russe-Leute sich auf Felsen in der Richtung gegen den Wind niedergelassen. Sie sahen gespannt zu und zeigten grimmige und entschlossene Gesichter. Kein einziges Mal wandten sie den Blick ab. Schweigend und gedemütigt bückten sich die Inselleute über ihr unerfreuliches Tun. Als alle Otter abgehäutet waren, wurden sie angewiesen, die Felle in die Boote der Russe-Männer zu schaffen.

Erst da zeigten die gestrengen Herren freundliche Mienen. Jeder von den Attu-Leuten bekam ein kleines Stück Eisen, und Kipat wurde sogar mit dem seltsamen Getränk bewirtet, das ihnen bei ihrem ersten Besuch auf dem Schiff angeboten worden war. Am nächsten Morgen aber sollten sie alle mit ihren Bidarkas wieder am Strand sein. Dann kehrten die Feuerstockbewaffneten zu ihren großen Schiffen zurück, von denen Leitlichter in der Dunkelheit blinkten.

Als sie allein geblieben waren, kostete Kipat von dem Getränk. Dann gab er auch den andern zu trinken. Der scharfe, bittere Geschmack war ihnen unangenehm, aber sie erinnerten sich, dass die Russe-Leute den ganzen Tag über Schlucke aus ihren Flaschen genommen hatten. Vielleicht sogen sie daraus diesen harten und herrischen Willen, der sie so rasch zu Gebietern gemacht hatte. Und wirklich hatten die Attu-Leute das Gefühl, dass sich ein angenehmes Glühen ihrem Blut mitteile. Der kalte Wind fühlte sich nicht mehr so kalt an, die müden Muskeln waren nicht mehr ganz so müde. Nun besahen sie ihre Eisenstücke. Alles in allem genommen, war ein Tag nur ein Tag und Eisen kostbar. Die Männer bemerkten kaum, dass sie auf dem Heimweg schwankten.

Der Morgen brachte kalten Regen und Schnee. Kipat, Ipik und die andern Otterjäger befanden, es wäre kein guter Tag, um die Bidarkas ins Wasser zu setzen. Viel vergnüglicher würde es sein, unter Dach zu bleiben und die neu gewonnenen Eisenstücke zu Speerspitzen zu machen. Was bedeutete schließlich ein Tag, was bedeuteten zwei Tage? Otter würde es immer geben. Otter waren keine Nahrung, man sollte sie nur jagen, wenn man an der Jagd Vergnügen fand. Die Männer begannen ihr Eisen zu bearbeiten.

Doch da geschah etwas Ungeheuerliches und Furcht einflößendes. Kalk beobachtete es von seinem Posten in der Wallpforte aus. Von dem näher gelegenen großen Schiff flammte Feuer auf, eine

Rauchwolke puffte hervor, und gleich darauf folgte ein Krach wie beim Explodieren eines Feuerstocks, nur weit stärker. Und sogleich fiel eine Barabara in Stücke, als hätte die Keule eines Riesen sie getroffen. Es war ein Glück, dass niemand in dieser Barabara hauste. Seit vielen Jahren hatte sie nur als Lagerplatz für Knochen gedient.

In voller Panik liefen die Dorfleute zusammen. Zuerst war es ihnen, als hätte ein Feuer speiender Berg einen heißen Felsen auf sie herabgeschleudert. Doch der Berg war ruhig; seit geraumer Zeit hatte er kein drohendes Grollen vernehmen lassen. Dann berichtete Kalk von Feuer und Rauch auf dem Schiff.

Zip begriff sofort. Die Männer führten kleine Feuerstöcke mit sich, aber die Schiffe verfügten über riesengroße Waffen. In aller Eile liefen die Dorfleute zu der eingestürzten Barabara. Zwischen Trümmern, Knochen und Schutt fanden sie eine schwere runde Metallkugel. Das war es, was der riesige Feuerstock aus seinem schrecklichen Munde ausgespien hatte, ein Ding, weit wirksamer als tausend Pfeile.

Die Leute waren entsetzt. Bevor ein neuer Morgen tagte, konnte jedes Haus im Dorf so zertrümmert sein. Was vermochte man gegen einen so übermächtigen Feind? Warum waren die Männer von Russe so zornig? Da war es nun Zip, der es ihnen erklärte. Diese Leute zürnten, weil die Jäger versäumt hatten, mit ihnen auf Otterfang zu gehen. Aus irgendwelchen unerfindlichen Gründen hegten diese Fremden eine ungestillte Sehnsucht nach Otter, sie machten sich so viel aus den Pelztieren, dass nichts anderes ihnen etwas bedeutete. Dieser Krach war eine Warnung. Wenn die Männer von Attu nicht gefügig wären, würde ihr Dorf vielleicht zerstört werden. Man stand also vor der Wahl, entweder aus den Barabaras zu flüchten oder den Wünschen dieser Gebieter zu genügen und damit das Dorf zu retten. Doch auch zu flüchten war kaum eine wirksame Abhilfe. Die grässlichen Eisenkugeln konnten einem folgen, wohin immer man ging.

Während die Dörfler sich noch beratschlagten, schlug eine neue Kugel in die Felswand. Da packten die Jäger ihre Bidarkas und schleppten sie in hilflosem Zorn zum Strand.

So arbeiteten sie Tage und Tage. War die See unruhig, so wateten die Jäger in den seichten Lagunen herum, fingen mit Keule und Netz Otter. Nur wenn die Otter aus den Lagunen entweichen wollten, mischten sich die Russe-Männer mit ihren tödlichen Feuerstöcken ein. Doch blieben sie auf ihren Felsen hocken und verschmähten es, in Eiswasser und Salzkraut herumzuplatschen. Das war Arbeit, die den Geringeren zukam. Vielleicht wunderten sich die Russe-Leute darüber, dass dieses Inselvolk, von dem man so wenig wusste, so gefügig war. Den Otter gleich waren sie sanft und leicht zu verängstigen.

Als sie viele Tage miteinander verbracht hatten, begannen sich Russe-Leute und Inselleute in einer gemeinsamen Sprache zu verständigen. Jeder eignete sich Worte aus der Sprache des andern an, doch behielt dabei die Sprache der Russe-Leute die Oberhand. Die langsame Verständigung durch Zeichen kam allmählich wieder außer Gebrauch. Die Russe-Leute hatten Worte des Befehlens zur Hand, die Attu-Leute lernten die Worte des Gehorsams.

Oft erwogen sie, wie solchem Zwang zu entkommen sei, aber nie schien der Augenblick günstig. Oft erhöhte eine neue und unerwartete Barschheit ihre Angst; dann wieder fesselten kleine Geschenke die Attu-Leute an die missliche Arbeit. Mehr aber als alles andere war es wohl der Zaubertrank, der sie Tag um Tag an den Strand lockte. Es war in der Tat ein wundervolles Labsal, denn er hob das Herz über alles Schwere und alle Entmutigung. Nie wusste man genau, ob und wann die Russe-Männer geneigt sein würden, sich großmütig zu zeigen. Manchmal brachten sie Tag um Tag etwas, dann wieder zeigten sie sich tagelang nicht gebefreudig. Es war kein Verlass auf das Verhalten dieser Gebieter.

Zip, der Häuptling, hatte eine neue Behausung bezogen. Als die Eisenkugel von dem großen Schiff die alte Barabara in Trümmer legte, hatte Zip sich darangemacht, seinen Wohnsitz zu wechseln. Er ließ sich im Binnenland, hinter dem hohen Berg der warmen Höhlen nieder. Im Dorf schwirrten die Gerüchte, und mancherlei Zweifel und Bedenken wurden laut. Dass ein ganzes Dorf umgesiedelt wurde, derlei ließ sich kaum ausdenken. Die Leute von Attu hatten seit Generationen auf demselben Fleck Erde gehaust. Und doch hatten sie, als Zip umzog, das Gefühl, dass eine Quelle der Kraft in ihnen versiegt wäre. Auf Diskussionen mit ihnen ließ er sich nicht ein. In aller Stille verbrachte er seine Habseligkeiten und seinen großen Waffenvorrat an den neuen Wohnsitz, den er auf sehr steinigem Grund errichtet hatte. Und es hieß, dass er einen mächtigeren Wall um das Haus ziehen wolle, als der alte gewesen war.

Still und ohne Einwände arbeitete Latt mit ihm. Sie war die Mutter seines einzigen Sohnes Kalk, des vortrefflichen Bogenschützen, und zweier Töchter, Nass und Orl. Nass war bereits Mutter Rims, dessen Vater Umph war, der Starke. So umfasste der Haushalt Zips jetzt sieben Personen, und sie waren die ersten Siedler in der Niederlassung hinter dem hohen Berge.

Groß war das Widerstreben, aus dem alten Dorf fortzuziehen. Tief war man hier verwurzelt, Erinnerungen reichten bis in ferne, nebelhafte Vergangenheit zurück. Vielleicht würden die Russe-Männer, wenn sie erst genug Otter beisammen hatten, abziehen und niemanden mehr bedrohen. Man versuchte sich einzureden, der neue Ort böte nicht mehr Schutz als der alte. Wenn die Russe-Leute wirklich Feinde wären, würden sie einem dann nicht überallhin nachstellen? Die Dorfleute wussten, dass Zip hinter den großen Berg gezogen war, um den Eisenkugeln des Schiffes zu entkommen.

Als nächste übersiedelte Kar, die Zips Schwester war, mit Papi, ihrem Mann, mit ihrer Tochter Lorik und ihren zwei Söhnen Arn und Upp.

Einige Familien, jüngere Leute, folgten zögernd, die andern aber klammerten sich an ihren Wunsch, die Feinde würden doch noch in ihre Heimat zurückkehren. Die Leute von Attu, die für die Russe-Männer arbeiteten, hatten aus Gesprächen erfahren, dass es noch ein anderes Land gab, Kitai, das noch weiter lag als das Russe-Land. In Kitai gab man für Otterfelle noch fabelhaftere Dinge in Tausch, und das Verlangen der Kitai-Leute nach Fellen war unersättlich. Bei alldem blieb nur noch eine einzige Hoffnung. Eines Tages würde es rund um Attus Strand keinen einzigen Otter mehr geben. Dann, schließlich, dann mussten die Russe-Leute gehen.

Zip und sein Sohn Kalk machten sich an die Errichtung des großen Walles. Bald schloss Umph, der Starke, sich ihnen an. Der Wall umschloss beide Barabaras, und er war so mächtig, dass man zweifeln musste, ob Menschenkraft ausreichte, ihn je zu vollenden. Aber es hatte nie einen Mann wie Umph auf der Insel gegeben. Mächtige Felsquadern hob er einfach auf die Brüstung, und wenn ein Fels selbst ihm zu groß war, so rollte er ihn über eine Schräge, die er sich sinnvoll ausgedacht hatte. Oft werkte er einen Tag lang, ohne ein Wort zu äußern, und die Leute nannten ihn darum den Stein, wegen seiner harten Muskeln und wegen seiner Schweigsamkeit.

Es war Spätsommer, die Zeit, Vorräte für die lange Periode anzulegen, da die Berge weiß und das Meer rau waren. Zeit für die Ausfahrt um den Kerzenfisch, für das Einsammeln von Krabben und Muscheln. Die jungen Männer waren zu den Vogelinseln gerudert, und nur die Otterjäger wurden noch immer von den Russe-Leuten zu ihrer verhassten Pflicht angehalten.

Landeinwärts in den Tälern sammelten die Attu-Mädchen Preiselbeeren. Das war für sie die fröhlichste Jahreszeit. Dann waren sie der häuslichen Zucht entzogen, wanderten frei und ungebunden durch die Täler und hatten an den Stellen, wo Preiselbeeren wuchsen, eine leichte Arbeit. Zerquetschte Beeren hatten ein würziges, köstliches Aroma, das sich angenehm mit dem Duft trockenen Schilfgrases vermischte. Es war herrlich, jung und lebensfroh zu sein und zuzusehen, wie die Wolken ihr weißes Vlies vor die Sonne zogen, dass mächtige Schatten über die Berge hin schwebten.

Orl, Zips jüngste Tochter, war vielleicht zum letzten Mal mitgekommen: Höchstwahrscheinlich würde sie nächstes Jahr schon einen Mann und eine eigene Barabara haben. Lorik, die Tochter von Zips Schwester, war die Schönheit unter den Preiselbeerpflückerinnen. Noch nicht ganz reif, aber anmutig und zierlich. Rila, Ipiks Tochter, und Nor, die Tochter Rimiks, waren auch unter den Pflückerinnen.

Mittags machten sie es sich in einer windgeschützten Mulde bequem.

»Wirst du im neuen Dorf wohnen oder im alten?«, wandte Rila sich an Lorik. »Wenn du deine eigene Barabara hast.«

»Unbedingt im neuen«, sagte Lorik stolz. »Nur im neuen Dorf, sonst trenne ich mich von meiner Mutter nicht.«

»Aber dort wirst du weitab vom Meer sein«, erinnerte Nor sie. »Ich könnte nicht ohne das Meer leben.«

»Und ich werde auch weitab von den Eisenkugeln der Russe-Leute sein«, zitierte Lorik Onkel Zips Worte.

»Das ist lange her, seit Kugeln auf uns fielen«, sagte Rila rasch. »Bald werden ihre Schiffe voll von Otterfellen sein, und dann werden sie fortziehen.«

Die Mädchen sonnten sich im warmen Licht wie Vögel, die ihre Schwingen spreizten, um jeden der kostbaren Strahlen einzufangen. Sie bewarfen einander mit Preiselbeeren, bis die Wände der Berge vom frohen Gelächter widerhallten. Doch plötzlich wurde es still. Wie kleine Vögel verstummen und stillhalten, wenn der Schatten des Habichts über sie hinwegschwebt, so waren die Mädchen lautlos und regungslos. Verängstigt saßen sie da, während sich der Kreis der Männer enger um sie schloss. Nur Lorik hatte leise aufgeschrien: »Die Russe-Männer!« und dann die Hand vor den Mund geschlagen, als wolle sie einen weiteren Ruf unterdrücken.

Die Schwarzbärtigen sahen sich einen Augenblick in der Menge der Mädchen um. Wie plötzlich zu Stein erstarrt, lagen die an den Stellen, an die sie in ihrer Preiselbeerschlacht geraten waren. Es entging ihnen nicht, dass in den Augen der Männer ein abschätzendes Wohlgefallen stand.

Ein großer Russe-Mann winkte Lorik, die halb aufrecht stand, sich jetzt aber fallen ließ, als wäre plötzlich alle Kraft aus ihr geschwunden. Die Männer wechselten Blicke, dann starrten sie wieder die regungslos daliegenden Gestalten an. Den Mädchen klangen die kehligen Stimmen der Männer wie wirre Klänge in einem Albtraum. Die Russe-Leute berieten untereinander, es schien, dass sie ein Unternehmen planten.

Jetzt begannen sie zu schreien, die Arme zu schwenken und nach der See zu deuten. Plötzlich waren die Beerenpflückerinnen auf den Beinen, eine Schar verängstigter, fluchtbereiter Vögel. Rila war es, die in ihrem panischen Schrecken ausbrach und schreiend talwärts zu rennen begann.

Sofort nahm der große Russe-Mann die Jagd auf. Schweigend beobachteten die Männer und ihre Gefangenen die Jagd. Die federleichte, angstgehetzte Rila lief erstaunlich schnell. Angstgebannt sahen die Mädchen ihr nach, hofften schon, sie würde entkommen. Doch da stolperte Rila und fiel. Ein ängstlicher Aufschrei aller. Rila versuchte gar nicht mehr aufzustehen, und jetzt sahen die Mädchen, wie der große Russe-Mann sie hochnahm und über die Schulter warf, ganz wie ein Jäger einen toten Otter forttträgt. Und jetzt winkte er den Übrigen zu, ihm nachzufolgen. Wie unter

Zwang, kaum dessen bewusst, was sie taten, trotteten die Mädchen, von ihren Räubern eskortiert, davon.

Unterwegs blickten sie vergeblich nach Rettung aus. Die Männer von Attu waren zum Teil im neuen Dorf, andere waren zu den Vogelinseln ausgefahren, und der Rest war mit den Russe-Leuten auf Otterfang. Alle waren in diesem Spätsommer geschäftig. Selbst die Frauen gingen ihrer Arbeit nach, schnitten Gras, schabten Seehundsfelle oder drehten Lachs-Yukolas über dem Stechginsterfeuer. Wer hätte sich an einem solchen Tag einer Gefahr versehen?

Als die Russe-Männer an den Strand kamen, nahmen sie die Mädchen auf und trugen sie in ihre kleinen Boote. Und nun ruderten sie über die nur sanft wogende See zu den beiden großen Schiffen hinüber.

Lorik und Orl lagen Seite an Seite. Ängstlich flüsterte Orl: »Ich glaube, wir sehen unser Dorf nie wieder.«

»Ach, Orl, wohin sollen sie uns denn bringen?« Loriks Geflüster war nur ein Hauch, aber Orl war nahe.

»Kanns nicht sagen, vielleicht in das Russe-Land. Als Sklaven, meine ich.«

»Ach, Orl, nur das nicht! Ich würde es nie aushalten! Ich würde es, sollte ich Attu verlassen, nicht überleben.«

»Wir können gar nichts tun. Im Dorf sagen sie, die Russe-Männer wären nahe daran, abzufahren.«

»Dann wollen wir, wenn sie gerade nicht herschauen, ins Wasser springen«, schlug Lorik vor.

»Das ist kein Ausweg, Kleine«, versuchte Orl die Jüngere zu beschwichtigen. »Sie werden nicht wagen, uns fortzuschleppen. Alle Inseln würden sich gegen sie erheben. Mein Vater hat oft zu den Stämmen gesprochen.«

»Aber die sind doch nicht zum Kampf vorbereitet«, klagte Lorik. »Onkel Zip sagt immer, dass sie nicht vorbereitet sind. Jetzt ist es zu spät.« Sie begann so heftig zu schluchzen, dass sie das Auftauchen der großen Schiffe neben den Booten gar nicht bemerkte.

Vom Deck riefen Leute zu den Booten herüber, und die Männer unten schrien zurück: »Gute Jagdbeute, Sergej!«

»Eh, sehr gute – für mich.«

»Das reicht für uns alle.«

»Mir gibst du eine gute, Igor. Schwarze Augen, langes Haar, lebhaft.«

»Alle Mann an Deck!« Kapitän Glottows Stimme überschrie alle anderen. »Holt die Dirnen über die Leitern herauf!«

Die angstgelähmten Mädchen wurden hinaufgehisst, bis sie alle an Deck waren. Lachend und schreiend umringten die Seeleute ihren Fang, bis Glottow sie zum Schweigen brachte. Der Angst einflößende Schiffer schritt prüfend die Reihe der Gefangenen ab, lüpfte manch gesenktes Gesicht mit der Hand hoch, blickte abschätzend auf die Gestalten.

»Diese da«, entschied er. »Schaff sie hinunter, Igor.« Es war Lorik.

Und kaum hatte der Kapitän seine Wahl getroffen, da begann eine wilde Auseinandersetzung der andern um die verbliebenen dreizehn Gefangenen. Die Mädchen hörten wohl das heisere Geschrei, verstanden aber wenig vom Sinn der Russe-Worte. Klar war ihnen nur, dass sie misshandelt und von einem zum andern weitergestoßen wurden. Man zerrte sie herum, dass ihnen die Arme fast ausgekegelt wurden, und ihre Bekleidung war bald in Fetzen. Verzweifelt versuchten die Mädchen, sich zu schützen. Erst als Rila und Nor bewusstlos zusammenbrachen, ließen die Russe-Männer plötzlich von ihrem Spiel ab.

Hand in Hand bildeten sie einen Ring um die Mädchen. Es sah aus, als ob sie ein Spiel spielten. Sooft einer gewonnen hatte, schrie er fröhlich auf, wählte unter den verstörten Mädchen eines und schleppte seine Beute unter Deck. Orl, Zips jüngere Tochter, war die Letzte, die an die Reihe kam. Als der Mann, der sie gewonnen hatte, sie hinunterschleppte, erhaschte sie einen Blick auf Glottows bärtiges Gesicht. Sie las darin seine Befriedigung, dass die Aufteilung der Mädchen so glatt vonstatten gegangen und dass keiner seiner Leute dabei benachteiligt worden war. Dann verschwand das Gesicht wieder.

Als Lorik hörte, dass Glottow in seine Kabine kam, zog sie sich in den dunkelsten Winkel des dämmerigen Raumes zurück. Glottows Riesengestalt und sein schwarzer Bart flößten ihr Entsetzen ein. Der Kapitän glich eher einem Seelöwen als einem menschlichen Wesen. Ungewiss sah er sich in dem halbdunklen Raum um. Als er sie gewahrte, stieß er fremd klingende Worte hervor, unzweifelhaft eine Art Befehl. Doch selbst wenn Lorik verstanden hätte, wäre sie nicht bei Kräften gewesen, ihm zu gehorchen.

Als sie sich nicht rührte, griff Glottow mit seinen mächtigen Pranken nach ihr. Wie ein Kleiderbündel lüpfte er sie hoch und warf sie auf die in die Wand eingebaute Koje. Wieder und wieder sagte er Worte, die für Lorik keinen Sinn ergaben. Schreckgebannt starrte sie ihn an. Sie zweifelte nun nicht mehr, dass dieses wüste Ungetüm sie umbringen wollte, nur wusste sie nicht, wie er es tun würde.

Ärgerlich knurrend beugte er sich über die Koje. Mit einer Hand hielt er Lorik niedergedrückt, mit der andern riss er die Reste ihres Fellgewandes von ihrem Leibe und schleuderte sie fort. Gewiss musste nun das Ende kommen. Lorik glaubte nicht, noch einen Augenblick zu überleben. Der dämmerige Raum wurde noch dunkler. Vielleicht würde sich der Tod gnadenvoll über sie herabsenken, und sie würde nichts mehr spüren. Sie sah, wie sich eine behaarte breite Brust über sie herabsenkte, dann tauchte sie ins Dunkel und wusste nicht mehr, was geschah.

Den Übrigen erging es nicht anders. Betäubung wechselte mit halb bewusstem Angsttraum. Orl, die älter war als die andern, wusste, dass Rila und Nor und vielleicht noch eines der Mädchen in derselben Kajüte gefangen gehalten wurden wie sie selbst. Vage war sie sich des Kommens und Gehens der Männer bewusst. Die Männer waren zornig, wenn die Mädchen bewusstlos wurden. Dann schlugen sie hart zu, um die Mädchen ins Bewusstsein zurückzurufen. Einmal fühlte sie Hiebe, die auf ihr Gesicht fielen, doch statt dadurch geweckt zu werden, sank sie in nur noch tiefere Betäubung, sodass sie jetzt die Misshandlung nicht mehr spürte, bloß das Klatschen hörte.

Einmal jammerte die kleine Rila so laut, dass Orl auffuhr, ihr zu Hilfe zu eilen, aber eine brutale Hand zwang sie nieder. Eine Endlosigkeit hörte sie das Lachen und Schwatzen der Männer, die kamen und gingen. Sie begann sich fühllos zu fügen. Schließlich sank sie unter einem Hagel von Schlägen wieder ins Dunkel.

Als Orl wieder zu hässlicher Wirklichkeit erwachte, war der Drang in ihr stark, sich an das Dunkel zu klammern, in dem weder Schmerz noch Schrecken war. Aber das Leben, zu dem sie nicht mehr erwachen wollte, zwang sich ihr auf, und sie begriff, dass sie nicht tot war.

Männerstimmen waren jetzt nicht zu vernehmen, nur das schwache, lang gezogene Wimmern eines der Mädchen. Zwei Lampen gaben knisternd Licht. Man hatte nun alle Mädchen in diesen Raum geschafft und hier auf den Boden geworfen. Sie waren nackt bis auf die Reste und Fetzen ihrer Fellkleider, die man über sie geworfen hatte.

Orl richtete sich auf. Zu sehr zerschunden, um auf die Beine zu kommen, versuchte sie, um sich zu blicken. Ihr Gesicht war angeschwollen, ein Auge wollte nicht aufgehen. Jede Bewegung tat weh. Gern hätte Orl sich zurücksinken lassen und wäre wieder in den Schlaf getaucht, aber sie war die Älteste, also musste sie den andern helfen.

Es war schwer, in der Wirrsal von Armen und Beinen eine von der andern zu unterscheiden. Alle Gesichter schienen geisterhaft, kaum zu erkennen. Viele waren zerschunden, einige trugen Spuren von Bissen.

Überraschend kam Orl der Gedanke, die Mädchen sollten sich irgendwie bekleiden, bevor die Männer wieder herunterkämen. Warum dies nötig sei, darüber stellte sie keine Erwägungen an. Sie besah, was von ihrer eigenen Kleidung übrig geblieben war, aber nichts, kein Stück, hatte seine ursprüngliche Form behalten oder konnte die Nacktheit bedecken.

Jetzt flog die Tür auf, und Glottow stand in der Kajüte. Durch Zeichen gab er zu verstehen, die Mädchen sollten sich bekleiden, doch nur Orl bemerkte ihn. Hilflos hob sie eine Hand, zeigte die armseligen Reste, etwas, was einst ein Kleidungsstück gewesen war. Glottow trottete hinaus, und gleich darauf erschien ein Mann, der einen Ballen altes Segeltuch unter dem Arm trug. Orl wickelte sich in ein Stück Tuch, und es gelang ihr, es zusammenzuknüpfen.

Obwohl jede Bewegung sie schmerzte, versuchte sie, auch die andern in Segeltuchstücke zu hüllen. Es war altes, verbrauchtes Tuch, das bei der geringsten Anspannung zerriss. Viel vermochte Orl nicht zu tun. Einige der Mädchen jammerten. Etwas abseits lag Rila. Als Orl sie berührte, erschauderte sie in jähem Schrecken. Rila war nicht so wie die andern, sie fasste sich kalt an, ihr Arm war steif. Jetzt gewahrte Orl die Blutlache unter ihr und entsann sich, Rilas Schrei gehört zu haben.

Eine Weile lang vermochte sich Orl nicht zu rühren. So hilflos, so aussichtslos war ihr Zorn, dass ihr jede weitere Bemühung unmöglich und wertlos schien. Dann spürte sie eine Bewegung in ihrer Nähe. Es war Nor, die in ähnlicher Verzagtheit zu ihr herangekrochen war. Aus verschwollenen Lippen kam das Geflüster: »Lorik … an der Wand … schon kalt. Ich glaube, sie lebt nicht mehr.«

»Auch Lorik!«, stöhnte Orl.

»Ja, unsere Lorik, die Hübscheste von uns allen.«

In hoffnungslosem Schmerz schmiegten sich Orl und Nor

aneinander. Da gab es keinen Ausweg, also war, was sie mit ihren schwachen Kräften ausrichten konnten, sinnlos.

Russe-Männer kamen herein, und als sie sahen, dass die Mädchen von selbst nicht in Bewegung kamen, schleppten sie die vierzehn, die einst die jungen Mädchen von Attu gewesen waren, auf Deck und ließen sie über die Leitern zu den wartenden kleinen Booten hinab. Dann begannen die Männer dem Ufer zuzurudern. Von der frischen Seeluft belebt, regten sich die Mädchen ein wenig.

Am Ufer waren wenigstens einige fähig, sich selbst fortzuschleppen. Die andern wurden von den Männern über die Schultern geworfen und wie erbeutete Otter fortgetragen. Als die Männer sich anschickten, die Mädchen an einem Platz zurückzulassen und zu ihren Booten zu gehen, sahen sie Glottow in einem Zweiruderboot herankommen. Er kam auf die betroffen dastehenden Männer zugelaufen und war sichtlich sehr zornig.

»Ihr Schweine«, brüllte er, »ihr verpfuscht uns den ganzen Otterfang! Benehmt euch wie wilde Säue! Jetzt werden sich die Aleuten auf all den Inseln ringsum gegen uns erheben. Eine Tollheit, und die schönste Jagdchance, die es je auf der Welt gegeben hat, geht zum Teufel!« Er stellte sich, als träfe alle Schuld nur seine Mannschaft.

»Einfältige Leute, dieses Aleutenvolk«, suchte Sergej die Wut des Kapitäns zu beschwichtigen. »Wir stechen heute in See. Wenn wir nächstes Jahr wiederkommen, haben die alles vergessen.«

»Das werden sie nicht vergessen. Iwan sagt, dass einige der Mädchen nicht mehr atmen.«

»Nur zwei, Kapitän«, erklärte Igor gelassen. »Wer wird wegen zweier Mädchen viel Geschrei machen? Die andern kommen sicher durch. Sind eine zähe Sorte.«

Glottow war ärgerlich. »Es wird ein großes Gerede geben. Die ganze Insel wird es wissen, und hernach werden es alle andern erfahren. Alle Aleutenmänner werden feindselig sein. Nicht ein

Otterfell werden wir bekommen, oder nur gegen Waffengewalt. Der ganze schöne Fellhandel mit China geht zum Teufel, und alles wegen ein paar solcher Eingeborenenmädels.« Scheel blickte er zu den verängstigten Mädchen herüber, die kein Wort seiner mürrischen Rede verstanden hatten.

»Dann ist es vielleicht besser, wir schaffen die Herde wieder an Bord?«, schlug Sergej vor.

»Dummkopf! Wir haben strikten Befehl aus Petersburg – Eingeborene dürfen nie von Handelsschiffen an Bord genommen oder aus ihrem Lande verschleppt werden. Das wisst ihr doch!«

»Bin eben über die eine da gestolpert«, gestand Sergej hilflos. »Was tun? Wir dürfen sie nicht fortbringen, und wir sollen sie nicht hier lassen.« Ratlos zuckte er die Achseln. »Was also?«

Glottow überlegte einen Augenblick lang, dann befahl er: »Nehmt die Mädchen, und dann mir nach!«

Nun schlug er die Richtung zu der Felsküste ein, an der sich die Brandung dröhnend brach. Auf der Höhe machten sie halt, und die Männer setzten ihre lebende Last ab. Nur Orl, Nor und zwei andere hatten selbst zu gehen vermocht. Wie verängstigte Vögel drängten sich die Mädchen aneinander.

Nun erklärte der Kapitän: »Da unten hat die See eine starke Unterströmung. Beschwert jedes der Mädel mit einem Stein und schleudert sie über den Grat. Dann lichten wir die Anker und stechen mit der Ebbe in See.«

Die Männer schienen zu zögern, doch war Glottow sichtlich so finster entschlossen, dass sie nicht den Mut aufbrachten, ihm den Gehorsam zu verweigern. Sie beschwerten die Leichname Rilas und Loriks mit Steinen und warfen sie in mächtigem Schwung über den Grat.

Bestürzt sahen die Mädchen die befremdliche Art, wie die Russe-Seeleute mit Toten umgingen; so ganz anders war die als das bedachtsame, sanfte Verfahren der Leute von Attu. Doch jetzt würden die grausamen Räuber ihnen wenigstens den Weg heim zu ihrem Dorf freigeben.

Doch wieder kamen die Schwarzbärtigen heran, und diesmal packten sie ein lebendes Mädchen. Mit rascher Bewegung schlangen sie das Tau, an dem ein Stein befestigt war, um ihre Füße. Viel zu schreckbetäubt war das Mädchen, um sich zu wehren, während man es zum Grat schleppte. Zweimal wurde der Körper geschwenkt, beim dritten Schwung flog er über den Rand und stürzte in die grässliche Tiefe. Nur ein schwaches Wimmern kam von jenen, die der Schreckensszene zugesehen.

Jetzt war es klar, dass auch all den anderen Mädchen das gleiche Schicksal zugedacht war. Als die Männer wieder herankamen, sprang Nor plötzlich auf und flüchtete mit der ganzen Kraft ihres Entsetzens quer über den steinigen Abhang.

»Holla! Packt sie!«

Alle Augen folgten dem leichtfüßigen Mädchen, das nackt zwischen den verstreuten Felsen dahinjagte. Wenn sie doch entkäme, wenn sie die Männer von Attu zu Hilfe holte! Drei der Seeleute machten sich jetzt an ihre Verfolgung. Doch waren sie, wie eben Seeleute, unbeholfen und bewegten sich auf dem ungewohnten Gelände nur langsam. Nor aber schwebte dahin wie eine traumhafte Meerjungfer, das Haar im Winde wehend.

Doch selbst die Kraft der Verzweiflung hielt nicht lange an. Die angstvoll spähenden Mädchen sahen sie stürzen, sahen, wie ihre Verfolger sich über sie beugten; sahen, wie sie dann mit Nor, die lahm und kraftlos hing, zurückkamen.

Orl fiel in völlige Entmutigung zurück. Einen Augenblick lang hatte sie hoffen dürfen, aber nun war es klar, dass keine der Gewalt und Bosheit der Fremden entkommen würde. Orl blickte um sich, aber die andern waren plötzlich verschwunden! Doch nein, die waren nicht weggelaufen, sie war es, sie hatte sich fortbewegt. Als sie Nors wilder Flucht folgte, war sie unbewusst von Fels zu Fels gesprungen. Und nun lag sie, für den Augenblick verborgen, dicht an einen Stein geschmiegt, und die Russe-Leute schienen sie nicht zu vermissen. Alle hatten ihre Aufmerksamkeit auf die Verfolgung Nors gerichtet, und so war ihnen Orls Verschwinden so wenig zu Bewusstsein gekommen, wie sie selbst es bemerkt hatte.

Jetzt hörte sie lautes Reden, gewiss würden die Männer gleich kommen und sie finden. Im Augenblick aber waren die mit Nor beschäftigt, die so tapfer um ihr Leben gekämpft hatte. Angstgejagt begann Orl von Fels zu Fels zu gleiten. Schmerzhaft spürte sie die scharfen Steine an ihren bloßen Füßen. Doch kamen die Rufe derer, die sich wieder ihrem schrecklichen Geschäft zugewendet hatten, jetzt gedämpft aus größerer Entfernung.

Als das letzte Mädchen von Attu ins Meer geworfen worden war, fragte Glottow: »Wie viele waren es?«

Betreten wechselten die Männer Blicke, als erwartete jeder von dem andern, dass der die Antwort wüsste. Doch keiner tat den Mund auf.

»Ihr Tölpel, wie viele es waren!« Keiner hatte daran gedacht, mitzuzählen. Aber da weit und breit keines der Mädchen mehr zu sehen war, schien es ihnen unverständig, sich die Köpfe zu zerbrechen. Ob es zehn waren, zwölf oder vierzehn, was machte das aus? Doch Glottow gab sich nicht zufrieden:

»Schwärmt aus! Sucht den Platz ab! Wenn eine entkommen ist, so ist das ebenso schlimm, als wären es zehn. Sogar noch schlimmer. Blickt hinter jeden Felsen. Hebt jeden Stein auf, wenns nötig ist!«

Als die Männer im Begriff waren, auszuschwärmen, trug der Schall den Widerhall eines Schusses von der See herüber. Glottow und seine Männer fuhren herum, sahen aufs Meer hinaus. Da drunten fuhr die Otterflotte in die Bucht ein. Die Otterjäger hatten das vorspringende Kap umfahren und waren plötzlich in Sicht gekommen. Doch wann mochte das geschehen sein? Ob die Attu-Männer noch gesehen hatten, wie das letzte der Mädchen oder gar deren mehrere über den Grat geworfen wurden? Drei Schüsse hallten übers Meer, lösten ihr Echo aus der Felswand: das Signal, dass Gefahr im Verzug wäre.

»Wir müssen zu den Schiffen zurück«, schrie Glottow. »Ich glaube, wir müssen heute noch auf eine andere Jagd.« Zeit zu weiteren Erklärungen blieb ihm nicht.

In jeder der Bidarkas saß ein Russe-Mann und einer der Attu-Leute, und die Attu-Männer verstanden jetzt bereits einiges von der fremden Sprache. Es war also unmöglich, vor ihnen unbekümmert zu beraten.

Die Bidarkas, die vom Otterfang kamen, und die Boote Glottows und seiner Gefolgschaft wurden auf die beiden Schiffe zugesteuert, die vor Anker lagen. Langsam bewegte sich die kleine Flotte, über allen lag eine unheimliche Spannung, die Angehörigen jeder Gruppe überwachten scheu die andern. Da die Russe-Jäger das Abschießen der Otter jetzt allein besorgten, hatten die Männer von Attu weder Bogen noch Pfeile bei sich.

Als sie an das Schiff herangekommen waren, hieß Glottow die Bidarkaleute zuerst die Leiter hinaufsteigen. Sie taten es sichtlich widerstrebend, leisteten aber keinen Widerstand. Sobald die Männer aus Attu unter Deck gebracht waren, wurden die Russe-Leute zusammengerufen. Keiner konnte mit Bestimmtheit sagen, wie viel die Inselbewohner von der Schreckensszene auf der Felsgalerie zu sehen bekommen hatten. Doch hatten jene, die mit den Attu-Leuten in den Bidarkas auf Otterjagd gewesen waren, das Gefühl, die Inselleute hätten Argwohn geschöpft. Immerhin war der Abstand groß gewesen, und selbst wenn die Attu-Leute etwas bemerkt hatten, so war es wohl nicht genügend, um alles zu begreifen. Etwas Sonderbares mochte sich da oben abspielen, mehr konnten sie kaum wissen.

Keinesfalls konnte man den Leuten erlauben, auf die Insel zurückzukehren. Sie würden alle Bewohner der Inseln aufbieten, und die bevorstehende nächste Expedition würde in arge Schwierigkeiten geraten. Bedauerlich genug, dass ein Missgriff zu solchen Weiterungen geführt hatte. Nun musste man verhindern, dass eine Hand voll Attu-Leute den ganzen ergiebigen Otterhandel mit den Chinesen gefährdete. Die Riesenprofite mussten eingebracht werden, bevor britische oder spanische Händler ihrerseits ergiebige Otterreviere entdeckten. Die Attu-Leute hatten berichtet, dass auf unzähligen Inseln weiter gegen Osten hin zahlreiche Stämme ihres Volkes hausten. Auf all diesen Inseln gab es Lagunen und Otter: Eine solche Gewinnchance durfte nicht verspielt werden.

So folgerte Glottow. Den Missgriff mit den Attu-Mädchen schob er ausschließlich seinen Leuten in die Schuhe. Die waren eben durch die trostlose Ödigkeit ihres Handwerks rastlos und rebellisch geworden. Um Schlimmerem vorzubeugen, hatte er ihnen erlaubt, sich mit den Mädchen abzugeben, aber sie hatten groben Unfug getrieben. Dass er selbst dazu gehörig beigetragen, vergaß Glottow wie gewöhnlich. Nun war es zum ersten Mal zum offenen Bruch mit den Inselleuten gekommen. Wenn die nur eine Spur von Verstand besaßen, würden sie jetzt Maßnahmen ergreifen. Selbst wenn man für diesmal verheimlichen konnte, was sich wirklich ereignet hatte, konnte die nächste Expedition nicht auf Hilfe zählen, ja, musste offene Feindseligkeit erwarten.

Jawohl, man musste die Attu-Leute an Bord behalten. Bei Gezeitenwechsel wurden die Segel gehisst, und die Schiffe traten die Reise nach dem Westen an. Die Inselleute wurden als Halbgefangene behandelt; Glottow war noch nicht schlüssig, was er tun sollte. Vorläufig erzählte man ihnen von einer großen Otterherde, die man auf der Fahrt nach Attu gesichtet habe. Was die Inselleute untereinander dachten oder planten, ließ sich nicht erraten. So unermüdliche Plauderer sie sonst waren, jetzt zeigten sie sich schweigsam. Ob sie bloß von ihrer ersten Reise auf einem großen Schiff eingeschüchtert waren oder ob verhaltene Rachsucht sie verschlossen machte, ließ sich nicht sagen. Spürbar war nur, dass die Attu-Leute sich verändert hatten. Sie waren nicht mehr so freundlich und arglos wie früher.

Wären nicht aus Petersburg strikteste Verbote vorgelegen, Menschen aus anderen Ländern einzuschleppen, so hätte Glottow sie einfach mitgenommen. Doch war auch wieder zu bedenken, dass das enge Beisammenleben an Bord die Spannung zwischen den beiden Gruppen erhöhen musste. Lange bevor man den Heimathafen anlief, würde es zu einem offenen Kampf kommen.

Als am Horizont eine Insel gesichtet wurde, war Glottows Beschluss gefasst. Hier konnte man die Otterjagd veranstalten, um derentwillen man angeblich die Leute an Bord genommen hatte. Die Mannschaft wurde angewiesen, aufgeregte Vorbereitungen zu einer Expedition vorzutäuschen. Das Schiff ging vor Anker, die Bidarkas wurden ausgesetzt. Aufgeregt kletterten die Russe-Leute die Leiter hinunter, jeder führte seine Muskete mit sich. Die Attu-Leute leisteten keinerlei Widerstand. Anscheinend glaubten sie wirklich, es ginge nur um eine Otterjagd.

In guter Ordnung schwärmten die Bidarkas aus. Die Paddler erhielten Anweisung, auf die Insel zuzuhalten und nach Spuren von Otter auszuschauen. Als man an Land ging, befahl der Jagdleiter, sie sollten salzkrautverwachsene Lagunen suchen. Die Insel war klein, kaum mehr als ein paar Felsen, die aus der weiten Wildnis des Meeres heraufragten.

Als die Leute genug gelockert und auseinander gezogen waren, schickten sich die Russe-Männer an, wie verabredet unauffällig zu der Bucht zurückzustreben, wo die Bidarkas vertäut lagen. Doch legten sie dabei zu viel Hast an den Tag, begannen, als sie sich der Bucht näherten, zu rennen. Sei es nun, dass die Attu-Leute meinten, es wären Otter gesichtet worden, sei es, dass ihr Argwohn bereits geweckt war: Sie begannen auch zu laufen.

Jetzt wandelte sich der seit geraumer Zeit schwebende Hass in offene Feindschaft. Russe- und Attu-Männer rannten, so rasch ihre Beine sie trugen, auf die kostbaren Boote zu. Doch waren die Attu-Leute im Nachteil, die Verräterei war ihnen erst klar geworden, als die Russe-Leute bereits den Bidarkas nahe waren. Obwohl sie sich weit schneller auf dem felsigen Gelände bewegten als die schwerfälligen Fremden, konnten sie den Unterschied des Abstandes nicht mehr aufholen.

Als sie sahen, wie die Bidarkas eine nach der anderen ins Wasser glitten, schrien sie und winkten – vielleicht konnten sie doch noch den Strand erreichen, bevor das letzte Boot abstieß. Die Russe-Männer zeigten sich unbeholfen, waren auch nicht ans Paddeln gewöhnt.

Orp lag weit vorn im Rennen, hinter ihm kamen als Nächste Rimik und Koss, dann die anderen. Vielleicht konnten sie doch die letzten zwei oder drei Russe-Leute, die nur mühsam vom Land abkamen, einholen und überwältigen. In mächtigen Sprüngen setzten sie über das letzte Stück des felsigen Hanges, überquerten den Sandstrand. Die letzten Russe-Leute plagten sich ab, ihre Bidarkas ins offene Wasser zu bringen. Mühselig bugsierten sie das schwerfällige Fahrzeug, selber schon watend, hinaus, vergaßen dabei aber, dass es schwieriger war, aus dem tiefen Wasser ins Boot zu gelangen.

Orp und Rimik eilten watend auf das nächste Boot zu. Um dem näher kommenden Orp auszuweichen, hatte der Russe-Mann seine Bidarka ins schultertiefe Wasser getrieben und konnte jetzt nicht hineinklettern. Zog er in seichteres Wasser zurück, so musste er auf die Gegner stoßen. Schon war Orp ganz nahe.

»Iwan! Iwan! Lasst uns nicht hier – hier müssen wir zu Grunde gehen, alle!«

»Befehl vom Kapitän! Weg, oder du stirbst jetzt gleich!«

»Lasst uns doch eines der Boote! Nächstes Mal werden wir mit voller Kraft arbeiten – viele Otter, nächstes Jahr! Nur eine Bidarka!«

»Darf nicht! Weg, sag ich! Komm mir nicht zu nah!«

Im nächsten Moment waren die Männer im Zweikampf. Bis zu den Schultern im Wasser – es konnte nur ein kurzer, grimmiger Kampf sein. Schläge waren da nicht anzubringen, man hatte nur die einzige Chance, den Gegner unter Wasser zu zwingen. Orp war kleiner als sein Gegner, schon reichte ihm das Wasser zum Hals, aber der Verrat der Russe-Leute verdoppelte mit der Wut auch die Kraft. Ob man jetzt krepierte oder ein wenig später, was machte das noch aus?

Orp hielt seinen Gegner am Hals umklammert und versuchte ihn unterzutauchen. Der Russe-Mann wich einen Schritt aus, jetzt war Orp bereits unter Wasser, während der andere, größer, noch über den Wasserspiegel ragte. Mit verzweifeltem Schwung zog Orp sich an seinem Gegner hoch, schlang Arme und Beine um ihn. Das war der Moment, all die Schmach, die sie bei der Otterjagd erduldet hatten, zu rächen. Schon spürte er, wie der wuchtige Nacken unter dem voll eingesetzten Gewicht der Feindeslast nachgab.

Plötzlich spürte er jähen, wilden Schmerz – so scharf, dass ihm der Atem aussetzte. Rot mischte sich ins klare Uferwasser. Orps Griff ließ aus, und jetzt erkannte Orp auch das Seemannsmesser in der Hand seines Widersachers. Dieses Messer zielte wieder nach Orps Hals, und Orp hatte nicht mehr die Kraft, es abzuwehren. Er spürte nur, wie der andere ihn abschüttelte, während ihm selbst Arme und Beine schlaff wurden. Und nichts war mehr als große Dunkelheit – und ein Platz im dunklen Wasser.

Auch Rimik war auf eine Bidarka zugestürzt, hatte ein seitlich heraushängendes Tau zu fassen bekommen. Der Russe-Mann ruderte zuerst drauflos, merkte gar nicht, dass er jemanden hinter sich herzog. Seine Aufmerksamkeit war wohl auf den verzweifelten Kampf zwischen Orp und Iwan abgelenkt, aber er paddelte aus Leibeskräften weiter. Nun war das Boot bereits im übermannstiefen Wasser, und Rimik konnte sein Tau nicht mehr loslassen, ohne zu ertrinken.

Verzweifelt, blitzschnell überschlug er alle Chancen, während das Boot weiter und weiter vom Strande abkam. Natürlich hatte er sich da auf etwas Wahnsinniges eingelassen, aber das verzweifelte Verlangen nach einer Bidarka hatte ihn nicht überlegen lassen. Aus jahrelanger Erfahrung wusste Rimik, dass ein Mensch kaum im tiefen Wasser in eine Bidarka klimmen konnte – wie viel schwerer noch war es, wenn ein Feind im Boot saß! Aber vielleicht war dieser Feind nicht ganz in seinem Herzen verhärtet! Es gab nur eine Rettung – ein Hilferuf.

Rimik hob sich aus dem Wasser, zog sich hoch, bis der Russe-Mann ihn sah. Der setzte sofort im Rudern aus und starrte ihn ungläubig an: »Rimik – du?!«

»Ja! Hilf mir doch, Pjotr!«

»Lass los! Marsch zurück auf deine Insel!«

»Ich kann doch nicht schwimmen, keine Seehundslänge weit ...«

»Junge, dann sitzt du arg im Dreck!«

»Nimm mich mit, Pjotr! Ich will mein Leben lang für dich arbeiten!«

»Der Kapitän würde dich glatt umlegen. Und mich auch, wenn ich mit dir antanze!«

»Dann ruder doch ein kleines Stück zurück – nur so weit, dass ich Boden unter den Füßen hab!«

»Deine Leute würden die Bidarka fassen. Ab mit dir! Los!«

Rimik warf einen Blick auf den fernen Strand, klammerte sich verzweifelt an den Bootsrand. Mit stummer Bitte blickte er in das harte Gesicht über ihm. Sah, wie Pjotr seine Muskete packte und den Kolben mit voller Wucht auf die angeklammerten Finger niedersausen ließ.

»Loslassen! Loslassen, sag ich! Loslassen!« Und bei jedem Schrei ging der Kolben nieder, bis sich die zerquetschten Finger vom Bootsrand lösten. Pjotr ruderte wieder los, die anderen einzuholen, aber lang – weit länger, als auszudenken war – gellten ihm die Schreie des ertrinkenden Rimik nach.

Auch Koss war gefallen. Als Iwan, derselbe, der Orp erstach, sein Boot ins offene Wasser hinausbrachte, hatte Koss es zu fassen gekriegt. Ein anderer Russe-Mann, von seinem Boot aus, sah es, sprang auf, dann fiel ein Schuss, und Koss platschte breit auf sein Gesicht, ins Wasser.

Die anderen hatten im Laufen eingehalten. Hatten kehrt gemacht, waren ans Ufer zurückgewatet. Alles vergeblich. Alles schlug zum Vorteil für die Feinde aus. Als die Bidarkas schon weiter draußen waren, versuchten sie Koss hereinzuholen, aber der war schon zu weit auf offener See. Orp verloren und Rimik und Koss, alle drei. Und vierzehn ausgesetzt auf einem Felsenriff, einer winzigen Insel.

Sie standen da und starrten denen nach, die sie tückisch hierhergebracht hatten. Sahen, wie die ihr Schiff erreichten und wie es Segel setzte. Und dann glitt auch das große Schiff über den Rand der Welt. Wie ein letztes Stück der untergehenden Sonne schmäler und schmäler wird, so tauchten die segeltragenden Maste unter, und nun lag die See nach allen Seiten öd und leer.

Ein wilder Hass flammte in den Männern von Attu auf. Warum wurde der lange und treue Dienst, den sie als Jäger geleistet hatten, so vergolten? Wie sollte ein Mensch solch ein Verhalten erklären? Wenn die Russe-Männer wiederkämen, würden sie dann nicht Jäger brauchen? Wenn sie aber nicht darauf zählten, wiederzukommen, warum solch ein Aufwand von Mühe, um eine Hand voll Leute auf einer Insel auszusetzen? Es war rätselhaft.

Bevor sie die Insel in Augenschein nehmen konnten, wurde es dunkel. Mühsam suchten sie sich ihren Weg, um aus dem Bereich der Flutwellen zu kommen. Sie verkrochen sich zwischen ein paar Felsen. Inzwischen gingen Regenschauer auf sie nieder. Jedem von ihnen trat seine heimische Barabara, tief in den schützenden Fels eingebaut, vor Augen. In ihrem Elend erzählten sie einander leise von Zok und wie sie die Warnung des alten Häuptlings in den Wind geschlagen hatten. Doch des Häuptlings Sohn war gescheit, der saß jetzt heil hinter seinem Steinwall, im neuen Dorf. Und er hatte mit den Russe-Leuten nichts zu tun haben wollen. Er hatte weiter gesehen als sie alle!

Gewiss wollten sie jetzt, was er anordnete, getreulich befolgen. Aber da kam ihnen überwältigend ihre Lage zu Bewusstsein. Hier auf dieser namenlosen Insel mussten sie zu Grunde gehen. So hatten die Russe-Leute das ausgedacht, und wer auf Attu wäre denen an Macht und List gleich? So lagen die Männer still und hilflos bis der Morgen dämmerte.

Nun gingen sie daran, die Insel zu erforschen. Sie fanden weder Gras noch Ginster, und das Treibholz am Strand war so spärlich, dass es nicht zählte. Ohne Holz oder Knochen oder Felle konnten sie nicht einmal die dürftigste Bidarka bauen. Ohne Harpunen und Bogen und Pfeile konnten sie keine Tiere erbeuten, selbst wenn sich welche auf diese unwirtliche Insel verirrten, und das schien kaum wahrscheinlich. Irgendein seetüchtiges Fahrzeug zu bauen, daran war gar nicht zu denken. All ihr Leben lang waren sie im Bereich der ungezählten Inseln zur See gefahren, das offene Meer flößte ihnen Entsetzen ein. Keine Bidarka konnte auf solcher See einen Sturm bestehen, ja auch ein Gebinde aneinander gefesselter Bidarkas würde es nicht schaffen.

Am Ansatz der flutbenetzten Felsen fanden sie eine kleine harte Muschel, die vom Stein loszubrechen sich kaum lohnte. Tellerschnecken gab es, die wenig taugten, und in einer seichten Bucht winzige Seeigel – die schlugen sie mit Steinen auf, wie sie es von den Seeotter in den Salztümpeln gelernt hatten. Denn jetzt waren die Männer von Attu auch nur Seetiere, ja, sie taugten weniger als Otter, denn sie waren auf ihrer Insel gefangen.

Als sie die Insel durchsucht und ermessen hatten, wie klein und unwirtlich sie war, fielen sie in neue Verzweiflung. Ein bloßes Riff, auf dem es weder Beute noch Schutz gegen Wind und Wetter gab, zu armselig sogar für Seevögel. Auch die Inselmitte erhob sich nur wenig über den Strand. Irgendeine unvorhergesehene Flut konnte die Leute einfach fortspülen. Und vielleicht wäre dies das mildere Schicksal gewesen, aber ihr Lebenswille war so stark, dass die Leute an der höchsten Stelle loses Gestein aufzuschichten begannen. Sie wussten, dass es ein närrisches Beginnen war. Kein Bau von Menschenhand widerstand auch nur einem schwachen Sturm. Aber man musste einfach etwas tun, und wäre es nur, um nicht zu erfrieren.

Ihrer Berechnung nach musste Attu gegen Sonnenaufgang zu liegen. Nur gab es zurzeit keine Sonne, nur eine Stelle am Horizont, an der sich Dunst und Gewölk sacht aufhellten. Und doch ertappten sie einander immer wieder, wie sie nach Osten ausschauten, als müsste ihre Sehnsucht schließlich die Heimatinsel heraufzaubern.

Orl, Zips Tochter, erzählte, was ihr widerfahren war. Sie beschrieb, wie sie sich vor Angst und Kälte schaudernd hinter Felsen verborgen hielt, bis die Fremden abgezogen waren. Auch da hatte Orl noch nicht das Herz gehabt, sich ins offene Gelände hinauszuwagen. Von ihrem Versteck aus hatte sie beobachtet, wie die Russe-Leute und die Inselmänner in ihren Bidarkas und kleinen Booten zu den beiden Schiffen zurückgekehrt waren. Dann hatten die Schiffe Segel aufgezogen und waren davongefahren. Nein, auch keine kleinen Boote blieben zurück. Die großen Schiffe mussten alles verschluckt haben.

Da erst hatte Orl den qualvollen Marsch angetreten. Sie war dem alten Dorf schon nahe, als Tyk, die vom Grasmähen in den Marschen heimkam, die armselige, kaum verhüllte Gestalt entdeckte. Tyk, Rimiks Frau, wäre wohl geflüchtet, aber Orl hatte sie angerufen: »Ich bins doch, Orl, Zips Tochter!«

Verängstigt – sie konnte es kaum fassen – blieb Tyk stehen. »Du bist nicht Orl, dich kenn ich nicht.«

»Gestern noch war ich Orl. Ob ichs heute bin, weiß ich selber nicht.« Ihre Stimme war schwach und alt wie die von einer, die in die Geisterwelt übergehen will.

»Und wo ist meine Tochter Nor, die zum Preiselbeersammeln in die Berge gezogen ist? Sie ist abends nicht heimgekommen, und wir dachten, sie wäre bei euch geblieben im Neudorf.«

»Ich wills dir sagen, aber erst hilf mir ... Bring mir etwas, dass ich mich einwickeln kann.«

So legten sie zusammen mühselig den Weg zu Tyks Barabara zurück, dort fand Orl sich geborgen. Bald wusste das ganze Dorf, dass eine der Preiselbeerpflückerinnen heimgekommen war. Nun drängte sich alles um Tyks Türe, zu hören, was aus den Burschen und aus den Mädchen, die fort waren, geworden sei.

Mittlerweile hatte man Orl bekleidet und mit Brühe aus Seelöwenfleisch gestärkt, und sie setzte sich an die Tür, von den besorgten Dörflern umdrängt.

»Und wo ist meine Rila?«

»Orp ist nicht heimgekommen.«

»Auch Koss.«

»Zwei Töchter fehlen bei uns, schon seit zwei Tagen.«

Die Bangenden ließen Orl kaum zu Wort kommen. Und nun wurde ihnen alles klar, das Durcheinanderreden setzte aus, und in das plötzliche Schweigen hinein begann Orl:

»Wir waren gestern im Obertal, dort, wo die Preiselbeeren wachsen, und als die Sonne am höchsten stand, setzten wir uns zu kurzer Rast. Erst aßen wir, dann meinte ich, wir könnten noch ein wenig singen und herumtollen, bis wir die Steifheit, vom vielen Bücken, aus dem Rücken heraus hätten ...«

So begann Orl, und dann berichtete sie mit gepresster Stimme, wie plötzlich die Russe-Leute die Mädchen gezwungen hätten, auf das große Schiff zu kommen, und wie es unter den Russe-Männern Zank gegeben hatte, als die Mädchen an Bord kamen.

Als Orl verstummte, fragte Tyk: »Das ist doch seltsam, Mädchen taugen doch nicht zum Otterfang, Mädchen können nicht einmal eine Bidarka rudern.«

»Es ist etwas Schändliches«, flüsterte Orl, »etwas, wofür ich gar nicht die rechten Worte weiß.«

Bruchstückweise versuchte sie klar zu machen, welche Orgie sich, eine Nacht lang, unter Deck abgespielt hatte. Und allmählich gewann ihr wirres Reden seinen vollen, grässlichen Sinn. Die Leute konnten es nicht fassen, ungläubig schrien sie immer wieder auf.

»Aber sie konnten doch nicht ...«

»Ach, meine kleine Rila!«

»Das sind doch keine Menschen, das sind nur Seebullen!«

Empörung flammte auf: Hätte es eine Möglichkeit gegeben, die Schänder zu stellen, gewiss hätten die wütenden Inselleute es jetzt versucht, so aussichtslos ein Kampf auch gewesen wäre. Die Mütter begannen zu flehen: »Bringt uns zu unseren Töchtern!«

»Ja, wir müssen sie trösten. Sie sind doch unsere Kleinen ...«

»Es ist ja keine Schande für sie, so wie das war ...«

»Warum sind sie nicht mit dir heimgekommen, Orl?«

Jetzt sprang Orl auf und schrie so gellend, dass die Leute zurückschreckten: »In der See sind sie, alle ... alle! Steine an ihre Füße gebunden! Ja, in der See, so wie ich sage! Geht und sucht sie, ihr werdet sie finden, Steine an den Füßen!« Jäh machte sie kehrt und floh in die Hütte, und Tyk schloss die Tür. Von drinnen aber gellte immer noch ihre Stimme.

Erstarrt blickten die Inselleute einander an. Dies war zu viel, dafür gab es keine Worte. Schweigend wandten sie sich, einer nach dem anderen, ab, gingen davon.

Überall im Dorf blieben die Leute in ihren Hütten, wie betäubt, und vermochten nicht zu begreifen, was über sie gekommen war. Jedes Jahr hatten Springfluten oder Williwaws Opfer gefordert, Menschen waren verloren gegangen durch wild um sich schlagende Wale, in Strudeln, in Ausbrüchen Feuer speiender Berge. Doch solche Verluste lagen in der Natur der Dinge, sie waren zu beklagen, doch war man auf sie gefasst, sie waren zu verstehen. Zumeist auch trafen solche Unfälle reife Männer, Alte; kaum je waren Kinder die Opfer.

Nach einer Weile begannen die Dörfler in Gruppen zusammenzutreten, zwei, drei Familien – so setzten sie sich vor den Barabaras hin und hielten zusammen Trauer. Es waren keine Worte in ihren Klagen, nur ein schmerzvolles Summen, das anschwoll und verebbte wie Windesheulen. Leise setzte es ein, wie Murmeln, hob sich zu einem klagenden Crescendo, wurde laut und schrill … Plötzlich war es verstummt, begann dann leise von neuem. Und im trauervollen Klagegesumm schwangen die Körper wie Bäume, an denen ein Sturm rüttelte.

Als dann die Botschaft ins Neudorf hinter dem Berg kam, holte Zip, der Häuptling, seine Tochter Orl heim. Eine Weile blieb seine Empörung maßlos, über alle Worte. Schweigend brütete er vor sich hin, jetzt endlich vollends gewiss, dass in Erfüllung gegangen war, was Zok, der Vater, prophezeit hatte. Jetzt war dieser Feind, von dem der alte Häuptling geredet, kein Hirngespinst mehr. Der Feind war gekommen, und der Feind hatte zugeschlagen; und der Feind, das waren die Russe-Leute vom großen Schiff.

Und allmählich wuchs der Wille aus Zips wortloser Erbitterung: Er musste den großen Russe-Schiffen nachsetzen. Denen, die auf Attu zurückgeblieben waren, schien solch ein Unternehmen aberwitzig und sinnlos. Was sollte es denen, die fortgeschleppt worden waren, was den Zurückgebliebenen nützen? Falls die verschleppten Attu-Leute noch am Leben waren, dann hatte man sie als Sklaven nach dem Land der Russe-Leute gebracht, und wie sollte man ihnen da heraushelfen?

Doch Zip konnte nicht einfach abwarten, dass die Russe-Leute wiederkamen. Vielleicht taten sie das gar nicht. Wenn man dies Land der Russe-Leute fand, dann sollten die dort wissen, dass Attu-Leute nicht einfach Dankeschön sagten, wenn man ihnen Unrecht tat. Orl entsann sich, dass die Schiffe in der Richtung gegen Sonnenuntergang davongefahren waren. Also musste man nach Sonnenuntergang ziehen – dort wartete entweder Genugtuung oder Untergang.

Als Zip sich nicht von diesem Entschluss abbringen ließ, verlangten alle Väter der verschleppten Mädchen, ihm in die unbekannte See hinauszufolgen. Wenn in stürmischen Jahreszeiten größere Fahrten zwischen den Inseln unternommen werden mussten, dann pflegte man vier Bidarkas miteinander zu verbinden. Waren vier Boote gut verbunden und richtig im Gleichgewicht, dann konnte auch rascher Seegang sie nicht so leicht bezwingen. Diesmal entschloss Zip sich aber, nicht weniger als neun Bidarkas zu einem Gebinde zusammenzufügen, drei Reihen zu je drei Booten in jeder Reihe. Denn dies war die kühnste, die vermessenste Seefahrt, soweit man auf den Inseln zurückdenken konnte.

Kalk, Zips Sohn, bedang sich aus, dass er als Häuptlingssohn mitdurfte. Doch sollte die Familie des Häuptlings mit einem Schlag ausgerottet werden? Kalk war alt genug, dass man ihm zutrauen konnte, von Insel zu Insel zu ziehen und die Leute aufzurütteln, wie sein Vater und Großvater es vergeblich getan hatten. Jetzt war ja alles verändert, jetzt war der Feind sichtbar geworden, schrecklicher, als man es in seinen schlimmen Träumen geahnt hatte.

Auch Umph, der Starke, musste zurückbleiben. Denn jetzt waren plötzlich alle bereit, das lieb gewordene Altdorf gegen die größere Sicherheit des neuen einzutauschen. Umph nämlich war der Kundigste im Errichten von Mauern und Wällen, er sollte den Bau leiten, und alles sollte so angelegt werden, dass kein Feind die Mauern umgehen und an die sinnvoll verteilten Durchlässe herankommen konnte.

Sechs Männer konnten mitkommen: je einer auf jede Bidarka der beiden äußeren Reihen. Die drei Boote der Innenseite belud man mit Proviant, Tauwerk, Ersatzkleidung, mit Harpunen und Waffen und was Zip sonst noch für nützlich auf solch einer ungewissen Reise hielt. Kein Zweifel, es war ein aberwitziges Unternehmen. Doch Zip musste diesem zwingenden Drang folgen, den Feinden nachzusetzen.

Bevor Zip aufbrach, nahm er noch einmal zu den warmen Höhlen, in denen die Ahnen bestattet waren, seinen Weg. Vor einem so gewaltigen Unternehmen musste er noch einmal mit ihnen Zwiesprache halten, den Weisen, die das Unausweichliche, das Unheil vorausgesehen hatten. Sein Windlicht flackerte nicht in der lauen, reglosen Luft der Grabkammern.

Da saßen sie überall, die Knie ans Kinn hochgezogen, die Männer von Attu. Eine Weile hockte Zip vor ihnen, dann begann er gelassen, wie von ungefähr, zu reden, ganz als setze er ein unterbrochenes Gespräch von gestern fort. Er berichtete, welche Gräuel sich ereignet hatten, und zuweilen verstummte er für einen Moment, als ob er die Antwort abhöre. Dann kam er auf seinen Plan zu sprechen.

»Höre jetzt, mein Vater, ich will eine große Reise tun in die unbekannte See hinaus. Es mag wie eine Narrheit klingen, die man nur jungen Wirrköpfen zutraut, aber ich finde keine Ruhe mehr. Die Seelen unserer Verlorenen rufen mich, ich kann nicht auf Jagd oder Fischfang gehen oder Mauern errichten, solange dies nicht bereinigt ist. Dieser Feind, von dem du gewusst hast, hat zu uns gefunden, und so meine ich, dass es dein Wille wäre, wir sollten ihn nun suchen und finden.«

Wieder legte Zip eine Pause ein, damit Zok Zeit habe, zu antworten. Endlich nahm er bedrückt wieder das Wort. »Zu Tauben hast du gesprochen. Wir sind nicht wachsam gewesen, und so ist das Arge schwer auf uns gefallen. Darum mag es billig sein, dass ich nicht aus der unbekannten See heimkehre. Geschieht dies, so ist Kalk, dein Enkel, alt genug, meinen Platz einzunehmen. Also ziehe ich unbesorgt davon, bis auf eines. Wenn die See mich verschlingt, dann werde ich nicht hier in Eurer Mitte niedersitzen, und so soll es dann wohl sein. Und trotzdem sagt mir ein Gefühl, dass ich wieder hierher kommen muss …«

Er wartete in tiefem Schweigen. Doch diese Stille wurde aufs erstaunlichste unterbrochen, aus ferner Tiefe drang dumpfes Grollen herauf. Nie hatte Zip zuvor die Stimme des Berges hier vernommen oder nur, wenn er oben, am Eingang des Schachtes, der zu den Höhlen führte, sein Ohr an die Wand presste. Kein Zweifel, der Berg selbst hatte seine Zustimmung erteilt. Beruhigten Herzens konnte Zip den Abstieg zum Dorf antreten.

Ganz Attu war am Strande, als Zip und seine Fünf in See stachen. Keiner der Männer ließ Angst durchblicken, doch ihre Frauen sahen sich schon als Witwen, zwiefach verlassen, beraubt zuerst ihrer Töchter und nun, bevor es Frühling wurde, auch ihrer Männer. Eine andere Gruppe von Frauen stand auch am Ufer – die Frauen derer, die man bereits in das graue Unbekannte entführt hatte. Etliche, so die Mütter Nors und Rilas, hatten ihre Gatten und ihre Töchter eingebüßt: Nie, soweit es ein Zurückdenken gab, war solches Elend über die Insel gekommen.

Die fortziehen sollten in den Sonnenuntergang, sahen ihre Frauen und Kinder lange an. Zips Tochter Nass war da und ihre Mutter, Latt. Nur Orl fehlte, denn sie brachte es nicht über sich, den Dorfleuten gegenüberzutreten. Die Männer hielten eine Weile ihre Kleinkinder auf dem Arm, dann wandten sie sich ab, nahmen ihre Plätze in den Bidarkas ein. Auf Zips Zeichen hin tauchten die Paddel ins Wasser, und das Bootgebinde ging mit der Ebbe in Fahrt.

Am Strand sahen sie ihnen nach, bis nur mehr ein Pünktchen zu sehen war, das dann im Grau der See zerging. Noch nie waren Männer von Attu westwärts ausgefahren, ins offene Meer hinaus, immer nur ostwärts, den Bogen entlang, den die Inselkette beschrieb. Die Zurückbleibenden waren in arger Ungewissheit, ob Seefahrer, die in solche Weite hinausstrebten, nicht an den Rand der Welt kommen müssten, von wo es keine Rückkehr gibt.

Doch die Rudernden hatten tiefes Vertrauen zu ihrem Häuptling. Wenn Zip und sein Vater auf irgendwelchem unfasslichen Wege Kunde davon gehabt hatten, dass dieser Feind kommen würde, vor Jahren schon, dann würde ihnen wohl auf gleichem Wege bekannt geworden sein, welche Richtung man einschlagen musste, um in das Land des Feindes zu gelangen. Früher hatte man dem Wort des Häuptlings nicht allzu viel Gewicht beigemessen, doch jetzt, in der Not, war alles anders.

Auch als Attu am Horizont untergetaucht war, blieben die Rauchfahnen zweier Vulkane in Sicht. Sie gaben Zip die Richtung, wiesen ihm den Kurs. Doch dann sanken auch die Rauchfahnen in sich zusammen, und weit im Umkreis gab es nichts als die See.

Auf ihrem Felseneiland klammerten sich die vierzehn Ausgesetzten an ihr Leben. Nicht, dass sie sich dem Wahn hingegeben hätten, die Russe-Leute würden wiederkommen und sie aufnehmen. Nein, man hatte sie hier zum Verrecken ausgesetzt, das lag auf der Hand.

Unerklärlich, warum ein Mensch an solch einem elenden Rest Lebens so zäh festhält. Rimik und Orp und Koss, die sofort, am ersten Tag, umgekommen waren, hatten das glücklichere Los gezogen. Und doch wollte keiner ihnen freiwillig folgen. Hunger und Winterskälte mochten ihnen noch so sehr zusetzen, solange ein Lebensfunke in ihnen weiterglomm, wollten sie ihn nicht auslöschen.

Die armseligen Seeigel und Muscheln boten mit ihren schleimigen Weichteilen keine sättigende Nahrung. Die Ausgesetzten träumten von kräftigen Streifen Seelöwenfleisch und hatten den rauchigen Geschmack von gedörrtem Lachs auf dem Gaumen. Ein dick eingekochtes Robbenragout, heiß und brodelnd. Sogar der oft verschmähte Kerzenfisch wäre jetzt ein Leckerbissen ohnegleichen gewesen. Es kostete so viel Mühe, den Strand nach armseliger Beute abzusuchen, und was man fand, reichte nicht aus, die vergeudete Kraft zu ersetzen. Vielleicht war es gescheiter, ganz still zu sitzen und seinen Rest Lebenskraft zu schonen?

Und doch, sooft der Morgen graute, trieb es die Männer unwiderstehlich fort, sie mussten die Ränder des Eilands abgehen. Hatten vielleicht die Wogen einen toten Fisch an den Strand geworfen oder ein Stück eines Wales, das die Orcas übersehen hatten? Sonderbar, an welche läppischen Hoffnungen man sich klammerte. Wie schwarze Raben, die den Strand absuchen, geisterten die Männer umher, schauten aus nach einem Büschel Seegras, spähten unter Steine, holten eine Krabbe hervor, die so klein war, dass, brach man sie auf, nichts übrig blieb.

Und selbst so armselige Bissen waren nur am Strand zu ergattern: Die Insel selber war nur eine Felsplatte, geformt wie ein umgekehrter Teller, und mit Steinblöcken bestreut. Immer wieder kehrten die Männer zur Inselmitte zurück, sie war der gegebene Treffpunkt, die höchste Stelle, am weitesten entfernt von der ringsum drohenden See.

Alle hegten sie eine instinktive Scheu vor dem Meer. Auf solch einem winzigen Eiland konnte man sich nicht von der Vorstellung freimachen, dass die See unaufhörlich nach einem giere. Zuweilen ließ eine optische Täuschung, eine Luftspiegelung, den Eindruck aufkommen, der Meeresspiegel läge über der Insel. Diese Zwangsvorstellung trieb die Männer an, ihren Felsenhort mitten auf der Insel aufzubauen. Und sogar während sie das taten, war ihnen klar, dass sie sinnlos Kraft vergeudeten. Aber wenn dann pausenlos die schweren Brecher gegen den Strand anrollten, gab es den Leuten eine Beruhigung, sich hinter ihren Wall zurückzuziehen – sogar hinter einen Wall, der nur Menschenwerk war. Dort sah man das Meer wenigstens nicht, dort entwand man sich der Zwangsvorstellung, dass sich Arme nach einem ausstreckten.

Auch bot dieser Wall, obwohl der Wind durch alle Spalten pfiff und jaulte, einen gewissen Schutz gegen den unermüdlichen Sturm. Nur der Regen war erbarmungslos. Er fand jeden Spalt, jede offene Stelle – nie konnten die Männer trocken werden. Eine Weile widerstanden die zähen Seelöwenfelljacken seinem Angriff, doch wenn man Tag und Nacht auf spitzen und scharfen Felsen lag, musste bald die beste Kleidung in Fetzen gehen.

Es kam eine Zeit, da konnten die ersten nicht mehr zum Strand hinuntertaumeln, sie hielten sich wohl einen Augenblick aufrecht, dann aber gaben die Knie unter ihnen nach, und sie sanken auf ihr Felsenlager zurück. Dies war offensichtlich der Anfang vom Ende. Wer sich noch an der Mauer entlangschleppte, dem würde es eben morgen oder übermorgen so ergehen. Allmählich musste der Hunger sie fällen, und übrig blieb ein Häuflein Skelette, daran Fetzen klebten, aneinander gedrängt in einer armseligen Steinhürde. Wer sollte je erfahren, welchen Verrat die Russe-Männer geübt hatten?

Wer konnte, schleppte sich immer wieder zum Strande hinunter. Ach, wie waren ihnen die roten Brocken in den Muschelschalen widerwärtig! Was war das für ein einzigartiger Moment, als ihnen ein Fisch zufiel – ein halber Fisch! Da hatte wohl ein Hai oder sonst irgendein Meeresungeheuer das bessere Stück weggeschnappt. Es musste ein stattlicher Fisch gewesen sein … Von einer Art, die den Inselleuten unbekannt war …

Düster umstanden sie das Stück Fisch und betrachteten es. Nun, das konnte immerhin das Leben um ein weniges verlängern, aber lohnte es denn, solch ein Leben auszudehnen? Sie schleppten ihren halben Fisch heim, erst zwei Leute, dann wechselten sie einander ab, ein anderes Paar, so verteilten sie ihre schwindende Kraft, bis sie ihren Schatz in der ummauerten Hürde hatten.

Als man die Beute dann zerteilt hatte und auch denen, die nicht mehr aufstehen konnten, ihr Stück anbot, sahen die das wunderliche Geschenk teilnahmslos an. Die Plage, zu essen, zu kauen, zu schlingen, schien größer als alle Hoffnung: So griffen sie nicht einmal zu. Kein Zweifel, sie waren benommen, waren wie betäubt. Die anderen hockten da, schnipselten von dem, was der Hai übrig gelassen hatte, ihr Teil, und aßen, ohne darüber nachzudenken, was die Zukunft bringen mochte. Dann streckten sie sich aus, betteten ihre Köpfe in die Mulden, die der ewige Regen aus dem Stein gewaschen hatte.

Am nächsten Morgen aßen sie wieder. Dann zogen sie zum Strand hinab, ein wenig kräftiger als am Vortage, aber ohne mehr Hoffnung im Herzen. Der Wind kam jetzt aus Nordwest. Die Wogen schlugen nun nicht mehr mit monotonem Pochen gegen die Insel, sondern knallten wie böser Peitschenschlag gegen die Klippen. Weit und breit, bis zum Horizont, trugen die Wellen ihre weißen Reiter, und alle schienen dem gleichen fernen Ziel zuzureiten. Wogengischt übersprudelte den Sandstrand. Bei solchem Seegang war an Beutesuche nicht zu denken: So trotteten die Männer zu ihrem restlichen Fischstück heim.

Die drei in der Hürde rührten sich nicht. Möglich, dass sie noch im dämmrigen Grenzland des Bewusstseins dahinträumten. Wenn sie eine Frage murmelten, so war sie im Sturmgeheul und Wogengebraus doch nicht zu hören.

Alle die Attu-Männer hatten sich wieder in der Hürde versammelt. Wenn die aus Steinen errichteten Mauern auch die Kälte nicht abwehrten, so brachen sie doch die Wucht des anprallenden Sturmes. Stand einer auf, um über die Mauerbrüstung hinweg auszuschauen, so bekam er die ganze Schärfe des nassen regenflockigen Windes zu spüren. Die Männer suchten im Schlaf Vergessen, aber sie waren zu verängstigt, der Schlaf wollte sich nicht einstellen. Reden, über das Gedröhn des Meeres hinweg, war unmöglich. Sie hatten Angst, auf das Meer zu blicken, und doch taten sie es immer wieder, unter Zwang, wie ein Flüchtender, der sich nach seinem Verfolger umsehen muss.

Kinder des Meeres waren sie gewesen, dann Männer der See: All ihr Leben lang war das Meer ihr Spielplatz gewesen, und aus dem üppigen und unruhigen Meer hatten sie ihre Nahrung gesucht. Jetzt war ihre Frist bemessen, und das Meer kam, sie heimzuholen. Sie verstanden seinen Ruf, seine Forderung. Sie fühlten bereits seine atemraubende Umarmung. Nicht jedem Menschen war es bestimmt, in den warmen Höhlen zu rasten. Manche, viele hunderte von jeder Insel, wurden von der Seefee eingefordert, als Preis für die Gaben, die sie so reichlich gespendet und ohne die kein Leben möglich gewesen wäre auf den Inseln.

Verängstigt spähte einer durch eine Spalte im Wall hinaus, zuckte zurück, schloss die Augen, als könnte er damit, was er sah, fortscheuchen. Ein anderer trat hin und sah, dann noch einer, angesteckt von der Angst.

Die See brach sich jetzt nicht mehr in Wogen … jedenfalls nicht in etwas, das die Männer als Wogen kannten. Haushoch, berghoch steilten sich die Wellen, und zwischen diesen Bergrücken klafften lang gestreckte finstere Täler, Schluchten. Und diese Bergketten prallten gegen die Insel, nicht in aufeinander folgenden Stößen wie zuvor, sondern pausenlos, in einem ununterbrochenen Gedröhn, in dem sich jedes andere Geräusch verlor. Die Kämme dieser Wogenberge schienen höher als der höchstgelegene Platz auf der Insel, höher als die Steinhürde. Und jede dieser Wogen warf sich mit selbstmörderischer, verzweifelter Wut gegen das Eiland, warf ihre Arme um die armselige Klippe.

Die Männer sahen, wie diese Arme näher kamen und zurückwichen, wieder herankamen, wieder wichen. Mit jedem Näherkommen rückten sie ein Stück vor. Betäubt und fasziniert zugleich maßen die Gefangenen jedes Stück, das die See, jeden Widerstand brechend, gewann. So also war das, so musste es geschehen! Jetzt kam das große Einholen, und Menschenkraft war ein Nichts gegen solch herrischen Befehl.

Im Hinausspähen sahen die Männer, wie sich die mächtig ausholenden Arme verdunkelten: Da wussten sie, dass die lange Winternacht eingesetzt hatte – für sie eine wahrhaft endlose Nacht. Und vielleicht war es besser so, vielleicht war ihnen wohler, die vordringenden Arme nicht zu sehen. Jetzt, da die Gischtberge ohne Licht waren, erkannte man nur mehr die Schaumkronen, die weißen Fangarme, schimmernd in der Düsternis. Dann wurden auch sie unsichtbar, und das Dunkel herrschte uneingeschränkt.

Nun konnten die Männer nicht mehr wachen und schauen, nur noch gemeinsam warten. Zusammen waren sie gewesen, wenn Eruptionen die Insel zum Erbeben brachten, zusammen hatten sie gestanden, wenn Springfluten durch die Enge der Wasserstraßen jagten. Jeder war jedes Helfer und Retter, wenn wütende Seelöwen sich über ihn wälzten, wenn wilde Orcas sich auf ihn stürzen wollten. So war es nur geziemend, dass sie auch jetzt, in ihrem letzten Abenteuer, zusammen waren.

Da saßen sie hinter ihrem sinnlos, nutzlos gewordenen Steinwall, Schulter an Schulter, und das Brüllen der See wälzte sich über sie wie etwas Greifbares. So lange schon rüttelte und zerrte der Sturm an ihnen, dass ihnen war, als wäre es von jeher so, und Stille wäre ein höchst erstaunliches Erlebnis.

Nach einer langen Weile, wie lange, dafür gab es kein Maß, kein Raten – spürten sie, den Morgen erwartend, den ersten eisigen Guss. Er schlug gegen den Steinwall, brauste durch die Fugen und Spalten. Es gab keinen Platz, wohin die Männer nun hätten flüchten können, und es war auch kein Wille mehr in ihnen, zu fliehen. Da war es, das Meer, das sie holte, und es begrub, um sie einzubringen, die ganze Insel!

Zuerst kam der Angriff im Rhythmus von Stoß und Rückprall, so wie ein Feind zunächst die Stärke einer Festung abtastet. Dann schien es kein Rückprallen mehr zu geben, nur unermüdliches Zudringen. Instinktiv hatten die Männer sich aneinander geklammert – so fühlten sie das Einstürzen ihrer Mauer, deren Steine sie nun, einzeln, umfingen: Keiner vernahm den Abschiedsruf des andern, wenn sich der aus der Umklammerung löste, sich in das Chaos aus Raserei und Getöse gab. Das Meer tobte durch das Dunkel, ohne Erbarmen in seinem Zorn.

Und sacht, gleichsam nur mit halbem Herzen, tagte es: als habe der Tag nicht das Herz, die belagerte Insel in Augenschein zu nehmen. Das ganze Eiland war überschäumt, bis auf das verstreute Gestein, das einmal zu einem Wall aufgeschichtet gewesen war.

Alk und Kar, die zuoberst lagen, arbeiteten sich als Erste heraus.

Von der Insel war wieder einiges zu sehen, obwohl die Wellen noch mit gedämpfter Wut gegen die Felsen schlugen. Nach etlichen Anstrengungen krochen die beiden aus dem Steingewirr, den Überresten des Walls. Alk und Kar begriffen, dass nur sie diese Nacht überlebt hatten. Ein kurzer Aufschub, noch eine Frist, sich zu quälen – dann würden auch sie eingehen in die große Schar. Fast gleichmütig blickten sie in die Endlosigkeit der Wasserwüste hinaus.

Durch dieselbe Wüste zog Zip mit den Seinen westwärts. Als die Rauchfahnen der Vulkane niedergegangen waren, überkam die Männer eine unsägliche Einsamkeit. Die Sonne, oft wolkenverdunkelt, war ein unzuverlässiger Lotse. Nur Sonnenaufgang und Sonnenuntergang zeichneten sich als Lichterscheinungen am Horizont ab. Doch war der erstaunliche Orientierungssinn der Inselleute, sobald sie auf einen bestimmten Kurs gesetzt waren, sicherer als irgendein Gerät, das Seefahrern den Weg weist.

Die Männer spürten ein befremdliches Unbehagen ohne bestimmten Grund: Die Weite der See schüchterte sie ein. Keine Insel, kein Rauchpilz eines Feuer speienden Berges durchbrach den eintönigen Kreis des Horizonts. Wohl rief ihnen Zip in Erinnerung, es müsse doch ein Land geben, das Land, aus dem die Russe-Leute kamen. Aber konnte man in solcher Unendlichkeit der Wasser nicht ein Land verfehlen? Den Inselleuten war es selbstverständlich, dass sie Land im Sinne von Inseln verstanden, von Inseln, wie die ihren welche waren. Vielleicht größer, aber immerhin Inseln. Wenn sie nun an den Russe-Inseln vorbeizogen, welch Schicksal erwartete sie dann? Erstreckte sich die See endlos oder stieß sie irgendwo an den Weltenrand, von wo es keine Rückkehr gibt?

So willig sie gewesen waren, in See zu stechen – jetzt war ihnen nach Umkehr zu Mute. Zip schien in eine eigene, höhere Welt entrückt. Mit Scheu blickten sie auf ihn. Vielleicht war es Orls geisterhafte Stimme, die ihn weiterwies. Der Verlust Loriks, der Schwester-Tochter, und Nors und Rilas und all der Kinder von Attu – dies mochte ihn in eine so unerschütterliche Entschlossenheit hineingesteigert haben. Doch wenn dieser Wille ihn weitertrieb, über Sonnenuntergang hinaus, welches Schicksal erwartete sie dann?

Der Wind kam jetzt aus Nordwest, und zu rudern war fast sinnlos. Wenn solch ein Sturm sich ankündigte, suchten die Bidarkas immer auf einer Insel Zuflucht. Doch diesmal konnte man nur mit Bangen warten. Sie blickten auf die Endlosigkeit der andringenden Wogen hin, und wenn sie Zips mahnendem Ruf folgten, griffen ihre Paddel nur ins Leere der Wellentäler. Dann duckte sich jeder in seine Bidarka, und die See trieb ihr Spiel mit ihnen.

Das Wasser war beißend kalt, aber als sie ganz durchnässt waren, konnte es damit schlimmer nicht mehr werden. Schlug ihnen der

Gischt ins Gesicht, so verkrochen sie sich in die hochgeschlagenen Krägen ihrer Parkas. Die Wogen waren Berge, mit aufgewühlten wallenden Tälern dazwischen. Die neun zusammengebundenen Bidarkas, die einmal so geräumig, so machtvoll erschienen waren, jetzt waren sie verloren in der Unermesslichkeit des tobenden Meeres.

Sooft sich ein Wogenberg wie ein weiter grüner Hang steil vor ihnen auftürmte, schien es ihnen, diesmal müssten sie unter der Wassermasse begraben werden, aber immer wieder hoben sich im letzten, entscheidenden Augenblick die Bidarkas, hingen eine atemraubende Sekunde über dem Grat, nichts als die Leere unter ihnen – und sausten dann in jäher Talfahrt ins Dunkle. Solches Wogenreiten war voll atemraubender Schrecknisse, und doch folgte jedem verzweifelten Absturz ein ebenso jähes, betäubendes Hochschnellen auf den nächsten Wogengipfel.

Wie konnte irgendwelches Leben in solcher Wildnis bestehen? Wohl, die Bidarkas waren federleicht, und neun davon, aneinander gebunden, konnten kaum kentern. Wo ein tief gehendes Fahrzeug ins Schleudern geriet, tanzten die gebrechlichen Fellboote und ritten auf den steilen Wogen, als wären sie lebendige Wesen. Als dann zeitig die Winternacht sie einschloss, kuschelte sich jeder, so gut es ging, in sein Boot und wartete, ohne jede Hoffnung, einsam auf den Morgen.

Die ganze Nacht über fühlten sie das würgende Sinken und Hochgeschleudertwerden, wurden immer wieder an die Ränder der Boote geworfen. Sie lechzten jetzt nach Bewusstlosigkeit, nach dem Erlöschen, dem Nichts – nur sollte diese Folter des Auf und Ab, Auf und Ab ein Ende haben.

Im ersten Morgengrauen richtete Zip sich auf. Bald darauf regte sich ein zweiter, spähte über den Rand seines Bootes. Zwei andere lagen noch wie betäubt. Doch zwei der Bidarkas waren leer! Niemand wusste mehr, niemand würde jemals mehr darüber erfahren!

Vielleicht hatte einer in den Schrecknissen der Nacht sich halb aufgerichtet, hatte sich von der Fesselung an sein Boot gelöst. Und einer, vielleicht, hatte im Grauen der Verlassenheit den Verstand verloren und hatte sich selbst über Bord geschwungen. Nur das Meer allein wahrte das Geheimnis der beiden leeren Plätze.

Wieder begann das Reiten auf den Wogengraten, und kein Sprechen war möglich. Die Männer waren so ausgehöhlt, dass sie sogar den Verlust der zwei Gefährten kaum beachteten. Jetzt gingen auch noch schwere Regengüsse nieder. Ja, das Gewicht der herabströmenden Wasser glättete nach einiger Zeit sogar die aufgewühlte See: Die Wogen gingen nicht mehr so hoch, die Wellentäler waren keine Schwindel erregenden Abgründe mehr.

Vor Einbruch der zweiten Nacht konnte Zip Esssachen aus der mittleren Bidarka verteilen, doch langten die Männer nur unlustig zu. In dumpfer Schicksalsergebenheit warteten die Männer, da auch an Paddeln nicht zu denken war, auf ein Zeichen von Zip.

Plötzlich sprang er, zu jähem Leben erwacht, auf. Gab das Zeichen, die Ruder, die so lange geruht hatten, in Bewegung zu setzen. Vielleicht wollte Zip einer Gefahr, deren die anderen noch nicht gewahr geworden, ausweichen. Steif und müde, ohne innere Teilnahme, gehorchten sie aus schierer Gewohnheit. Bald würde man es ja doch wieder aufgeben und die Boote einfach treiben lassen. Warum ließ ihr Häuptling sie nicht friedlich sterben? Nach einer Weile zog einer das Paddel ein, dann ein zweiter.

Der dritte, letzte, war eben so weit, ihrem Beispiel zu folgen. Plötzlich sprang er auf, schrie und hob den Arm. Im nächsten Augenblick war er aus Leibeskräften am Rudern. Jetzt waren es die anderen, die schrien: »Land! Land!« Was für ein Wundermann Zip doch war! Wie unerfindlich, was in seinem Kopf vorging! Nie mehr wollten sie an ihm zweifeln.

Mächtig stieg das Land auf. Jedenfalls mussten sie dieses Stück festen Boden noch vor Einbruch der Nacht erreichen.

Landen würde schwierig sein. Am Nord- und Ost-Ufer würden die Bidarkas beim ersten Versuch zerschellen. Die Wogen prallten mit voller Wucht gegen das Felsenufer, in dem sich keine Öffnung, kein Einlass zu einer Bucht zeigte. Behutsam tasteten die Männer das Ufergewässer ab, in dem oft Riffe dicht unter dem Wasserspiegel lauerten.

An der Leeseite der Insel gab es eine gedeckte Einfahrt. Trotzdem gebot Zip seinen Männern Einhalt – in einen fremden Hafen einzudringen, erforderte Behutsamkeit. Ein Missgeschick konnte zur Katastrophe führen. Endlich fuhren sie in die Bucht ein, und die Boote berührten den Strand.

Die Leute brachen in sinnloses Geschrei aus, stampfend tanzten sie auf dem festen Boden, konnten es nicht fassen. Nach aller Trostlosigkeit, allem Verzagen Land, Land, Land!

Schwankend holten sie Seehundsfelle herbei, wickelten sie aus ihren wasserdichten Hüllen, zogen sie als schützendes Dach von Fels zu Fels. Zip machte in seiner Tranlampe Licht. Heiße Suppe sollte es geben, mit Fleisch darin, die erste wirkliche Mahlzeit, seit Attu. Und Schlaf! Schlaf auf Boden, der sich nicht hob und senkte – welche Köstlichkeit!

Am nächsten Morgen gingen sie daran, die Insel zu durchforschen. Sie war enttäuschend klein, bald genug war die höchste Erhebung, ein Haufen verstreuter Steine, erstiegen. Der Erste, der sie erreichte, sprang zurück. Da war etwas! Zwischen den Steinen lag Unheimliches. Zip voraus, näherten sie sich nun vereint dem Steinhaufen.

Sie starrten an, was sich fürs Erste als Bündel zerfetzter Kleider darbot. Etwas regte sich – nun erkannten sie, zutiefst erschrocken, menschliche Gestalt in den Lumpen. Skelette – aber lebendig! Es war Zip, der als Erster begriff, dass, was sie hier vor sich hatten, einst Menschen gewesen waren, Männer, Männer von Attu.

In Eile wurden Seehundsfelle, wurde heiße Suppe vom Landeplatz der Bidarkas heraufgebracht. Die beiden Verschmachtenden wurden gefüttert und in trockene Felle gehüllt. Zips Männer suchten überall nach den übrigen Verschleppten, aber außer den Zweien zeigte sich keine Spur menschlichen oder tierischen Lebens.

Noch vor Einbruch der Dunkelheit wurden die zwei Überlebenden zum Landeplatz getragen und in die Bidarkas gebettet. Man schützte sie, so gut es anging, gegen Wind und Regen und stopfte in sie hinein, so viel an Nahrung sie behalten konnten.

Als Alk und Kar wieder zum Leben erwacht waren, berichteten sie Zip, wie sie von den Russe-Leuten verschleppt und ausgesetzt worden waren, wie Rimik, Orp und Koss schon am ersten Tag ums Leben kamen, und von dem Hurrikan. Offenbar waren die Übrigen dabei fortgeschwemmt worden, sodass von den siebzehn Otterfängern schließlich nur zwei übrig blieben.

Zip zergrübelte seinen Kopf, aber er mochte noch so angestrengt nachdenken, er begriff den Sinn dieser Vernichtung von Menschenleben nicht. Ob die Russe-Leute nun wiederkamen oder nicht, so oder so, wozu diente ihnen dieses Morden? Von den dreizehn Mädchen hatten sie zwölf über den Rand der Klippen geworfen. Offenbar nahmen sie an, ihr Zerstörungswerk damit so vollendet zu haben, dass keine Spur davon übrig blieb. Aber warum das alles?

Da man nun über das Schicksal der Verschleppten endgültig Klarheit hatte, machte es keinen Sinn, die Fahrt nach Westen fortzusetzen. Und da diese Russe-Leute ihrer Natur nach so wild waren, dass sie Menschen wie Robben und Otter erschlugen, konnte man über das Schicksal von Leuten nicht im Zweifel sein, die als Fremde in jenes Land kamen.

Jetzt drängte es Zip nur mehr heimwärts. Auch war in Attu und auf all den Inseln viel zu tun, wenn man alle Stämme zur Abwehr aufbieten wollte.

Sie gingen wieder auf See. Zip hielt auf den Lichtschimmer am Horizont zu, der Osten, Sonnenaufgang, bedeutete. Selten waren die Tage, an denen die Sonne wirklich sichtbar wurde, aber ein Lichtbogen am Horizont wies immer die Richtung.

Gegen Mittag sichtete Alk, der gerade nicht ruderte, als Erster einen blasenden Wal. Aller Gewohnheiten getreu, wollte Zip ausscheren, aber es hatte wenig Sinn, dem Seeungeheuer auszuweichen, wenn die Bidarkas nicht in Landnähe waren. Und jetzt sahen die Ruderer einen zweiten, einen dritten Geysir! Die Wale hielten auf sie zu, obwohl sie von den Menschen und ihren winzigen gebrechlichen Fahrzeugen nicht Notiz nahmen.

Die Wale waren nicht von ihren traditionellen Todfeinden, den Orcas, verfolgt, ja sie schienen eher in spielerischer Laune, sie bliesen Fontänen hoch, hoben ihre Schwanzflossen wie Fächer und schlugen damit klatschend auf das Wasser, dass es bis zu den besorgt ausspähenden Männern herüberhallte. Vielleicht wollten sie sich voreinander in Szene setzen oder spielten, nach Regeln, die kein Mensch kennt, ein Walspiel. Bald schoben sie ihre plumpen Schädel, Nase an Nase, aneinander, verhielten so eine kurze Weile reglos, und dann folgte das Schwanzflossenklatschen.

Nun aber trat das Spiel offenbar in ein anderes Stadium, die Wale jagten einander, dass die See hinter den fangenspielenden Ungetümen weißgischtend aufschäumte: In toller Lust rissen die Giganten des Meeres gewaltige Haken. Kreuzten ihre noch aufgewühlten Kielwasserspuren.

Es kam, wie die Männer es befürchtet hatten. Plötzlich waren sie mitten zwischen den herumtollenden Walen. Möglich, dass die Ungeheuer mit ihren winzigen, weit hinten liegenden Augen der Menschen gar nicht gewahr wurden. Jedenfalls hatten sie keinen Anlass, dem kleinen Fahrzeug auszuweichen – ebenso gut hätten sie vor einem Stückchen Treibholz ausbiegen können.

Sechzig Fuß vorbeijagende Wucht streifte beinahe die verbundenen Bidarkas. Die Männer wurden überspült und im selben Augenblick einem anderen Wal in den Weg geschleudert. Nur indem sie aus Leibeskräften ums Leben ruderten, kamen sie dem herantobenden Ungetüm aus dem Kurs, bekamen nur eine Dusche ab. Sie wurden in einen Wirbel gesogen, einem wahren Maelstrom, der sich über einem jäh tauchenden Wal gebildet hatte.

Zip war zwar auf seinem Posten und brüllte seinen Leuten Anweisungen zu, aber es war so gut wie unmöglich, sich aus dem irren Hin und Her zu lösen. Ein Schlag mit solch einer riesigen Schwanzflosse bedeutete die Katastrophe. Tauchte eines der Ungetüme unerwartet auf, so zerstoben Mann und Fahrzeug in den aufgewühlten Wassern. Ein Zusammenprall mit einem Wal-Schädel musste sie in die Tiefe stoßen.

Einige Walbullen paradierten hier offensichtlich vor den Walkühen, und dieses Schauspiel nahm sie so in Anspruch, dass die Nähe der Menschenzwerge ihnen ganz entging. Es war keine Tücke, keine böse Mordlust in dem wüsten Treiben der Ungetüme, nur völlige Gleichgültigkeit gegen ihre winzigen Zuschauer.

Endlich nahm eines der Ungeheuer, mutmaßlich die Schönheit unter den Walkühen, in weitem Bogen Kurs auf Sonnenuntergang. Sofort setzte ihr die ganze Riesenherde nach, und einen Augenblick später waren die Ungetüme nur Pünktchen in weiter Ferne: Dort nahmen sie ihr wildes Spiel wieder auf.

Noch einmal durften die Männer aufatmen, sogar Zip keuchte und bebte. Erschöpft ließen sie sich in ihre Bidarkas sinken. Solcher Gefahr entrann man nur selten. Dunkelheit hüllte die Männer ein, und sie ruderten, von der ausgestandenen Furcht entkräftet.

Am Morgen zogen sie über aufgeraute See, überließen sich zuversichtlich Zips Kommando. Immer hielten die Inselleute es so, wenn sie zusammen ausfuhren, dass es einem aus ihrer Mitte überlassen blieb, den Kurs zu bestimmen. So kam es zu keinen Meinungsverschiedenheiten, und die Verantwortung, auf einen zusammengezogen, schien dessen Entscheidungsvermögen aufs erstaunlichste zu erhöhen. Der Tag verblasste, es wurde Nacht und wieder Tag – längst hatten sie aufgehört, Tag und Nacht zu zählen.

Eines Morgens entdeckte Alk auf einer Lichtung im Gewölk eine Rauchfahne. Bevor er sie den anderen zeigen konnte, verschwand sie wieder hinter dem Wolkenvorhang. Doch Alk hatte sie unzweifelhaft gesehen: den Gruß eines Feuer speienden Berges. Eigentlich sollte man direkt auf dieses Ziel zuhalten, aber es lag seitlich zur Linken. Man war also seit geraumer Zeit südostwärts gefahren, statt Kurs auf Osten zu nehmen. Zip änderte die Richtung, und mit neuer Kraft ging es ans Rudern. Gewiss war ein Feuer speiender Berg Menschen noch nie so anheimelnd erschienen: beseligender und zuverlässiger Künder, dass man den heimischen Inseln nahe war.

Doch am nächsten Tag zeigte sich kein Land. Dichter Regen fiel, die Luft war so voll davon, dass es überhaupt keinen Horizont gab: Himmel und See zerflossen in gleichem Grau. Die Männer waren enttäuscht, aber Alk blieb bei seiner Aussage. Ließ sich nicht ausreden, dass er einen Augenblick lang Rauch gesehen hatte.

Am dritten Morgen aber standen zwei Rauchsäulen am Horizont! Und eine volle Stunde lang konnten alle Männer sie sehen, bevor eine Nebelwand sich vor sie schob. Immerhin hatte Zip Zeit gehabt, den Kurs genau zu bestimmen, und die Männer, jetzt ihrer Sache vollends sicher und bereits von daheim träumend, legten sich ins Zeug. Alle waren jetzt munter und schwatzhaft. Zip hörte ihr Geplauder. Mochten sie glücklich sein, solange es ihnen gewährt war! Jetzt war alles Schwere vergessen, jetzt genossen sie nur den Vorgeschmack ihrer glücklichen Heimkehr. Weit waren sie davon entfernt, an die Zukunft zu denken, auf die Jahre, da sie die geliebte Heimat würden verteidigen müssen.

Als dann die vertrauten Umrisse von Attu in Sicht kamen,

stimmten die Paddler das Lied der Inselleute, das Lied vom Heimkommen, an. Zip klang es unsagbar traurig. Wie lange würden diese Inseln noch ihre Heimat sein? Konnten Seefahrer, die einfuhren, nächstes Frühjahr, nächsten Sommer, übers Jahr, noch dieses Lied singen?

Ganz Attu war am Strand, um jene zu begrüßen, die aus nie befahrenen westlichen Fernen zurückkamen. Die Frauen umarmten ihre Männer, Kinder wimmelten jubelnd um ihre Väter. Die Bidarkas waren auf Sand gezogen, steif stelzten die Heimkehrer auf dem sicheren, festen Boden dahin.

Und nun mischte sich Trauerklage in die Begrüßung. Sechs waren fortgezogen, sechs kamen heim, doch waren es nicht dieselben sechs. Wo waren die andern? Und wo waren Orp und Koss und Rimik und all die braven Leute, die mit ihnen waren – bis auf Alk und Kar?

Allmählich begriffen die Frauen, wer Verlust zu beklagen hatte und wer verschont geblieben war. Jene, die die Ihren nie mehr sehen sollten, lösten sich still, eine nach der anderen aus der Menge und gingen um zu trauern in ihre Hütten, wie es Brauch war. So wurde die Freude des Wiederfindens durch die Seufzer der Betrübnis gedämpft. Später, nach einer Weile, würde das ganze Dorf sich um die Verlassenen scharen, bis die Trauerfrist vorüber war.

Alle Leute von Attu waren jetzt in das neue Dorf hinterm Berge hinaufgezogen. Unter Umphs, des Starken, Leitung hatte man einen Steinwall um die Siedlung gezogen. Es war noch kein hoher und kein sehr starker Wall, aber eine Schutzmauer war es doch. Und als jetzt bekannt wurde, wie man die Otterfänger dem Verderben preisgegeben hatte, arbeiteten die Männer mit verdoppelter Kraft. Endlos wurde erörtert, ob die Russe-Leute wohl wiederkommen würden oder nicht.

Doch Zip sagte: »Solange noch Otter in der See schwimmen, werden die Russe-Leute kommen.«

Fürs Erste glaubten ihm die Inselleute. Kalk, Zips Sohn, jetzt selbst schon zum Mann herangewachsen, brachte auch von seinen Fahrten zu den anderen Inseln Teilerfolge heim. Überall zeigten sich die Männer willig, Waffen vorzubereiten, aber ob sie Mauern errichten würden, solange die Gefahr nicht an ihre Tür pochte, schien fraglich. Auf Agattu und Kiska waren die Leute fest überzeugt, die Russe-Männer würden sich nun nie mehr blicken lassen. Viele meinten, die Gräuel, die sie Attu zugefügt hatten, seien wohl nur eben ihre Art gewesen, ihre Macht zu zeigen – vielleicht die Antwort auf eine eingebildete Kränkung, die man ihnen zugefügt hatte.

Zip war verzweifelt. Nur auf dem bitteren Wege eigenen Erlebens würden die Leute sehend werden. Daheim in seinem Dorf trieb er beim Bau des Walles zur Eile und unterwies die Männer zum Kampf. An den Durchlässen des Walles standen stets Wachtposten, und allnächtlich wurden die Zugänge geschlossen, Sperren zwischen die Steinsäulen gelegt. Das Volk, von jeher an sein freies Leben gewöhnt, fühlte sich in der umhürdeten Siedlung eingezwängt und unglücklich. Die Wachtposten und die Sperren erinnerten unablässig an eine Gefahr, die man doch lieber vergessen wollte.

Fand Zip die Wachtposten schlafend, so geriet er in Zorn, drohte gar, samt seiner Familie auf eine andere, ferne Insel zu verziehen. Zu solchen Maßregeln war bisher noch nie gegriffen worden. Die Leute wechselten nie von einer Insel zur anderen, und ein Häuptling trennte sich keinesfalls von seinem Stamm. Der Gedanke bedrückte die Leute und flößte ihnen Angst ein. Kein Wachtposten ließ sich wieder schlafend ertappen – wenigstens geraume Zeit nicht.

Doch war es unmöglich, sich immer hinter den Wällen zu halten. Man musste schließlich auf die Jagd gehen, Lebensmittel einbringen, Treibholz, Fisch, Muscheln, man brauchte Felle. Man musste, aller Gefahr zum Trotz, zum Strand und aufs Meer hinausziehen. Es war sogar nötig, besonders reichlich für Vorräte zu sorgen, denn es war doch möglich, dass die Russe-Leute das befestigte Dorf belagerten, dann war man eingeschlossen. Allerdings war es nur Zip, der solche Möglichkeiten ins Auge fasste. Die Leute wunderten sich und tuschelten. Was doch diesem ihrem Häuptling alles einfiel! Aber er war in seinen Befehlen unbeirrbar, und sie wollten ihn nicht ziehen sehen.

Jetzt hatte auch Kalk, des Häuptlings Sohn, sich eine Frau gewählt: Rona, Tochter jenes Rimik, der mit den Verschleppten auf der fernen Insel umgekommen war. Kalk hatte eine Hütte im befestigten Dorf und eine, die in die Felswand gegraben war.

Seine Kunstfertigkeit im Bogenschießen wurde nicht nur in Attu, sondern weithin auf allen Inseln gerühmt. Er besaß einen großen Bogen aus ungemein zähem, elastischem Holz, aus einer Holzart, wie sie nie sonst als Treibholz nach Attu gekommen war. Mehrmals war er nach Agattu und Kiska, einmal sogar nach Tanaga gerudert, hatte dort vorgeführt, wie er auf erstaunliche Entfernung sogar kleine Ziele treffen konnte. Alle Stämme bewunderten seine fast zauberhafte Zielsicherheit. Doch Kalk versicherte, es wäre kein Zauber, nur Sache der langen Übung, und sie sollten auch üben, um für den Tag bereit zu sein, an dem sie ihr Dorf würden verteidigen müssen. Die Männer machten sich auf die Suche nach Holz für solch große Bogen und versprachen leichtherzig, dann würden sie auch bald so treffsichere Schützen sein.

Eines Morgens lagen die Russe-Schiffe in der Bucht, ganz als wären sie nie fort gewesen. Männer kamen in einem ihrer kleinen Boote an Land. Doch zeigte sich keiner der Inselbewohner, vergeblich durchquerten die Fremden das Dorf. Gewiss waren sie höchlichst verwundert, es verlassen zu finden. Nun entdeckten sie in der Ferne den Wall um das neue Dorf, und drei von ihnen zogen den ausgedehnten Hang hinauf.

Innerhalb der Mauer sahen die Dorfbewohner, wie die drei näher kamen. Es war höchst sonderbar, dass sie ohne Waffen und scheinbar ohne alle Scheu heranschritten, nach dem, was geschehen war. Entweder waren es andere Leute, oder sie schätzten die Inselleute so niedrig ein, dass sie nicht einmal ihre Rache fürchteten.

Zip ging ihnen entgegen, von Alk und Kar begleitet, die sich am besten auf die Sprache der Russe-Männer verstanden. Umph und Papi schlossen sich den Gesandten an. Aus angemessenem Abstand sandte ihnen Zip einen Pfeil entgegen, der bebend vor ihnen in der Erde stecken blieb. Sogleich machten die drei Russe-Leute Halt. Die Attu-Männer schlugen die Kragen ihrer Parkas so hoch, dass man ihre Gesichter nicht sah, das taten sie, damit Alk und Kar nicht zu erkennen wären.

Um nicht in eine Falle zu gehen, ließ auch Zip seine Leute jetzt halten. Ein Russe eröffnete das Palaver.

»Warum begrüßen Steinwälle und Pfeile die Freunde von Attu? Sind nicht alle Brüder der Otter einander willkommen?«

Auf Zips Befehl antwortete Alk nicht sogleich, sondern überließ das Wort dem Häuptling. Zip sagte: »Frag ihn, wo die siebzehn Otterfänger sind, die er Brüder nennt.«

Alk übersetzte, und der Russe-Mann antwortete: »Eure Brüder aus Attu leben sehr glücklich in unserem Lande. Es fehlt ihnen an nichts, auch besitzen sie jetzt Feuerstöcke, wohnen in behaglichen Häusern, und Holz und Eisen ist da zu allen Verrichtungen. Warum hätten wir sie heimschicken sollen, da sie doch selber baten, bleiben zu dürfen?«

Zip war wütend, dass man ihnen eine so plumpe Lüge auftischte. Doch er beherrschte sich und sagte: »Frag weiter, was aus den dreizehn Mädchen geworden ist.«

Wieder übersetzte Alk, und der Fremde erwiderte ohne Bedenken: »Auch denen geht es gut bei uns. Alle Attu-Leute haben in unserem Lande ein eigenes Dorf. Sie werden sich zu einem großen, wohlhabenden Stamm auswachsen. Euch aber haben wir Eisen mitgebracht, viel Eisen und lange Holzstämme, und dafür sollen die wackeren Attu-Leute wieder mit uns jagen. Bringt morgen früh, wenn die Sonne aufgeht, eure Bidarkas an den Strand, und wir wollen euch reichlich Eisen bieten.«

Alk hatte diese Worte erst zum Teil übersetzt, da brach Zips Wut hervor und er schrie: »Nein! Fort mit euch! Wir wollen keinen Handel mit euch und wollen nicht jagen mit euch! Fort!«

Er legte einen Pfeil an den Bogen, und da begriffen die Fremden, machten sich eiligst davon. Zip hob sogar den Bogen, einen Augenblick lang sehnte er sich danach, dem Lügner seine Pfeile in den Rücken zu treiben. Aber er hatte noch nie Menschenblut vergossen, er brachte es einfach nicht über sich. Zusammen mit seinen Begleitern sah er den Russe-Männern nach, die den Hang hinabliefen und zwischen den Felsen untertauchten.

Siegestrunken kehrten die drei in das befestigte Dorf zurück. Es war ein Hochgefühl, Herr seiner selbst zu sein und kein geduckter Knecht. Immer hatten diese Fremden Befehle erteilt, und die Inselleute hatten parieren müssen. Und jetzt war es heraus, diese Fremden konnte man ja fortjagen, auch sie hatten vor entschlossener Kraft Angst.

Aber Zip machte sich Gedanken. Dies eine Mal hatte der Feind sich schrecken lassen und war abgezogen, aber nicht immer würde es so ablaufen. Die hatten geglaubt, mit Lügen und Versprechungen zum Ziel zu kommen. Sie konnten ja nicht wissen, dass ihnen einige ihrer Gefangenen entkommen waren und dass die schlimme Wahrheit zu Tage gekommen war. Nun, mochten sie sich fürs Erste wundern. Es war nur von Vorteil, wenn ein Feind nicht gleich alles wusste.

Am Morgen sahen die Inselleute, wie die Schiffe Segel setzten und ausfuhren. Man sah ihnen nach und war wie von einem Alb befreit, als die Schiffe in der Ferne kleiner und kleiner wurden und schließlich hinter einer Nebelwand verschwanden. Wieder frei! War nun dieses beengte Leben hinter Steinwällen vorüber? Wäre man denen vom ersten Tage an kraftvoll entgegengetreten, dann wären wohl jetzt siebenundzwanzig der Inselleute noch am Leben!

Auch am nächsten Tag kamen die Russe-Schiffe nicht in Sicht. Jetzt wollte man nach gutem altem Brauch auf Otterfang gehen. Man brauchte für die Barabaras im neuen Dorf Felle, und Otter kamen nicht mehr in solcher Menge: Offenbar waren die Tiere vom Geknalle der Feuerstöcke verschreckt und suchten nun in den Salzlagunen anderer Inseln ihre Nahrung. Arg hatten die Russe-Jäger gewütet; wie viele Tiere sie erlegt hatten, das vermochte keiner ihnen nachzurechnen. Jetzt aber würden die verschüchterten Otter wieder nach Attu finden, nicht sofort vielleicht, aber allmählich, wenn sie merkten, dass hier keine Feuerstöcke mehr brüllten und dröhnten.

Welch ein Vergnügen, wieder auf altgewohnte Weise zu jagen! Welcher Jubel, den ersten runden Otterkopf auftauchen zu sehen! Dann rasch den Kreis der Bidarkas geschlossen, enger und enger gezogen, nun, Zing! Zing! das Zischen und Schwirren der Pfeile; oh, es gab keine vergnüglichere und zweckmäßigere Art, Otter zu jagen, als die alte!

Als die Männer jetzt zum Hafen zogen, merkten sie erst so richtig, wie weit der Weg war. Aber vielleicht würde man nun wieder ins alte Dorf ziehen, von dort war man in ein paar Sprüngen am Strand. Im Vorbeiziehen warfen die Leute sehnsüchtige Blicke nach den alten Barabaras, in denen man einst so glücklich, so frei und ungebunden gelebt hatte. Vielleicht würde Zip doch einverstanden sein, dass sie mit ihren Familien dahin heimkehrten. Hier hatte man seine Kindertage verlebt, hier hatten die Eltern gehaust. Wie sollte man nicht nach den alten Barabaras Heimweh haben?

Jetzt gellte ein Schrei, heiser, herrisch. Dann viele Schreie. Die

Leute wandten sich um – da, aus den verlassenen Hütten kamen Russe-Männer gelaufen, und sie hatten ihre Feuerstöcke in der Hand! Mit einem Satz wollte Kar in der Richtung zum Neudorf entkommen, aber da sprach ein Feuerstock – und Kar rollte zu Boden. Papi hatte schon einen Pfeil in seinen Bogen eingelegt, da, wieder ein Schuss, und Papi brach zusammen. Tödlich erstarrt, in Angst, jede Bewegung müsse das Verderben bringen, standen die Attu-Leute.

Jetzt sahen sie Glottow, den Kapitän, herankommen. Herrisch wies er die Attu-Leute an, ihre Waffen niederzulegen, und sie warfen Bogen und Pfeile auf einen Haufen. Höhnisch schrie der Schiffer: »Also das Eingeborenenpack lehrt die weißen Männer, was sie zu tun haben?!«

Alle standen in verzagtem Schweigen, keiner antwortete. Jetzt bemerkte Glottow, dass die Attu-Leute ihre kleinen Bidarkas schleppten.

»Ah, ihr geht auf Otterjagd? Gut so! Vor drei Tagen wolltet ihr für Entgelt nicht mit uns auf Otterjagd gehen, jetzt werdet ihr es umsonst tun!«

Was sollten die Inselleute antworten? Hinter ihm standen die Russe-Männer, ihre Feuerstöcke sprechbereit.

»Einer von euch, höre ich, versteht Russe-Worte. Wohl einer, der im Vorjahr mit uns auf Otterjagd gegangen ist. Welcher ist es?« Er sah prüfend die Inselleute der Reihe nach an, aber nur einer verstand, was er gesagt hatte. So wandte sich Glottow an den Nächststehenden: »Du, warst du es? Hast voriges Jahr mit den Unsern Otter gejagt?« Der verängstigte Mann begriff nicht, stand hilflos da. Jetzt trat Glottow zurück, gab ein Zeichen. Ein Feuerstock brüllte auf, und der Mann, der Russe-Rede nicht verstand, sank an dem Platz, auf dem er stand, zusammen. Glottow wandte sich an den nächsten, aber da trat Alk vor: »Ich war mit den Russe-Leuten auf Jagd.«

Interessiert betrachtete ihn Glottow. »Wusste ichs doch, einer von euch verstand unsere Sprache, als meine Leute vor drei Tagen zu euch kamen. Es konnte nur einer sein, der mit uns auf Jagd war. Wie bist du denn nach Attu zurückgekommen? Bist etwa geschwommen?«

Alk sagte nichts, und wieder trat Glottow zurück. »Willst eine Ladung in den Bauch, was! Los, wie bist du heimgekommen?«

»Bidarka …«, stammelte Alk.

»Lüg nicht! Hast kein Boot gehabt.«

»Boot kommen …«, erklärte Alk.

»Los, sag, wie das war! Wie denn soll ein Boot gekommen sein? Diese Bidarkas, kaum größer als Menschen, die fahren nicht ins offene Meer hinaus, die kleben an der Küste. Sag, wie es war!«

Widerstrebend erklärte ihm Alk, wie Bidarkas zusammengebunden wurden und ihnen von Attu gefolgt waren.

»Also, zusammengebundene Bidarkas fahren auch auf hohe See hinaus! Gut zu wissen! Sehr gut. Da werden wir ja auch fern von Attu jagen können, wenn die Otter hier rar werden. Und da hast du wohl deinen Leuten erzählt, wie wir euch zurückgelassen haben?«

Alk nickte betreten.

»Schlimm, schlimm. Gute Freunde werden wir also nicht mehr sein. Keine Jagdbrüder wie voriges Mal.« Glottow lachte über seinen rohen Scherz. »Und jetzt lass hören – habt ihr erfahren, was aus den Mädchen geworden ist?«

»Wir haben sie nicht wiedergefunden«, sagte Alk gepresst.

»Also war die ganze Plage unnütz.« Glottow überlegte. Plötzlich fuhr er Alk an: »Ihr wisst, was aus den Mädchen wurde! Sie sind doch nicht heimgekommen.«

»Nein, sie sind nicht heimgekommen.«

»Wo sind sie also geblieben? Sag, wo?« Er riss einem seiner Leute das Gewehr aus der Hand.

»Über Felsen gefallen …«, flüsterte Alk.

»So? Das wisst ihr? Aber gesehen habt ihrs doch nicht – wer hat es euch gesagt?«

»Ein Mädchen weggelaufen ...«, gestand Alk, jeden Augenblick des tödlichen Feuers gewärtig.

»Ah, eine ist ausgekommen!« Glottow brüllte seine Leute an. »Habs mir doch gedacht, ihr Tölpel habt eine entwischen lassen! Und so haben die alles gewusst – alles! Jetzt wird es an jeder Ecke Ärger geben. So etwas vergessen die nicht!« In seiner Wut schien er Alk fürs Erste vergessen zu haben.

Nun erteilte er Alk Befehl, die Männer hätten zum Strand zu marschieren – ohne Aufschub müsse mit dem Jagen begonnen werden. Die Inselleute luden ihre Bidarkas wieder auf und trotteten los. Alk allein zögerte, warf einen Blick auf die drei Niedergeschossenen: »Mann wegbringen ...«

»Marsch! Los! Das besorgen wir selbst!«

So zogen die Männer von Attu wieder auf Otterfang. Sie tuschelten; gewiss hätten sie das Äußerste versucht, hätten sie nur irgendeine Aussicht gehabt, das Joch abzuschütteln. Doch die Bewaffneten waren ihnen, Schritt um Schritt, auf den Fersen.

Nun wurden die Bidarkas, auf Befehl wie früher, ins Wasser gesetzt; als Alk die seine fahrtfertig machen wollte, redete Glottow ihn an: »Nein. Du bleibst. Warte.« Und als die andern davongerudert waren, sagte Glottow: »Ihr Attu-Leute werdet arbeiten, aus ganzer Kraft – dann gibt es keinen Ärger. Arbeitet ihr schlecht, dann setzt es viel Ärger. Deine Leute reden zu viel. Weniger Gerede – dann wird alles gut gehen, verstanden? Bald kommen andere Jäger auch, britische und Yankees. Alle hinter den Otter her. Du kapierst das wohl nicht, aber merk dir: Zuerst jagen hier wir Russen. Weißt dus jetzt?«

»Ja«, nickte Alk kläglich. »Ich weiß.«

»Und pass auf, wir sind zu viele auf den Schiffen. Darum sollen einige in den leeren Häusern hier Quartier nehmen.« Glottow zeigte auf das alte Dorf. »Dazu brauchen wir Eingeborenenweiber, es gibt viel zu nähen, und sie sollen auch für unsere Leute kochen. Du gehst jetzt heim und erklärst das deinen Leuten. Sechs Weiber kommen her und wohnen im Dorf. Meinst du, dass sie kommen werden?«

»Nein.« Alk schüttelte den Kopf. Da gab es für ihn keinen Zweifel. »Keine Frauen kommen.«

»Dann schieß ich ganz Attu zusammen.« Glottow wies auf die Bidarkas, die durch die Brecher stießen. »Zuerst die, dann alle. Sag das deinen Leuten. Und wenn du selbst nicht zurückkommst, du – dann schieß ich allein für dich drei.« Er hob drei Finger, um seiner Ankündigung Nachdruck zu verleihen. »So, und jetzt geh und sieh zu, was du ausrichtest.«

Alk wanderte auf dem alten viel begangenen Pfad einsam dahin. Gern wäre er einfach geflohen, hätte sich irgendwo im Felsen versteckt. Hätte bei erster Gelegenheit eine unbenützte Bidarka erwischt und wäre auf eine der fernen Inseln entkommen. Aber dann begriff er, dass sein Leben gegen das Leben so vieler guter Otterjäger stand, die konnte man doch nicht dem Verderben ausliefern. Und diese Russe-Leute … Wenn es mit den Otter zu Ende ging, würden die auch fortbleiben. Vielleicht war dieses Jahr schon das letzte. Und dass die Frauen für sie nähen und kochen sollten, war ja schlimm genug, aber das Ärgste war es doch auch wieder nicht, nähen und kochen.

Als Alk im Dorf seine Botschaft überbracht hatte, war dort große Trauer und Erbitterung. Zip meinte, keine Frau dürfe denen zu Dienst sein, und auch er, Alk, sollte nicht zurückgehen. Wenn Leute verloren gingen, war das bitter, aber die Fremden wären so verräterisch, auf ihr Wort dürfe man nichts geben. Wer von den Leuten aus dem befestigten Platz herausgehe, der wäre – das war Zips Ansicht – so gut wie verloren.

Doch die Frauen, deren Männer mit den Russe-Leuten auf

Otterfang ausgezogen waren, ließen sich nicht halten. Nähen und kochen, das wäre doch keine so große Sache, wenn man damit den Männern das Leben rettete, das könnten sie wohl tun. Sie holten ihre besten Fischgrätennadeln und ihr Garn, das aus Seelöwensehnen hergestellt war, hervor. Drei davon hatten Kleinkinder, die sie nicht allein lassen konnten.

Als sie marschbereit waren, sah Alk sich in arger Verlegenheit. Einer der Otterjäger war sein Bruder, die andern waren seine Freunde, seine Spielkameraden von klein auf. Für sein eigenes Leben brauchte er kaum zu fürchten, denn er war jetzt der Einzige, der mit den Russe-Leuten sprechen konnte, auf ihn waren sie angewiesen. So trat Alk mit den Frauen und den drei Kindern den Marsch an.

Von da an lebte ein Teil der Russe-Leute im Altdorf, der Rest auf den Schiffen. Die Otterjäger mussten über Nacht immer auf den Schiffen bleiben. Russen und Aleutenleute lebten in ständiger Spannung, immer auf der Hut. Glottow hatte furchtbare Vergeltung angekündigt, wenn einer der Jäger entliefe. Jetzt, da er auch Frauen und Kinder zu Pfand hatte, war er doppelt im Vorteil. Gelegentlich hätte wohl einer der Jäger entwischen können, aber die Sorge um Weib und Kind fesselte ihn an den verhassten Dienst.

Die Otter wurden weniger und weniger. Bei der alten Jagdweise, mit Pfeil und Bogen, war ihre Zahl nie merklich gesunken. Doch die unersättliche Gier der Russe-Leute und ihre mörderischen Musketen, das riss Lücken in die Otterfamilie, die sich nicht wieder schlossen. Viele Otter wurden erlegt, viele lernten die Plätze, wo Musketen knallten, meiden. In die Salzlagunen am Strande von Attu kamen kaum mehr welche auf Futtersuche. Weiter und weiter mussten die Jäger ausfahren.

Wenn es dunkelte, war an Jagen nicht mehr zu denken. Dann kam, schon im Finstern, der endlose Heimweg zu den Schiffen. Auf denen brannten Signallampen, wiesen durch Nebel und Dunkelheit den Weg. War der Nebel zu dicht, so bliesen die Russe-Leute auf Nebelhörnern oder feuerten Schüsse ab, um die Bidarkas zum Ankerplatz der Schiffe zu lenken. Diese Leute dachten einfach an alles ...

Mehr und mehr wurde den Russe-Leuten die endlose Heimfahrt im Dunkeln lästig. Als ihnen eine nicht sehr schlimme Springflut zugesetzt hatte, wollten sie gar nicht mehr ausfahren. Bei Einbruch der Dunkelheit raute die See meist auf, und die Bidarka-Fahrer waren durchnässt, lange bevor sie heimkamen. Es war wahrhaftig ein Leben voll der Plagen.

So wurden die Attu-Leute jetzt allein auf die Jagd geschickt. Die Arbeit war hart und ging nur zäh vonstatten, aber man hatte wenigstens nicht mehr die Aufpasser mit ihren Musketen im Rücken. Auch konnten sie leichter miteinander sprechen, doch war ihre Rede traurig und zögernd, als hätten sie den Gebrauch ihrer Sprache verlernt.

Einmal, als sie heimpaddelten und gegen hohen Seegang ankämpften, spürten die Ruderer, dass etwas Böses nahe war. Ob es ein Wal war, ein Hai, ein Orca – zu sehen bekam man es nicht, es war nur zu spüren. Keiner wagte einen lauten Ruf, sich mit den andern zu verständigen. Sie rackerten weiter, bis das Unbekannte, das Drohende verschwunden war.

Hernach, als sie an Bord kletterten, fehlte Arn mit seiner Bidarka. Arn war einer der Jüngsten, ein Sohn Kars, der Schwester Zips.

Glottow ließ Alk vortreten. »Was soll das? Es fehlt einer ...«

»Arn ist nicht da«, sagte Alk bestürzt. »Ein guter Jäger. Kars Sohn.«

»Hatte er schon eine Frau genommen?«

»Ja. Orlic wird um ihn sehr trauern.«

»Und warum soll er weg sein, wenn die andern heil heimfanden?«

»Etwas, ein Ding, war da zwischen uns«, erklärte Alk zögernd. »Ich meine, darum ist Arn nicht heimgekommen …«

»Was soll dieses Geschwätz über ein Ding?« Glottow beherrschte sich, gegen all seine Gewohnheit. »Was für ein Ding denn?«

»Ein Ding aus der See«, flüsterte Alk mit der üblichen Scheu des Eingeborenen, den unbekannten Feind beim Namen zu nennen.

Glottow schien über dieses Zögern Alks nachzudenken. Dann äußerte er bedachtsam, als wäre ein Plan in ihm gereift: »Du wirst morgen früh zu der Frau dieses Arn gehen und ihr von dem See-Ding sagen. Es ist sehr sonderbar.«

Als es dämmerte und die andern bei rauer See ausfuhren, ruderte Alk mit zwei Russe-Männern zum Strand. Gespannt sah er nach dem Landungsplatz aus, den verstreut liegenden Felsen, dem Pfad, der zum Altdorf führte, als müsste sich hier etwas verändert haben, bloß weil er eine Weile lang fort gewesen war. Doch nichts war anders, die Felsen waren so schwarz wie je, der Sandstreifen beinfarben fahl, struppig das Salzschilf – alles wie vor Zeiten, da er als Knabe hier gespielt hatte. Verwundert blickte Alk um sich, als könnte er es nicht fassen, dass die Natur auf der heimatlichen Insel unverändert war. Und jäh fiel das Bewusstsein als schwere Last auf ihn, dass nichts anders war – nur hatten sie fremde Herren bekommen.

Die beiden Russe-Männer, die ihn begleiteten, begannen unruhig zu werden. Die hatten kein Verständnis für seine besinnlichen Erinnerungen, drängten, er sollte sich beeilen. Jetzt sah Alk die Russe-Leute im Altdorf, sie standen in Gruppen sprechend herum, bald verschwand einer, dann ein anderer in einer Hütte. Ihr Gehaben war, als hätten sie von jeher hier gelebt. Es tat ihm weh, das zu sehen.

Und erst recht war es schmerzvoll, Orlic zu sagen, wie Arn geheimnisvoll im schwarzen Wasser verschwunden war. Die Russe-

Männer riefen ihren Namen, sie kam, ihr Kind auf dem Arm, aus der Hütte. Fragend wechselte ihr Blick von Alk zu den beiden Schwarzbärtigen.

»Ist das Arns Frau?«, wandte sich einer der beiden an Alk.

»Das ist seine Frau«, bestätigte Alk feierlich-ernst. »Jetzt werde ich es ihr sagen.«

»Vergeude die Zeit nicht«, fuhr ihn der Fremde an. »Tritt beiseite.«

Schon hatten die beiden ihre Seemannsmesser gezückt. Nur ganz schwach schrie Orlic auf, bevor sie zusammensank. Es sah aus, als wäre sie plötzlich sehr müde ... müsse niedersitzen ... das Kind noch im Arm. Dann fiel sie auf ihr Gesicht, eine Wange hart gegen den Boden.

Alk war zu betroffen gewesen, um sich zu rühren, jetzt wollte er der Frau beispringen, aber einer der Russe-Leute riss ihn zurück. »Los, wir gehen. Und deinen Jägern wirst du berichten, was geschieht, wenn einer von ihnen ausrückt. Du denkst wohl, Glottow hat deine alberne Geschichte geglaubt, von dem See-Ding, das Arn verschluckt hat? Keiner wird in Zukunft vom Dienst fernbleiben.«

Alk begriff vage, dass er zwischen den beiden Wächtern dahinschritt, zum Strand hinunter, aber es war ihm, als sähe er einen andern gehen ... Das konnte doch nicht er selbst sein, der so gefügig dahinging, so tief erniedrigt, so feig. Ein unsägliches Elend überkam ihn, nur wie durch dichte Schleier begriff er, dass die beiden ihn ins Boot stießen, ihn rudern hießen.

Keiner der Otterjäger hätte nachher zu sagen gewusst, wer als Erster den Gedanken ausgesprochen hatte. Das kam einfach von selbst, aus der schieren Not der Stunde. Aber alle waren einig, dass es sein musste. Und während sie allein und unbeaufsichtigt waren, schmiedeten sie den Plan. Es war ein gewagtes Unternehmen. Noch nie hatten Inselleute gegen Menschenleben Anschläge ausgeheckt, aber solche Sklaverei war nicht zu ertragen. Eine Zeit würde kommen, da wären sie zu wenige und zu schwach, Widerstand zu leisten, und dann würde das Arge, das die Häuptlinge geweissagt hatten, über sie kommen.

Eines Tages, als dichter Nebel schon um Mittag die See verschleierte, ruderte Alk zum Strand. Ihm fiel es zu, Hilfe aus dem neuen Dorf herbeizuholen. Wenn der Nebel anhielt, würden die anderen Jäger auch an Land kommen und hier die Dunkelheit abwarten. Auf den Schiffen würde man sie erst zu vorgeschrittener Nachtstunde vermissen.

Noch vor Eintritt der Dunkelheit gingen die Jäger an Land. Geräuschlos zogen sie zu dem Treffpunkt, an dem sie sich mit denen aus dem Neudorf vereinigen sollten. Die Jäger zitterten vor Erregung. Wenn doch Zip oder Kalk da gewesen wären, sie zu einem so gefahrvollen Abenteuer, zu einem Unternehmen ins Ungewisse, Unbekannte, zu führen.

Und dann waren der Häuptling und sein Sohn und andere Männer aus dem neuen Dorf zur Stelle. Was geschehen sollte, musste getan sein, bevor die auf den Schiffen merkten, dass die Jäger nicht zurückkamen. Zip gab seine Anweisungen aus, gespannt und voll neuer Selbstsicherheit. Im Gänsemarsch folgten sie dem Weg, den sie so oft gegangen waren. Wohl würden gute Männer bei diesem Unternehmen verloren gehen, vielleicht auch Frauen, aber das war ein Risiko, das man jetzt eingehen musste.

Alk pochte an die erste Tür, rief. Träge trollte sich einer der Russe-Leute heran, trat in die nebelverhangene Nacht. Mit bebender Stimme begann Alk etwas von Otter, deren man immer weniger anträfe, zu erzählen. Bevor der Fremde antworten konnte, war das Schwirren des Pfeils zu hören. Kalk hatte so gezielt, dass die Eisenspitze den Mann aufächzend zusammensinken ließ. Alk zuckte zurück und gewahrte im Halbdunkel die Umrisse Umphs, des Starken – sein Speer vollendete, was Kalk begonnen. Alk hatte ein seltsam aus Bangigkeit und Triumph gemischtes Gefühl, ein Gefühl, das ein Mensch nur beim Töten eines Otters oder einer Robbe haben sollte.

Die Barabaras, teilweise in die Bergwand gebaut, hatten dicke Mauern, durch die kaum ein Laut drang; auch standen sie nicht allzu dicht gereiht. Nur ungewöhnlich laute Geräusche drangen von Bau zu Bau. Kalk war jetzt auf die Schwelle, über die der Russe-Mann gekommen war, getreten und blickte in den von einer Lampe erleuchteten Raum. Der Fremde war allein gewesen.

An der nächsten Tür wiederholten die Attu-Männer ihr Manöver. Der zweite Russe fiel unter dem geräuschlosen Streich. Hier aber fand Kalk eine Aleutenfrau und ihr Kind in der Hütte. Zip führte sie fort, geleitete sie im Dunkel zu einem geschützten Platz unter überhängendem Fels.

Einmal traten auf Alks Pochen und Ruf zwei Russe-Männer aus einer Hütte – da begann Alk seine Rede mit einem Zagen, das er schon überwunden geglaubt. Die Männer waren ungehalten, dass er sie aus der behaglichen Wärme in die kalte Nacht herausgerufen, unwirsch hießen sie Alk zu den Schiffen rudern. Kalks Bogen zischte, einer der Fremden taumelte, bekam im Stürzen Alk zu fassen, riss ihn mit. Im nächsten Augenblick hatte der zweite sich auf die Ringenden geworfen, und eine Sekunde später waren sie alle, Freund und Feind, im Durcheinander von Armen und Beinen.

Alk verspürte einen scharfen Schmerz an Oberarm und Schulter. Der fremde Riese lastete auf ihm, Wucht und brennender Schmerz lähmten Alk. Als ginge es gar nicht um ihn, registrierte sein Bewusstsein: Dieser hier, der da liegt, das ist Alk, der Jäger. So viele Gefahren hat er bestanden, zu Land und auf der See, und so ist das dann ausgegangen. Er hatte sich nie vorgestellt, dass es so sein könnte. Und kalt, nüchtern, sagte er sich: Alk hätte zurückspringen müssen, als der Fremde nach vorn stürzte. Alk ist nicht flink genug gewesen.

Und dann, allmählich, wich die schwere Last von ihm.

War er etwa schon in der Geisterwelt? Aber er hörte doch deutlich Zips Stimme, und jetzt griffen kraftvolle Arme nach ihm, das konnte nur Umph sein. Der Starke hisste ihn hoch, schleppte ihn fort, zu dem Platz unter dem Felsen. Alk fühlte sich etwas besser, er konnte wieder atmen. Wer ihn verletzt hatte, ob Freund oder Feind, wer wollte das sagen? Zip und Umph hatten im Dunkel und in aller Eile getan, was möglich war – jetzt mussten sie zurück, es kam darauf an, dass keiner der Feinde entwischte.

Weitere Frauen wurden an den Platz unter dem überhängenden Felsen gebracht, nun waren es fünf und zwei Kinder. Die Befreiten waren so betäubt, dass sie nicht einmal schrien; sie fassten nach so brutaler Knechtung gar nicht, was ihnen geschah.

Erst vor der letzten Barabara kam es tatsächlich zum Kampf. Der Russe-Mann hatte zwar auf Zips Pochen die Tür geöffnet, war aber sofort zurückgesprungen und hatte die Tür zugeschlagen. Irgendein Geräusch mochte ihn alarmiert haben. Bevor es hell wurde, kam der wohl nicht wieder heraus – und vielleicht auch dann nicht.

Man hatte nicht damit gerechnet, dass jeder arglos ins Dunkel heraustreten würde. Genau war verabredet, wie Alk seine Geschichte von den seltener werdenden Otter vorbringen und wie er es so einrichten sollte, dass der Russe-Mann ihm folgte, ins Freie heraus. Jetzt aber saß einer, der vollen Gefahr bewusst, hinter der Mauer …

Das war der Augenblick, die Bündel trockenen Schilfs in Anwendung zu bringen. Solches Schilf hatten die Männer auf dem Weg vom Neudorf herunter eigens gesammelt. Über Schilffeuer räucherten die Aleuten-Insulaner ihren Lachs. Mit Schilffeuern zelebrierten sie ihr Erntefest. Schilfbrand sollte jetzt einen Feind so ausräuchern, dass er, um nicht zu ersticken, aus der Barabara herauskommen musste.

Schilfbündel, mit Grashalmen verschnürt, wurden gegen die

Tür geschichtet. Schilf glomm, flammte nicht auf. Wenn die Tür zu brennen begann, musste der Eingeschlossene heraus. Doch das Schilf rauchte und gloste und knisterte nur, und als es heruntergebrannt war, hatte es die Tür nur geschwärzt. Einer der Jäger ging heran, die glimmenden Reste dichter an die Tür zu drücken. Der Russe-Mann musste den Schritt gehört haben, ein Schuss kam durch die Tür, und der Jäger brach über dem verglosenden Schilfbrand zusammen.

In plötzlicher Wut stürzten sich die Attu-Leute auf die Barabara und begannen ein Loch in das Dach zu hacken. Alsbald ging ein zweiter Schuss los, durch das Dach gezielt, diesmal ohne Schaden anzurichten. Die Attu-Leute setzten ihr Zerstörungswerk fort. Es war, als gruben sie den Bau eines wilden Tieres auf. Als das Loch offen war, stießen sie brennende Schilfbündel hinein. Der Russe-Mann hatte wohl keine Kugeln mehr, denn seine Muskete blieb stumm. Rauch quoll aus der Hütte, wirbelte durch das Loch im Dach heraus, und jene, die nahe genug waren, sahen und hörten auch das Flackern und Prasseln der Flammen. Er war sehr zäh, wollte nicht aus seiner Höhle, der Fremde.

Endlich hörten sie ihn an der Tür rütteln, jetzt kam er heraus. Die Attu-Leute konnten in der Dunkelheit sein Gesicht nicht ausnehmen, aber er stand einen Moment, als könne er mit seinen rauchgebeizten Augen gar nichts unterscheiden. Diesen Moment benutzten die Attu-Leute, um über ihn herzufallen. Welche, die auf dem Dach gelauert hatten, sprangen auf ihn herab, die andern stürzten sich von allen Seiten auf ihn. Niemand verstand sein kehliges, wildes Geschrei – verzweifelt versuchte er, seine Bedränger abzuwehren. Um nicht im Dunkeln einander zu verletzen, mussten die Inselleute kämpfen, ohne Waffen zu gebrauchen. Eine ungekannte Berserkerwut, die sie nie zuvor empfunden hatten, war in ihnen. Ihre Wutschreie klangen, als kämen sie nicht aus ihrem Innern, sondern von irgendwo außerhalb ihres Selbst.

Jetzt fiel der riesige Russe-Mann, und in der nächsten Sekunde war er unter dem Schwarm seiner Feinde begraben, verloren. Sie stampften und schlugen, stießen und zerrten, es war ein Ausbruch der Rachgier, den selbst das Dunkel nicht verhüllen konnte. Die geschändeten Mädchen, die verschleppten, dem elenden Verderben ausgelieferten Burschen, die erschossenen, die zu Knechten geprügelten, geschundenen Otterjäger – was waren da zerbrochene Knochen für ein Entgelt?

Und ebenso plötzlich, wie auf ein unsichtbares Signal, standen sie von ihrem Opfer ab. Kein Schrei war mehr zu hören, in betretenem Schweigen, mit Grauen, sahen sie einander – schattenhafte Gestalten – an. Waren das Attu-Leute, waren das ihre Brüder, die da mit bloßen Händen einen Menschen gewürgt hatten? Stumm wandten sie sich ab, flüchteten unter den Fels, dahin, wo die Frauen warteten.

Zip war der Erste, von dem sich der Bann löste. Der Attu-Mann, der durch die Tür den Schuss abbekommen hatte, musste weggeschafft werden. Einer musste Alk stützen, andere wurden angewiesen, die Frauen und Kinder zu führen. Man sollte sofort aufbrechen, damit bei Tagesanbruch alle hinter dem schützenden Wall wären.

Dass die Leute von den Schiffen das Dorf angreifen würden, stand außer Zweifel. Glottow würde rasen. Er würde es nicht fassen können, dass diese sanften Inselleute so hart, so tödlich zuschlagen konnten. Das war gelungen, weil man den Feind überraschend traf – ein zweites Mal konnte das nicht geschehen. Jetzt war es zum Bruch gekommen, nun war Krieg zwischen Russe-Männern und Inselleuten, von Stunde an.

Die Frauen weinten, als sie sich hinter dem Steinwall geborgen fühlten. Sie konnten nicht sagen, was alles sie von den Fremden erduldet, noch vermochten sie zu schildern, wie Orlic mit ihrem Kind niedergemetzelt worden war. Dinge waren das, die sie nicht aus ihrer Erinnerung ausgruben. Männer mochten sich Erleichterung schaffen, indem sie ihre Feinde niederschlugen, für Frauen aber gab es Erlittenes, das nichts zu tilgen vermochte.

Als es tagte, sahen die auf dem Wall postierten Wächter, wie ein Trupp Russe-Leute das alte Dorf durchsuchte. Jetzt also wussten sie, was ihre Verluste waren, und ihre Wut musste unbändig sein. Doch wandten sie sich nicht sofort gegen das befestigte neue Dorf, sondern machten sich davon, als ob sie sich auf die Schiffe zurückzögen.

Nach einer Weile kam von den großen Feuerrohren, die auf den Schiffen waren, ein Dröhnen. Wieder und wieder schlugen eiserne Kugeln in die Bergwand oder jagten Erde auf, wo sie in den Boden fuhren. Doch waren alle Schüsse zu kurz, sie erreichten das neue Dorf nicht. Jetzt erst sah Zip, wie klug er den Platz gewählt hatte. Schließlich richteten die Feinde in ihrer Wut die Feuerrohre gegen die alten Barabaras. So wollten sie das Gesicht wahren, aber damit fügten sie keinem Harm zu.

Nachmittags dann kamen sie in großer Zahl den Hang herauf. Das war der Zusammenstoß, mit dem Zip gerechnet hatte – der Ausgang musste für lange ihr Schicksal entscheiden. Nun war der Tag gekommen, auf den er seine Leute vorbereitet und an den doch keiner hatte glauben wollen. Doch jetzt, nach dem nächtlichen Sieg, waren sie voll neuer Selbstsicherheit. Übermenschen waren diese Fremden nicht. Man konnte sie erschlagen wie Otter und Robben.

Die Russe-Männer rückten an, als wären sie ihrer Sache ganz sicher. Sie zogen einher, als wollte ihr Marsch einfach durch den Steinwall hindurchgehen. Marschierten in Linie, ihre Musketen geschultert: Die Inselleute hatten etwas dergleichen noch nie gesehen. Trotz ihres nächtlichen Sieges waren sie beeindruckt.

Zip war sich darüber im Klaren, dass man kampfgeschulten Gegnern, die Musketen mitführten, nicht entgegentreten konnte. Bogenschützen können Leuten, die Feuerwaffen besitzen, nicht offen begegnen. Nur durch List konnten Bogenschützen den Vorteil, den die andern auf ihrer Seite hatten, ausgleichen. Und gerade auf solche List hatte Zip seine Leute vorbereitet. Es kam darauf an, dass sie die Ruhe bewahrten. Wenn sie Angst bekamen, war alles verloren.

Jetzt hielten die Russen. Sie machten ihre Gewehre schussfertig, eine Salve klatschte gegen den Steinwall oder schwirrte darüber hinweg. Das war der Moment, den Zip gefürchtet hatte. Es kam darauf an, dass sie im Feuer ruhig blieben und nicht unnütz einen Pfeilregen verschossen. Dass die Kugeln den Steinwall nicht durchschlugen, hatte er seinen Leuten begreiflich gemacht. Das war schon ein Zufall, wenn eine Kugel durch einen Spalt, eine Ritze im losen Gemäuer ihren Weg fand.

Zip beobachtete die Russe-Leute, während sie umständlich wieder luden und sich nun anschickten, in Linie gegen den Wall vorzugehen, zweifellos überzeugt, ihre Gegner wären nun hinreichend eingeschüchtert, um sich zu ergeben. Noch einmal ging Zip die Reihe seiner hinter dem Wall postierten Kämpfer ab, sie anzufeuern und ihnen die Kampfanweisung, die sie schon kannten, einzuschärfen. Frauen und Kinder waren in die Barabaras verwiesen, wo sie um ihre Männer und gewiss auch um ihr eigenes Ergehen bangten.

Noch einmal wurden die Musketen gegen den Wall abgefeuert, das Echo der Salve verrollte in den Bergen. Es war ein angsteinflößendes Getöse, und die Männer von Attu bedauerten sehr, dass sie keine Feuerrohre besaßen. Wie sollten sie einem so machtvoll bewaffneten Gegner widerstehen?

Nach der dritten Salve, die gegen den Wall prasselte, rief Zip den alten Männern einen Befehl zu. Die waren mit kurzen Bogen und leichten Pfeilen ausgerüstet, ihre Schussweite maß nicht einmal die Hälfte des Abstandes, in dem sich die feindliche Linie jetzt hielt.

Unverzüglich setzten die Russe-Leute ihren Anmarsch fort, mit höhnischem Armschwenken die armselige Abwehr der Belagerten verspottend. Ihre nächste Salve, jetzt schon aus nächster Nähe abgeschossen, klang schrecklich. Wohl schossen die Alten weitere Pfeile ab, aber die Russen wehrten diese Geschosse wie lästige Fliegen ab.

Und jetzt ereignete sich etwas Befremdliches. Einer trat aus der Linie der Russe-Leute vor, legte seine Waffe nieder und schritt dann auf den Wall zu. Dazu winkte er einladend, offenbar sollte das eine Aufforderung sein, dass einer aus dem befestigten Dorf käme und mit ihm redete. Alk wusste mehr Russe-Worte als sonst einer in Attu. Seinen Arm, der bei dem nächtlichen Kampf verletzt worden war, noch hochgebunden, trat er zögernd zu dem Palaver ins Freie. Er fühlte sich noch schwach, wusste kaum, ob seine Beine ihn tragen würden. In kurzem Abstand von dem Fremden machte er halt; der lachte und sagte spöttisch:

»Unsere Kugeln haben einen scharfen Biss. Mir scheint, du hast ihn schon zu schmecken bekommen.« Offenbar glaubte er, Alk wäre jetzt eben getroffen worden, und Alk widersprach ihm nicht. Nun änderte der Fremde seinen Ton.

»Übles haben wir einander zugefügt. Lasst uns von nun an wie Brüder leben. Mag es des Schlimmen genug sein. Lasst uns wieder zusammen auf die Jagd ziehen wie zu Anbeginn. Dann sollt ihr reichlich mit Eisen entlohnt werden.«

»Wir haben Arges erfahren«, äußerte Alk zögernd. Das freundschaftliche Gehaben überzeugte ihn nicht. »Da muss ich erst unseren Häuptling befragen.«

»Sag ihm, er möchte fünfzehn tüchtige Jäger stellen, dann wollen wir euer Dorf schonen.« Offenbar hatte er den Eindruck, sich allzu friedfertig erzeigt zu haben, denn er ging sofort wieder zu Drohungen über. »Wenn euer Häuptling nicht so will, dann kommen wir zu euch hinein – unsere Waffen sind stark, eure armseligen

Pfeile aber reißen kaum ein Loch in den Mantel. Sag das deinem Häuptling und dass er sich beeilen soll – lange warten wir nicht.«

Alk war für Verständigung, aber Zip fuhr ihn hart an. Den Feinden zu glauben, sei kindisch, und sich Feinden in die Hand zu geben, die so überlegene Waffen besaßen, wäre vollends Wahnsinn. Wenn die Russe-Leute es ehrlich meinten, dann sollten sie mit Musketen und Munition bezahlen – dafür wolle man ihnen gern Otterfelle liefern, sehr viele Otterfelle.

Alk ging wieder hinaus, und der Fremde kam heran. Als Alk ihm den Tausch, Musketen gegen Otterfelle, vorschlug, höhnte der Russe: »Für euch Eingeborene hat der weiße Mann keine Musketen, nur Kugeln!«

Damit machte er kehrt und ging zu den Seinen zurück.

Als den Russe-Leuten klar wurde, dass von Übergabe keine Rede war, rückten sie wieder vor, in kurzen Abständen anhaltend, um zu feuern. In den Pausen zwischen den Salven schickten die Alten ihre schwachen Pfeile, über die der Russe-Mann gespottet hatte, über die Brüstung des Walls. Jetzt fand eine Kugel zufällig den Weg durch eine Spalte und ließ einen der Alten zusammensinken. Aufgeregt forderten die Kämpfer den Befehl zum Angriff, aber Zip blieb unerbittlich. So wolle er also zulassen, dass die Feinde unabgewehrt über den Wall kämen? Doch Zip behielt sich die Wahl des rechten Moments vor.

Dicht vor dem Wall waren die Feinde jetzt, und bei der letzten Salve ließ wieder einer der Attu-Leute den verletzten Arm sinken. Und jetzt schrie Zip mit mächtiger Stimme das Wort. Kalk und Umph, Papi und Upp, sie und alle die starken Jungen schossen aus ihren großen Bogen Pfeile, die Eisenspitzen trugen, ab.

Als die Russe-Leute, durch die kleinen Jagdpfeile getäuscht, jetzt etliche der Ihren zusammenbrechen sahen, waren sie wie gelähmt. Doch bevor sie umständlich wieder laden konnten, bekamen sie einen neuen Pfeilschauer zu spüren. Und jetzt erst wurden sie gewahr, dass es auf dem weiten Hang, ihrem Anmarschfeld, kaum Deckung gab. Kalks erstaunliche Schussfertigkeit gab den Ausschlag – sooft einer der Feinde seine geladene Muskete in Anschlag brachte, traf ihn Kalks Pfeil. Das war der große Augenblick, auf den Kalk sich geduldig jahrelang vorbereitet hatte.

Die Feinde wandten sich zur Flucht. Sie hatten keine andere Wahl. Selbst wenn ihnen Zeit vergönnt gewesen wäre, wieder zu laden, hätten die gut gedeckten Bogenschützen doch nur wenig Ziel geboten. Und nur wenige der Feinde konnten laufen, die Verwundeten schleppten sie mühsam, stürzten in ihrer Hast, zu entkommen. Kalk war hinter ihnen her, rennend, zielend, wieder rennend. Und jetzt schwärmten die andern mit ihren Speeren aus. Sie stürzten sich mit ihren Spießen auf die Verwundeten, die sich mit ihren Seemannsmessern zu wehren suchten. Pardon wurde weder verlangt noch gegeben. Sooft ein Flüchtender fiel, erledigten ihn die Inselleute mit ihren Spießen.

Unten, am Ende des Hanges, brachte Kalk mit Umph und Papi, die dicht hinter ihm waren, den letzten der Flüchtenden zu Fall. So war der Sieg vollständig – keiner der Russe-Leute war entkommen. Von den Attu-Leuten war ein Alter getötet, ein Junger verwundet. Das war ein niedriger Preis.

Begierig, wenn auch mit einiger Scheu, wurden in aller Hast die Musketen der Gefallenen eingesammelt. Noch nie hatten die Inselleute diese Wunderwaffen in Händen gehalten. Alk war der einzige Überlebende von den ursprünglichen siebzehn, die zusammen mit den Russe-Leuten auf die Jagd ausgezogen waren. Er hatte wohl aufmerksam beobachtet, wie sich die Fremden beim Laden und Schießen anstellten, aber nie war es einem der Attu-Leute gestattet worden, die kostbaren Waffen zu berühren. Immerhin hatten auch einige der zweiten Jägertruppe die Russe-Leute beim Gebrauch der Feuerwaffen beobachtet, bevor die Fremden es aufgegeben hatten, mit den Bidarkas auszufahren. Auch unter diesen Jägern mochten sich welche finden, die es lernen würden, Musketen zu handhaben.

Zip inspizierte nachdenklich die erbeuteten Waffen. Die würden wohl auf Jahre vorhalten, aber wo sollte man den seltsamen Staub, der zum Schießen verwendet wurde, hernehmen? Die gefallenen Russe-Leute hatten nur einen geringen Vorrat bei sich, und der wurde jetzt behutsam eingesammelt.

Um sich zu vergewissern, dass er es könne, lud Alk eine Muskete. Und alle Leute aus dem Dorf umdrängten ihn, wollten sehen, wie er tödliches Feuer aus dem Stock schlug. In seiner Aufregung suchte sich Alk nicht erst lange ein Ziel, sondern feuerte in die Luft – entsetzt jagten die Neugierigen davon. Und Alk jammerte laut, der Rückprall der Muskete hatte seiner verwundeten Schulter schlimm zugesetzt. Doch so arg der Schmerz auch war, stolz, über alle Maßen stolz war Alk doch. Er war unstreitig der erste Mann auf den Inseln, der solch eine ungeheuerliche Waffe gehandhabt hatte.

Niemand konnte erraten, wie viele Leute denen auf den Schiffen verblieben, aber ihre Zahl musste beträchtlich verringert sein. Am nächsten Morgen war von den Schiffen nichts zu sehen. Unzweifelhaft war man sie für den Augenblick los, aber für wie lange, das war ungewiss. Zip war überzeugt, dass ihre unersättliche Gier nach Otterfellen sie gewiss zurückbringen werde. Die beiden Siege waren nur Überraschungserfolge gewesen, ein drittes Mal würden die Feinde schwerlich in die Falle gehen. An ihm, an Zip war es, für den Fall, dass die Feinde wiederkämen, neuen Sieg zu planen. Doch das war nicht leicht, denn wenn die Russe-Leute wiederkämen, dann würden sie es in großer Zahl tun.

Was mit den gefallenen Feinden geschehen sollte, war auch eine Frage, die sich bisher noch nie gestellt hatte. Eines Platzes in den warmen Höhlen waren diese Leute wahrlich unwürdig, und auf jeden Fall lehnten die Söhne Lags, des Einbalsamierers, es ab, diese Leichname auch nur zu berühren. Die Feinde verdienten nicht, dass man ihnen solche Mühe und solches Können widmete.

Seltsamerweise war es dann Orl, das einzige Mädchen, das dem Massenmord auf dem Klippengrat entgangen war, die eine Lösung vorschlug. Sie war seither etwas seltsam geworden und trieb sich oft einsam in den Bergen herum. Manchmal trug der Wind aus der Ferne ihr schrilles Wehgeheul ins Dorf, dann schüttelten die Leute traurig die Köpfe und gedachten der ausgestandenen Schrecknisse. Vermutlich würde Orl nie wieder so werden wie die anderen Mädchen. Sie ging ihre einsamen Wege und hielt sich abseits, als wäre sie ein Wesen von anderer Art.

Obwohl sie, was im Dorf geschah, kaum wahrnahm, beharrte sie jetzt mit erstaunlicher Hartnäckigkeit auf ihrem Wunsch: »Bindet Steine an ihre Füße und werft sie über die Klippen.«

Darauf bestand sie, und schließlich war sie Zips unverheiratete Tochter. Auch schien der Ausweg, obwohl sonst niemand auf ihn verfallen war, günstig.

So trug man die toten Russe-Leute über Hang und felsbesätes Uferland zum Klippengrat. Die Männer zogen in langer Prozession, immer zwei und zwei, und sie trugen die gefallenen Feinde, die für sie die Quelle so vieler Leiden gewesen waren.

An diesem Tag verließ keine Frau das Dorf. Nur Orl stand auf dem Grat und sah zu, wie die Toten in einer Reihe niedergelegt wurden. Niemand konnte Orl bewegen, fortzugehen. Sie sah zu, als man den Toten Steine an die Füße band, sie zu beschweren. Und als man die Leichen ins Meer warf, stand sie immer noch da, ihr Haar im Winde, und gab mit ihren Armen gleichsam Winksignale jenen, die die Toten über die Klippen schwenkten. Und für jeden, der versank, schrie Orl einen Namen – Lorik, Nor, Rila, bis all die umgekommenen Mädchen durchgezählt waren. Und als sie zu Ende gekommen war, begann sie von neuem, immer einen für eine, einen für eine, bis zum Schluss. Dann breitete sie die Arme zur See hinaus und zum Himmel, ein unfassliches Totenopfer, das keiner der Leute verstand. Das Meer hatte diese Menschen von ihren fernen Küsten hierher getragen. Nun sollten die rastlosen Gezeiten über das unermessliche Grab, das alles Übel verbarg, hinwegziehen.

Die Inselleute zogen zwischen den verstreuten Felsen dahin, an den Salzlagunen vorbei, endlich den Hang hinan. Als wäre es ein Totenopfer, hatte Attus Vulkan seine Rauchfahne gehisst, und der Wind trug Gemurmel wie von einem Totengebet aus dem Bergland herüber.

Orl hatte sich der langen Reihe der Männer angeschlossen. Sie ging jetzt nicht mehr allein, sie war nicht mehr ein Wesen von anderer Art. Sie zog auch nicht mehr in die Berge, sondern mengte sich, anfangs scheu, unter die arbeitenden Frauen. Latt meinte: »Orl kommt zu sich zurück.«

Jetzt sammelten die Inselleute die kostbaren, mit Eisenspitzen versehenen Pfeile ein, die zumeist Zip und Kalk selbst angefertigt hatten, die Pfeile, die das Kampfglück gewendet und den Sieg entschieden hatten. Auch die Seemannsmesser der Feinde wurden eingebracht. Der Tag hatte für die Speere und gegen die Messer entschieden. Die Stelle, an der sich dies abgespielt hatte, wurde von nun an Tal des Blutbades geheißen.

Die Inselleute, jetzt von unmittelbarer Angst befreit, kehrten allmählich zu ihrer gewohnten Lebensweise zurück. Männer fuhren zur großen Einkreisung der Seelöwen aus. Auf den Robbeninseln erwarteten sie das Eintreffen der großen Herde, die immer pünktlich, fast auf den Tag, angeschwommen kam. Die Jungen jagten am Felsenufer Vögel und halfen beim Lachsfang.

Nur die Mädchen wollten nicht mehr zum Preiselbeerpflücken ausziehen. Mehrmals wurde es geplant, aber die Erinnerungen waren noch zu lebendig. Kamen die Mädchen ins Beerenrevier, so mussten sie immer um sich blicken, ob nicht dunkle, wilde, bärtige Gesichter auftauchten, und in jäher Panik flüchteten sie bald heimwärts.

Die Russe-Leute waren zwar fort, aber wer auf der Insel sich Gedanken machte, glaubte an ihre Wiederkehr. Etwas war im trotzig-hochmütigen Wesen dieser Menschen, das ihnen gewiss nicht erlaubte, sich mit einer Niederlage abzufinden. Und die Inselleute wussten sehr gut, wie tief die Russe-Männer sie verachtet hatten. Gewiss waren sie nur heimgesegelt, um Verstärkung zu holen. Solch eine Fahrt musste lange dauern. Doch waren die Russe-Leute ein durchtriebenes, abwegig denkendes Volk, taten kaum jemals, was man erwartete. Unter Nebelschutz würden sie eines Tages ihre verhassten Schiffe in die Bucht steuern.

Immer hielten die Inselleute jetzt Ausschau, und wenn der Nebel alles verhüllte, lauschte man gespannt jedem Geräusch. Der Wall wurde verstärkt, zugleich wurden Schießscharten angelegt. Man hielt es für möglich, dass die Feinde das Dorf regelrecht einschließen und aushungern würden. Darum drang Zip darauf, dass jeder Haushalt, mehr als je zuvor, Lebensmittel vorrätig hielt. Fette Yukolas von geräuchertem Lachs hingen in allen Barabaras, und reihenweise waren Seelöwenmägen mit Kerzenfisch voll gestopft.

Einmal wurde ein Wal nicht weit von der Küste gesichtet. Da hatte Alk einen kühnen Gedanken. Warum sollte man die grandiosen Feuerrohre nicht an einem Wal erproben? Solch ein Beutetier würde alle Vorratskammern üppig auffüllen. Eine kleine Flottille von Bidarkas fuhr aus, dem gewagten Experiment beizuwohnen. Bewährte sich das Feuerrohr, dann konnte man in Zukunft streunende Wale erlegen oder zumindest verscheuchen, wenn sie die Otterjäger belästigten.

Alk fuhr so nahe an den Wal heran, als er nur wagte. Die Zuschauer am Strand und in den Bidarkas warteten in atemloser Spannung. Nun sahen sie Alk das Gewehr anlegen – doch kein Laut war zu hören. Alk setzte sich. Nach einer Weile, als der Wal wieder nahe kam, zielte Alk von neuem. Vergeblich wartete man auf den weithin hallenden Schuss. Wieder und wieder richtete Alk zielend seine Waffe auf den Wal, der arglos und ungestört seine Fontäne hochblies. Das große Experiment war misslungen, bevor es recht begann. Betreten paddelte Alk heim, die Inselleute umdrängten ihn, als er landete. Warum hatte die Muskete nicht gesprochen? Erst viel später erfassten die Inselleute, dass Pulver trockengehalten werden musste, ein schwieriges Unterfangen bei der stets feuchten Luft von Attu. So sahen sich die Inselleute auf Speere und Bogen zurückverwiesen.

Der höchst erstaunliche Sieg Zips und der Männer von Attu verbreitete sich wie ein Lauffeuer auf den Inseln. Von Mund zu Mund vergrößerte sich der Triumph, wurde zur Vernichtung eines ungeheuren Russe-Heeres, und von dem dermaßen vernichtend geschlagenen Feind hatten die Aleuten-Inseln nun nichts mehr zu fürchten. Nun, da alle Gefahr behoben war, konnte man aufatmen. Zip tat, was er nur konnte, um dagegen anzukämpfen, aber die Leute glaubten lieber, was zu glauben bequemer war.

Da liefen neue Gerüchte den weit gespannten Bogen des Archipels ab. Andere Händler, nicht Russe-Leute, waren auf die Spur der Otter gekommen. Nagelharte Burschen auch sie, aus Feuerrohren schießende Kerle. Auch sie zwangen die Männer zu hartem Dienst und suchten die Dörfer nach dem Weibervolk ab, verschleppten die Jungen, behielten sie lange und zu Schändlichem auf den Schiffen. Nicht nur gegen die Aleutenleute benahmen sie sich brutal, auch untereinander trugen sie ihre Rivalitäten in wüstem Kampf aus.

Diese neuen Bedränger hielten sich noch auf den am weitesten ostwärts gelegenen Inseln auf. Die Attu-Leute wenigstens hatten aus Notzeit gelernt, dass man wachsam bleiben musste. Als es bei ihnen am schlimmsten stand, hatten sie von den anderen Inseln keine Hilfe erhalten. Das war eben dieser verhängnisvolle Mangel an Zusammenhalt, davon hatten Hig und Zok, Zip und Kalk, all die Häuptlinge, so viel geredet. Selbst jetzt, das Messer schon an der Kehle, konnten die Inselstämme diese verhängnisvollen Schwäche nicht beheben.

Als Kalk, der nun mehr Häuptlingspflichten auf seinen Schultern trug als sein Vater, daranging, seine Barabara auszubauen, stieß er auf etwas Merkwürdiges. Als er den Raum tiefer in den Fels hinein ausgrub, gelangte er zu einem schmalen Loch. Er weitete es aus, bis es zu einem Durchlass wurde und in einen tiefen Schacht leitete. Nur Zip berichtete Kalk davon, und aufmerksam betrachteten sie das poröse Gestein der Schachtwände. Das Gestein hier gehörte offenbar zu dem Berg, der die warmen Höhlen enthielt, Fels, ausgebrannt, porös wie ein riesiger Schwamm. Mit ihren Kerzenfischfackeln drangen Vater und Sohn ein Stück in dem Gang vor. Zip erklärte sofort, diese Entdeckung müsse geheim bleiben. Eines Tages konnte sie außerordentlich wertvoll werden. So bedeckte Kalk den Zugang und ließ nichts darüber verlauten.

Und dann hieß es, die Russe-Leute wären wieder da. Diesmal waren sie an der nächsten Insel, Agattu, vor Anker gegangen. Mit Holz, das sie aus ihrem Land mitgebracht hatten, bauten sie große Barabaras. Alle Inseln, sagten sie, wären überhaupt ein Teil ihres mächtigen Reiches. Die Schiffe fuhren von Zeit zu Zeit wieder ab und kamen von neuem, etliche der Russe-Leute aber hätten sich auf der Insel angesiedelt, ob für immer oder nur für einige Jahre, das wisse man nicht.

Niederschmetternde Nachricht. Den Feind immer nahe zu haben – das war das Ende der Zeit, da man unbeschwert über Land wanderte und von Insel zu Insel fuhr, wann immer einen die Lust ankam.

Auf einer wenig befahrenen Route ruderte Kalk nach Agattu hinüber. Die Russen kannten ihn nicht von Angesicht, vielleicht konnte er sich unauffällig unter die Agattu-Leute mischen und wichtige Nachrichten heimbringen. Alk, den Einzigen, der in beiden Zungen redete, nahm er auf seine Fahrt mit.

Sie stießen auf Agattu-Leute, die für die Russe-Männer auf Otterjagd waren. Die Russen waren, ergab sich, herrisch wie eh und je, aber nicht offen feindselig. Eisen wurde als Tauschwert gegeben, nicht so reichlich wie versprochen, aber doch etwas.

Das Sonderbarste an ihnen war, dass in einem Schiff Leute mitgekommen waren, zwar Russe-Männer, aber doch von anderer Art als die Russe-Jäger. Diese Leute kümmerten sich gar nicht um den Otter, sie trugen lange schwarze Gewänder und hatten an Bändern, die sie um den Hals trugen, Metallstücke in Form von gekreuzten Balken hängen. Sie trugen weder Gewehre noch andere Waffen, hatten aber stets schwarz eingehüllte Dinge bei sich, aus denen sie, schien es, Worte, seltsame Worte herausholten. Mit einem dieser Leute kamen Kalk und Alk ins Gespräch.

»Wir sind Missionare, Ausgesandte«, erklärte der, »gesandt von dem großen Hause der Wahrheit, welches wir Kirche nennen, von der Kirche in Russe-Land, auf dass wir Frieden und den Segen der Kirche zu den Inselstämmen bringen.«

Seine Worte waren ganz anders als die der Russe-Jäger und doch wieder teilweise dieselben. Alk fand sich allmählich ein wenig darin zurecht. Höchst seltsam war, dass Leute aus demselben Land verschiedene Worte haben sollten. Alk war sehr stolz auf seine Kenntnis der Russe-Rede, und so versuchte er zu erklären: »Von Kirche und Missionaren hat man auf unseren Inseln noch nie gehört. Dafür hatten wir große Bedrängnis von Russe-Jägern, die auf Otter aus waren.«

Es wurde weiter palavert, aber die Verständigung war mühselig. Der Missionar war froh, einen Einheimischen gefunden zu haben, der ihn wenigstens etwas verstand, und Alk blieb, bei allem Stolz, doch argwöhnisch gegen einen freundlich gesinnten Russe-Mann. Schließlich erklärte »Vater Julian«, er wolle nach Attu kommen. Wenn dort wenigstens ein paar Leute ein wenig von seiner Rede verstanden, wäre es wohl zweckmäßiger, das Missionswerk, das er im Sinne hatte, dort zu beginnen.

Kalk war es nicht recht geheuer. Bisher hatte man von den Russe-Leuten nur Böses erfahren. Da sollte er einen Russe-Mann in seine Gemeinde aufnehmen? Immerhin, Vater Julian führte keine Waffen mit sich, und ein Russe-Mann allein konnte nicht viel Unheil anrichten. So willigte Kalk ein, dass der Missionar zu kurzem Besuch nach Attu kam.

Doch Zip, wie es den Alten eigentümlich ist, lehnte es entschieden ab, den Fremden zu sehen. War je etwas Gutes von den Russen gekommen? Schweigsam und verärgert zog er sich in seine Barabara zurück. Kalk versuchte ihn zu überzeugen. Die Russe-Leute würden, so wäre es sichtlich ihr Plan, auf den Inseln verbleiben. Sie waren zahlreich und zäh, und die Attu-Leute, auf sich allein gestellt, könnten sie nicht hindern, auf einer Insel nach der andern Fuß zu fassen. Diese »Väter« wären allem Anschein nach eine andere Art Russe-Leute und möglicherweise sogar ein Schutz gegen ihre Landsleute, die Jäger. Doch Zip ließ sich nicht überzeugen.

Die Attu-Männer, die für die Russe-Leute Otter gejagt und dabei einiges von der fremden Sprache aufgeschnappt hatten, scharten sich um den Fremdling, den Kalk mitgebracht hatte. Zuerst dachten sie, Kalk habe ihn listig hierhergelockt, damit sie ihn umbrächten. Darum waren sie alle mit ihren Speeren gekommen.

Der Fremde zeigte indessen keine Furcht. Obwohl er doch ganz in ihrer Gewalt war, blickte er mild und ohne Scheu. Entweder war er überaus verwegen oder er trug Freundschaft im Herzen. Als er einigermaßen ihr Vertrauen gewonnen hatte, berichteten sie ihm, wie übel man ihnen mitgespielt hatte. Davon, so sagte Vater Julian, sei ihm nie das Geringste zu Ohren gekommen. Bestürzt und traurig hörte er sich die alte Geschichte an, wie abenteuernde Kauffahrer mit Eingeborenen umsprangen. Jetzt erst wurde ihm klar, warum Glottow und seinesgleichen gar nichts hatten von der Aussendung der frommen Väter wissen wollen. Gegen den kaiserlichen Befehl aus St. Petersburg allerdings hatten die Handelsunternehmer nichts vermocht; überallhin, wo man Eingeborenen begegnete, mussten Missionare geschickt werden. Gewiss würden die Pelzhändler, was nur in ihrer Macht stand, tun, um den Missionaren Steine in den Weg zu legen – so weit sie das wagten. Gegenseitig würde man einander das Wasser abgraben, weil es die Pelzhändler auf Otter-, die Missionare aber auf Seelenfang abgesehen hatten.

Wenn er seine Sache in Agattu zu Ende gebracht habe, dann wolle er – so versicherte Vater Julian – nach Attu kommen. Gerade weil sie so Schlimmes erlitten hatten, sollten die Attu- Leute sich der besonderen Obhut der Kirche erfreuen. Dann las er aus seinem Buch, dem schwarz eingehüllten Ding, vor, aber das war nun vollends nicht zu verstehen. Er betete und er segnete die Leute, doch auch das war ihnen völlig unfasslich, wenn sie auch vage ahnten, dass Vater Julian einen guten Zauber ausstreuen wollte. Dies getan, ließ er sich von Kalk nach Agattu zurückrudern.

Im Gespräch mit den Agattu-Leuten wurde Kalk einer neuen Gefahr inne. Offenbar hatten es die Pelzhändler darauf angelegt, jetzt die Aleutenleute, Insel gegen Insel, in Unfrieden zu bringen. Sie versuchten es mit Drohungen und Versprechungen, aber die Eingeborenen waren nicht mehr so gutgläubig wie die Attu-Leute zu Anbeginn. Auch hatten die Russe-Leute durch die Niederlage, die sie auf Attu erlitten, Gesicht verloren. Die Otterjäger gehorchten auf Agattu nicht in solcher Angst wie vordem die Attu-Leute. Sollte der Pelzhandel wieder blühen wie anfangs, musste erst der weiße Mann sich wieder Respekt verschaffen.

Kalk begriff allmählich. Die Russe-Männer würden nicht ruhen, bevor sie nicht Attu in ihrer Gewalt hatten. Sie waren harte, angriffslustige Leute. Den Missionsvätern würden sie hernach eben sagen, sie wären harmlos auf Attu gelandet und von den »Wilden« angefallen worden. All das erwog Kalk, und dann ging er ins Dorf und rief die Männer zusammen. Es bleibe ihnen nichts übrig, sagte er, als von Attu zu fliehen oder sich zu harter Abwehr zu rüsten. Und da keiner seine Insel gutwillig verlässt, mussten sie sich wohl, ihres vorigen Sieges eingedenk, zu neuem Widerstand bereitmachen.

Irgendwie mochten die Russe-Leute herausgebracht haben, dass ihre Pläne durchschaut waren. So ließen sie den Männern von Attu gar nicht erst Zeit, Maßregeln zu treffen. Sie landeten genau an der Stelle, wo ihre Landsleute die Niederlage erlitten hatten. An das Dorf herangekommen, hielten sie sich außer Bogenschussweite, doch ging ein Gewehrschuss über die Mauerbrüstung oder schlug gegen den Stein sooft sich einer der Inselleute sehen ließ. Offenbar gedachten sie den Feind auszuhungern und so zur Übergabe zu zwingen. Dass primitive Insulaner planmäßig Vorräte angelegt haben könnten, trauten die Russe-Männer ihnen wohl nicht zu. Doch konnte das Dorf die Belagerung weit länger ertragen, als die Geduld der Belagerer vorhielt.

Eines Tages sahen die Eingeschlossenen die Zahl ihrer Bedränger plötzlich vervielfacht. Also hatten die einen neuen Plan ausgeheckt und wollten das feste Dorf mit Gewalt nehmen. Todkündend prasselte der Kugelregen gegen den Steinwall.

Als Kalk den Befehl gegeben hatte, begannen die Bogenschützen durch die offenen Scharten zu schießen; doch ließ sich in solcher Enge schlecht zielen, und die Versuchung, von der Brüstung aus zu schießen, war stark. Doch war dies gefährlich, und wer es versuchte, hatte bald eine Kugel im Leibe.

Jetzt waren die Russe-Leute nahe genug, um auch auf die engen Schießscharten zielen zu können. Sooft einer der Bogenschützen fiel, musste sofort ein Ersatzmann für ihn einspringen: Das Pfeilgeschwirr durfte um keinen Preis einen Moment aussetzen, sonst war man verloren. Auch wurden die Pfeile wirksamer, da der Feind nahe war. Feinde fielen und Verwundete krochen zurück.

Doch waren die Verluste der Attu-Leute beängstigend – nur

wusste Kalk keinen anderen Weg, den Feind aufzuhalten. Plötzlich zogen sich die Angreifer, ihre geschlossene Formation preisgebend, zurück. Doch war das wohl nicht Abmarsch, sondern nur ein Atemholen zu neuem, verändertem Angriff.

Kalk überprüfte seine Leute. Etliche, deren Wunden man verbunden hatte, konnten ihre Plätze am Wall wieder einnehmen. Doch manch ein Kämpfer würde nun nie mehr den Bogen spannen oder Speere werfen. Wie traurig war es doch, dass Menschen so sinnlos ihr Leben verloren. Dass Mensch wider Mensch kämpfte, war Widersinn und Vergeudung.

Bevor man alle Verletzten betreut hatte, rückten die Russe-Männer von neuem an. Diesmal gingen sie ohne Lade- und Schießpausen vor, kamen im Lauf, als wollten sie die Verteidigung überrennen. Ein paar Pfeile rissen Lücken in die Linie, aber es blieb nicht Zeit, mehr zu erlegen – schon war der Feind an der Mauer. Jetzt führten die Russe-Männer messerförmige Schwerter, die im Nahkampf wirksamer sein mochten als die umständlich gehandhabten Musketen.

Der roh gemauerte Wall war nicht viel über mannshoch, und herausragende Steine boten dem Fuß mannigfach festen Halt. Im Nu hatten die Russe-Männer den Wall erklommen, und jetzt tobte auf der Brüstung der wilde Kampf, Seemannsmesser gegen Eingeborenenspeer. Der Speer bot den Vorteil größerer Länge, dagegen war das schwere Hackmesser der Seemänner wendiger zu Stoß und Parade. Vermutlich hatten die Russe-Leute erwartet, es werde zu einem Kampf Mann gegen Mann nicht kommen, doch die Attu-Männer fochten ja für ihr und der Ihrigen Leben. Sie kämpften im vollen Bewusstsein, dass, war der Wall verloren, alles verloren war.

Kalk jagte hin und her, anfeuernd und einspringend, wo Kämpfer in Bedrängnis waren. Er gebrauchte als Waffe seinen großen Bogen, mit dem er besser zu hantieren verstand als mit dem Speer.

Wo ein Verteidiger am Erliegen war, jagte Kalk seinen Pfeil dem Gegner in den Leib. Umph, der Starke, rammte seinen Speer, der fast doppelt so lang war wie sonst Speere, in Gegner, die über die Mauer gesetzt kamen.

Rim, Umphs Sohn, brach unter einem Hagel von Hackenhieben zusammen. Papi, der Gatte Kars, stürzte unter den Messerstößen zweier riesiger Russe-Männer zu Boden; sein junger Sohn, Upp, strauchelte und fiel die Außenseite des Walls hinab. Brüllend warf sich ein Feind auf ihn, bevor er den Speer heben konnte. Kalk, der Schnellfüßige, wusste es zu vermeiden, dass ihn ein Gegner zum Nahkampf stellte. In wilden Sprüngen bald dort, bald da, hielt er Abstand, um seine sicher gezielten Pfeile dort anzubringen, wo die Not am größten war.

Plötzlich, ganz unglaublich und unerwartet, war das Getümmel beendet. Auf ein Signal stoben die Feinde davon, ließen ihre Toten und Verwundeten zurück. Umph, dessen Sohn gefallen war, rannte wutgejagt von einem zum andern, erledigte die Verwundeten. Dass man Gefangene machen könne, war den Attu-Leuten, die weder vom Krieg noch von Menschlichkeit selbst im Krieg etwas ahnten, unbekannt. Ein Feind entkam, oder er wurde erschlagen, da gab es kein drittes.

Jetzt kamen die Frauen aus den Barabaras gelaufen, und bald widerhallte das Dorf von ihrem Jammer. Fast alle Kämpfer hatten Wunden empfangen, manche nur leichte, andere schwere, etliche tödliche. Ältere Frauen waren lauter Klage entwachsen – am härtesten war Kar, die einen Sohn und den Gatten verloren, getroffen. Der andere Sohn war in jener stürmischen Nacht auf See, als die heimkehrenden Otterjäger im Dunkeln etwas Unbekanntes, Fremdes nahe gefühlt hatten, verschwunden. Und Lorik, die Tochter, die blumenzarte, hatten die Russe-Männer bei ihrem Überfall auf die Beerenpflückerinnen verschleppt. So waren alle verloren gegangen, und Kar musste sich, verlassen, in die Einsamkeit ihrer Barabara heimschleppen.

Kalks Sohn Nak war noch zu jung, Bogen oder Speer zu führen, aber Kalks Neffe war gefallen. Keine Familie gab es, die nicht ihren Toten oder Verwundeten aufzuweisen hatte. Die Russe-Leute konnten wohl Verstärkung heranbringen, das Dorf aber konnte die Lücken nicht schließen. Ob der Feind morgen wiederkommen würde oder in drei Tagen oder gar nicht?

Auch die Frage, was mit den Toten geschehen solle, setzte Kalk in Verlegenheit. Auch Lags Söhne waren mit denen, die auf den Wällen des Dorfes gestanden hatten, umgekommen. Sie hatten ihre geheimnisvolle Kunst in den Tod mitgenommen. Jetzt wusste niemand mehr die Verstorbenen zu Mumien zu präparieren, und so konnte man sie auch nicht in die warmen Höhlen bringen, wo Generationen früher hingezogen waren.

Die toten Feinde konnte man übers Felsenufer ins Meer werfen, aber den Gefallenen Attus durfte man nicht das gleiche Schicksal bereiten. Doch jetzt meldete sich Tyk, deren Mann, Rimik, auf der Insel der Ausgesetzten umgekommen war, mit einem neuen Vorschlag, die See als Begräbnisstätte zu wählen. Vor Jahren war ihr ältester Sohn in seiner Bidarka von einer Springflut verschlungen worden. Hernach war Nor, ihre sanfte Tochter, von den Feinden verschleppt und zuletzt ins Meer geworfen worden. Also sollte auch ihr zweiter Sohn, der letzte ihrer Nachkommenschaft, da er im Kampf von einem Russe-Messer durchbohrt worden, ins Meer heimkehren, zu seinen Geschwistern.

Kalk bedachte den Vorschlag. Solches war nie Brauch gewesen, aber jetzt war ja alles in Attu anders als je zuvor, also musste die Sitte sich den veränderten Zeiten anpassen. Ja, mochte es so geschehen. Die See, die ihren Inselkindern alles gab, wovon sie ihr Leben fristeten und woran sie sich freuten, verlangte von ihren Günstlingen Tribut – ein Preis war das, der bezahlt werden musste. Bot man ihr jetzt, über das Geforderte hinaus, seine Kinder als Opfer dar, so stand sie vielleicht, gesättigt, von weiterem Begehren ab. So konnte das Opfer allenfalls Nutzen bringen ... oder eben ergebnislos bleiben. Welches die Wünsche der Geisterwelt waren, das blieb immer unerforschlich. Kalk entschloss sich, den Versuch zu wagen.

Ihre toten Krieger trugen die Attu-Leute zu einer selten begangenen Bucht. Frauen und Kinder folgten in lockerem Zuge, Kar und Tyk darunter, die Witwen, die der See ihre allerletzte Gabe darbrachten. Die Entseelten hatte man in ihre besten Gewänder gekleidet, hatte ihnen ihre Lieblingswaffen umgebunden. Auch daran sollte es ihnen dort, von wo kein Wissen kündet, nicht mangeln.

Am Strand nahm dann jeder seinen stummen Reisegefährten zu letzter Ausfahrt in seine Bidarka. Frauen und Kinder standen und schauten, als die Paddler mit feierlichem Ernst die Boote durch die Brandung steuerten. Ein lang gezogenes Wimmern, das war die Stimme der Frauen, die um die Ihren trauerten, als hätte die See sie geholt.

Die Bidarkas wurden zu kleinen Punkten im Nebel. Dann wuchsen diese Punkte wieder, wurden zu Booten und Ruderern, und da wussten die wartenden Frauen, dass der Totenritus vollzogen war. Dort in der Ferne, im Nebel, hatten sich die Männer, denen sie viele Jahre angehört, nun mit der andern, der ewigen Braut, der See, vermählt.

Mit einem rauen Scharren setzten die Bidarkas auf dem Sand auf, und nun traten die Inselleute ihren Rückmarsch an. Eine ahnungsvolle Traurigkeit lastete auf ihnen. So weit sie zurückdenken konnten, waren sie, die Leute von Attu, nie so gering an Zahl gewesen. Ihre Siege hatten einen hohen Preis gefordert. Noch ein solcher Sieg, und man konnte sie kaum mehr einen Stamm nennen. Was Hig und Zok gefürchtet, wovor sie jahrelang gebangt hatten, schien der Erfüllung nahe.

Und jetzt gewahrten die Inselleute etwas Unglaubliches. Die es zuerst sahen, wollten ihren Augen nicht trauen; erfassten erst ganz was geschehen war, als sie in die erschrockenen Gesichter der andern blickten. Nein, da war kein Irrtum möglich. Alle in dem Zuge sahen es, aber keiner sprach.

Über dem Berg hinter dem Dorf hing eine Rauchwolke. Sie war nur schwach, nicht wie die Rauchsäulen, die der Bogosloff oder der Akutan ausstieß, aber es war Rauch, konnte nichts anderes sein. Kein Zweifel, Rauch und Feuer und die Felsblöcke, die auf dem Hang zerstreut lagen, waren einmal aus dem Rachen des Feuer speienden Berges gekommen. Doch niemand erinnerte sich eines Ausbruchs, und selbst der alte Hig oder Lag hatten niemals davon gesprochen.

Jetzt hatten alle den gleichen Gedanken, doch wagte ihn keiner in Worte zu fassen. Der Berg zeigte seinen Unmut über das Seebegräbnis. Seit Generationen hatten seine warmen Höhlen die Toten in Empfang genommen, und nun war diese Ehre dem Meere erwiesen worden. Das stand fest, zwischen See und den Feuerbergen war urtümlicher, ewiger Kampf. Bittere Widersacher waren sie, und so war der große Berg auf Attu, der lange geruht hatte, zu neuem zornigem Leben erwacht. Kalk hatte das neue Dorf dicht an die Wand des Berges geschmiegt, weil er sich dort geschützt fühlte. Vielleicht hatte der Berg auch dies als Mangel an Ehrfurcht empfunden.

Dem Hass eines erbarmungslosen Feindes ausgesetzt zu sein und sich gleichzeitig von dem eigenen Feuerberg angegriffen zu sehen, war mehr, als man zu überleben hoffen durfte. Dämmeriges Zwielicht lag über den Bergen; vielleicht kündigte es den Menschen an, dass Dämmerung auch über sie, über ihren Stamm gekommen war.

Als der Trauerzug unter der doppelten Wucht solcher Niedergeschlagenheit in das menschenleere Dorf einzog, just da kamen auch die Wachtposten von den Strandklippen angelaufen. Russe-Schiffe von Agattu her. Schon hatten sie das Kap umschifft.

Als die Dorfleute in ihre befestigte Siedlung einzogen, waren sie gänzlich hoffnungslos und des langwierigen Krieges müde. Gewiss hatten die Feinde einen neuen, wirksameren Plan, sonst wären sie doch nicht wiedergekommen. Selbst Kalk konnte sich nicht zu seinem sonstigen Lebensmut aufraffen. Gerade ihn bedrückte die erstaunliche Feindseligkeit des Berges härter als die Wiederkehr der Russe-Leute. Was immer man an Kraft aufgewendet hatte, alles schien Kalk vergeblich, die falsche Bahn hatte man beschritten, und was er ein Leben lang aufgebaut hatte , brach nun in Trümmer.

Dies waren die Überreste seines Stammes, und auf ihm lastete die Verantwortung für ihr Leben. Er sollte sie noch einmal zum Kampf sammeln, ihnen den Geist einflößen, der in ihm selber abgestorben war. Und nun eröffnete er, unheimlichen Ahnungen folgend, erst Nass, seiner Schwester, und dann Umph, deren Mann, dann Orl und Kar das Geheimnis des Ganges in das Bergesinnere. Hernach sagte er es auch Tyk, die ihre ganze Familie verloren, und natürlich auch seinem jungen Sohn, Nak, und Rona, seiner Mutter. Mehr Leute konnten nicht auf einmal in der Barabara versammelt werden. Sollte der Feind also den Wall bezwingen, dann sollten die sieben in den engen Gang flüchten und die schmale Öffnung hinter sich schließen.

»Feinde! Feinde!«

Der Posten kam den Hang heraufgestürmt. Obwohl jetzt völlige Dunkelheit herrschte, war daran nicht zu zweifeln, dass der Feind nahte. Wie aber konnte man in der Finsternis zielen, sei es nun mit Bogen oder mit Musketen? Es war höchst befremdlich. Die Feinde mussten sich einen anderen Plan zurechtgelegt haben. Ein Kampf im nächtlichen Dunkel musste den tapfersten Krieger einschüchtern. Wie sollte man Freund und Feind unterscheiden? Wenn die Verteidiger, sooft sie die Annäherung eines Unbekannten fühlten, immer wieder »Attu! Attu!« sagten, so mochte es dazu verhelfen, dass sie einander erkannten. Allerdings würde dieses Wort sie auch dem Feinde erkenntlich machen. In der Hast und Wirrnis des Augenblicks ließ sich nichts Besseres ausdenken.

Mit Pfeil und Bogen war da nichts auszurichten. So griffen die Männer ihre Speere und verteilten sich auf den Wall. Auf den Feind zu warten, war entnervend, und die Russe-Leute schienen zu ihrem Anmarsch lang zu brauchen. Vielleicht hatten sie diese Wirkung vorausberechnet und zögerten absichtlich. Die wussten immer alles!

Und nun hörten die Attu-Leute die ersten Geräusche, die von Versuchen herrührten, den Wall zu übersteigen. Sie schleuderten Speere gegen vage Schatten, die sich kaum von der Dunkelheit abhoben. Das Klirren von Speeren und Weidmessern war den ganzen Wall entlang zu hören. Zugleich aber wurde den Verteidigern bewusst, wie gering an Zahl sie waren. Trieb man den Feind hier zurück, so überstieg er an einer unbewachten Stelle die Mauer. So mussten die Inselleute hin und her eilen, immerfort »Attu! Attu!« rufend, wo immer sie Schatten über den Wall geistern sahen.

Und da ereignete sich das Allerschlimmste. Plötzlich wurde das Waffenklirren und Geschrei von einem mächtigen Aufdröhnen übertönt, das von jähem Feuergeflacker begleitet war. Im aufflammenden Licht konnten die Inselleute sehen, wie die mühselig aufgeschichteten Steine ihres kostbaren Walls niederrollten. Wie konnte man kämpfen, wenn sogar die Berge die Partei des Feindes nahmen? Jetzt würden die Russe-Leute durch die Breschen, die der Berg geschlagen hatte, eindringen, ihre Messer würden das Werk vollenden, würden keinen verschonen.

Erst als der atemraubende Pulverrauch die Luft erfüllte, ging den Attu-Kriegern auf, dass die Russe-Leute ihre Teufelsmacht benützt hatten, den Wall aufzubrechen. Wie konnte man sich gegen Feinde halten, deren Macht über alle Menschenkraft hinausging: Nur der Gedanke an die Frauen und die Kinder, die hinter den Türen der Barabaras hockten, trieb die Männer zu einer letzten Anstrengung.

Innerhalb des Walles tobte der Kampf jetzt in völliger Finsternis. Von wo Geschrei und Waffenklirren zu vernehmen war, dahin stürzte man, verzweifelt bemüht, Freund und Feind zu unterscheiden. Die Russe-Leute hatten rasch die Parole der Inselleute erfasst. Tückisch, wie sie waren, nutzten sie jetzt den Ruf »Attu! Attu!«, einen Kämpfer zu hemmen, der schon den Speer zückte. Das rasche Messer traf ihn, ehe er die List durchschaut hatte. Manchmal droschen Kämpfer eine ganze Weile aufeinander ein, außer Stande, in der Dunkelheit den tödlichen Streich zu führen.

Nicht nur der Zahl nach waren die Inselleute unterlegen, es fehlte ihnen auch an Erfahrung im Nahkampf, während die fremden Seemänner in ihrem rauen Leben manchen Strauß ausgefochten hatten. Jetzt kamen Russe-Leute mit lodernden Fackeln durch die Bresche gestürmt. Sie hielten ihre Fackeln so vor sich, dass das Licht auf die Gegner fiel, während sie selbst im Schatten blieben. Vom Licht geblendet, waren die Attu-Kämpfer grausam im Nachteil. Sie mochten zielen oder parieren, sie fochten wider Schatten.

Dies war der Anfang vom Ende. Überall fielen Streiter des Inselvolks, erlagen in wütender Gegenwehr, bis zum letzten Atemzug sich wehrend. Umph und Alk, die Seite an Seite kämpften, sahen sich plötzlich, als die Fackeln sich über den Kampfplatz verteilten, im Dunkeln. Von Kalk keine Spur. Schon eine ganze Weile hatte man seine Rufe nicht mehr vernommen. Vermutlich war er in seine Barabara entschlüpft, den Seinen zu sagen, dass der Kampf verloren war.

Umph und Alk liefen zu der Hütte. Kalks Leute hatten sich in den äußersten Winkel geflüchtet, verängstigt, fassungslos. Kein Laut war durch die dicken Mauern gedrungen.

So sagte ihnen Alk, dass alles verloren war. Kalk war verschwunden, und es blieben kaum mehr Kämpfer übrig, dem Ansturm der Feinde zu begegnen. Rona beschwor Umph, den Zugang zum Berg zu öffnen. Die Frauen hatten es selbst versucht, hatten den Stein aber nicht wegzuwälzen vermocht. Umph vollbrachte es und hieß die Leute in den Gang eintreten. Länger zu warten, hatte keinen Sinn. An Sieg war nicht mehr zu denken.

Die Frauen hielten Leuchten und was sie an Proviant mitschleppen konnten bereit. Jetzt, schon von dem unheimlichen Gang aus, beschworen sie Alk und Umph, ihnen zu folgen. Welchen Sinn hätte es, sich wieder in den Kampf zu stürzen und nutzlos zu fallen? War Kalk, wie es den Anschein hatte, gefallen, so musste Nak, der Sohn, bewahrt bleiben, dass der Häuptlingsstamm nicht erlosch. Ohne die Kraft und Kampferfahrung der Männer mussten die Frauen doch im geheimnisvollen Innern des Berges zu Grunde gehen. So wälzten Umph und Alk, nachdem sie in den Gang getreten waren, den Stein wieder vor die Öffnung. Langsam begannen sie sich in dem engen gewundenen Gang vorzutasten.

Draußen stießen die Russe-Leute auf keinen Widerstand mehr. Vor den Barabaras, die man erst bei Tagesanbruch aufbrechen wollte, machten sie halt. Den eigenen Verwundeten wurde Erste Hilfe zuteil. Schon brannten die schwelenden Fackeln herunter und erloschen. Finsternis breitete sich über das lautlose Dorf.

Auch die Russe-Leute waren vom Kampf erschöpft, viele von ihnen verwundet. Zögernd gingen sie über den Kampfplatz. Wo sich einer der niedergekämpften Attu-Leute noch rührte, wurde er mit dem Messer erledigt. Dass es ihrer so wenige waren, setzte die Russe-Leute in Verwunderung; diese Eingeborenen hatten wild gekämpft, ihr Dorf zu retten.

Die Hütten waren der Form des Felsens angepasst, in einem Halbkreis angeordnet. Kein Zweifel, in diesen Hütten warteten jetzt die Familien der Kämpfer, den Ausgang des Kampfes zu erfahren. Gewiss war dort auch Essbares zu finden, vermutlich auch Otterfelle.

Als einer der Russe-Leute an die erste Tür klopfte, wurde sofort geöffnet. Die in der Hütte warteten offenbar in höchster Spannung auf Neuigkeiten. Es waren eine Frau in mittleren Jahren, ihre schon fast erwachsene Tochter und ein kleines Kind. Im ersten Augenblick schienen sie nicht zu begreifen. Erst jetzt fasste der Blick der

Frau den eingestürzten Wall und die herumgeisternden Feinde. Und da erst wusste sie, was dieser Fremde an ihrer Tür wollte.

»Nein! Nein! Nein!«, schrie sie und wollte die Tür zustoßen. Doch der Russe-Mann hatte seinen Fuß vorgeschoben, warf sich gegen die Tür, bahnte sich, während die Bewohner in den Hintergrund flüchteten, einen Weg ins Dunkle. Als er auf die verängstigt niedergekauerte Familie stieß, warf sich die Frau in ihrem Entsetzen mit einem Messer, das man vor Monaten einem toten Russe-Mann abgenommen, auf den Eindringling. Die geringfügige Wunde am Arm erbitterte den Mann, zornig stieß er mit seinem Seemannsmesser zu. Lautlos sank die Frau zusammen, den Arm noch um das Kind geschlungen. Das Mädchen ließ sich zu Boden fallen, wartete wortlos den Todesstreich ab.

»Nein, dich nicht.« Der Mann riss sie hoch, maß sie mit abschätzendem Blick. Er zerrte sie ans Licht, wiederholte: »Nein, noch nicht.« Flink band er ihr die Hände auf den Rücken; schlang einen Strick um ihre Gelenke. Dann warf er sie, gleich neben der Tür, wie einen geschlachteten Seehund auf den Boden. »Da bleibst du. Gehörst mir. Ich komme wieder.« Von der Gier des Plünderns gepackt, eilte er hinaus.

Die Tür zur nächsten Hütte stand halb offen. Zweifellos hatte jemand, der hier wohnte, herausgespäht, was da wohl vorginge. Als der Russe herankam, stürzte ein junges Mädchen heraus. Er suchte sie mit weit geöffneten Armen einzufangen, aber es war ihr ein Leichtes, ihm zu entkommen. Flink rannte sie auf eine Bresche im Wall zu.

»Hallo, Sergej«, schrie er, »fang sie auf!«

Ein riesenhafter Seemann sprang in die Bresche, sein Messer gezückt: »Die krieg ich, Igor! Gleich hab ich sie!«

»Nein! Nicht so!«, schrie Igor zurück. »Nicht das Messer! Die ist zu gut.«

Doch als Sergej sie in seinen weit geöffneten Armen auffangen wollte, machte sie eine jähe Wendung und begann den Wall entlangzulaufen. Wie ein junges Reh lief sie, kaum den Boden berührend. Igor und Sergej stießen ein gewaltiges Gebrüll aus, als sie das Mädchen mit solcher Geschwindigkeit der nächsten Bresche zueilen sahen. Zwei andere Russen liefen ihr entgegen.

Doch das Mädchen bemerkte rechtzeitig, dass es Gefahr lief, eingekreist zu werden. Nun beteiligten sich auch noch andere an der Jagd. Wie eine Schwalbe vorschnellend, schlug sie einen Haken und entschlüpfte den ausgebreiteten Armen. Andere, die der vergeblichen Jagd belustigt zusahen, begleiteten sie mit schallendem Gelächter. Das Dorf hallte von Spottrufen und gebrüllten Ratschlägen wider.

An einer Stelle im Wall, wo die herausgebrochenen Steine eine Art Treppe bildeten, flitzte das flüchtende Mädchen zur Böschung hinauf. Ein Russe erwischte gerade noch einen ihrer Füße. Verzweifelt klammerte sich das Mädchen an die Steine des Walls, während der Feind an ihr zerrte.

Plötzlich ließ das Mädchen los, die beiden rollten zu Boden. Aber im nächsten Moment war sie wieder auf den Beinen, stapfte mit beiden Füßen über das Gesicht des gestürzten Mannes und war, bevor er sich gefangen hatte, wieder auf der Mauer. Schon wollte sie über die Böschung setzen und sich auf der anderen Seite hinabgleiten lassen, da fiel der Schuss. Ihre Arme sanken herab, es war, als widerstrebte es ihnen, die schon gewonnene Freiheit wieder zu verlieren.

Die Männer umstanden die Gefallene, blickten auf das Bündel nieder, das da zu Füßen des Walles lag. Noch einmal sah das Mädchen sie an, vorwurfsvoll, als fragte es, warum man seinem tapferen Fluchtversuch ein solches Ende bereitet hatte. Es war wie das Aufflackern eines Triumphs, als sie ihre Augen schloss. Nun hatte sie doch gesiegt, nun war sie nicht mehr in der Gewalt der Feinde.

Igor kam heran und warf einen Blick auf diesen Körper, nach dem er so sehr verlangt hatte. Jetzt trat auch der andere, der mit der

Muskete, näher. »Da hätten wir sie«, sagte er, sichtlich stolz auf seinen Meisterschuss. »Die entwischt uns nicht mehr.«

»Trottel!«, fuhr Igor ihn an. »Esel! Wozu ist die jetzt noch gut?«

»Die wollte doch weg«, versuchte sich der andere zu rechtfertigen. »Die hättest du nicht in die Finger gekriegt.«

»Natürlich hätten wir sie gegriffen, drinnen oder draußen.« Bedauernd ruhte sein Blick auf der Toten. »Das netteste Ding, das mir je vor die Augen gekommen ist.« Je länger er sie ansah, umso grausamer fühlte er die Enttäuschung. Er zischte Lyoff an: »Vieh! Hast nicht mehr Hirn als ein blöder Hund. Wie kann man nur einem Schweinskopf wie dir ein Gewehr in die Hand geben?«

»Und ein Messer hab ich auch«, begehrte Lyoff auf. »Kann sehr gut damit umgehen.«

Jetzt standen die beiden einander gegenüber, sich in den Hüften wiegend, bereit, ihren Streit nach Seemannsart auszutragen. Igor hatte längere Arme, er führte in der Wut über die verlorene Beute den ersten Stoß. Trippelnd umtänzelte er den Gegner, dessen Gegenstößen ausweichend, auf der Lauer, dass Lyoff sich eine Blöße gäbe. Der ließ ihn nicht aus den Augen, spürte wohl, dass er dem wendigen Angreifer nicht lange standhalten konnte.

Das Duell dauerte kurz. Igor hatte in seiner Raserei die Tote vergessen – als er jetzt zurücktrat, zum entscheidenden Stoß auszuholen, stolperte er über den Leichnam und stürzte. Schon war Lyoff über ihm, bearbeitete ihn wie ein wütender Seelöwe brüllend mit dem Messer, wieder und wieder. Keiner hielt ihn zurück. So wurden solche Streitigkeiten ausgetragen, da stand jeder für sich.

Endlich war Lyoffs Wut gestillt, und er wandte sich ab. Igor und das Mädchen lagen da, nebeneinander. Niemand kümmerte sich mehr um die beiden, die Plünderung nahm ihren Fortgang.

Höchst erstaunt waren die Russen, so viel Vorräte und Waffen in den Barabaras vorzufinden. Das befestigte Dorf hätte eine endlose

Belagerung ausgehalten. Nur weil man die Bresche in den Wall brach, war die Eroberung möglich gewesen. Wenn alle Inseln so abwehrbereit waren, dann würde ihre Bezwingung eine zeitraubende und kostspielige Angelegenheit werden. Das musste man denen oben erklären – mit diesem Inselvolk galt es fertig zu werden, ehe seine Abwehrmaßnahmen bedrohlich wurden.

Die Plünderung der Barabaras vollzog sich blitzschnell. Für jede der Familien kam der Augenblick eines grausen, sinnlosen Widerstandes, für jede die Schreckensszene, in der die Männer, alte und junge, niedergemetzelt, die jungen Weiber eingefangen und gefesselt wurden.

Unmengen von Bogen, Pfeilen und Speeren – das Werk zäher Arbeit in endlosen Wintern – wurden zusammengetragen und mitten im Dorf in einem gewaltigen Feuer verbrannt. Nie wieder sollten Eingeborene einen solchen Vorrat an Waffen gegen die neuen Herren der Inseln anlegen dürfen.

Otterfelle wurden aus den Hütten geholt und zu Bündeln verschnürt. Dann ging es an die Lebensmittelvorräte. Bei weitem nicht alles lohnte das Wegschleppen, aber die Packen geräucherten Lachses waren zu wertvoll, als dass man sie einfach dem Verrotten überließ. Und man hatte ja die Weiber – denen konnte man die Last aufladen. Ein lustiger Gedanke. Die Leute lachten. Welch ein Spaß, die Eingeborenen ihr Futter schleppen zu lassen, das nun nicht ihnen, sondern den Siegern munden würde. Die Russen hatten auch bereits, ihren Sieg zu feiern, kräftig getrunken.

Als sie sich zum Abmarsch anschickten, schob sich dichter Nebel von der See her landeinwärts. An Nebel waren sie als Seeleute gewöhnt, aber an Land besaßen sie nicht den unfehlbaren Orientierungssinn der Inselbewohner. Da war es doch wohl besser, man wartete den nächsten Morgen ab. In den Barabaras war es schließlich ganz gemütlich, Hunger würde man hier nicht leiden. Und die Weiber!

Man hatte die Frauen sicher ans Seil genommen, als der Nebel einfiel, denn sonst hätten sie sich wohl lautlos in undurchsichtige Luft aufgelöst. Mühsam tasteten die Männer jetzt ihren Weg zu den Barabaras zurück, Geister, einem Traumspuk gleich, bald aufscheinend, bald wieder untertauchend. Jeder von ihnen schleppte jetzt eine Gefesselte, wie einen Sack Getreide über die Schulter geworfen.

Es gab allerlei Zank. Mehrmals stritten zwei, ja drei, vier Kerle um ein Beutestück. Wer konnte bei diesem Nebel, in solch allgemeinem Wirrwarr, mit Sicherheit angeben, welche Insulanerin er als Erster aufgespürt und aus ihrem Winkel in der Barabara hervorgezerrt hatte? Manche waren überhaupt leer ausgegangen, die schimpften jetzt die andern und wollten mit Gewalt ihren Teil an der Beute abbekommen.

Halbtrunkenes Grölen erhob sich, wüstes Gezänk. Wollte einer mit seiner Gefangenen im Nebel untertauchen, so war schon ein anderer zur Stelle. Die gefesselten Weiber wurden hin und her gerissen, ganz wie Fische, um die, an Kopfende und Schwanzflosse zerrend, Möwen raufen. Zuletzt hörte man nur das Jammern der Frauen. In der allgemeinen Prügelei waren etliche gestolpert und über die hilflosen Gefesselten gefallen, die keinen Arm frei hatten, sich zu schützen. Wie Seelöwenbullen im Frühling, so rauften die Kerle jetzt jeder um sein Weibchen.

Mehr aus Erschöpfung brannten die Flammen des Streits rasch wieder aus. Wer eine Frau behalten hatte, schleppte sein Opfer – das oft im Hin und Her der Prügelei ohnmächtig geworden war – davon. Wer nicht völlig betrunken war, verbarrikadierte sich hinter der Tür einer Hütte gegen verspätete Beutesucher.

Es war fast Mitternacht, als sich der Nebel auflöste. Lautlos lag das Dorf, nichts regte sich, bis auf zwei, die man für tot neben dem Wall hatte liegen lassen. In der ersten Barabara, die geplündert worden war, lag eine Gefesselte und wimmerte. Der sie gefesselt hatte,

hatte sie im Rausch und Kampfgetümmel wohl vergessen oder hernach im Nebel die Hütte, die etwas abseits lag, nicht mehr gefunden.

In der Frühdämmerung kamen die Russe-Leute, einer nach dem andern, in den frostigen Morgen heraus. Sie sammelten sich um den Platz, auf dem alles Beutegut zusammengeworfen worden war, das sie nach Agattu mitnehmen wollten. Man riss Holz von einer Hütte, machte damit ein wärmendes Feuer an. Die Männer kauten Stücke getrockneten Lachses oder Seelöwensteaks.

Ein letztes Mal wurden die Frauen aus den Hütten geholt. Vier, die sich nicht schleppen konnten, mussten zurückgelassen werden. Zwei andere, denen die ausgerenkten Arme jämmerlich herabbaumelten, taugten kaum mehr zu etwas. Die Übrigen wurden mit den Vorrats- und Fellpacken beladen.

Im Gänsemarsch, ein jammervoller Zug, setzten sie sich den Hang abwärts in Bewegung. Zuweilen sahen sie sich um, nicht nach dem Heimatdorf, wie die Russen vermeinten, sondern nach dem Gipfel des Berges. Höher und höher stieg die Rauchwolke von der abgeplatteten Spitze. Ein Zeichen war das, den Fremden unverständlich. Auch als man schon zu Schiff ging, hielt der alte Berg seine warnende Fahne noch hoch.

Den Abziehenden war es eine stumme Warnung, im Innern des Berges aber war die drohende Stimme wohl vernehmlich. Früher, in alten Zeiten, hatte nur wer in die Warmen Höhlen hinabstieg und in den Gängen sein Ohr an den glatten Fels presste, das gedämpfte Raunen vernommen. Jetzt hörten die Leute Alks und Umphs und Kalks, die in dem Lavagang Zuflucht gesucht hatten, das drohende Murren dicht unter ihren Füßen. Die Furcht vor dem zornigen Berg bedrängte sie fast ebenso wie die Angst vor den Feinden.

Umph war bis zu dem Zugang, vor den sie den Stein gewälzt hatten, vorgegangen, um zu erlauschen, was in den Barabaras vorging. Er schob den Stein etwas zur Seite und hörte das kehlige Reden eines Fremden. Unverkennbar war der ärgerlich, steigerte sich in immer wildere Wut. Dann war etwas wie ein Kampf zu erkennen und plötzlich ein verzagtes: »Nein! Nein!«

Umph schob sich durch den Spalt, suchte sich, den Speer bereit, im Dunkeln zurechtzufinden. Der Russe hatte noch nichts bemerkt, er brummte nur unwirsch, die Wehklage aber war verstummt. Unmöglich, im Dunkeln Freund und Feind zu unterscheiden. Plötzlich sagte Umph laut: »Attu! Attu!«

Es war zu hören, wie der Russe aufsprang. Dann sekundenlang völlige Stille. Nun ein Atemholen: Da stieß Umph mit voller Wucht zu. Er spürte, wie sein Spieß weiches Fleisch durchschnitt. Wortlos brach der Feind zusammen. Umphs tastende Hände griffen in das Gesicht, suchten die Kehle. Mit solchen Feinden durfte man nichts riskieren.

Jetzt zwängte sich Alk, eine Kerzenfischfackel in der Hand, durch den Felsspalt. Umph richtete sich auf. Er zog den Speer zurück, stieß wieder zu, dreimal. Armselige Rache für alles, was der Feind über Attu gebracht, aber immerhin etwas.

Alk öffnete vorsichtig die Tür, spähte in die Nacht hinaus. Nebel und Dunkelheit war über das zerstörte Dorf gebreitet. Hinter jeder Tür Gefahr. Alk zog sich zurück. Es war wichtiger, die bereits Geretteten zu bergen, als, um weitere zu retten, neue Gefahr heraufzubeschwören.

Das am Boden liegende Mädchen rührte sich nicht. Alk hob die Fackel, sagte leise: »Ich bins, Alk, und der da ist Umph, Rims Vater. Du kennst uns doch?«

Doch das Mädchen starrte nur ins Licht, antwortete nicht.

»Wir bringen dich in eine Höhle hinter der Hütte«, erklärte Alk. »Dort halten wir uns verborgen, bis die Fremden fort sind. Es sind auch Frauen in der Höhle, Rona und Nass und Orl. Die werden sich deiner annehmen.«

Umph hob sie durch die Öffnung, schob dann die Felsplatte wieder vor.

Die Frauen beschäftigten sich mit dem Mädchen, das kaum zu erfassen schien, dass es unter Freunden war.

Bei den in der Höhle Eingeschlossenen wuchs von neuem die Angst vor der Wut des Berges. Das Grollen war zu gefährlichem Dröhnen angeschwollen. Wieder und wieder spähte Alk durch den Spalt in die Hütte und ins Freie hinaus. Endlich hob sich der Nebel, und Alk gewann gerade noch einen Blick auf die mit ihren Gefangenen abziehenden Russen.

Jetzt wagte sich die kleine Gruppe der Geretteten ans Tageslicht. Ein erster Blick zeigte ihnen das verwüstete Dorf. Die Erschlagenen lagen, so wie sie gefallen waren, am Wall. Es war schwer, sie so zu verlassen, aber das immer heftigere Beben des Berges zwang die Überlebenden, das Feld zu räumen.

In aller Hast wurde, was der Feind an Nutzbarem unvernichtet zurückgelassen hatte, zusammengerafft. Hals über Kopf eilten sie den Hang des ausbrechenden Berges hinab, dem alten Dorf zu. Hier waren zwei Barabaras unbeschädigt und boten gerade genug Raum als Unterschlupf für die kleine Schar der Überlebenden.

So war man also wieder im Altdorf, das die Leute von Attu einst gebaut hatten, den Platz wählend in einer Weisheit und Voraussicht, die in langem Umgang mit der See und den Feuer speienden Bergen gewonnen war. Heimkehr in die Vorvätersiedlung, die man vielleicht nie hätte verlassen sollen.

Am hellen Morgen war das Beben auch im alten Dorf spürbar. Der vertraute Gipfel war in einen Schwamm von Rauch gehüllt, der sich zusehends hob und weitete. Umphs und Alks Stimmen klangen bang. Unzweifelhaft war das Beben der Erde eine Warnung, die der Berg ihnen sandte. Der Berg war beleidigt worden, allzu zutraulich hatte der Mensch sich in seinen Schoß gewagt; auch hatte man das Recht des Berges auf die Toten nicht mehr geachtet. Nun würde der Berg sich nicht leicht besänftigen lassen. Alk und Umph empfahlen sofortigen Aufbruch zum entlegensten Ufer der Insel. Vielleicht war es auch nicht nur die Schuld der Inselleute, dass der Berg tobte. Diese fremden Russe-Leute hatten sein Heiligtum verletzt, indem sie auf seinen Hängen einen Kampf austrugen.

So machten sich die neun Überlebenden von Attu auf den Weg zu einem Strand, den das sie sonst selten aufsuchten. Das Mädchen Kita, das man dem betrunkenen Russen entrissen hatte, hatte sich so weit erholt, dass es mit ihnen ziehen konnte. Der Boden unter ihren Füßen wogte wie das Meer. Wurden die Stöße zu arg, warfen die Fliehenden sich flach auf den Boden und warteten, bis der Krampf der Erde vorüber war und sie weiterziehen konnten.

Den ganzen Tag waren sie unterwegs, erschöpft und verängstigt. Es dunkelte bereits, als sie den Strand erreichten. Nur Umph hatte von Zeit zu Zeit hier gejagt. Er erinnerte sich an überhängende Felsbänder, die fürs erste einen gewissen Schutz bieten konnten.

Als sie am Strand eine Höhe erstiegen, konnten sie von der Spitze des Riffes ein weites Gebiet überschauen. Selbst in der Dämmerung haftete ein glosendes Licht am Gipfel des hohen Berges. Erschreckend war es, dass der Berg, der so lange gütig über die Menschen von Attu gewaltet hatte, sich nun gegen sein eigenes Volk wenden sollte. Seit Generationen hatten die Warmen Höhlen den ehrenwerten Toten Asyl gewährt. Was sich jetzt in diesen Höhlen vollzog, war zu grauenvoll, als dass man daran denken durfte.

Die ersten Donnerschläge des Vulkanausbruchs kamen zu ihnen, unter den vorspringenden Sims des Felsens, herübergerollt. Die Menschen scheuten sich, nach dem Berge zu sehen, und doch war es unmöglich, die Augen vor dem fernen Lichterspiel zu verschließen. In einem Augenblick wuchs die Glut zu einer Feuersäule auf, dann folgte ein betäubendes Krachen, das schier die Schädel zu sprengen drohte. Der Berg war ausgebrochen, hatte seinen glühenden Rachen aufgerissen. Wut, jahrhundertelang gebändigt, ließ den Gipfel bersten.

Und in seltsamer Einhelligkeit fiel der Himmel in den wutsprühenden Protest des Berges ein. Blitze, flackernde Zungen, umzüngelten die Bergspitze, stießen wie Dolche in die Finsternis.

Dies war, so fühlten es die Menschen, der Beginn des Steinschlags. Verängstigt drängten sie sich unter das schützende Gesims. Es war, als hätte sich der Berg die Menschen als Beute seines Zorns auserkoren und wolle sich nun durch nichts mehr beschwichtigen lassen. Unter jedem Aufschlag der geschleuderten Steine, die auf den Fels über ihnen schlugen, zuckten die Inselleute zusammen. War es so, dass nur die völlige Austilgung aller, die auf Attu gelebt hatten, dem tobenden Berg genügen konnte? Keine der Explosionen, die Schlag auf Schlag folgten, hatte die Wucht des ersten Ausbruchs, aber nun verschmolzen die Schläge zu einem pausenlosen Röhren, die Felswand erzitterte, und die Menschen mussten fürchten, die Felsgalerie könne bersten und sie alle ins Meer hinausschleudern.

Die zwei alten Frauen, Kar und Tyk, hatten leise miteinander gesprochen. Jetzt traten sie an Alk heran. Sie hatten einen Entschluss gefasst. Seit langer Zeit war das Recht des Berges, die Toten in sich aufzunehmen, nicht mehr geachtet worden. Nun, so meinten sie, holte er sich die letzten Lebenden. Auch der junge Nak, Kalks Sohn, war dann wohl verloren, mit ihm wäre das Geschlecht der Häuptlinge erloschen und damit Attus Schicksal besiegelt. Jetzt kam es darauf an, den Berg mit einem Opfer zu versöhnen. Sie beide wären doch nur alte Weiber, ihnen sei nur mehr eine kurze Spanne Lebens zugeteilt. Für die wenigen Überlebenden vermochten sie kaum etwas zu tun. Dies aber, dies eine, konnten sie tun. So war ihr Entschluss gefasst.

Alk stand betroffen. In den Worten alter Männer und Frauen Weisheit, erstaunliche Einsicht zu finden, war man gewöhnt. Es stand ihm nicht zu, die beiden zurückzuhalten. Und wirklich, es schien, dass bereits jetzt der Aufprall gegen den Fels schlagender Steine abebbte.

So machten die beiden Alten sich auf den Weg, sich dem Berg darzubieten. Die unter dem schützenden Felsdach zurückblieben, begriffen wohl kaum, was jene im Sinne hatten, und starrten ihnen verblüfft nach. Im Widerschein der züngelnden Blitze sahen die Inselleute die beiden Gestalten gebückt landeinwärts ziehen. Dann sah man sie nicht mehr, und ob sie lebendig bis zum Krater hinaufgelangt oder irgendwo auf dem Hang zusammengebrochen waren, blieb das Geheimnis des Berges.

Doch eines fühlten sie alle: Der Berg hatte seine Wut bezähmt. Die Beben liefen nicht mehr wie Angstschauer über den Fels, das Dröhnen war noch zu hören, doch verlor es an Wucht.

Im Dämmer des Morgens war die Insel noch in dichten Qualm gehüllt, und niemand wagte sich ins Freie. Dann setzte Regen ein. Eine Sintflut ergoss sich, einen Tag und eine Nacht lang, über das Land. Die sieben Überlebenden aßen von ihren Vorräten und warteten geduldig darauf, dass Alk ihnen Anweisungen gäbe.

Als der Himmel sich endlich klärte, klommen die Inselleute zum Grat der Felswand hinauf und hielten Ausschau. Der Berg hatte aus seiner Gipfelabplattung einen steilen Kegel hervorgetrieben, von dem eine Rauchsäule aufstieg; erst in großer Höhe zerrte der Wind sie aus ihrer Bahn und trieb sie weit übers Meer hin. Ringsum war der Boden mit herausgeschleuderten Steinen übersät. Doch war deutlich zu spüren, dass der Ausbruch des Berges vorüber war. So dachten die sieben von Attu an die Rückkehr in das alte Dorf.

Im Vorbeiziehen warfen sie scheue Blicke dahin, wo das befestigte Dorf gelegen hatte. Aus der Entfernung war keine Spur des Walles oder der Barabaras zu sehen. Alles war bis zur Unkenntlichkeit niedergewalzt.

Auch im alten Dorf lagen überall neue Steine, einer hatte das Dach einer Barabara durchschlagen. Doch war der Schaden nicht beträchtlich. Dies war klar: Das alte Dorf war der Wohnsitz der Menschen, den der Berg duldete.

Die Überlebenden hielten Rat. Alk, der Erfahrenste und Tüchtigste unter ihnen, sollte zeitweilig die Führung übernehmen, bis Nak das Mannesalter erreichte. Und Alk beschloss, eine Bidarka fahrtfähig zu machen und nach Agattu zu rudern. In dieser Stunde äußerster Not entsann er sich einiger Worte von Vater Julian, die man nicht ganz verstanden hatte. Alk selbst konnte nicht recht erklären, woher ihm diese Überzeugung kam, dieser Fremde aus einem fernen Land könne jetzt Rat erteilen. Doch was sollten Menschen auf einer Insel beginnen, wenn ihrer nur sieben übrig blieben. Unter der Obhut Umphs, des Starken, konnten die Überlebenden die nächsten Tage bestehen. So wurde es beschlossen.

Auf Agattu war es für Alk ein Leichtes, sich unter die Eingeborenen zu mischen. Die Russen waren überzeugt, dass auf Attu niemand die Schreckensnacht überlebt hatte und nur die Frauen, die sie weggeführt hatten, übrig waren. Auf Agattu selbst arbeiteten die Männer unter dem stets zunehmenden Druck der ottergierigen Russen. Es war noch zu keinem offenen Bruch gekommen, aber die Lage war gespannt; selbst ein geringfügiger Vorfall konnte die Rebellion zum Aufflammen bringen. Auch hier war es wie auf Attu, alle Versprechungen waren gebrochen worden, und das Entgelt für die geleistete Arbeit, Eisen, war fast auf nichts zusammengeschrumpft.

Alk erfuhr, dass die Agattu-Leute wussten, wie die Otter in Attu ausgerottet oder verscheucht worden waren; nun fürchteten sie für ihre eigenen Bestände. Auf den östlichen Inseln waren englische und Yankee-Jäger hinter den Otter her, und seit die Russen das wussten, trieben sie es umso ärger. Sie wohnten jetzt nicht mehr auf ihren großen Schiffen, sondern hausten mit den auf Attu gefangenen Frauen in Hütten am Strand. Die Inseln, erklärten sie, wären ihr Eigentum, sie hätten sie im Namen irgendeines großen Häuptlings im fernen Land in Besitz genommen.

Von weitab gelegenen Inseln, Unimak, Akun und Akutan, kamen Schreckensbotschaften, die man nur zu flüstern wagte. Weiße Jäger hatten dort ganze Dörfer vernichtet, die alten Männer getötet, die jungen Männer und Frauen fortgeschleppt. Die Weißen bedienten sich der gefürchteten Kolosch, eines festländischen Indianerstammes, der so wild war, dass niemand ihm widerstehen konnte. Furchtbare Zeiten waren über die Inseln gekommen.

Vater Julian und die anderen Väter waren indessen am Werk. Sie hielten Gottesdienst, sie unterwiesen die Kinder, und sie taten ihr Bestes, den Verbrechen der Pelzhändler entgegenzuwirken. Bald war auch ihr Leben erfüllt von Streitigkeiten. Die Pelzhändler bestanden zornig auf ihrem Recht, die Eingeborenen auszubeuten. Mit allerlei Winkelzügen behinderten sie die Arbeit der Mission. Doch schien es, dass die Väter in der Heimat großen Einfluss hatten. Gelangten Nachrichten über die Missetaten der Händler dahin, so drohte denen, dass sie nicht mehr ausfahren durften. Es hatte den Anschein, dass die beiden Gruppen, Händler und Missionare, nicht genau absehen konnten, wie viel Einfluss und Geltung ihre Gegner in der Heimat hätten, und so lebten sie in wechselseitigem Misstrauen. Die Väter waren ihrer Macht nicht so sicher, dass sie den Händlern Einhalt zu gebieten wagten, und die Händler ihrerseits scheuten sich, ihre Raubzüge offen zu betreiben.

Alk hatte mehrere Begegnungen mit Vater Julian. Sein Vertrauen stieg, und schließlich erzählte er ihm die ganze Geschichte von der Verwüstung Attus. Dies war nun genau das Gegenteil des Berichts, den die Pelzhändler heimgebracht hatten. Die hatten nach ihrer Rückkehr in Agattu erklärt, sie wären von den Wilden überfallen worden, als sie friedvoll der Pelztierjagd oblagen. Die Frauen auf Attu hätten geradezu gebeten, man möge sie fortholen und das Joch ihrer Arbeitssklaverei von ihren Schultern nehmen. Daran hatten die Väter wohl nicht recht geglaubt, doch konnten sie der Lüge nicht mit Tatsachen entgegentreten.

Vater Julian erklärte sich entschlossen, selbst nach Attu zu kommen und sich zu überzeugen. In aller Stille fuhr er mit Alk von einem entlegenen Anlegeplatz aus nach Attu. Doch bestand er in seinem Eifer darauf, dass auf Attu die Überlebenden die Taufe empfangen und sich der Kirche anschließen müssten.

Es muss für ihn ein schmerzliches Erlebnis gewesen sein, diese sieben Menschen wiederzusehen, alles, was von dem Dorf übrig geblieben war. Die Leute hatten in den verlassenen Barabaras des alten Dorfes Zuflucht gefunden. Vater Julians Anweisungen nahmen sie so widerstandslos und gleichmütig hin, wie sie jetzt alles über sich ergehen ließen. Die alten heidnischen Namen sollten ganz in Vergessenheit geraten, denn mit der Taufe hatten die Inselleute christliche Namen bekommen; Taufnamen und sogar Familiennamen. Dies war sehr verwirrend, aber wenn die Väter der Kirche Schutz boten, bedeutete ein Namenswechsel schließlich wenig. Eine seltsame Zeremonie begleitete die Verwandlung, in der aus Alk ein Pawel Mironoff wurde. Nak, der künftige Häuptling von Attu, hieß von nun an Iwan Garoff, seine Mutter Wera Garoff. Umph, der Starke, durfte nicht vergessen, dass er jetzt Michail Melikoff hieß, und Nass, seine Frau, musste er Marfa rufen. Orl, das einzige Mädchen, das bei dem Überfall auf die Beerenpflückerinnen entkommen war, hieß nun Sofia Nowik, und Kita, die man aus der Gewalt des Betrunkenen gerettet hatte, wurde Olga Schukoff. Und das war alles – eine traurige Siebenzahl, die ganze Bevölkerung von Attu. Als Volk würden sie von nun an Aleuten heißen, und Aleuten war auch der Name des weit geschwungenen Tausendmeilenbogens der Inseln, deren Zahl keiner anzugeben wusste.

Vater Julian setzte ihnen zu, sie sollten nach Agattu kommen, sollten ein Teil seiner Kirchengemeinde werden, so würden sie unter seinem besonderen Schutz stehen. Doch sträubten sie sich so sehr, dass er schließlich nicht das Herz hatte, weiter in sie zu dringen. Vater Julian versprach auch, sich der Frauen anzunehmen, die in die Gefangenschaft der russischen Pelzhändler geraten waren. Wenn er sie frei bekam, würden sie, daran zweifelte niemand, auf ihre Heimatinsel zurückkehren wollen.

Der Frühling war schon weit vorgeschritten, als ein Yankeeschiff, das ein Captain Barber kommandierte, in Agattu anlegte. Gerüchte über die Brutalitäten dieses Captains gingen seit langem von Insel zu Insel. Durch Einschüchterung, nicht durch diplomatisches Geschick oder redlichen Handel, brachte er seine reiche Ausbeute an Fellen zu Stande. Allgemein wurde geglaubt, er werde sich unter den Augen der Missionsväter zügeln; auch befand er sich ja jetzt auf einem Gebiet, das Russland für sich in Beschlag genommen hatte.

Sein Schiff sah weit prächtiger aus als die Schiffe der Russen. Die erste Begegnung zwischen Yankees und russischen Pelzhändlern vollzog sich scheinbar in freundschaftlicher Form. Offenbar war man geneigt, sich in die Inseln zu teilen. Glottow zeigte sich willig, eine Mannschaft geschulter aleutischer Jäger zur Verfügung zu stellen, wenn man ihm das Alleinrecht auf Kiska zubilligte. Der Yankeecaptain wollte die Leute an die ferne Küste des Festlandes bringen, wo, so hieß es, gewaltige Otterbestände noch unangetastet waren.

Bei diesen Unterhandlungen ließ Captain Barber die Eingeborenen wissen, dass er große Mengen Eisen an Bord habe, das er für

Otterfelle einzutauschen gewillt sei. Inselleute, die nicht für Glottow arbeiten mussten, hatten mittlerweile Vorräte angelegt, die sie für den erbärmlichen, von den Russen gebotenen Preis nicht herzugeben bereit waren. Diese Felle wurden nun herbeigeholt, und man brachte sie im Boot auf das Yankeeschiff.

Von seinen Leuten umkreist, saß der Häuptling von Agattu, der mit seinem neuen Namen Lew Semenoff hieß, auf Deck. Der Häuptling war ein alter Mann, aber von höherem Wuchs als sonst Aleutenmenschen, und von seinen Leuten wegen seines Scharfsinns hoch geachtet.

Captain Barber ging von Mann zu Mann und prüfte mit vielem Kopfschütteln die Felle. Wenn man die Eingeborenen glauben ließ, ihre Ware sei minderwertig, würde man leichter mit ihnen über den Preis einig werden. Schließlich wandte er sich ab, gebärdete sich, als wolle er davongehen, ohne ein Angebot zu machen. Mit sichtlichem Widerstreben begann er dann doch zu bieten. Die Eisenstücke, die er vorwies, waren kläglich. Der erste der Aleutenleute lehnte ab, ebenso der nächste und der dritte. Captain Barber legte ein wenig zu seinem Angebot zu, aber noch immer fand sich niemand, der zugriff.

Nun packte den Captain die Wut. Offenbar waren die Eingeborenen hier durch die Berührung mit den Russen pfiffig geworden, vielleicht waren auch die Missionsväter daran schuld. Vermutlich steigerte es Captains Barbers Wut, dass einige seiner Leute grinsten, als seine Verhandlungskunst versagte. Er erhöhte sein Angebot, begann von neuem.

Und wieder zeigten sich die Inselleute unwillig. Diesmal beobachtete der Captain sie scharf. Es fiel ihm auf, dass jeder, sooft ein Angebot gemacht wurde, einen Seitenblick nach dem alten Häuptling warf, der fast unmerklich den Kopf schüttelte. Also der alte Dickschädel war es, der ihm das Geschäft verdarb! Unglaublich, welche Schlauheit die Eingeborenen plötzlich an den Tag legten!

Die Hartnäckigkeit des täppischen Alten hatte dem Captain einen beträchtlichen Profit geraubt.

In plötzlicher Wut stürzte er sich auf den Häuptling, schlug ihn nieder, riss den Greis noch einmal hoch, brachte ihn mit einem mächtigen Faustschlag ins Gesicht wieder zu Fall. Reglos lag der Alte auf seinem Rücken. Um ihn vollends herabzuwürdigen, trat der Captain ihm ins Gesicht, als er über ihn hinwegstieg.

Die Inselleute wahrten einen Moment lang eisiges Schweigen. Die Seeleute hatten wohl einen wilden Wutausbruch erwartet. Doch trugen die Inselleute wortlos ihren misshandelten Häuptling die Leiter hinab zu den Bidarkas. Mit ihren Fellbündeln fuhren sie davon, ohne sich ein einziges Mal nach dem Schiff umzusehen.

»Ich kenne diese Eingeborenen. Die träumen heute Nacht nur von Eisen, und morgen kommen sie angetanzt. Verlasst euch darauf, morgen lassen sie mit sich reden. Ein Schlag in die Fresse, das ist genau das, was die brauchen.«

Seine Leute waren nicht so ganz davon überzeugt. Wenn diese Insulaner noch einmal an Bord kamen, dann würde es Krach geben. Nirgends nahmen Menschen eine ihnen angetane Schmach widerstandslos hin.

Doch am Morgen hatte es ganz den Anschein, als ob der großmäulige Captain Recht behalten sollte. Bidarkas kamen vom Strande heran, und durch das Fernrohr konnte man deutlich die Fellbündel erkennen.

»Die haben heute den Alten zu Hause gelassen. Diesmal kommen wir ins Geschäft, ihr werdet schon sehen«, prahlte der Captain.

Die Eingeborenen schwärmten über Deck, brachten ihre Fellbündel demütig angeschleppt. Nun umstanden sie abwartend den Captain, dass er mit den Unterhandlungen beginne. Die Yankeematrosen waren ehrlich erstaunt, die Inselleute so gefügig zu finden. Trotzdem hielten sie sich dicht um den Captain.

Captain Barber begann mit etwas höheren Angeboten als am

Vortage. Offenbar war er guter Laune, jetzt, da sich herausgestellt hatte, dass seine Verhandlungsweise so gute Ergebnisse brachte. Ein kleiner Aufschlag sollte den Eingeborenen die Sache erleichtern. Dann war man sich einig, und die Inselleute würden auf keinen Fall vergessen, wie das gestern ausgegangen war. Mit hochmütiger Ablehnung würden sie Barbers Angeboten nie mehr begegnen.

So begann das Feilschen, und die Matrosen verloren das Interesse an der Szene, die sie schon so oft miterlebt hatten.

Jäh wie ein Williwaw setzten die Inselleute zum Angriff an. Blitzschnell tauchten die unter den Parkas verborgenen Keulen auf, prasselten auf die Schädel nieder, zielsicher, wie sie so oft Otterköpfe getroffen hatten. In solcher Enge entschied die Überraschung den Ausgang des Kampfes. Seeleute rollten über Deck. Dort und da versuchte einer verspätet sein Messer zu ziehen, aber in solcher Nähe waren die Messer keine gute Waffe.

Von einem in Raserei geratenen Feind war keine Gnade zu erhoffen. Es waren ja nicht nur die Schrecknisse von gestern, sie erinnerten sich an Qualen, eisige Winternächte auf erzwungenen Jagdfahrten, Schimpf, Misshandlung, gebrochene Versprechen; versklavte und missbrauchte Frauen, gemordete Männer ... All das war nun eingemündet in eine Wut, der mit Menschenkraft nicht zu begegnen war. Abwehrend die Arme erhoben, suchte der Captain seinen Kopf gegen die Keulenschläge zu schützen. Die meisten seiner Leute waren schon niedergeschlagen. Zwei nur, ja ein einziger mit einer Muskete, das konnte die Rettung sein.

Schon aber waren seine Arme zerschmettert und hingen lahm herab. Er zog die Schultern hoch, um den Schädel gegen die Hiebe zu schützen, aber einen Augenblick später war er zu Boden geschleudert, zertreten, zerstampft auf dem blutigen Deck.

Vieren der Yankees war es im ersten Trubel gelungen, unbemerkt zu entkommen und ins Takelwerk zu klettern. Von der Höhe der Masten herab hatten sie mit Entsetzen das Massaker beobachtet.

Der Zeitpunkt musste kommen, da die Insulaner nach Feinden, die entschlüpft waren, ausschauen. Als es so weit war, kletterten die vier vorsichtig aus dem Tauwerk herab. Wenn es ihnen gelang, gleichzeitig unter Deck zu flüchten, so konnten sie zur Waffenkammer entkommen und sich dort mit Musketen verteidigen.

Als die Aleutenleute eine Atempause hatten, um sich umzusehen, sprangen die vier Yankees auf Deck. Hals über Kopf stürzten sie zu der rettenden Luke. Drei erreichten sie, der vierte wurde von einem Keulenhieb niedergestreckt. Sich krümmend wie ein Wurm, lag er auf Deck. Wie ein verwundeter Hai war er sogleich umringt und erledigt.

Die andern drei waren bis zur Waffenkammer gekommen. Sie begannen wild um sich zu schießen, nur um die Aleutenleute einzuschüchtern, und die zogen sich eiligst auf die Bidarkas zurück. Als sie von Bord waren, wagten sich die Yankees heraus, schossen nun gezielt. Vier Eingeborene kamen zu Fall, bevor die Bidarkas außer Schussweite der langsam feuernden Musketen waren.

Doch war gar nicht daran zu denken, das Schiff auf die Dauer erfolgreich mit drei Mann zu verteidigen. Wenn die Eingeborenen Verstärkung vom Strand holten und, vermutlich aus verschiedenen Richtungen, das Schiff angriffen, konnte man sie nicht abwehren. Auch musste man damit rechnen, dass die Russen den Aleuten zu Hilfe kamen. Die würden nicht zögern, zur Vernichtung ihrer Rivalen beizutragen, wenn auch vielleicht nicht offen. Es genügte, wenn sie den Eingeborenen Musketen liehen. Britische Händler hatten das auf den östlich gelegenen Inseln mehrfach getan. Was sie unmittelbar damit bezweckten, hatten sie wohl auch erreicht, aber die verliehenen Musketen waren nicht immer zurückgegeben worden. Feuerwaffen in den Händen der Eingeborenen, das war, vom Pelzhändlerstandpunkt, keine gute Politik.

Als die drei Yankees sahen, dass die Eingeborenen sich zu einem Angriff sammelten, stießen sie in einem Rettungsboot von ihrem

Schiff ab und schlugen die Richtung nach Kiska ein. Sollten die Bidarkas ihnen folgen, so konnte man sie immerhin mithilfe der Musketen in Abstand halten.

Vom Strande aus beobachteten die Aleutenleute diese Flucht; sie konnten es kaum fassen, dass jemand ein so großes Schiff kampflos preisgab. Sollte diese wunderbare Beute ihnen in die Hände fallen, mit all den Schätzen, die das Schiff wohl barg? Den Frauen musste man zeigen, was man da Großartiges vollbracht: jawohl, und den Kindern auch. Noch nach Jahren würde man auf Agattu davon erzählen. Und auch die anderen Inseln würden widerhallen vom Ruhm dieses gewaltigen Sieges.

Die Bidarkas schwärmten aus. Ganze Familien fuhren mit, um zu sehen, was die Männer vollbracht hatten. Hochgemut halfen sie den verschüchterten Frauen auf die Strickleitern hinauf. Bis auf einige Männer hatte noch niemand seinen Fuß auf eines dieser grandiosen Schiffe gesetzt.

Schließlich waren sie alle auf Deck. Neugierig betasteten sie die schimmernden Metallteile und das glatte Holz. Spähten zu den hohen Masten und ins Gewirr der Taue hinauf. Wie sollten Menschen je erlernen, solch ein Wunderding zu steuern?

Als all diese erstaunlichen Dinge genügend bewundert waren, führten die Männer ihre tief beeindruckten Frauen und Kinder durch den Lukengang in das Innere des Schiffes hinab. Wie viele Wunder es da zu sehen gab! Die Leute verteilten sich auf die Kabinen; noch war keiner bis zum Magazin vorgedrungen. Wie hätte auch einer von den Leuten etwas von dem großen Pulverlager begreifen sollen, dem Zweijahrsvorrat tief im Bauch des Schiffes?

Nur die drei Yankees, nun schon weit entfernt, begriffen den grausamen Spaß, als sie die Trümmer ihres Schiffes wie in der Eruption eines Vulkans himmelwärts fliegen sahen. Als dann der dröhnende Widerhall über das Wasser bis zu ihnen herüberscholl, legten sie sich wieder in die Riemen.

Und noch einmal hatte der weiße Mann das letzte Wort behalten.

In den Trümmern des Wracks, die auf den Fluten schwammen, war überall der Tod. Die wenigen Überlebenden waren zu fassungslos, um sich zu irgendwelcher Handlung aufzuraffen. Andere, halb am Leben, waren so geblendet oder betäubt, dass sie sich nicht zu helfen wussten. Die am leichtesten verletzt waren, klammerten sich an Stücke des Wracks. Arme, Beine, grässlich verstümmelte Reste schwammen überall verstreut.

Die Missionsväter, die vom Strande den Vorgang beobachtet hatten, eilten zu ihren kleinen russischen Booten und zu den Bidarkas, sprangen in alle Fahrzeuge, die sie zur Hand hatten. Vater Simeon und Vater Gabriel waren in ärztlichen Hilfeleistungen geschult. Die anderen Väter, Julian, Ignatius, Josef und Juvenal, taten ihr Bestes als Ruderer in den ihnen so wenig vertrauten Fahrzeugen.

Einen Moment hielten sie, von Grauen gepackt, an, als sie in die Nähe des Wracks kamen. Tiefbestürzt machten sich die Väter an ihr schauriges Werk. Nur das Pflichtgefühl trieb sie weiter, wenn die Versuchung allzu stark war, sich abzuwenden.

Die Einwohnerschaft des Dorfes war vernichtet. Selbst wenn man einige der Leute rettete, würde die Zahl derer, die unverkrüppelt ins Leben zurückkehrten, gering sein. Die ganze sonst so regsame Siedlung lag da, als wäre sie plötzlich verlassen. Nur einige wenige Familien waren nicht mitgekommen, als man zu dem geheimnisvollen Schiff hinüberruderte. Die Frauen aus Attu, die in den Russenhütten wohnten, waren nicht mitgefahren und die Männer, die gerade im Dienst der Russen auf Otterfang waren.

Die Totenfeiern fanden nach dem kirchlichen Ritual der frommen Väter statt. Wenn zutraf, was sie den Eingeborenen bei der Bekehrung verheißen hatten, so war das ewige Leben und die Seligkeit sicher. Das war gewiss ein klarerer und freundlicherer Zukunftsaspekt als die vage Geisterwelt, an die man früher geglaubt hatte.

Was von der Bevölkerung übrig geblieben war, bis auf einige ganz Alte, kam zur Kirche. Nirgends stießen die frommen Väter bei ihren Predigten auf nennenswerten Widerstand. Das Wenige, was es früher an Religion gegeben hatte, war leicht beiseite zu schieben, und die neue Lehre verhieß so mannigfachen Vorteil, dass sich der Übertritt leicht und wie von selbst vollzog. Auch fanden es die Väter nicht schwierig, den Inselbewohner überzeugend die Manifestationen einer göttlichen Macht anschaulich zu machen. Inseln tauchten auf und verschwanden, so wie Gott es verfügte. Gottes Bannstrahl gegen Übeltäter tat sich in Erdbeben kund, Gottes Zorn in den Ausbrüchen der Feuer speienden Berge. Zuweilen war Gottes Antlitz von Nebeln verschleiert, und Gottes Lächeln erstrahlte an den seltenen Tagen, da die Sonne schien. All dies leuchtete den Insulanern ein, all dies waren Anwendungen religiöser Prinzipien, die sie verstehen konnten.

Besonders machten sich die Väter den Eingeborenen durch ihre Sorge für die Kinder liebenswert. Kinder waren immer der kostbarste Besitz des Inselvolks gewesen. Jetzt holten die Väter die Kleinen in ihre Missionsschule und führten sie in die geheimnisvolle Kunst des Lesens und Schreibens ein. Das gefiel den Leuten. Wenn man solche Kenntnisse besaß, würde man in Zukunft den Machenschaften der Feinde besser begegnen können.

Andere Probleme allerdings gaben Anlass zu Reibereien. Dass Aleutenfrauen mit russischen Pelzhändlern lebten, ohne den Segen der Kirche empfangen zu haben, war ein Dorn im Fleisch. Unerbittlich wetterten die frommen Väter gegen solch einen sündigen Lebenswandel, sehr zum Missbehagen der Pelzhändler. Legitime Ehen kamen für die nicht in Betracht. Die meisten von ihnen hatten Weiber und Kinder daheim. Auch wenn einige von ihnen Junggesellen waren, so erlaubte ihnen das russische Gesetz doch nicht, Eingeborenenfrauen oder deren Kinder nach Russland zu bringen.

Die Inselbewohner lebten nur selten in Vielehe, doch war ihnen niemals eingefallen, dass eheliche oder eheartige Beziehungen irgendetwas mit Religion zu tun hätten. Dass die aus Attu verschleppten Frauen mit den Russen zusammenlebten, war für sie ein Anlass mannigfachen Unbehagens. Doch war das Problem schwer zu lösen: Gewiss war es diesen Frauen unmöglich gewesen, sich den Männern zu widersetzen. Und nun kamen die Väter und predigten, diese Frauen sollten, ohne Rücksicht auf die Folgen, ihrem sündigen Lebenswandel entsagen. Die Pelzhändler ihrerseits machten geltend, die Frauen steckten ja nun bereits im Lasterpfuhle, und so wäre es nicht weiter schlimm, wenn sie noch ein Weilchen darin verblieben.

Vater Juvenal war in der Verurteilung dieser unheiligen Lebensbünde besonders streng. Obwohl er selbst noch sehr jung war, befleißigte er sich, bis in die Gepflogenheiten des Alltags hinein, eines überaus reinen Lebenswandels. In leuchtenden Farben schilderte er die höllischen Strafen, die jeder zu gewärtigen hatte, der auf schlimmen Pfaden einherging, sonderlich jetzt, da er bereits wusste, dass sie schlimm waren. Vulkane gab es in der Hölle, siebenmal heißer als irgendein Feuer speiender Berg auf den Aleuten, und diese Glutöfen warteten nur darauf, den Sündigen zu verschlingen, insbesondere jenen, der in Zügellosigkeit lebte. Nur wenn man der Sünde entsagte und aus ganzem Herzen seine Verfehlungen bereute, durfte man mit milderer Strafe rechnen.

Vater Juvenals schaurige Predigten beunruhigten das Aleutenvolk. Eine der Frauen aus Attu, Ala, war besonders aufgeregt. Der Russe, der sich in ihren Besitz gesetzt, hatte ihr gestattet, ihr Kind in der Barabara einer Tante zur Welt zu bringen. Nun hatten Vater Juvenals Worte Ala in tödliche Angst versetzt. Ihr selber, das wusste sie, würde die Taufe versagt werden, solange sie mit dem Pelzhändler zusammenlebte, doch wenigstens für ihr Kind wollte sie sie erwirken.

Vater Juvenal jedoch blieb unerbittlich. »Die Kirche kann dieses Kind, das eine Frucht der Sünde ist, nicht in ihren Schoß aufnehmen.«

»Das Kleine hat doch nichts Böses getan«, wandte Ala ein.

»Die Kirche kann sich auf keine Weise mit der Sünde oder mit den Früchten der Sünde abfinden.« Vater Juvenal war überzeugt, dass jede Nachgiebigkeit als Zeichen der Schwäche verstanden würde.

»Aber was soll ich denn tun?«, jammerte Ala. »So sind wir beide für immer verloren, mein Kind und ich?«

»Es steht geschrieben: Wenn dein Auge dich ärgert, so reiße es aus.« Er fühlte sich, als er sie mit diesem Bibelwort niederschmetterte, wohl als ein rechter Gottesstreiter in diesem lästerlichen Winkel der Welt.

Schweigend, wie betäubt, die schwere Last ihrer Sünde auf den Schultern, ging Ala davon. Wohl empfahlen Vater Simeon und Josef Milde und eine weitherzigere Auslegung des Gebots. Die Frau sei doch gegen ihren Willen in dieses Leben hineingezwungen worden. Auch habe sie zu jener Zeit die Lehre der Kirche noch gar nicht vernommen. Doch es blieb dabei. Nur ungern mischten sich die Väter in Predigt und Seelsorge ihrer geistlichen Brüder ein. Und Bruder Juvenal blieb unerbittlich.

Zwei Tage lang sah man Ala um das Dorf herumirren. Dann, als der zweite Tag verdämmerte, kam sie in die Barabara ihrer Tante und holte ihr Kind. Man wurde erst darauf aufmerksam, als man das Kind vermisste. Von schlimmen Ahnungen getrieben, machten sich Tante Natascha und ihre Tochter Wera auf die Suche nach den beiden, liefen zum Strand. Im letzten Widerschein der Sonne sahen sie Ala, eine vage Silhouette, auf den Klippen hin und her eilen wie eine Möwe. Die Frauen rannten und riefen, schwenkten die Arme.

Wenn Ala es sah, so achtete sie jedenfalls nicht darauf. Sie warf ihr Bündel in die See, und was der Wind zu den beiden Frauen herübertrug, klang wie schrilles, wahnsinniges Lachen.

Als Ala dann auf sie zugelaufen kam, waren die Worte, die sie hervorstieß, seltsam. »Mein Auge war es, mein eigenes Auge! Ausgerissen hab ich es! Es hat mich geärgert. Nein, nicht mich, Vater Juvenal hat es geärgert. Ja, ich hab es ausgerissen. Jetzt müssen wir nicht ewig brennen. Wie sollte ich erlauben, dass mein Kind ewig im Feuerberg brennt? Das konnte ich doch nicht, seht ihr das nicht ein?«

Vergeblich versuchten Natascha und Wera sie zu beruhigen. In ihrem frommen Wahn hatte Ala Vater Juvenals Bibelwort wörtlich genommen. Ihr Kind war der Anlass des Ärgernisses, also hatte sie es ausgerissen. Vielleicht würde diese grauenvolle Ewigkeit, von der Vater Juvenal sprach, nun nicht mehr ganz so schrecklich sein. Wirr redete Ala vor sich hin, während die beiden sie heimgeleiteten.

Die Leute von Agattu waren über Alas Tat, die in der Geschichte dieser Inseln unerhört war, zutiefst erschüttert. Die Kinder liebte man leidenschaftlich. Wohl war ein Kind nach Stammessitte Eigentum der Mutter. Doch dass eine Mutter ihr eigenes Kind töten sollte, war zu ungeheuerlich.

War Vater Juvenals Einfluss demnach verhängnisvoll? Die Leute im Dorf begannen zu murren. War es möglich, dass diese weißen Männer, selbst wenn sie freundschaftliche Gesinnungen vortäuschten, heimlich auf die Ausrottung des Aleutenvolks hinarbeiteten? Als Erwachsene konnten sie mancherlei hinnehmen, aber dass man vor Kindesmord nicht zurückschreckte, das konnte nicht vergeben werden. Unter der Oberfläche schwelte und glomm der Zorn. Jeden Augenblick konnte er aufflammen.

Und Wera war die Flamme.

Wie durften Männer dieser Ala, die keinem Vögelchen ein Leid antun konnte, solches zufügen? Erst dieser Pelzhändler, der sie aus ihrem Heimatdorf fortgeschleppt hatte! War Alas Los vielleicht darum leichter gewesen, weil er auf einem der Russenschiffe Kapitän war? Dann dieser Missionsvater, der die junge Mutter so erschreckte, dass sie ganz von Sinnen kam? Wie Vieh waren die Männer, ob sie nun Pelzhändler waren oder Missionare!

Über solchen Gedanken brütend, entwarf Wera einen verwegenen Plan. Zuerst schien ihr Vorhaben so ungeheuerlich, dass sie selber kaum daran denken mochte.

Wera begann Vater Juvenals Gepflogenheiten auszuforschen. Es entging ihr nicht, dass der Missionar nachmittags die Einsamkeit des Berglandes aufsuchte. Sein Aussehen ließ darauf schließen, dass er verstört war. Vielleicht lag die grausame Predigt und der Tod des Kindes schwer auf seiner Seele. Wer konnte wissen, was in diesen Missionsvätern vorging, was sie dachten und empfanden? So oder so, Vater Juvenal hielt sich abseits, er grübelte. Erst wenn es dunkelte, kehrte er in seine kleine Hütte, die kaum größer war als eine Mönchszelle, zurück. Er aß nicht mit den anderen Vätern zusammen, er wich ihnen aus. Vielleicht war das eine Form der Buße. Vater Juvenal hatte immer viel Worte über die Wichtigkeit der Reue und Buße gemacht.

Wera beobachtete ihn, wie er über Land ging, düster und ernst wie einer der schwarzen Berge. Starr blickte er vor sich hin, schien aller Ablenkung durch irdische Dinge auszuweichen. War es möglich, solch einen Mann aus Stein aus seiner Starrheit herauszuholen? Konnte Versuchung menschliche Regungen in ihm wecken? Wenn Wera misslang, was sie da unternahm, würde sein Zorn über sie hereinbrechen, und sie würde vor aller Welt gedemütigt und erniedrigt werden. Dieser Gefahr war sie sich bewusst, aber ihr Entschluss war gefasst.

Im Halbdunkel schlüpfte Wera in Vater Juvenals Hütte. Mit knapper Not konnte man die Umrisse eines Stuhls und eines Tisches erkennen, einen kleinen Kerzenleuchter und die aus unbehauenen Brettern zusammengeschlagene Bettstatt an der Wand.

Ho, das Bett! Hier sollte sich Weras lange geplante Rache vollziehen! Behutsam kleidete sie sich aus, knüpfte ihre Kleider zu einem Bündel, das sich nachher bequem greifen ließ – später, viel später. Dann schlüpfte sie in das Bett, schob das Bündel zwischen sich und die Wand. Und nun das Warten, das endlose Warten. Nichts weiter tun können als warten, das war das schwierigste von allem. Aber es musste vollbracht werden … alles konnte Wera tun, wenn sie es für Ala und ihr verlorenes Kind tat.

Als Vater Juvenal eintrat, zog Wera die Decke über den Kopf und rührte sich nicht. Sie hörte ihn in der Kammer auf und ab gehen, er schien müde und niedergeschlagen zu sein. Einmal rieb er seine durchfrorenen Hände und blies darauf. Offenbar wollte er die Kerze nicht anzünden, wahrscheinlich war ihm nicht danach zu Mute, noch in einem Buch zu lesen, wie er sonst tat. Schließlich zog er mit einem Seufzer die Bettdecke weg und ließ sich auf das Lager fallen.

Jetzt war es so weit! Der kritische, der gefürchtete Augenblick war gekommen. Wera drückte sich gegen die Wand.

»Vater Juvenal«, flüsterte sie, »Vater Juvenal.« Sie spürte, wie er im Dunkeln zurückschreckte. »Vater Juvenal.«

»Wer ist da? Wer bist du?« Er hatte sich im Bett aufgesetzt.

»Gut Freund«, flüsterte Wera. »Mögen Sie keine Freundin haben? Eine wenigstens?«

»Fort von hier! Wie wagst du es, geheiligten Boden zu entweihen?« Seine Stimme zerschnitt die Stille.

»Ich tats doch nur um Ihretwillen, Vater Juvenal«, erklärte Wera. »Ich hab doch gesehen, wie Sie immer durchfroren sind, wenn Sie heimkommen. Erlauben Sie also, dass ich Sie wärme.« Damit drängte sie sich an ihn, drückte ihn auf das Lager zurück.

Wohl versuchte er, sich aus ihren Armen zu lösen, aber sie gab ihn nicht frei. Dies war der entscheidende Augenblick, verlor sie ihn, so war alles vertan. »Sie werden sich besser fühlen, wenn Ihnen warm ist. Spüren Sie doch, wie warm ich bin.«

»Warm, ja, das bist du.« Die Härte war aus seiner Stimme gewichen. Und leise, später, wiederholte er: »Doch, du bist sehr warm.«

Der Morgen dämmerte bereits, als Wera heimlief. Nie wieder würde Vater Juvenal seine schrecklichen Drohungen, seine Worte über Sünde und Strafe auf die Menschen herabschleudern dürfen. Jedes Wort, das er sagte, würde ein Urteil über ihn selbst sein. Und sagte sie den Leuten im Dorf, was geschehen war, so würden sie ihn verhöhnen und auslachen, wenn er zu predigen wagte. Vielleicht konnte er gar nicht länger ein frommer Vater bleiben. Wera vermochte sich nicht recht auszudenken, was Vater Simeon und Vater Josef und die andern beschließen würden. Aber Vater Juvenal würde seine Strafe erhalten, das war gewiss. Nicht genug, zweifellos, wenn man alles bedachte, was er angerichtet hatte. Aber immerhin Strafe. Das Schlimmste, was Wera ihm zufügen konnte.

Gelassen berichtete sie ihrer Mutter und Ala die höchst verwunderliche Geschichte. Die beiden hatten schon gefürchtet, der Pelzhändler habe sie an Alas Stelle geholt. Es war gefährlich, sich den mächtigen Pelzhändlern zu widersetzen. Immerhin, wenn Wera ausgeblieben wäre, dann wollte Natascha sich, so hatte sie beschlossen, an Vater Juvenal um Hilfe wenden. An Vater Juvenal!

»Doch, geh nur hin«, drängte Wera. »Wir wollen hören, was er zu sagen hat.«

Es hatte schon getagt, als Natascha an die Tür des Vaters klopfte. Sie musste eine gute Weile warten, bevor er öffnete. Natascha wusste wohl, was sie im Sinne hatte, doch es war ihr nicht recht klar, wie sie es vorbringen sollte.

Aber Vater Juvenal kam ihr zuvor: »Ich weiß, was dich herführt, Natascha Semenoff.« Seine Stimme klang müde und verzagt. »Es ist dein Mutterrecht, so zu kommen.«

Sie verstand nicht, dass er im Begriff war, ein Geständnis abzulegen. »Mein einziges Kind«, stammelte sie, »meine Wera!«

»Ich weiß«, erwiderte er bedrückt. »Ich bin nicht mehr würdig, ein Sohn der Kirche zu sein. Hab mich schwach gezeigt und bin der Sünde verfallen. Muss mich zu meiner Verfehlung auch vor dem Vater des Kindes bekennen.«

»Andrej ist bei den Otterjägern.« Natascha war so erstaunt, so ratlos, sie hatte so gar nicht mit dieser Bereitwilligkeit gerechnet, alles zu gestehen, dass sie nicht weiter wusste.

»Sag ihm, er möge mich aufsuchen, wenn er heimkommt«, wies Vater Juvenal sie an. »Ich bin noch ganz verwirrt. Kann nichts tun als beten ohne Unterlass und mich kasteien. Ich sehe noch keinen Weg vor mir.«

Mit solch ungewissem Ergebnis verließ ihn Natascha. Sie hatte erwartet, dass er alles abstreiten würde, sie hatte auch mit einem Zornesausbruch gerechnet, aber auf ein solches Geständnis war sie nicht vorbereitet. Vielleicht konnte man in seiner Lage nicht mehr sagen.

Wortwörtlich berichtete sie Wera und Ala alles. Wera sagte: »Ich glaube, ich habe ihm etwas Arges angetan. Vielleicht hätte ich so etwas nicht tun sollen.« Nach dieser unerwarteten Wendung regte sich in ihr die Reue. »Immerhin, jetzt wird er gegen die anderen Leute nicht mehr so streng sein.«

Doch nun war es Ala, die hart blieb: »Er meint also, mit Beten und ein bisschen Fasten kann er sich wieder reinwaschen. Und warum hat er mir nicht gesagt, dass man das so billig haben kann?«

»Ich weiß gar nicht, was wir jetzt tun sollen«, meinte Natascha bedrückt. »Alles das hat mich ganz durcheinander gebracht. Vielleicht ist es das Beste, wir denken alle eine Weile darüber nach, vielleicht finden wir dann einen Ausweg.« Damit beugte sie sich über die alte Parka, die sie gerade flickte.

Ala war in aller Stille hinausgeschlüpft. Sobald sie sicher war, dass niemand ihr Verschwinden bemerkt hatte, begann sie, die Dorfstraße entlangrennend, laut zu schreien: »Vater Juvenal hat gesündigt! Die Sünde hat er begangen mit Wera Semenoff! Vater Juvenal hat gesündigt! Mit Wera Semenoff hat er gesündigt!«

Ihre schrillen Schreie drangen in die Barabaras, und die Leute kamen herausgelaufen. Zuerst wollte man es gar nicht recht glauben, und viele dachten, Ala wäre über den Verlust ihres Kindes verrückt geworden.

Ala fühlte diesen Zweifel, und sie schrie: »Fragt Wera, fragt Tante Natascha!«

Immer noch misstrauisch, näherten sich die Leute der Hütte der Semenoffs. Niemand wollte zugeben, dass er leichtgläubig hingenommen hatte, was die Rasende gerufen hatte, und doch drängte alle die Neugierde.

Ja, es war wahr! Das Ungeheuerliche war wahr! Vater Juvenal hatte es offen zugegeben. Die Leute bildeten Gruppen, flüsterten aufgeregt. Vater Juvenal! Wem konnte man da noch trauen? Also war auch bei den Missionsvätern Reden eins und Tun ein anderes? Das Gesetz galt für die einen, aber nicht für die anderen? Aleutenmenschen waren also für Vater Juvenal keine Menschen? Er konnte sich Wera nehmen, Andrejs einzige Tochter, das Kind Andrejs, dessen Vater Lew war, der alte Häuptling! Welch eine Schande!

In zunehmender Erbitterung rotteten sich die Leute zusammen. Zufällig kam gerade einer der Pelzhändler des Weges. Als er die Ansammlung bemerkte, vermutete er zuerst eine Rebellion, doch als er die Ursache erfuhr, sah er seine Chance. Hier konnte man den Gegnern eins auswischen. Und die Otterjäger, die gerade in die Boote gehen wollten, einen arbeitsreichen Tag zu beginnen, für die war das eine Sache! War nicht der Vater des missbrauchten Mädchens einer der Jäger?

Andrej und seine Gefährten hörten schweigend zu, als ihnen der Vorfall berichtet wurde. Seit man seinen alten Vater misshandelt hatte, glomm der Zorn in seiner Seele. Jetzt kam seine ganze Wut zum Ausbruch: »Sind wir denn jämmerlich wie Kerzenfische, dass man uns mit dem Fuß von einem Winkel in den andern stößt? Die Pelzhändler haben nie behauptet, dass sie unsere Freunde sind.

Aber diese Missionsväter, die uns vorreden, alle Menschen wären ihre Brüder, von denen haben wir geglaubt, ihr Wort wäre die lautere Wahrheit. Und dann ist, wenn einer aufs Meer hinausfährt, seine Tochter vor ihnen nicht sicher.«

So zornig war er, dass er kaum sprechen konnte, und dieser Zorn erfüllte bald alle.

Gerade im ungünstigsten Augenblick tauchte Vater Juvenal in der Tür seiner Hütte auf. Er zögerte einen Augenblick, als er die Ansammlung gewahrte, dann kam er tapfer heran. Er hob den Arm zum Zeichen, dass er sprechen wollte.

»Ihr seid voll Groll gegen mich, aber ihr fühlt die Schande nicht tiefer als ich selbst. Ich habe Schindluder getrieben mit dem heiligen Wort, und nun gehe ich zu Vater Josef, dem Leiter unserer Mission, mich ihm auszuliefern. Meine Verfehlung ist schwer, und wenn er es so für recht hält, wird er mich ausreißen wie ein Unkraut.«

»Reiß dich selber aus!«, kreischte Ala. Zu lebendig war in ihr die Erinnerung an das Wort, das er sie gelehrt hatte. »Wenn dich dein Auge ärgert, so reiße es aus!«

Vater Juvenal schlug die Richtung zur Kirche ein, in der sich die anderen Väter zum Frühgottesdienst versammelten, obwohl heute kaum jemand von den Eingeborenen erschienen war. Als er jetzt an den Leuten vorbeischritt, wurde Alas Ruf zum höhnischen Chor:

»Reiß es dir aus, dein Auge!«

»Ja, reiß es nur aus!«

»Reißen wir sie ihm doch aus, beide Augen!«

»Das ist es doch, was er uns gelehrt hat!«

Der Chor schwoll zum Gebrüll an. Die Leute hatten eine Gasse gebildet, die Vater Juvenal durchschreiten musste. Zuerst trafen ihn nur Schläge, doch bald blutete er unter einem harten Hieb, der ihn ins Gesicht getroffen hatte. Schon gellte aus der Menge der drohende Ruf auf: »Reißt sie ihm aus, seine Augen!«

Hände griffen nach ihm, Fäuste trafen ihn. Ohne ein Wort des Vorwurfs suchte Vater Juvenal weiterzuschreiten. Er brach in die Knie, kam wieder hoch, taumelte weiter. Doch riss ihn das Übergewicht der Angreifer von neuem nieder, und diesmal vermochte er sie nicht abzuschütteln. Alle drängten vor, jeder schob den andern beiseite. Und immer wieder der Schrei:

»Reißt ihm seine Augen aus!«

Und da kam von dem Niedergetretenen ein einziger furchtbarer Schrei.

Wie mit einem Schlag schien der Blutrausch verflogen. Entsetzt standen sie vor dem Opfer ihres Ausbruchs. Sie wandten sich ab, zutiefst erschrocken über den Anblick dessen, was da zu ihren Füßen lag und einst ein lebender, sehender Mensch gewesen war. Sie wagten einander nicht anzusehen, drängten scheu zurück in das Dunkel ihrer Barabaras.

Die Väter errichteten in aller Stille ein Grab in den Bergen, das ein Kreuz schmückte, und vollzogen ihre Riten. Weder sie noch die Eingeborenen erwähnten künftig den unseligen Vater Juvenal mit einem einzigen Worte.

Die Pelzhändler ihrerseits versuchten nicht, Ala zurückzufordern. Als Vater Simeon und Vater Ignatius zu den sieben hinüberfuhren, die noch in dem alten Dorf auf Attu lebten, nahmen sie Ala mit.

Diese Fahrt der frommen Väter nach Attu brachte Bestürzung über die Pelzhändler. Also war die Ausrottungsexpedition doch kein voller Erfolg gewesen, und es lebten auf der Insel noch Leute, die alles berichten konnten. Eine finstere Geschichte. Und wirklich kam Vater Josef, der Leiter der Aleutenmission, alsbald an Bord des Pelzhändlerschiffs. Mit bitteren Worten warf er den Leuten ihre Untat vor. Noch ein solcher Massenmord, und er werde einen ausführlichen Bericht über diese Gräuel an den russischen Hof bringen. Und sie sollten sich nur nicht einbilden, dass es ihm schwer fallen werde, nach Russland heimzukommen. Jedes Schiff der Briten oder der Yankees, die von hier aus Handel mit China trieben, würde ihn mitnehmen. Ja, mit vollen Segeln werde jeder Kapitän der Briten und der Yankees fahren, wenn sich ihm eine solche Gelegenheit bot, seine Rivalen im Pelzhandel auszuschalten. Das war eine wirksame Drohung, und wenn ein letzter Schlag gegen Attu geplant war, so wurde dieses Vorhaben jetzt aufgegeben.

Um diese Zeit tauchte ein zweites Yankeeschiff vor Agattu auf, es stand unter dem Befehl eines Captain Giles Fenton. Captain Fenton war darauf aus, den Handel zu Ende zu bringen, der sich zwischen den russischen Pelzjägern und dem unseligen Captain Barber angebahnt hatte. Kapitän Altosoff, der für die Russen unterhandelte, und Captain Fenton waren geriebene Schacherer. Wohl hatte Russland inzwischen in aller Form die Aleuteninseln in Besitz genommen, aber mit der Hand voll Leute, die man zur Verfügung hatte, durfte man nicht allzu sehr auf diese Souveränität pochen. Die beiden Kapitäne besaßen genug Realitätssinn, um ihre Grenzen zu sehen. Gegen das Alleinrecht, an der Küste von Kiska auf Otter zu jagen, machte Kapitän Altosoff sich anheischig, dem Yankee seine Mannschaft an gut eingearbeiteten einheimischen Jägern auf ein Jahr zu leihen. Captain Fenton seinerseits wollte mit ihnen weit drunten auf dem Festland jagen, an den noch unerschlossenen Küsten von Oregon und Kalifornien.

Bei diesem Schacher wurden die Aleutenleute nicht um ihre Meinung gefragt. Es war durchaus möglich, ja so gut wie sicher, dass sie freiwillig nicht auf ihre Verfrachtung eingehen würden. Sie hingen so sehr an ihren Heimatinseln, dass es schwer genug war, sie selbst für Jagdzüge im Binnenbereich des Archipels zu gewinnen. Nie würden sie sich gutwillig bereit finden, in solche Fernen entführt zu werden, wie es in dem Abkommen der weißen Kapitäne vorgesehen war.

Somit war es klar, dass man die einheimischen Jäger nötigenfalls mit Gewalt wegbringen musste. Hier aber lag eine Schwierigkeit. Die Inselbewohner gaben zunehmend Zeichen einer neu erwachten Unbotmäßigkeit. Sie hatten begriffen, dass die Missionsväter in der Lage waren, wenigstens den schlimmsten Brutalitäten der russischen Pelzhändler entgegenzuwirken. Die Väter waren gegen offene Gewalt, und so konnte man sich unter ihren Schutz stellen und daraus Vorteil ziehen. Von Tag zu Tag wurde es schwerer, die Leute zur Jagd zu pressen, ohne ihnen dafür irgendeinen Lohn zu bieten.

Den Yankees dagegen waren keinerlei Fesseln auferlegt. Zudem wollten sie ihr verlorenes Prestige bei den Eingeborenen wiederherstellen. Captain Fenton wusste sehr gut, dass die Besatzung eines amerikanischen Schiffes bis auf drei Mann massakriert worden war. Gewiss, die Eingeborenen waren bei der Explosion arg zu Schaden gekommen, aber ein kostbares Schiff war verloren gegangen. Diese Rechnung, so fand Giles Fenton, war bei weitem noch nicht beglichen. Ein Exempel musste statuiert werden, das die Eingeborenen unterwürfig machte und selbst die russischen Rivalen einschüchterte.

Die Otterjäger an Bord des Yankeeschiffes zu bringen, war nicht allzu schwierig. Denen brauchte man nur zu sagen, die Jagdbeute eines Tages sei an Captain Fenton verkauft worden und müsse auf sein Schiff geliefert werden. Waren sie erst an Bord, so würde man ihnen erklären, es wäre abgemacht, dass sie von nun an auf diesem Schiff zur Jagd ausfahren würden – für eine bestimmte, nicht allzu lange Zeit.

Die Eingeborenenjäger waren, als ihnen das eröffnet wurde, nicht sonderlich betroffen. Ob man auf einem russischen oder auf einem Yankeeschiff fuhr, was machte das aus? Ein russischer Seemann, Nikolai, war als Dolmetscher mitgekommen. Auch das erregte keinen Argwohn. Vielleicht würden die neuen Herren bequemer sein als die vorigen.

Inzwischen hatte Kapitän Altosoff verabredungsgemäß die Missionsväter zu einem Festessen an Bord des russischen Schiffes gebeten, gleichsam um die etwas gespannten Beziehungen zu verbessern. Diese Einladung kam den Vätern unerwartet, aber es wäre wohl unhöflich und undiplomatisch gewesen, abzulehnen. Jetzt, da die kräftigsten Männer von Agattu praktisch als Gefangene in seiner Hand, die Missionsväter an Bord des Russenschiffes waren, hatte Captain Fenton freie Hand.

Mit zehn Mann fuhr er in zwei kleinen Booten an Land. Aleutenmänner waren kaum mehr im Dorf. Nach den schweren Verlusten bei der Explosion des ersten Yankeeschiffs gab es, wenn die Otterjäger auswärts waren, nur mehr wenige, die übrig blieben, um das Nötigste für den Unterhalt des Dorfes herbeizuschaffen.

Zuerst schlenderten der Captain und seine Leute harmlos durch das Dorf, sahen beim Räuchern der Lachse, bei der Bearbeitung der Felle, beim Nähen der Parkas und den anderen alltäglichen Verrichtungen zu, die, wenn das Wetter es nur irgend erlaubte, im Freien besorgt wurden.

Die Frauen sahen die untätig herumstreunenden Männern mit scheelen Blicken an. Das waren keine Russen, aber sie waren ihnen doch irgendwie ähnlich. Warum trieben sich die an einem Tag, der für die Otterjagd wie geschaffen war, hier herum? In manch einer Frau wurden vage Besorgnisse wach, sie trat ins Haus und schloss die Tür. Und selbst Frauen, die nicht in die Hütten flüchteten, schafften ihre Töchter aus der Sicht der Männer.

»Das ist ja das reinste Dorf der Großmütter!«, beklagte sich einer der Yankees. »Die Russen haben schon alles, was jünger ist, verbraucht.«

»Da müsst ihr nur am richtigen Ort suchen!«, berichtigte Captain Fenton. »Scheue Tiere verkriechen sich gern in ihren Höhlen.«

»Sollen wir nach ihnen suchen, Sir?«, schlug einer der Seeleute vor.

»Ich bewillige euch eine halbe Stunde. Dann sammelt ihr euch unten im Hafen, und jeder bringt eine von den Frauen mit. Ich will zwölf Eingeborenenweiber haben, genau zwölf brauche ich. Haltet die Augen offen. Los!«

Mit Hurra liefen die Männer auseinander. Dass der Captain ihnen einfach freie Hand lassen würde, hatten sie nicht erwartet. Er war sonst nicht gerade großzügig, aber heute schien er bei guter Laune zu sein.

Jeder rannte auf eine Barabara zu, versuchte sich Eintritt zu verschaffen. Einige hatte man nicht rechtzeitig verschlossen, bei anderen aber waren die Türen verrammelt, um Eindringlinge abzuwehren. So musste man sich denn zuerst an das aufregende Geschäft machen, die Türen aufzubrechen. In einigen Fällen genügte ein kräftiger Stoß mit dem Gewehrkolben. In anderen erwies sich ein Holzpfosten als ausreichender Rammbock, und wenn gar zwei Mann zugleich ihn gegen die Tür stießen, vermochte sie nicht standzuhalten.

Aufgeregt schrien die Männer. Verängstigt flüchteten manche der Frauen in den entlegensten Winkel, erwarteten dort ihre Gefangennahme. Andere wollten durch die eingestoßene Tür flüchten und rannten kreischend ins Freie. Dass man nicht vorauswusste, wie sich die Beute verhalten würde, feuerte die Jäger an. Eine Flüchtende nach einer aufregenden Jagd einzufangen, das war weit vergnüglicher als zahme Unterwerfung. Das Dorf hallte wider vom Geschrei, vom Gebrüll der Männer, vom Jammern und Flehen der Frauen.

Andrej Semenoffs Barabara war die letzte in der Häuserzeile. So kam es, dass Natascha das Geschrei schon von weitem hörte. Sie rief Wera herbei, verängstigt beobachteten die beiden den näher kommenden Tumult.

»Es sind Fremde!« Damit flüchteten sie ins Haus, schlossen die Tür.

Andrej hatte keinen Sohn, und so kam es, dass Wera nach Jungenart mit den Pfeilen und Bogen des Vaters gespielt hatte. Solch einen Bogen und einen Pfeil mit Eisenspitze holte sich Wera nun von der Wand. Sacht öffnete sie die Tür ein wenig. Das Geschrei war jetzt schon ganz nah.

»Dass die nichts Gutes vorhaben, ist klar«, jammerte Natascha, »ich hab Sonja schreien gehört.«

»Lass die Tür unverriegelt«, wies Wera sie an. »Damit überraschen wir den Feind.«

Fast im selben Augenblick erschien ein Riesenkerl in der Tür, spähte ins Dunkel herein. Und im selben Moment traf Weras Pfeil ihn in den Bauch, aufstöhnend krümmte der Riese sich. Ein zweiter, ein dritter Pfeil traf ihn, dann brach er zusammen und rührte sich nicht mehr.

»Hilf mir, ihn hereinzuziehen«, befahl Wera mit Entschiedenheit. »Jetzt schließen wir die Tür, vielleicht vermissen sie ihn nicht.«

Als die Männer ihre Gefangenen in den Hafen brachten, erklärte Captain Fenton: »Ich habe mir schon immer die Frage gestellt, durch wie viel Eingeborene ein Musketenschuss eigentlich hindurchgeht. Ich hab einmal vier Robben mit einem Schuss erledigt. Jetzt wollen wir diese zwölf hintereinander in einer Reihe aufstellen. Lieber hätte ich Männer gehabt, aber Weiber werden es auch tun.«

Verständnislos starrten die Männer ihn an. Das konnte er doch nicht ernst meinen, solch ein ungeheuerliches Experiment konnte er doch nicht wirklich anstellen. Wollte wohl die Frauen nur einschüchtern, damit sie das nächste Mal gefügiger wären.

»Schieß jetzt einmal in die Luft, Henry«, befahl Captain Fenton. »Das soll das Signal für das Schiff sein. Ich will, dass diese eingeborenen Jäger, die wir an Bord haben, auch etwas von dem Schauspiel haben. Die sind mir seit der Sache mit Captain Barber ein wenig zu frech geworden. Wollen ihnen einmal zeigen, wie Yankees mit dem Aleutenpack umgehen.«

Der Schuss wurde abgefeuert, erschrocken fuhren die Frauen zusammen.

»So, und jetzt stellt ihr sie in einer Reihe auf«, befahl der Captain. »Und die Reihe soll parallel zum Strand laufen, damit alle sehen können, was hier geschieht.«

Die Frauen begriffen sofort, was man von ihnen verlangte: Sie sollten in eine Reihe treten. Offenbar wollte man irgendeine brutale Laune an ihnen auslassen. Die Männer begannen, Taue um die Gefangenen zu schlingen und die Schifferknoten so fest anzuziehen, dass die Frauen dicht aneinander gepresst standen.

In den Türen der Hütten standen die Frauen und Kinder, folgten ratlos dem seltsamen Vorgang. Verängstigt rückten sie näher aneinander.

»Wo bleibt eigentlich Jonas?« Captain Fenton hatte bemerkt, dass einer seiner Leute fehlte.

»Er war noch vor kurzem bei uns«, erinnerte sich einer der Leute. »Ich will ihn suchen gehen, Sir.«

»Lass nur. Was auf Desertion steht, weiß Jonas wohl.«

Jetzt waren einige Frauen wagemutig näher gekommen, versuchten mit den Zusammengebundenen zu sprechen.

»Vielleicht wollen sie euch auf das Schiff bringen, Olga. Irgendeinmal wird es dir schon gelingen, wieder loszukommen.«

»Weine nicht, Tanja. Was auch geschieht, du kannst nichts dagegen tun.«

»Halt dich tapfer, Natalia, und vergiss nicht, dein Gebet zu sagen. Ich werde zu Vater Josef gehen und ihm alles berichten.«

Die Frauen waren jetzt überzeugt, dass man die Gefangenen auf das Yankeeschiff bringen wolle, so wie die Russen einst die Frauen von Attu verschleppt hatten.

Der Captain ließ noch einmal einen Signalschuss abfeuern. Dann schritt er die Front der zusammengebundenen Frauen ab, nahm Stellung und hob sein Gewehr. Erst jetzt wurde die Ungeheuerlichkeit seines Vorhabens allen klar. Mit verzweifeltem Geschrei versuchten die Frauen ihn davon abzubringen. Sie beschworen ihn, er möge sie anstelle ihrer Töchter in die Reihe stellen. Sie versuchten sich dazwischenzuwerfen, wurden aber von den Matrosen roh zurückgestoßen.

Doch Captain Fenton hatte es nicht eilig. Es war, als wollte er jeden Augenblick der grauenvollen Spannung auskosten. Jetzt begann er zu sprechen: »Eure Brüder und eure Väter haben weiße Männer auf einem amerikanischen Schiff getötet. Dergleichen darf nicht geschehen, die weißen Männer kommen wieder und nehmen Rache an euch. Euch gefällts nicht, wenn wir eure Leute töten, aber uns gefällt es nicht, wenn ihr weiße Männer umbringt. Was hier geschieht, wird dazu beitragen, dass ihr euch für immer merkt, wie ihr zu handeln habt.«

Die Frauen verstanden kein Wort seiner Rede, aber er selber schien daran Vergnügen zu finden.

»Ich hab mich schon immer gefragt, durch wie viel lebende Menschen eine Gewehrkugel wohl dringen kann. Einen Augenblick noch – dann werde ich es wissen.«

Er zielte sorgfältig, offensichtlich vom Geschrei seiner Opfer und der Zuschauer nicht beeindruckt. Dann fiel der Schuss, und die Reihe der Gefangenen sank in sich zusammen.

»Alle hab ich sie!«, jubelte Captain Fenton. Dann aber schienen ihm Bedenken zu kommen. »Vielleicht sind es doch nicht alle zwölf. Dass sie umfielen, beweist noch nichts. Seht einmal, durch wie viele mein Schuss gegangen ist, du, James, und du, Henry.«

Nach einer Weile meldete James: »In der neunten ist die Kugel stecken geblieben, Sir.«

»Na, gar nicht schlecht! Gar nicht so übel!« Er überlegte einen

Augenblick. »Sogar besser, als ich gedacht hätte. Los, Leute, wir fahren zum Schiff!«

»Und was wird aus den drei letzten, Sir?«

»Lasst sie liegen. Die neun sind genug für einen Tag.« Er wandte sich ab. Seine Leute liefen zu den Booten.

An Bord meldete der kommandierende Zweite: »Wir mussten die Eingeborenen unter Deck schicken. Sie wurden furchtbar wild, als sie die Schüsse hörten.«

»Ganz in Ordnung«, antwortete der Captain überraschend freundlich. »Die krieg ich noch klein. Wie viel von der Sache haben sie gesehen?«

»Vermutlich nicht alles. Sie hörten den Schuss und sahen, wie eine Reihe von Menschen ihres Stammes fielen. Ob es Männer oder Frauen waren, ließ sich aus dieser Entfernung wohl nicht erkennen.«

»Dann werde ich es ihnen sagen«, drohte Captain Fenton. »Auf meinem Schiff werden die Eingeborenen nicht rebellieren, dafür bürge ich. Holt den Dolmetscher.«

Nikolai Jegor, ein altbefahrener Seemann, den die Russen den Yankees als Dolmetscher zur Verfügung gestellt hatten, erschien, und sie gingen unter Deck. Achtundzwanzig Jäger, die man im Heckraum zusammengetrieben hatte, standen dicht aneinander gedrängt, von auf sie gerichteten Gewehren in Schach gehalten. Der Captain begann. Nach jedem Satz pausierte er, damit Jegor übersetzen könne.

»Ihr und eure Leute habt Menschen meines Volkes ermordet. Ab heute sind wir quitt. Doch ihr sollt wissen, dass das Leben eines weißen Mannes so viel gilt wie das eines ganzen Rudels von Eingeborenen. Doch will ich diesmal Milde walten lassen. Die alte Geschichte ist vergessen, aber von jetzt ab wird scharf gerechnet.«

Er machte eine Pause, bis Jegor seine Worte übersetzt hatte. Als er damit fertig war, äußerte einer der Eingeborenen etwas.

»Was sagt der?«, fragte der Captain.

»Er sagt ...« Mühsam übertrug Jegor die Worte des Eingeborenen ins Englische, »er sagt, die Leute wollen wissen, wer erschossen worden ist, welche Familien. Die Namen wollen sie wissen. Sie sind in Sorge um ihre Familien.«

Der Captain mimte den Gutmütigen. »Sag ihnen, dass wir leider keine Zeit hatten, uns um die Namen der Eingeborenen zu kümmern. Aber wenn sie gut arbeiten und wenn wir rasch eine gehörige Fracht zusammenbringen, dann sind sie ja bald wieder daheim und werden es erfahren.«

Jegor übermittelte den Leuten den Sinn dieser Antwort. Ein Flüstern, das sich wie das traurige Seufzen des Windes anhörte, lief durch die Schar.

»Das soll ihnen eine Lehre sein«, schloss Captain Fenton seine Rede. »Wenn auch nur einer von ihnen versucht, durchzubrennen oder sich von der Arbeit zu drücken, dann mache ich seine ganze Familie kalt, sobald wir zurückkommen. Jetzt werden sie springen.« Damit machte er kehrt und überließ es Jegor, den Leuten seine Rede zu erklären.

Andrej Semenoff, der Sohn des alten Lew, des Häuptlings, war der Führer der achtundzwanzig Otterjäger. Er stand entsetzliche Angst um Wera und ihre Mutter aus, da er nicht ahnte, wie Wera sich mit Pfeil und Bogen zur Wehr gesetzt hatte. Fast alle der Männer hatten Familie, über deren Ergehen sie im Unklaren waren.

Aus ihrem Gelass tief im Heck konnten die Eingeborenen nur die Bewegung des Schiffes erraten. Es war in voller Fahrt. Aus irgendeinem Grund, den sie nicht verstanden, hatten die Russen sie diesem neuen Herrn übergeben. Sie entsannen sich der alten Geschichte der Jäger von Attu – die Russen hatten sie verschleppt und auf einer kahlen Insel ausgesetzt. Welchen Vorteil ihre neuen Herren davon haben sollten, brauchbare Jäger umzubringen, das war nicht einzusehen, aber die Grausamkeit der weißen Leute ging ja über alles Verständnis.

In dem dunklen Kielraum waren Tage und Nächte nicht zu unterscheiden. Eine endlose Zeit verstrich, wie lange sie währte, konnten die Eingeborenen nicht ermessen; endlich wurde ihnen erlaubt, an Deck zu kommen, aber auch nur immer einigen. Jegor, der etwas freundlicher gesinnt schien als die Yankees, ließ sie wissen, dass man zur Otterjagd nach Süden fahre, wie weit, das wisse er auch nicht. Die Jäger wurden an Deck gelassen, um ihre Körper wieder in Schwung zu bringen, damit sie nachher zu ihrer anstrengenden Arbeit tauglich wären.

Ringsum war nichts zu sehen als die Kimmung, Meer und Himmel. Die Unermesslichkeit des offenen Meeres wirkte auf sie niederdrückend. Wieder wurde die Sorge in ihnen wach, man schleppe sie irgendwohin in weite Ferne, um ihnen dort ein grässliches Ende zu bereiten.

Endlich zeichnete sich im fernen Osten purpurn ein schmaler Streifen Landes ab. Es war also so weit, es ging auf Otterjagd. Boote wurden ausgesetzt, die Jäger mussten die Strickleitern hinabklettern. Sie waren froh, der strengen Aufsicht auf dem Schiff zu entgehen, doch flößte ihnen das unbekannte Meer Furcht ein. Kein Zweifel, es war dasselbe Meer, und doch war es anders – worin der Unterschied bestand, spürten sie nur, wie Menschen dergleichen fühlen, die mit dem Meere zutiefst vertraut sind.

Am ersten Tage brachten sie gar nichts heim: Kein einziger Otter kam in Sicht. Zweifellos waren sie noch viel zu weit von der Küste entfernt. Als auch der zweite Tag keine Beute einbrachte, wurde beschlossen, näher an die Küste heranzufahren. So würde man die Otter, die am Strand lebten, ins Freie heraustreiben. Wenn die Tiere in Herden zu flüchten versuchten, konnte man sie abfangen. Schon steuerte das größere Schiff landwärts.

Den Aleuten erschien das Land, das sich ihren Blicken darbot, erstaunlich und unheimlich. Die Luft war warm, viel zu warm, als dass man sie mit Behagen hätte einatmen können. Und gar die Bäume! Endlose Forste erstreckten sich bis zum Strand herab. Nie hatten sie bisher Baum oder Busch gesehen, das war ein erschreckender Anblick. Diese Wälder waren düstere Tiefen, in die niemand sich wagen konnte, ohne zu befürchten, dass die riesigen Holzsäulen auf ihn stürzten. Nicht auszudenken, was für Lebewesen hier lauerten. Ein Land, das so riesige Gewächse hervorbrachte, musste auch Riesentiere beherbergen. Hier hausten wohl die gefürchteten Kolosch. Solche Wälder musste man meiden.

Die Otterjagd am Strand begann, und die war ihnen vertraut. Otter sonnten sich am Ufer der Lagunen, oder sie ließen sich, auf dem Rücken liegend, im Wasser treiben und spielten mit ihren Jungen. Sie brachen Schaltiere mit ihren harten schwieligen Pfoten auf und verfütterten die Beute an die stets fresslustigen Jungen. Eine ernsthaftere Beschäftigung war der Schwimmunterricht. Muttertiere tauchten plötzlich, überließen es den entsetzten Jungen, unter ängstlichem protestierendem Gequiek uferwärts zu paddeln. Die Jungen waren faul und schoben den Zeitpunkt, da sie unabhängig sein würden, so lange hinaus, als sie nur irgend vortäuschen konnten, noch der mütterlichen Betreuung zu bedürfen.

In diese emsigen Otterkolonien brachen die Jäger mit wildem Geschrei und Wasseraufrühren ein. Je besser es gelang, die Otter durch Angst zu lähmen, umso leichter ließen sie sich fangen. Die Jäger wateten in den seichten Lagunen herum, schwangen ihre Keulen, stolperten über verflochtenes Gewirr von Seetang, wenn sie den flüchtenden Tieren nachsetzten. Mit Musketen bewaffnete Yankees standen am Strand und schossen die Tiere ab, die den Keulen der Aleutenleute zu entwischen drohten. War weit und breit kein Lebenszeichen mehr zu bemerken, so wurden die toten Tiere am Strand gesammelt.

Langsam tastete sich die Mannschaft an der Küste entlang. In den seichten Buchten wurden alle Otter abgeschlachtet oder ins Meer hinausgetrieben. Tiere, die zu klein waren, um brauchbare Felle zu erbringen, überließ man dem Verderb. Niemand machte sich darüber Gedanken, was man hinter sich ließ. Man plünderte die Reviere so gut man konnte. Gerüchte waren im Umlauf, auch britische und spanische Jäger würden bald in die Otterreviere eindringen. Jedes brauchbare Fell musste erbeutet werden, bevor die Rivalen ihren Anteil an diesen Reichtümern forderten.

Nun aber wurde es zu warm, und da gab es keine Otter mehr. Jetzt war es an der Zeit, sich nordwärts zu wenden und weiter draußen vor der Küste zu jagen. Da wurden die kleinen Boote wieder ausgesetzt, und die Jäger mussten zu zwei und zwei zur Otterjagd fortrudern. Verglichen mit der Jagd am Strand war das eine umständliche und zeitraubende Prozedur.

In ihrer Gier, die Frachträume der Schiffe zu füllen, zeigten sich die Yankees über die spärliche Beute erbittert. Sie wurden brutaler und fordernder von Tag zu Tag. Dass die Jagd im offenen Meer nicht so viel erbrachte, nur einen Bruchteil dessen, was die Jagd in den Lagunen ergab, wollten sie nicht einsehen. Die Jäger, sagten sie, wären faules Pack. Man bedrohte sie mit grausamen Vergeltungsmaßregeln gegen ihre Familien, wenn nicht hereinkäme, was man erwartet hatte.

Oft geschah es, dass nach langer und planvoller Jagd ein Otter so weit war, dass man ihn fangen konnte und dass sich dann eine Nebelwand vorschob, sodass der Otter entwischen konnte. Selbst die erfahrensten Jäger wussten keine Abhilfe gegen solche Fehlschläge. Endlos blieben die Jäger auf dem Wasser, um wenigstens eine geringe Beute heimzubringen. Den ganzen Tag über hüpften und tanzten die kleinen Bidarkas auf den Wogen, immer in Sicht des Mutterschiffs. Schon im Morgengrauen fuhr man aus, und abends wurden die Boote oft nur durch das Licht am Hauptmast heimgesteuert. Täglich mussten die Jäger ausfahren. Die endlosen Stunden des Ruderns in schwerer See ließen die Leute hager und erschöpft werden.

Einige Male hatte Andrej durch Jegor, den Dolmetscher, Einspruch dagegen erhoben, dass man auch an Tagen hohen Seegangs ausfahren musste. Otter ließen sich bei hohem Wogengange kaum blicken. Bekam man aber zufällig doch einen Schwarzkopf zu sehen, so war es überaus schwierig, ihn zu treffen. Auf die geringe Chance hin, dass doch ein oder zwei Felle eingebracht wurden, musste die ganze Jägerflotte einen vollen Tag lang auf See treiben. Eine verrückte Taktik war das, die sich auf die Dauer nicht bewähren konnte. Die Jäger kamen von Kräften und leisteten jetzt auch an guten Tagen weniger. Doch die Gier machte die Pelzhändler blind, nichts begriffen sie als die Ziffer des täglichen Eingangs.

Am Tage der ersten Tragödie hatte es Andrej wieder einmal gewagt, Protest zu erheben. Die grünen Brecher erhoben sich bis zur Höhe des Schiffes, es bestand nicht die geringste Aussicht, an solch einem Tag einen Otter zu sichten. Und doch ließ Captain Fenton sich nicht von seinem Prinzip abbringen. Wie an gewöhnlichen Tagen wurden die kleinen Bidarkas auf der Leeseite des Schiffes ins Wasser gesetzt. Sobald die Boote nicht mehr den Windschutz des Hauptschiffes genossen, tanzten sie auf den Wogen wie Papierschnitzel. Alle Aufmerksamkeit musste darauf gerichtet werden, den Brechern zu begegnen; es blieb keine Kraft übrig für die Bemühungen um einen Otter.

Rollte einer der schweren Brecher heran, so bot er sich als ein Wall von seltsam durchsichtigem Grün dar. Nur durch hastiges Paddeln vermochten die Jäger zu verhindern, dass sie in den Wogenkamm gerieten, wenn er gerade brach und einstürzte. Wie durch ein Wunder wurde die Bidarka bis zur höchsten Höhe hinaufgehisst, hing dann einen atemraubenden Augenblick lang über dem Nichts, bevor sie senkrecht in die gähnende Tiefe hinabsauste.

Die erschien als eine schwarze klaffende Höhle, so tief, dass man vermeinte, das Boot müsse gewiss auf den Grund des Meeres aufschlagen, ehe es den nächsten heranrollenden Wogenberg hinaufgeschleudert wurde.

In Gischt und Wogenprall bemerkte zuerst niemand, was zwei Brüdern aus Agattu, Peter und Alex, widerfuhr. Vielleicht waren sie von der Plage der vorherigen Tage so erschöpft, dass es ihnen nicht mehr gelang, über einen brechenden Kamm hinwegzusteuern. Andrej Semenoff sah einen Augenblick lang die halbuntergetauchte Muschelform einer leeren Bidarka in ein schwarzes Wogental hinabwirbeln. So waren die letzten Männer einer Familie aus Agattu von der unersättlichen See eingefordert worden. Ein Bruder der beiden war vor Agattu einem Williwaw erlegen, den Vater hatte eine Springflut bei den kleinen Semichi-Inseln hinweggerafft. Nun waren auch Olga und Mascha gleich Darja und der alten Mutter Theresa Seemannswitwen.

Auf ein Signal hin, das aus uralten Zeiten überkommen war, brachten es die Aleutenleute zu Wege, aneinander heranzurudern. Überzählige Paddel wurden von Bidarka zu Bidarka gelegt. Indem man sie flink verknotete und am Bootsrand befestigte, wurden die Bidarkas miteinander verbunden.

Den ganzen Tag lang plagten sich die Männer sinnlos und ohne Ergebnis auf dem Meere. Durchfroren und durchnässt waren sie, und der Verlust ihrer Mitbrüder, die jahrelang ihre Kameraden gewesen waren, lastete schwer auf ihnen. Trotzdem wagten sie es nicht, zum Schiff zurückzukehren, denn sie fürchteten den Zorn des Captain. Es war ihnen auch nicht erlaubt, Nahrungsmittel mitzunehmen, denn das Essen könne sie nur von der Otterjagd abhalten. Zuweilen hatten sie das Glück, irgendetwas Genießbares aus der See zu holen. Doch ermangelte kalt und roh genossener Fisch der nährenden Kraft heißen Seelöwenfleisches, das die Jäger in unbegrenzten Mengen nötig hatten, um bei Kräften zu bleiben.

Endlich ging auch dieser lange Tag zur Neige, und die Aleuten gelangten mit großer Anstrengung zum Mutterschiff zurück. Als sie endlich an der Leeseite des Schiffes waren, stand Captain Fenton an der Reling und blickte zu ihnen hinab: »Was soll das, dieses Zusammenbinden der Boote?«, rief er Jegor zu.

»Sie haben wohl Angst gehabt zu kentern«, sagte Jegor.

»Denen werde ich Angst vor ganz was anderem beibringen!«, tobte der Captain. »Treiben sich einen ganzen Tag draußen herum und bringen nicht einen einzigen Otter heim! Schickt mir ihren Führer!« Damit stürmte er in seine Kabine.

Jegor erklärte, als er mit Andrej nachkam: »Es war ein schlimmer Tag für sie. Sie haben zwei Mann verloren.«

»Zwei Mann? Die sind wohl zur Küste entwischt!«

»Ich glaube nicht, dass die so etwas tun, Sir«, erklärte Jegor. »Vor dem Festland haben sie nur Angst. Am meisten fürchten sie den Wald.«

»Die haben vor allem Angst! In den letzten Tagen haben sie sich sogar davor gefürchtet, Otter zu fangen.«

Bedrückt gab Andrej Bericht, was er vom Ende der beiden Brüder wusste, und Jegor übersetzte.

»Das kann so gewesen sein und auch nicht«, sagte Captain Fenton, sichtlich nur wenig überzeugt. »Ich hab nie gehört, dass solche Aleutenfischer auf See schiffbrüchig werden. Ich glaubs einfach nicht. Die sind desertiert. Sag diesem Andrej, er soll mir zwei heraufschicken – beliebige zwei. Die anderen bleiben unten in den Bidarkas.«

»Die ganze Nacht?«, fragte Jegor ungläubig.

»Die ganze Nacht und morgen den ganzen Tag und wieder, bis sie etwas einbringen, was der Rede wert ist. Die tun ja nichts. Sind faul geworden. Früher haben sie Felle bündelweise gebracht.«

»Es ist eine andere Art zu jagen«, versuchte Jegor ihn zu beschwichtigen.

»Die sind nicht mehr wie zu Beginn. Ich bin zu sanft mit ihnen gewesen. Die machen sich über mich lustig. Machen sich auf meine Kosten einen guten Tag. Saumselige Brüder. Die Briten werden da sein, bevor wir etwas hereinbringen. Ein Vermögen geht mir durch die Finger, bloß weil diese Schurken nicht zupacken wollen!« Immer mehr redete er sich in den Zorn hinein.

Jegor gab es auf, ihm zu widersprechen. Als die beiden Leute hereingeführt wurden, schrie der Captain: »In den Kutter mit ihnen! In Ketten. Schwere Ketten!«

Die beiden wurden abgeführt.

Vom Essen für die Leute war nicht die Rede. Jegor erwähnte es nicht, aus Angst, der Captain in seiner Wut könne ausdrücklich ein Verbot erlassen. Als sich später eine günstige Gelegenheit ergab, ließ Jegor, so viel er nur zusammenbringen hatte können, in die Bidarkas, die auf der Leeseite des Schiffes tanzten, hinabfallen.

»Es ist schlimm«, rief er, »ihr dürft heute nicht an Bord kommen. Befehl vom Kapitän. Er will es nicht dulden, dass ihr die Bidarkas zusammenbindet. Und dass ihr ohne Otter heimkommt.«

Die ganze Nacht mussten sich die Leute im kärglichen Windschutz des Schiffes halten. Durchnässt waren sie und halb verhungert. Pläne, zu flüchten, tauchten auf. Mehrere stimmten für einen Versuch, sich zum Festland durchzuschlagen. Es war immer noch besser, ungekannten Gefahren zu begegnen, als einzeln, einer nach dem andern, hier auf See zu verrecken. Doch Andrej war dagegen. Weiße Pelzjäger waren rachsüchtig. Selbst wenn man dem Tod entging, würden die Familien schwer dafür zu büßen haben. Dies Jahr, nächstes Jahr, irgendeinmal. Die Weißen vergaßen nie.

Als der Morgen dämmerte, stand Jegor an der Reling und rief hinab: »Ihr sollt heute nicht wieder Leute verlieren. Der Kapitän mag das nicht. Ich soll euch bestellen, dass er für jeden, der verloren geht, einen von euch nimmt. Ich weiß selber nicht, was er dann tun will, aber es wird wohl etwas Schlimmes, etwas sehr Schlimmes sein.« Und während er sprach, ließ er wieder einen Packen mit Esssachen hinabgleiten, sichtlich in Angst, dass er dabei erwischt würde.

Die Aleuten waren voll Groll. Glaubte der Captain wirklich, dass sie gute Leute ins Meer versinken ließen, nur um ihn zu ärgern? Bildete er sich ein, dass solche Verluste vermieden werden konnten, indem man Befehle dagegen erließ? Tiefbedrückt ruderten sie hinaus.

Während das Schiff allmählich nordwärts triftete, wuchs die Spannung zwischen Captain Fenton und den Aleutenjägern. Jetzt ließ er sie nie mehr nachts an Bord, fürchtete wohl einen Ausbruch ihres Zorns. Als dann gar Lebensmittelknappheit fühlbar wurde, waren es die Aleutenjäger, die am schlimmsten darunter zu leiden hatten.

»Die haben doch immer aus dem Wasser gelebt«, machte der Captain geltend. »Warum können sie es jetzt nicht?«

Auf den Bidarkas Feuer anzumachen, war gänzlich unmöglich, und so blieb ihre Nahrung auf das Zerkauen roher Fische beschränkt. Bald machte sich die Entkräftung geltend, und Krankheiten, die sie bisher nie gekannt hatten, brachen aus. Einer nach dem andern ging verloren. Ein Mann schlief vor Erschöpfung während des Ruderns ein, zog dabei seinen Arm, der über dem Bootsrand hing, nach; schon wurde er ihm von einem Hai, der das Boot umkreiste, weggerissen. Die andern vermochten dem schwer Verletzten kaum zu helfen, und so hielt seine sinkende Lebenskraft nur knapp bis zur Abenddämmerung vor. Ein unbekanntes Ungetüm schlang einen wohl giftigen Fangarm um das Bein eines anderen Mannes, und dieses Bein begann anzuschwellen, bis es kaum mehr einem menschlichen Bein glich.

Und für jeden dieser Männer, die ausfielen, forderte der Captain Geiseln. Was aus den Männern wurde, die man als Geiseln an Bord holte, konnten die Aleutenleute nicht in Erfahrung bringen. Selbst Jegor wusste darüber nichts Genaues, ließ aber durchblicken,

Gefangene erwarte ein Schicksal, das man lieber vermeide. So lebten die Männer in steter Angst vor dem Unbekannten.

So besessen war der Captain von seiner Zwangsvorstellung, die Aleutenjäger leisteten ihm Widerstand, dass es ihm niemand mehr erklären konnte, wie sehr er gegen sein eigenes Interesse arbeitete. Da der Jagdertrag immer geringer wurde, quälte er die Menschen, und je mehr er die Menschen quälte, umso geringer wurde der Jagdertrag.

Als dieser Teufelskreis sich schloss, meinte der Captain endlich, es wäre am besten, für dieses Jahr die Jagd aufzugeben. Jetzt war die Zeit kostbarer als die paar Pelze, die noch hereinkommen mochten. Doch sagte er von diesem Entschluss niemandem etwas. Eines Tages, als die Bidarkas für den Tag ausgefahren waren, erteilte er unvermittelt Befehl, alle Segel zu hissen. Die Mannschaft zögerte und warf fragende Blicke zu den Booten der Jäger hinüber.

Doch Fenton schrie: »Was? Haben wir Meuterei an Bord? Alle Segel auf und mit voller Kraft voran!«

Langsam setzte das Schiff sich in Fahrt. Der Wind war an diesem Tag launisch, jedoch nicht kräftig. Die Aleuten schienen, als hätten sie die Gedanken des Captains gelesen. Von Bord aus sah man, wie sie erst stutzten, dann wendeten und aus Leibeskräften auf das Schiff zuruderten. Offenbar war ihre Angst, auf ferner See verlassen zu werden, noch größer als ihre Scheu vor Captain Fenton.

Eine Weile lang machte das Schiff nur geringe Fahrt. Der Wind war schwach, setzte zeitweilig sogar ganz aus. Die paddelnden Bidarkas begannen näher zu kommen. Auf seiner Brücke fluchte Captain Fenton. Gerade jetzt, da er sich entschlossen hatte, die Aleuten ohne alles unnütze Gerede sich selbst zu überlassen, musste dieser verdammte Wind aussetzen! Jetzt konnte es zu Schwierigkeiten, vielleicht sogar zu Gewalttätigkeiten kommen. Diese Aleuten waren nun schon nahe und winkten mit ihren Paddeln, als ob sie sich einbildeten, man hätte sie bei dieser Abfahrt bloß vergessen.

Nun waren sie so nahe, dass man sogar ihre Rufe hören konnte. Und so hart gesottene Kerle diese Seemänner auch waren, diesmal zeigten sie sich so gerührt, dass sie in den Captain drangen, die Aleuten an Bord zu nehmen.

»Wozu?«, fragte er kalt.

»Wir könnten sie ja in Agattu an Land setzen«, antwortete der Sprecher der Mannschaft.

»Und dafür ein paar Tage opfern! Nein, für solche Spazierfahrten habe ich keine Zeit.«

»Dann behalten wir sie wenigstens für die Jagd im nächsten Jahr an Bord«, schlug der Sprecher vor.

»Die würden nur auf eine Gelegenheit lauern, über uns herzufallen. Keine ruhige Stunde hätte man mehr. Und dann würden sie womöglich Gerüchte über uns ausstreuen. Was immer sie reden, es wird es uns schwerer machen, in Zukunft wieder eine Jagdmannschaft zusammenzubringen. Übrigens können Altosoff und seine Russen ohne geübte Jäger auf Kiska wenig ausrichten. So haben wir auch dort noch eine Chance. So oder so, es bringt nichts, diese Eingeborenen bei uns zu behalten. Schluss mit diesen Narrheiten!« Damit wandte er sich ab, als stünde es jetzt für ihn fest, dass es gegen solche Gründe keine Gegenargumente gäbe.

Offenbar hatten die Aleuten keinen Begriff davon, welche Streiche der Wind einem Segelschiff spielen kann. Schon glaubten sie, das Schiff warte auf sie, und sie kamen eifrig, ja sogar ein wenig aufgemuntert näher. Doch da setzte die Brise wieder ein, die Segel blähten sich, und das Schiff gewann Fahrt. Als die Aleuten sahen, dass sie nun zurückgelassen wurden, hallte ihr Schreien an Bord. Einige Leute der Mannschaft gingen von Deck, weil sie den Jammer der verzweifelten Aleuten nicht ertragen konnten.

Eine kurze Strecke ruderten die Bidarkas neben dem Schiff her, hielten mit ihm Schritt. Als aber der Wind kräftiger wurde, blieben sie allmählich zurück. Trotzdem waren sie von unvorstellbarer

Zähigkeit. Den ganzen Tag setzten sie dem Schiff nach. Der Wind schwoll an und ließ wieder nach, als hätte er es darauf abgesehen, mit den Paddlern sein launisches Spiel zu treiben und sie weiter und weiter aufs offene Meer hinauszulocken. Der Captain tobte. Dass seine Feinde ihm so nachsetzten, schien den abergläubischen Seeleuten Unglück zu verheißen.

Auch am nächsten Morgen noch konnte man durch die Ferngläser einige Bidarkas erkennen, offenbar jene, die mit den zähesten Paddlern bemannt waren. Doch waren die Boote jetzt nur mehr winzige Punkte in der endlosen See, und ob sie dem Hauptschiff noch nachsetzten, war nicht zu erkennen. Gegen Mittag hatte man sie endlich außer Sicht. Der Wind war stetig geworden, und der Mann im Ausguck meldete, es wäre von den Bidarkas nichts mehr zu bemerken.

Die Aleuten hatten sich so weit vom Land weglocken lassen, dass sie jetzt kaum hoffen konnten, es doch noch zu erreichen. Ihre Kräfte waren verausgabt, und der Wind stand gegen sie. Ihr Schicksal schien besiegelt.

Mehr als ein Jahr verstrich, bevor Jegor, der Dolmetscher, ihre Geschichte berichten konnte. Langsam, auf vielen Umwegen, war er über China nach Russland heimgekehrt und von dort auf einem anderen Handelsschiff nach Agattu gelangt. Zwar hatte man dort kaum mehr damit gerechnet, Jegor wiederzusehen, doch wollten die Frauen die Hoffnung nie ganz aufgeben. Nun erfuhren sie die volle Wahrheit. Nachdem Jegor berichtet hatte, was er gesehen hatte, konnte nur ein ausgemachter Narr sich an irgendeine Hoffnung klammern.

Dass Andrej Semenoff verloren war, traf die Agattu-Leute am härtesten. Das Glück einer Insel hing davon ab, dass der Häuptlingsstamm nicht ausstarb. Natascha wehrte sich bis zum Äußersten dagegen, zu glauben, dass ihre Familie im Mannesstamm erloschen sei. Bittere Vorwürfe machte sie sich, dass sie selbst keinen Sohn geboren hatte; allerdings war Wera, die einen plündernden Yankee mit Pfeilen niedergestreckt hatte, so tüchtig wie nur irgendein Sohn. Doch das half nichts, der Stamm war erloschen, und das Volk von Agattu verfiel in eine Mutlosigkeit, aus der selbst die Väter der Mission sie nicht zu befreien vermochten.

Agattu war jetzt fast ebenso grausam dezimiert wie einst Attu. Die Explosion des Schiffes, die Füsilierung der jungen Frauen, der Verlust all der Otterjäger, einige vereinzelte Streitfälle mit blutigem Ausgang zuletzt, all das hatte die Bevölkerung der Insel zu einem armseligen Rest zusammenschmelzen lassen. Agattu war eine Wohnstätte der Greise und der Kinder geworden.

Wie die Menschen, so waren auch die Otter fast ganz verschwunden. Für das Einkreisen der Seelöwen und für die Robbenjagd im Frühling waren kaum erfahrene Männer zur Hand. Die Feste, die man früher gefeiert hatte, waren längst in Vergessenheit geraten, es fehlte seit langem an Anlässen, die man feiern konnte, und man lebte nicht mehr in Überfluss, sondern in Kargheit.

Der alte Lebensmut war gebrochen. Man sammelte Seeigel, Muscheln und allerlei Meeresfrüchte ein, die die Wogen am Strande abgesetzt hatten, Nahrung, die man früher verschmäht hätte. Die Barabaras wurden nicht ausgebessert und verfielen, niemand dachte daran, neue Bidarkas zu bauen. Die alten Kleider schienen gut genug, dies jammervolle Leben, in das man gefallen war, zu fristen.

Englische Händler zeigten sich in Kiska. Als die Nachricht nach Agattu kam, ließ es die Leute gleichgültig. Sie besaßen nichts mehr, wonach weiße Männer trachten mochten, und so hatten sie auch nichts mehr zu fürchten.

Von den Russen und den Yankees hatte man, bevor sie ins Land kamen, nichts gewusst, den Engländern aber eilte ihr schlimmer Ruf voraus. Vom Osten her arbeiteten sich die Briten auf dem weit gespannten Bogen der Inseln allmählich heran. Wie sie dort im Osten Otter, Robben und Eingeborene ausrotteten, das übertraf alles, was die Russen im Westen vollbracht hatten. In ihrem Sprung von Insel zu Insel kamen sie schneller voran, wurden mit jedem Eiland und seiner Bewohnerschaft rascher fertig, weil es bei ihnen von jeher Brauch war, Eingeborene gegen Eingeborene einzusetzen. Auf dem Festland, an den Gestaden eines anderen Meeres, hatten sie die wilden Irokesen sowohl gegen ihre weißen wie gegen ihre eingeborenen Feinde eingesetzt. Hier, im fernen Westen, waren die Kolosch ihre Verbündeten.

Die Kolosch kamen von Alaska herüber, und ihre Grausamkeit war so wild, dass die Feinde der Kolosch meist den Mut verloren, bevor der Kampf begann. Gefangene wurden enthauptet, die Köpfe der Getöteten auf Stöcke gepfählt. Solche Stöcke markierten überall den Weg der Kolosch. In allen Künsten der Tortur hatten die Kolosch es zur Meisterschaft gebracht. Es hieß, dass sie es hauptsächlich auf die Fingernägel und auf die Fußsohlen abgesehen hätten.

Captain John Radcliff, der das britische Schiff *Turtle Dove* kommandierte, war beunruhigt, als sich in seinen Revieren weder Otter noch Robben mehr auftreiben ließen, und so drängte er westwärts. Im Bunde mit seinen Kolosch glaubte er sich über die russische Souveränität hinwegsetzen zu können.

Die britischen Händler hatten es stets eilig. Immer war ihr Blick auf das Ziel gerichtet, noch eine ergiebige Fracht heimzubringen, noch eine Beutefahrt zu beenden, noch einmal mit gutem Profit auf dem Pelzmarkt zu erscheinen. Dann winkte ihnen friedliche Zurückgezogenheit in der Heimat, dann durften sie sich des Wohlstandes erfreuen, den sie zusammengerafft hatten. Daheim waren sie gesetzestreue Bürger, liebevolle Familienväter und achtbare Nachbarn. Tausend Meilen von der Heimat entfernt wurden sie zu Scheusalen.

Auf Kiska hatte Captain Radcliff ein halbpermanentes Lager als Basis seiner Operationen errichtet. Jähes Zuschlagen charakterisierte alle seine Unternehmungen. Alte Erfahrung hatte ihn gelehrt, dass man gleich ganze Arbeit tun musste. Ließ man Eingeborenen gegenüber Geduld walten, so erzielte man nur halbe Resultate.

Darum begannen die englischen Pelzhändler mit einem überraschenden nächtlichen Raubzug gegen ein kleines Eingeborenendorf an der Ostküste von Kiska. Die Russen hatten auf Kiska ihr Hauptquartier in der größten Siedlung, hatten dort auch die Mission stationiert. Die Aleuten, von dem Angriff völlig überrascht, leisteten kaum Widerstand; alle ihre Hoffnungen setzten sie auf die Russen. Einige Male hatte Vater Josefs Einfluss ausgereicht, um russische Pelzhändler vom Schlimmsten abzuhalten; vielleicht würde er nun wieder helfen können. Erst als sie die fremde Sprache hörten, wurde ihnen klar, dass sie nun einen neuen, anderen Feind vor sich hatten.

Männer, die einigermaßen bei Kräften waren, wurden zur Arbeit gepresst. Jeder der Seeleute nahm eine Frau für sich selbst, die übrigen Frauen wurden als Geiseln ins Hauptquartier geschleppt. Die Aleutenjäger hatten Felle herbeizuschaffen, sonst würden ihre Familien vom Erdboden verschwinden. Überall auf den Inseln hatte sich herausgestellt, dass die Methode, Geiseln als Unterpfand in Händen zu behalten, die besten Ergebnisse erbrachte.

Die Engländer hatten ein großzügig angelegtes Unternehmen gegen die Robbenherden auf Pribiloff im Sinn, dazu benötigten sie ein größeres Aufgebot von Jägern, als je eines zu einem Einzelunternehmen in Aktion gesetzt worden war. Zwei weitere Schiffe wurden von Atka und Tanaga herbeizitiert, um zusammen mit der Turtle Dove den Raid gegen die Robbeninseln durchzuführen.

Alljährlich kamen, fast auf den Tag genau, riesige Robbenherden auf geheimnisvollen Seewegen zu den Pribiloffs. Irgendein Instinkt trieb die Seehundsmutter, ihr Junges auf demselben Küstenstrich zu gebären, an dem sie geboren worden war. Trächtige Robbenmütter, reife Manntiere und verspielte Jährlinge, alle kamen sie, in der großen Frühlingspilgerfahrt der Seehunde, zu den Pribiloffs.

Wichtig war es, den Zeitpunkt richtig zu treffen. Am günstigsten war es, wenn man zur Stelle war, ehe die ersten Vorposten des Robbenzugs, die kräftigen und raufsüchtigen Robbenbullen, eintrafen. Am meisten durfte man sich von einem Überraschungsangriff versprechen. Der Instinkt, der die Tiere an diese Gestade führte, war so mächtig, dass sie, selbst wenn sie geschlagen wieder in die See hinausgeflüchtet waren, wieder und wieder dem Land zustrebten. Keine Gefahr konnte sie davon abbringen, der Instinkt, sich fortzupflanzen, war stärker als der Selbsterhaltungstrieb, stärker als die Furcht.

Als die Schiffe Kurs nach Norden nahmen, schien mit Frühlingsbeginn auch der Bogosloff zu erwachen. Die sonst schlaffe Rauchfahne streckte sich, wurde zum aufgespannten Schirm. Es war, als ob sich ein Mantel über den Himmel breitete, und bald hatte der rauchende Atem des Berges den Horizont erreicht. Schon spürten die Männer an Deck den ersten Anprall ferner Ausbrüche. Um Mittag setzte vorzeitige Dämmerung ein, und verängstigte Vögel umflatterten in Schwärmen die Maste.

Als es vollends dunkelte, begannen Blitze den Gipfel des Bogosloff zu umspielen. Feurige Zungen schossen hervor, zuckten die Hänge hinab, als wollte der Berg bersten. Flammenbänder rollten bis zum fernen Horizont. Da gingen die Schiffe vor Anker. Aus irgendeinem Grunde, den niemand anzugeben wusste, wollten die Kompassnadeln nicht mehr anzeigen. Sofern man einigermaßen in Sicherheit bleiben wollte, musste man auf dem offenen Meer das gewaltige Naturschauspiel abwarten, und selbst hier konnte man sich nicht wirklich sicher fühlen.

Während der Nacht schlugen Springfluten gegen die Schiffswände. Die ersten Stöße waren kaum merkbar, dann aber wurden sie rasch heftiger, als ob jeder Stoß seine Kraft zu der des vorigen hinzufügte. Die Schiffe hoben und senkten sich und zerrten an den Ankerketten. Zuletzt rollte eine mächtige Wasserwand heran, schleuderte die schweren Schiffe hoch und ließ sie dann in den der Riesenwoge folgenden Abgrund hinabtaumeln. Die Leute in ihren Kabinen flogen gegen die Wände. Doch bevor sie recht zur Besinnung gekommen waren, hatte das Schwanken und Schwingen wieder sein Ende gefunden.

Den ganzen nächsten Tag und die darauf folgende Nacht währte das eigentümliche Dämmerlicht, und die Kompasse versagten immer noch den Dienst. Endlich klärte eine steife Brise aus Westen den rauchverhangenen Himmel, und die Schiffe konnten ihre Anker lichten. Bevor sie die Pribiloffs erreichten, war auch der Gipfel des Bogosloff frei. Früher hatte es hier eine breite Durchfahrt zwischen zwei großen Inseln gegeben. Dann war nur eine einzige Insel verblieben. Vielleicht würde in fünf oder zehn Jahren, vielleicht auch in fünfzig die versunkene Insel wieder auftauchen. Derlei war schon vorgekommen.

Die Schiffe gingen vor Anker, die Mannschaft wurde an Land gesetzt. An den weiten Hängen, die zum Strand abfielen, war noch keine Spur von erwachtem Leben zu bemerken. Vielleicht hatte die aufgeregte See, vielleicht hatten die drei Tage, die der Bogosloff zur Nacht werden ließ, den Kalender der Robben verwirrt.

Doch bald tauchten die runden Schwarzköpfe der alten Robbenbullen, die auf den heranrollenden Brechern ritten, auf. Sie waren die Generäle, Veteranen vieler Schlachten, sie marschierten voraus. Wie alterfahrene Prospektoren steckten sie selbst ihre Claims ab, genau das Stück am Strande, das sie seit Jahren für sich in Anspruch genommen und gegen Nebenbuhler verteidigt hatten. Doch sogleich begannen wie von jeher die Kämpfe, und jeder bewachte eifersüchtig das kostbare Stück Land, das ihm Rivalen streitig machen wollten.

Nun kamen auch die prächtigen Weibstiere, von den halb ausgewachsenen Jungtieren des vorigen Wurfs gefolgt, an. So weit das Auge reichte, schwärmten ungezählte tausende von Tieren über den Strand, und die Kämpfe entbrannten in neuer Wut. Alte Gegnerschaften wurden ausgetragen, verschreckte Weibstiere wechselten von Harem zu Harem. Kampfgebrüll verschmolz zu einem einzigen nicht mehr endenden Röhren.

Als alles einigermaßen an seinem Platze war, machten sich die Jäger ans Werk. Während es früher der Brauch gewesen war, dass einige Aleuten sich eine kleine Ausbeute an Robben sicherten, ging jetzt eine ganze Armee von Jägern zum Angriff über. Die Eingeborenen rückten mit schweren Keulen gegen die Herde vor. Die Mannschaft der englischen Schiffe feuerte wie rasend in die Masse der Seehunde hinein.

Einen Augenblick lang waren die Tiere von dem Getöse und der Plötzlichkeit des Überfalls wie betäubt. Sie brachen im Kugelregen zusammen oder rollten unter den Keulenschlägen, die auf ihre Köpfe niederprasselten, zu Boden. Als sie dann die Gefahr erfasst hatten, war es, als ob ein Alarm den ganzen Strand entlangliefe. Wie ein wogender Strom ergoss sich die Menge der Tiere in die rettende See, nur die erlegten blieben zurück. Die verwundeten Tiere, die sich noch ihres Lebens wehrten, wurden erledigt.

Dann ging es ans Abhäuten und Verpacken der Felle. Die ganz jungen und die allzu alten Tiere wurden ausgeschieden. Die Häute der Veteranen zeigten die Narben zahlloser Kämpfe. Die Felle wurden gezählt, zu Ballen verschnürt und in den Booten zu den Schiffen gebracht, die in der Brandung tanzten.

Wie unter einem verhängnisvollen Zauber kehrten die Seehunde wieder und wieder zum Strande zurück, und die Jäger erneuerten die große Abschlachtung. Bald war der Strand zur Stätte einer scheußlichen Metzgerei geworden, sodass sich sogar die abgebrühtesten unter den Aleutenjägern nur mit Abscheu wieder ans Werk machten. Zuhauf lagen noch unabgehäutete Tierleichen zwischen den Massen zerhackten Fleisches. Der Gestank, der davon aufstieg, war schier unerträglich.

Schließlich brachten sie es einfach nicht mehr zu Wege, zwischen den schauerlichen Resten umherzuwaten. Als einzige Hoffnung blieb, dass eines Tages ein gewaltiger Sturm die Wogen über diesen Strand wälzen und dass die See mit ihrer reinigenden Kraft das Grauen, das der Mensch über diese Insel gebracht hatte, austilgen würde.

Die englischen Schiffe nahmen jetzt Kurs auf Kiska, und die erschöpften Aleutenjäger lagen in den Kielräumen. Auf ihnen hatte die Hauptlast der schweren Arbeit geruht; alles Widerwärtige war ihnen auferlegt worden, und die Engländer hatten sich darauf beschränkt, die Eingeborenen immer wieder zur Arbeit anzutreiben. Zu Sklavendienst gepresst, an dessen Erträgnis sie keinerlei Anteil hatten, während ihre Verwandten als Geisel gefangen gehalten wurden und allen Launen ihrer Peiniger ausgesetzt waren, fanden sich die Aleutenjäger tiefster Verzweiflung überlassen.

In den Siedlungen auf Kiska allerdings flammte der Unmut noch einmal auf. Kiska war die letzte große Insel ringsum, an deren Gestaden der Otter noch nicht völlig ausgerottet war. Die Preise für die Felle waren zu märchenhafter Höhe angestiegen. Es war unvermeidlich, dass es um dieses letzte Jagdrevier zu einem Kampf kommen würde.

Die russischen Pelzhändler hatten ihre jagdgeübten Leute Captain Fenton geliehen und dafür das Alleinrecht ausbedungen, am Strande von Kiska Otter zu jagen. Captain Fenton hatte nicht nur jene tüchtigen Jäger zu dem verabredeten Zweck gebraucht, er hatte sie auch nicht mehr zurückgebracht, sie mussten als verloren abgebucht werden. So war der Anspruch der Russen auf dieses Otterrevier doppelt begründet.

Captain Radcliff seinerseits stellte sich auf den Standpunkt, die Yankees hätten hier nie Jagdrechte besessen, hätten also auch keine abtreten können. Dass man auf einer Insel gelandet war, bedeutete noch kein Vorrecht: Eigentumsrechte entstünden erst, wenn jemand eine ständige Siedlung auf einer Insel errichte. Überdies hätten zurzeit nur die englischen Schiffe jagdgeübte Eingeborene zu Gebot, und so sei er, Captain Radcliff, entschlossen, sie auch einzusetzen. Gerüchte wollten wissen, dass spanische Schiffe von Mexiko und Kalifornien herüber unterwegs wären; da dürfe man keine Zeit verlieren.

Die Russen argwöhnten, Yankees und Briten hätten sich verständigt, sie um ein Recht zu prellen, das sie in aller Form und sogar zweifach erworben hatten. Hatte denn nicht die kaiserliche Regierung in St. Petersburg von dem Festland und den Inseln feierlich Besitz ergriffen, lange bevor sich hier ein Yankee oder Brite gezeigt hatte? Es bestand kein Zweifel, dass die Regierung in St. Petersburg dieses ihr Vorrecht mit allem Nachdruck verfechten würde, nur waren unglücklicherweise die Machtmittel, solchen Druck auszuüben, in weiter Ferne.

Das Aleutenvolk, noch über die letzten Missetaten der Engländer erbittert, war zu diesem Zeitpunkt eher geneigt, sich für die Russen zu entscheiden. Schließlich waren doch auch die Missionsväter Russen, und die hatten doch zweifellos manchen üblen Anschlag verhindert.

In einem unbewachten Augenblick gelang es den Aleutenjägern, die auf den Pribiloffs eingesetzt worden waren, den Engländern zu entkommen. Das war verblüffend, denn die Engländer hielten die Familien dieser Leute als Geiseln fest, und es war bekannt, dass kein Aleutenmann wissentlich seine Familie preisgab. Trotzdem mussten sich die Engländer zurückhalten. Ergriff man Maßregeln gegen die Geiseln, so machte man sich die Aleuten, die noch immer in ansehnlicher Zahl auf Kiska lebten, für immer zu Feinden. Trieb man die Aleuten endgültig auf die Seite der Russen, so wurde die

Position der Engländer schwach. Eine heikle Lage war entstanden, die Lunte lag am Pulverfass.

Die eingeborenen Jäger, die man von Atka und Tanaga hergeholt hatte, waren noch an Bord, mit ihnen gingen die beiden kleineren englischen Schiffe auf Otterfang. Das war eine Herausforderung der Russen. Und wirklich eröffneten sie das Feuer auf die Engländer, und die Engländer erwiderten es. Bisher hatten die Eingeborenen das Dröhnen der Schiffskanonen noch nie gehört. Sie waren zutiefst erstaunt, als sie die Rauchwolken von den kämpfenden Schiffen aufsteigen sahen und als das Echo der Schüsse von den Inselbergen zurückhallte.

Im Tumult dieses Kampfes entflohen die eingeborenen Jäger ihren englischen Herren. Wohl schoss man den fliehenden Bidarkas einige Kugeln nach und eines der Boote wurde versenkt, aber dann musste man das Feuer doch wieder auf die russischen Gegner konzentrieren.

Mitten im Kampf ruderten die Missionsväter, der großen Gefahr nicht achtend, zu den feuernden Schiffen. Viele Kugeln erreichten ihr Ziel nicht, und die Gefahr, dass ein verirrtes Geschoss ein solches Ruderboot träfe, lag nahe genug. Trotzdem gelangten die Väter bis zu den Kommandeuren der Schiffe und versuchten, der sinnlosen Zerstörung Einhalt zu gebieten. Solch ein Kampf, auch weitab vom Mutterlande, könne – so machten sie geltend – einen Krieg verursachen. Dass christliche Länder so gegeneinander auftraten, müsse auf die Eingeborenen einen höchst nachteiligen Eindruck machen. Hier werde ihnen zum ersten Mal das Schauspiel geboten, wie Weiße einander gegenseitig zu vernichten suchten. Die Väter boten sich als Vermittler an.

Die Argumente der Väter hatten zunächst die Wirkung, dass die Schiffe größeren Abstand voneinander nahmen. Jetzt erreichten die Geschosse, die abgefeuert wurden, ihr Ziel nicht mehr, und schließlich verstummten die Kanonen völlig. Das war, wenigstens für den Augenblick, ein Erfolg der Diplomatie. Die Väter kehrten in ihr Missionshaus zurück und berieten. Es musste doch möglich sein, die gegnerischen Führer zusammenzubringen. Gelang das nicht, dann würden eben die Väter als Unterhändler zwischen den Schiffen hin und her fahren.

Am Morgen jedoch schwanden alle Hoffnungen dahin, eine Einigung herbeizuführen. Die englischen Schiffe waren im Laufe der Nacht verschwunden. Niemand, der Captain John Radcliff kannte, glaubte ernsthaft, dass dieser sich geschlagen gäbe. Weil er sich im Augenblick einer Übermacht gegenübersah, so hatte er nur beigedreht, um Hilfe zu holen und wiederzukommen.

Mit ihrem zeitweiligen Triumph durchaus zufrieden, fassten die Russen den Beschluss, nicht nur Kiska, sondern auch die Souveränität der kaiserlichen Regierung über den ganzen Inselbogen zu verteidigen. Wenn die Engländer vorläufig nicht wiederkamen, so konnte man wenigstens die ergiebigen Otterreviere ausbeuten und damit gewaltige Gewinne erzielen. Die Preise waren ja so ungeheuerlich angestiegen, dass sogar eine kleine Fracht Felle ein Vermögen einbrachte.

In den Robbenjägern, die auf den Pribiloffs eingesetzt gewesen waren, und in den Mannschaften aus Atka und Tanaga, die den Engländern entschlüpft waren, besaß man ein ansehnliches Kontingent. Bei gutem Wetter kamen Felle in hinreichender Zahl herein. An unwirtlichen Tagen setzte man die Leute zur Arbeit am Steinbau eines großen Ports ein. Vielleicht war das nutzlose Mühe, doch zweifelten die Russen kaum daran, dass die Engländer sich wieder zeigen würden. Solche Vorbereitung zu neuen Kämpfen betrübte die frommen Väter, doch sahen sie fürs Erste keinen Weg, die Feinde zu einer Verständigung zu bringen. Die Russen hörten ihnen geduldig zu und beschränkten sich auf die Versicherung, ihre Absichten wären durchaus friedliche. Wenn der Feind aber angreife, dann könne man schließlich nicht weniger tun, als sich und seinen Besitz verteidigen.

Jetzt, da man so sehr auf Arbeitshilfe und Verbündete angewiesen war, zeigten die Russen dem Aleutenvolk ein ganz neues Gesicht. Von der früheren Arroganz war keine Spur mehr zu merken. Unter besserer Behandlung, ja sogar mannigfacher Schmeichelei leisteten die Eingeborenen Erstaunliches.

Schließlich stellten die Russen den Eingeborenen sogar Feuerwaffen zur Verfügung. Das war eine radikale Abkehr von der Tradition unter den Überseehändlern, Eingeborenen auf keinen Fall Gewehre zu liefern. Die waren heute freundlich, morgen feindlich gesinnt. Hier aber sprachen zweierlei Gründe dafür. Einmal erbeutete man mit Feuerwaffen mehr Otter, und dann war ein Fort mit Gewehren besser zu verteidigen. Die Aleuten waren von diesem Vertrauensbeweis tief beeindruckt, nur die Väter hegten Zweifel: das Gemetzel werde, wenn es jetzt dazu komme, nur umso vollständiger sein.

Auf Kiska gingen die Befestigungsarbeiten in Frieden weiter. Selbst alte und junge Frauen arbeiteten willig am Bau mit, der Erschießung ihrer Schwestern, des Verlustes so vieler guter Männer und mannigfacher Unbill eingedenk, die ihnen von den englischen Händlern zugefügt worden war.

Die Russen unterwiesen die Eingeborenen auch in der Taktik der Verteidigung. Den Aleuten würde die Aufgabe zufallen, das Fort zu halten, während die Russen ihre beiden Schiffe bemannen wollten, um den Feind, wo er sich in größerer Menge zeigte, zu bombardieren. Die Väter sollten, so war beschlossen worden, in ihrer Mission verbleiben, im Status der Neutralität, damit ihre Hilfe allen, die ihrer bedürften, zugute käme.

Jetzt, da die Freundschaft der Russen so offenkundig zu Tage trat, besonders nach der Verteilung der Musketen, erwachte in den Aleuten wieder die Lebensfreude. Die Apathie, die über sie gekommen war, wich. Vielleicht war der Tiefpunkt überschritten, vielleicht konnte man mithilfe eines mächtigen Verbündeten alle anderen Feinde außer Landes treiben. Man war aufeinander angewiesen, ein dauerndes Bündnis schien sich anzubahnen. Zuletzt würde der Druck der weißen Händler ohnehin nachlassen, da die Otterjagd ja am Versiegen war.

Und da kamen die Engländer! Man hatte immer damit gerechnet, aber als sie dann auftauchten, war es doch ein Schock. Wachtposten auf der Ostspitze von Kiska hatten die Schiffe gesichtet und Meldung zum Fort gebracht. Immerhin hatte man reichlich Zeit, sich auf den Angriff vorzubereiten. Die Missionsväter hielten einen Gottesdienst ab, wohl in der Erkenntnis, dass manchem von ihren Gläubigen das Stündlein geschlagen habe.

Die Russen gaben letzte Instruktionen und versprachen den Verteidigern die wirksame Hilfe der Kanonen, die sie auf ihren Schiffen hatten. Dann fuhren sie in ihren kleinen Booten ab. Schließlich hatten die Engländer schon einmal beigedreht. Ohne Zweifel konnte man sie wieder dazu zwingen. Wer sollte es wagen, gegen diese wunderbaren Musketen und gegen ein so stark befestigtes Fort anzugehen?

Doch die englischen Schiffe tauchten nicht im Hafen auf und kamen nicht in Sicht der Siedlung. Auch am nächsten Tag wurden ihre Segel nicht gesehen, und die Spannung ließ nach. Vielleicht hatten die Engländer Späher ausgesandt, und diese hatten das Fort entdeckt. Nun scheute sich der Feind, gegen den befestigten Platz anzugehen oder war sogar ganz abgezogen.

Die Aleuten kamen aus der Festung heraus, Umschau zu halten. Doch bald brachten die Späher beunruhigende Meldungen. Eine beträchtliche Truppenmacht war im Anmarsch. Die englischen Schiffe hatten an einer anderen Stelle der Küste Mannschaften an

Land gesetzt, Soldaten sonder Zahl. Und es waren nicht Engländer oder Russen, das erkannte man an ihrem wilden Aussehen.

Die Kolosch! Diese gefürchteten Indianer waren bisher noch nie so weit nach Westen vorgedrungen, und doch wussten die Verteidiger, bevor auch nur das Wort gefallen war, wen sie vor sich hatten. Eine ansteckende Angst bemächtigte sich derer im Fort. Die Kolosch! Diese Wilden, die Menschen marterten und köpften und die Köpfe ihrer Opfer auf Pfähle spießten! Schon ihr Name lähmte allen Mut. Die Engländer hatten also nur so lange gezögert, weil sie Zeit gebraucht hatten, die Kolosch zu mobilisieren, damit die den Kampf für sie austrugen.

Und die Russen? Zum ersten Mal erwachten Zweifel an den neuen Verbündeten. Hatten sie gewusst, dass die Kolosch kommen würden? Sie hatten sich auf ihren Schiffen in Sicherheit gebracht. Möglich, dass die Russen den verschlagenen Engländern aufgesessen waren. Aber wenn der Angriff jetzt kam, dann mussten die Russen ja sehen, was vorging, und würden bald zur Hilfe herbeieilen. Teils zagend, teils neuen Mut schöpfend, erwarteten die Aleuten den Zusammenstoß.

Doch der Feind zögerte seinen Angriff hinaus, und diese Verzögerung war fast noch unerträglicher als ein Angriff. Offenbar sammelten sich die Kolosch im gebirgigen Gelände dicht hinter dem Fort, zündeten dort wohl schon die Feuer an, die in ihren Folterbräuchen eine so große Rolle spielten.

Ohne Zweifel leiteten die schlauen Engländer die Kolosch, hatten es darauf abgesehen, die Aleuten aus ihrem befestigten Platz herauszulocken. Auf die Dauer mussten auch die Lebensmittelvorräte ausgehen. Diese Besorgnis lähmte wiederum den Kampfeswillen, eine seltsame Erscheinung, die die Eingeschlossenen wohl fühlten, aber nicht in Worte zu bringen vermochten.

Vielleicht lauerte gar kein Feind hinter den Hügeln. Es war durchaus möglich, dass die Kolosch sich, als sie das starke Fort und die russischen Schiffe im Hafen sahen, in aller Stille zurückgezogen hatten. Vielleicht überließen es die Kolosch ihren Feinden, nun in sinnloser unnötiger Furcht zu verhungern.

Einige wagten sich schließlich aus der Festung hinaus. Sie richteten ihr besonderes Augenmerk auf die Berghänge, auf denen der Feind, wofern er noch in der Nähe war, Stellung bezogen haben mochte. Doch weder dort noch im Hafen deutete irgendetwas auf die Anwesenheit der Kolosch. Noch ein Tag verstrich so und wieder ein Tag, jeder Tag wie die vorigen. Nichts! Die Vorräte schwanden dahin! Jetzt half jeder Tag, der untätig verstrich, dem Feind. Es galt, diese lähmende Spannung zu überwinden.

Zwei Mann meldeten sich freiwillig, das Gelände hinter den Bergen auszuspähen. Die zwei zogen aus, nicht ohne ihre Musketen, auf die sie so stolz waren. Sollte ihnen etwas zustoßen, sodass sie nicht zurückkommen konnten, würden sie Schüsse abfeuern, und das war dann das Zeichen, dass der Feind zur Stelle war. Die im Fort zurückblieben, beobachteten, wie die beiden sich der Berghöhe näherten, den Gipfel umgingen und schließlich verschwanden.

Doch auch das felsige Gelände der Hänge auf der anderen Seite zeigte keine Spur des Feindes. Die beiden Männer hatten halb und halb damit gerechnet, sich einem Riesenaufgebot von Kriegern gegenüberzusehen, und nun empfing sie Einsamkeit und Schweigen. Vorsichtig tasteten sie sich von Fels zu Fels, talwärts. Als sie eine freie Stelle überquerten, machten sie beide plötzlich halt, von jähem Schmerz gelähmt. In stummem Staunen sahen sie einander an. Und da sah jeder den Pfeil, der im andern steckte. Noch diese Verwunderung in den Augen, sanken sie zu Boden. Mit brechenden Augen sahen sie ihre wüst bemalten Feinde aus ihrem Hinterhalt, einer Felsengalerie, hervorpreschen.

Im Fort wartete man in entnervender Spannung. Kein Schuss wurde gehört, kein Späher kehrte zurück. Alles war wie vorher, nur hatte man zwei Verteidiger weniger.

Das Warten wurde unerträglich. Die Aleuten verstanden sich aufs Warten so wenig wie auf das Kriegführen. Fünf Mann zogen aus, herauszubringen, was aus den beiden geworden war. Sie verschwanden ebenso, spurlos, lautlos.

Jetzt war die Geduld der Eingeschlossenen am Ende. Zwei Mann oder fünf konnten vom Erdboden verschwinden, aber eine ganze Truppe konnte doch nicht von einem geheimnisvollen Nichts verschluckt werden. In einen solchen Zustand der Verstörtheit waren die Leute geraten, dass es für sie jetzt nur mehr ein Ziel gab, diesem lähmenden Warten ein Ende zu machen.

Frauen und Kinder mussten natürlich zurückbleiben. Die Männer aber strömten aus der Festung hinaus. Sie eilten den Berghang hinan. In ihrer Aufgeregtheit versuchten sie nicht einmal, gedeckt zu marschieren oder Stille zu bewahren. In närrischer Unbekümmertheit rannten sie mitten in die Hauptmacht des Feindes hinein.

Lautlos setzte der Angriff der Feinde ein. Plötzlich sahen die Männer Kameraden ohne ersichtlichen Grund zusammenstürzen. Erst wenn man die Gefallenen ansah, entdeckte man die verhängnisvollen Pfeile. Jetzt hörte man auch ihr Schwirren, die Schützen standen offenbar hinter den vielen Felsen verborgen. Sie machten die Musketen schussbereit, aber es gab nichts, worauf man hätte zielen können. Fassungslos standen die Männer da.

Es gab keinen Kampf, nur ein Blutbad. In unheimlicher Stille kamen die Kolosch aus ihrer Felsendeckung hervor. Und mit der gleichen lautlosen Zielbewusstheit gaben sie zuletzt den Schwerverwundeten den Rest und fesselten die leichter Verwundeten für die spätere Siegesfeier.

Im Fort warteten die Frauen immer noch. Nun war das ganze große Aufgebot, das mit seinen neuen Musketen ausgezogen war, auch verschwunden.

Am nächsten Morgen aber wussten sie, was geschehen war! Lautlos hatten die Kolosch sich herangeschlichen, hatten zu beiden Seiten des Forts Reihen von Stöcken in die Erde gepfählt, und auf jedem Pfahl stak das grauenvoll entstellte Haupt eines Aleuten. Jetzt überwältigte lähmende Furcht die Frauen. Diese Stille war die unmissverständliche Sprache der gefürchteten Kolosch. Zweifellos besaßen sie einen unfasslichen Zauber, mit dessen Hilfe sie über eine ganze Truppenmacht den Tod bringen konn-ten. Sogar über Männer, die mit Musketen bewaffnet waren!

Als die Frauen auf diese Köpfe blickten, war es ihnen, als sähen jene sie wie mit stummem Vorwurf an. Natascha Semenoff begann hysterisch zu schreien, doch Wera versuchte sie zu beruhigen: »Ich laufe zu den frommen Vätern«, sagte sie. »Vielleicht haben die unter ihren Gebeten einen Zauber, der uns helfen kann.«

Natascha versuchte sie zurückzuhalten, aber Wera rannte mit abgewandtem Blick an den grässlichen Schädeln vorbei und gelangte bis zum Missionshaus der Väter, nahe dem Landungsplatz.

»Vater Josef! Vater Josef!« Sie schlug mit den Fäusten an die Tür, aber als ihr geöffnet wurde, konnte sie nur in die Ferne zeigen und stammeln: »Seht doch, seht!«

Er hielt Ausschau, konnte aber in solcher Entfernung nichts Bestimmtes erkennen. »Was macht dich so entsetzt, meine Tochter?«

»Unsere Männer! Die Kolosch! Alles ist verloren!« Endlich brachte sie ihre grauenvolle Geschichte hervor.

Unsägliche Traurigkeit stand ihm ins Gesicht geschrieben. Doch sofort war sein Entschluss gefasst: »Ich muss zu diesen Wilden gehen und zu ihnen sprechen.«

»Vielleicht gibt es ein geeignetes Gebet«, drängte Wera, »einen Zauber, dass die Kolosch tot zusammenfallen.«

»Der Geist vermag vieles«, beruhigte sie Vater Josef. »Und die sich erhöht haben, werden erniedrigt werden.« Er versank in nachdenkliches Schweigen, wohl selber ungewiss, ob dies der Augenblick zu geistigem Zuspruch war. »Ich werde anordnen, dass meine Brüder in kleinen Booten zu den Schiffen fahren. Jetzt ist beiderlei Hilfe vonnöten, geistige und irdische. Vater Gabriel aber soll bei euch im Fort bleiben, den Witwen und Waisen in ihrer Betrübnis beizustehen.«

Auf seine Anweisung eilten Vater Julian, Simeon und Ignatius zu dem kleinen Boot, das im Hafen lag. Da kein Kampfeslärm zu ihnen gedrungen war, schien ihnen das neue Blutbad unfasslich. Vater Josef und Vater Gabriel nahmen Wera in ihre Mitte, um sie gegen Pfeile aus einem Hinterhalt zu schützen, und so schritten sie den Hang zum Fort hinan. Die drei schwankten keinen Augenblick. Die Aleuten waren ihre Gemeinde, die sie in der Stunde der Gefahr nicht verlassen durften.

Die gefährlichste Mission behielt Vater Josef sich selbst vor. Allein und unbewaffnet zog er den Berg hinauf, diesen Wilden entgegenzutreten, die sich immer noch nicht gezeigt hatten. Über die Schulter gelegt trug er das schwere Kreuz, das er vom Missionshaus mitgenommen hatte.

Im Fort wanderte Vater Gabriel von Familie zu Familie. Es gelang ihm, jene zu beruhigen, die bei dem grauenvollen Anblick der gepfählten Schädel fast wahnsinnig geworden waren. Dass er zugegen war, brachte Trost, weckte das Gefühl, nicht gänzlich verlassen zu sein. Er kannte alle beim Namen, Pascha und Nina, die hübschen Galowin-Schwestern, Elena Ignatowa und ihren kleinen Bruder Peter, dann Olga, Mascha und Darja, die drei, die bei der Abschlachtung der zwölf durch Captain Fenton mit dem Leben davongekommen waren, Natascha, Theresa, einige verstörte alte Mütter und den greisen Lew Semenoff, der bereits zu schwach war, sich allein fortzubewegen.

Die Kolosch kamen gegen Mittag. Diesmal näherten sie sich nicht gedeckt, sondern in offenem Sturm und mit Siegesgeheul. Als

Vater Gabriel sie vom Berg herabströmen sah, konnte er nur den Rat geben, keinerlei Widerstand zu leisten. Der wäre völlig wirkungslos gewesen, und selbst der leiseste Versuch der Gegenwehr konnte nur die Wut der Kolosch reizen. Jetzt schwärmten sie mit unaufhörlichem »Jip! Jip! Jip!« in das Fort, einem seltsamen Kriegsgeschrei, das manche tief und kehlig, die andern schrill und durchdringend ausstießen.

Vater Gabriel trat ihnen sofort gegenüber. Einen Moment lang waren die Indianer verblüfft, noch einen kampffähigen Mann im Fort zu finden. Bogen wurden gespannt, doch dann sah man, dass er keine Waffen in seinen erhobenen Händen hielt.

»Friede! Friede, Brüder!«, rief der Vater laut. »Lasst uns Freunde sein! Und alles soll euch gehören, alles bis auf das Leben dieser Frauen und Kinder.«

Seine Sprache war den Kolosch unverständlich, seine um Gnade flehenden Gebärden machten auf sie keinen Eindruck. Gleich wurde er gepackt, gefesselt und an der Mauer zu Boden geworfen.

Die Frauen waren vom Grauen betäubt. Instinktiv beugten sie sich schützend über ihre Kinder, die jammervoll schrien. Manche hielten sich auf dem offenen Platz, andere waren in die gedeckten Unterstände geflüchtet, die sich an der Innenseite der Mauer hinzogen. Neugierig drängten die Kolosch ihnen überallhin nach, monoton ihren Kriegsruf ausstoßend. Längst war ihnen klar geworden, dass das Fort ihnen ohne Widerstand in die Hände gefallen war.

Und nun begann die Kolosch-Orgie, die den Namen der Kolosch vom Festland bis zu den fernsten Inseln grauenvoll gemacht hatte. Wie auf ein Zeichen setzte das Kampfgeschrei aus. Was nun geschehen sollte, wurde in furchtbarer Stille verrichtet, wohl um die Schreie der Opfer besser auskosten zu können. Für solche Siegesfeiern kamen die Alten und die ganz Jungen wenig in Betracht. Die Alten erlagen zu schnell und hielten nichts aus, die ganz Jungen hatten noch nicht genug Fantasie, schon vorher die halbe Tortur zu erdulden.

So war das Abschlachten der Alten und der Kinder eine Routinearbeit, ein kurzes Vorspiel zu den späteren Exzessen der Grausamkeit. Selbst in seiner hilflosen Lage wagte es Vater Gabriel, gegen das Ungeheuerliche laut Einspruch zu erheben. Vielleicht hielten die Kolosch ihn für eine fremde Art Medizinmann, dessen Fluchzauber auch später wirksam werden konnte. So schleppten sie ihn aus dem Bereich des Forts. Vergeblich schrien und flehten die Mütter. Die starren Gesichter der Kolosch verrieten keine Schwäche, keine Gnade, kein Verständnis, als sie ihnen die Kinder eins nach dem anderen entrissen und zu einem Sammelplatz schleppten.

Wera Semenoff war entschlossen gewesen, sich an der Verteidigung des Forts zu beteiligen. Als noch allgemein angenommen wurde, der Feind werde die Festung auf die übliche Weise berennen, hatte sie den Entschluss gefasst, sich unter die ihre Musketen abfeuernden Männer zu mischen und Pfeile auf die herannahenden Feinde abzuschießen. Nun war nichts so geschehen, wie die Verteidiger es vorausgesehen hatten. Vielleicht hatte man alles falsch geplant, oder die Russen hatten sie verraten, oder die Kolosch waren eben so furchtbar, dass niemand ihnen widerstehen konnte. Obwohl nun alles endgültig verloren war, endgültig und hoffnungslos, glühte in Wera noch der Kampfgeist. Wenn es jetzt zu einer Abschlachtung kam, sollten nicht alle Opfer nur auf einer Seite sein.

Als die heranstürmenden Kolosch gesichtet wurden, hatte sich Wera in einen der dünnwandigen Unterstände zurückgezogen und Nina, eine der Galowin-Schwestern, mit sich genommen. Diese Flucht war planvoll gewesen, und planvoll war auch das Versteck gewählt. Dieser Unterstand lehnte an einem Teil der Umfassungsmauer, an dem ein lose eingefügter Steinblock locker saß. Durch eine Mauerspalte beobachteten die beiden die Indianer.

»Das ist Peter!«, flüsterte Nina plötzlich. »Elenas kleiner Bruder!«

Wera sah, wie ein riesenhafter Kolosch ein Kind aus den Armen der Mutter riss. Schon war der eisengespitzte Pfeil eingelegt, die Bogensehne gespannt. Einen Moment stand der Indianer wie erstarrt. Nicht Furcht war in seinen Zügen, nur fassungsloses Staunen, als das Kind aus seinen Händen fiel. Dann sank er langsam, als sänne er noch nach und käme zu keinem rechten Schluss, neben dem Kind nieder.

»Das wäre einer«, flüsterte Wera in seltsamer Verzückung. »Der erste.«

Völlig damit beschäftigt, die Gefangenen zu durchsuchen und die unerwünschten abzuschlachten, schienen die Kolosch gar nicht zu bemerken, dass einer der Ihren zusammengebrochen war.

»Das ist Olga«, flüsterte Wera in unterdrückter Wut. Ein Mädchen wurde aus einem Verschlag gezerrt, schrie und wehrte sich mit unerwarteter Kraft. »Den treff ich ins Herz.« Wieder schwirrte ein Pfeil, wieder warf ein Kolosch die Arme hoch, bevor er zusammensank. »Noch einer!«, stellte Wera höhnisch fest. »Es ändert jetzt nichts mehr, aber es muss sein.« Als der fünfte Indianer fiel, wurde er von andern bemerkt. Alsbald hatte sich ein drohendes Rudel gesammelt. Jetzt sahen sie auch die anderen, die bereits gefallen waren, und begannen mit Wutgeheul die Unterstände abzusuchen.

»Rasch!« Wera riss den Stein heraus, drängte Nina durch die Öffnung. »Zwäng dich hindurch! Schnell!«

Von draußen schoben sie den Block wieder an seinen Platz, dann warteten sie. Gleich darauf hörten sie die Kolosch den Raum absuchen. Jetzt stürmten die Indianer wieder hinaus, wandten sich dem nächsten Unterstand zu.

»Wir müssen wieder hinein«, flüsterte Wera.

»Nicht da hinein«, flehte Nina.

»Draußen haben sie uns bald.«

Es ging fast über Menschenkraft, zurückzukehren, aber außerhalb der Mauer entlanglaufend wären die beiden sofort entdeckt worden. Jetzt hatten die Indianer, wachsam geworden, Posten ausgestellt. Auch jeder weitere Versuch, Feinde mit Pfeilschüssen zu erlegen, wäre unverzüglich bemerkt worden.

Die Kolosch hatten alle Gefangenen, die sie zu ihrer Siegesfeier nicht benötigten, erledigt. Jetzt wurden die Überlebenden gefesselt und fortgeschleppt. Noch einmal durchsuchten sie die Unterstände. Ein zweites Mal zwängten Wera und Nina sich durch den Spalt, krochen, als die Suchenden vorbei waren, wie Füchse in ihren Bau zurück. Die Indianer führten ihre Gefangenen aus dem Fort hinaus, als wäre es ihnen an einem Platze nicht geheuer, an dem unsichtbare Feinde tödliche Pfeile verschossen. Frauen und Mädchen wurden, die Arme am Rücken gefesselt, in langer Reihe hinausgeführt.

Als die letzten Kolosch mit ihren Gefangenen außer Sicht waren, wagten sich Wera und Nina aus ihrem Versteck heraus. Schweigen lag über dem Platz. Die beiden mieden mit ihren Blicken die Leichenhaufen, die überall verstreut waren.

»Wir müssen von hier fort«, flüsterte Wera, als fürchtete sie, ein lautes Wort könnte die Toten stören. »Sobald es dunkel wird, wenden wir uns westwärts in die Berge.« Damit zogen sie sich wieder in ihr Versteck zurück, für den Fall, dass ein Kolosch zurückkehre, sich noch einmal hier umzusehen.

Als es schon dämmerte, fielen einige Schüsse rings um das Fort. Zuerst glaubten die Mädchen in ihrem Versteck, die Kolosch wären zurückgekommen. Sie zwängten sich durch die Öffnung in der Mauer und schlugen die Richtung nach den Bergen ein. Es war ihnen ganz entfallen, dass die Männer vor ihrem Aufbruch davon geredet hatten, die Russen würden ihnen mit ihren großen Schiffskanonen Hilfe leisten.

Die russischen Pelzhändler versuchten sich mit einer letzten unnützen Kampfgeste vor den drei frommen Vätern zu rechtfertigen. Die Kapitäne hatten es entschieden abgelehnt, Mannschaften an Land zu setzen oder gar ihre reich mit Otterfellen beladenen Schiffe näher an das gefährliche Ufer zu bringen. Im Laufe der Nacht wurden in aller Stille die Segel gehisst, und als die frommen Väter am nächsten Tag nach Kiska ausschauten, war die Insel bereits im gleichförmigen Grau des Meeres untergetaucht.

Wera und Nina flüchteten in die Einöde. Nichts hatten sie aus dem verlassenen Fort gerettet als einen Bogen und einige Pfeile. Doch waren sie um ihr Leben nicht in Angst. Die Seevögel waren nicht scheu, ließen sich leicht greifen. Auch Eier und mancherlei Kleingetier, das sich am Strande fand, konnten als Nahrung dienen. Alles war besser als eine Rückkehr an die Stätte grauenvoller Angst.

Wera dachte sogar daran, sich an das Lager der Kolosch heranzuschleichen, doch Nina ließ sich nicht dazu bewegen. Wozu sollte man sich in äußerste Gefahr begeben? Bloß um noch einige Kolosch zu erledigen? Damit konnte man die Hauptmacht nicht von ihrem Vorhaben abbringen. Der Verlust einiger Leute würde sie höchstens zu noch Schlimmerem anfeuern. Wera musste zugeben, dass sie, zwei Frauen, das Schicksal nicht wenden konnten. Es war klüger, zur Westküste der Insel zu gelangen, weit genug aus dem Bereich der Siegesfeier, um nichts davon zu hören.

Die Feier begann damit, dass die Krieger mit ihren weiblichen Gefangenen in ihr Lager einzogen. Dieses Lager befand sich auf einem mit Felsen übersäten Hang – hier hielten sie auch die verwundeten Gefangenen, die von dem Kampf am Vortag in ihrer Hand geblieben waren. Schilfgrasfeuer brannten auf allen freien Plätzen zwischen den Felsen und hätten, wären sie nicht von so schlimmer Vorbedeutung gewesen, fast einen Anschein von Behaglichkeit erweckt.

Die verwundeten Aleutenkämpfer waren hinreichend gepflegt worden, um den Marsch hierher auszuhalten. Diese Fürsorge täuschte sie und weckte in manchen von ihnen sogar die falsche Hoffnung, sie würden geschont und allenfalls als Sklaven lebend von hier weggebracht werden. In Wirklichkeit hatte man sie nur zum Leben erweckt, um ihnen das Leben umso grausamer in der Zeremonie zu rauben, die den Namen »Mutprobe der Messer« führte. Einzeln mussten die Gefangenen eine Gasse durchschreiten, in der die Kolosch, jeder mit seinem bevorzugten Kampfmesser bewehrt, Aufstellung nahmen.

Als der erste Gefangene diesen grausam in die Länge gezogenen Marsch antrat, wurde er, zuerst von der einen, dann von der anderen Seite, mit den rasiermesserscharfen Klingen traktiert. Im nächsten Augenblick hingen seine Arme in Fetzen herab, und nun richteten die Messer ihren Angriff auf sein Gesicht und auf seine Brust. Doch wurde streng darauf geachtet, dass keine lebenswichtigen Organe verletzt wurden. Der Kolosch, vor dem das Opfer zusammenbrach, galt als der Schuldige, der den verhängnisvollen Stoß geführt hatte. Er wurde aus der Reihe gewiesen und sah sich des Vergnügens beraubt, noch andere Gefangene zu martern. Jeder Kolosch musste also behutsam die rechte Mitte finden. Ein allzu geringer Schnitt verschaffte ihm kein Vergnügen, ein allzu tiefer konnte ihn des weiteren Genusses berauben.

Die Messer richteten sich zuerst auf das Gesicht und die Arme und ging dann tiefer und tiefer, bis zu den Beinen des Gefangenen hinab, derart, dass der Gemarterte, wenn möglich, die ganze Gasse der Qualen durchschreiten konnte. Ein Schnitt, der das Opfer aufschreien, aber doch nicht stürzen ließ, galt als Meisterleistung in der Kunst des Folterns und verschaffte jenem, der ihn geführt hatte, einen Platz am Beginn der Gasse. Brach der Gefangene schließlich doch zusammen, so war, was da liegen blieb, nur noch eine zerfleischte Masse und kaum mehr eine erkennbare Menschengestalt.

Ein Gefangener nach dem andern wurde so auf den Marsch geschickt. Die Gefangenen durchschritten den Weg ihrer Prüfung, jeder nach seinem Temperament, verschieden. Manche bewahrten ihre Ruhe, ließen sich keinen Schmerzensschrei abzwingen, vom ersten Schnitt bis zum Zusammenbrechen. Andere jammerten und flehten, brüllten bei jedem Schnitt auf, bis sich der Tod ihrer erbarmte.

Als die Gefangenen aufgebraucht waren, begann das dreitägige Fest des Sieges. War man mit den Kriegern in der »Mutprobe der Messer« fertig, so folgten die verschiedenen Riten und Zeremonien. Bald war auch Vater Gabriels Mutprobe fällig. Von Vater Josef, der zwei Tage vorher als Friedensbote hinübergegangen war, fehlte jede Spur.

Drei Kolosch führten ihn zu einem Scheiterhaufen, dessen Flammen man mit Schwemmholz wach gehalten hatte. Die glühenden Holzstücke waren dazu bestimmt, auf die nackten Sohlen der Gefangenen gedrückt zu werden. Vater Gabriel zuckte wohl zusammen, ließ aber keinen Laut hören. Die Kolosch achteten einen Gefangenen hoch, der Beweise ungewöhnlicher Widerstandskraft erbrachte. Neugierig traten sie näher, wiederholten den Versuch mit größeren Glutstücken und beobachteten die Wirkung mit Kennermiene.

Vielleicht verfügte dieser Gefangene über einen besonderen Zauber, der ihn gegen Feuer unempfindlich machte; irgendwo fern im Südosten gab es ja auch Stämme, von denen berichtet wurde, dass sie ohne Schaden barfuß über glühende Steine gehen konnten. Erstreckte sich dieser Zauber auch auf die Hände? Glühende Späne wurden herangebracht und unter die Fingernägel gestoßen. Aber auch jetzt ließ sich der Gefolterte keinen Aufschrei abringen. Mit dem Geschick, das ihnen häufige Übung verschafft hatte, brachten die Kolosch Tortur um Tortur zur Anwendung und beobachteten mit kritischem Interesse Vater Gabriels Reaktion. Ihre Erfahrung hatte sie gelehrt, im richtigen Augenblick, wenn ein Gefangener ohnmächtig wurde, ihre Experimente einzustellen. Ihre Grausamkeiten bereiteten kein Vergnügen, wenn sie an einem Bewusstlosen geübt wurden. Als die erlösende Ohnmacht endlich über Vater Gabriel kam, unterbrachen die Kolosch ihr Geschäft.

Auch um andere Feuer hatten sich kleine Gruppen gebildet, die interessiert die Torturen, die man zur Vollendung gebracht hatte, beobachteten. Auf dem weiten Platz mischten sich die Schreie der Gequälten mit dem Jubel der Folterer. Nun waren nur mehr ganz wenige von den gefangenen Aleuten am Leben. Jetzt hatten Frauen und Töchter der Getöteten die Mutprobe zu bestehen, die die Kolosch den weiblichen Gefangenen zudachten.

Die Kolosch waren keineswegs unempfindlich für weiblichen Reiz. Pascha, die hübsche Galowin-Schwester, wurde von einem Koloschkrieger gepackt und hinter einen Felsen geschleppt. Ihre Schreie zerschnitten die Luft, bis sie dann plötzlich, wie etwa eine Tür geschlossen wird, verstummten. Elena, die sich verzweifelt wehrte, entkam einem Krieger für einen Augenblick, wurde aber sogleich wieder gefasst und im Triumph fortgeschleppt. Und ebenso erging es Olga und Darja. Mascha, Theresa, Natascha und einige andere wurden als von der Natur schlecht ausgestattet oder nicht mehr im wünschenswerten Alter stehend verschmäht. Sie brachte man an abseitige Plätze, wo verschiedene Foltern an ihnen erprobt wurden.

Vater Gabriel stand eine Nacht und einen Tag des Grauens durch, aber dann kam doch der Zeitpunkt, an dem er nicht zu neuem Leben und zu neuem Leiden erweckt werden konnte. Die Riesenkraft, die ihm solch unfassliche Energie verliehen hatte, konnte nicht länger vorhalten. Die Kolosch merkten, dass der Zeitpunkt gekommen war. Vater Gabriel hatte ihre Bewunderung erregt, und in solchen Fällen hatten sie einen Brauch, der auch anderen Indianerstämmen nicht fremd war. Jetzt ging es darum, sich den Mut dieses wahren Helden einzuverleiben. Wenn die Inuit Bärenherzen aßen, um sich den Mut der Eisbären anzueignen, so behielten die Kolosch solche Ehrung den Tapfersten ihrer Feinde vor. Diese Zeremonie musste vollzogen werden, bevor der Tapfere tot war, damit sich sein Mut nicht schon von ihm getrennt hatte. Sie wurde an dem lebenden, aber schon bewusstlosen Vater Gabriel verübt, dessen heldenhafte Kraft hernach bei den Kolosch zur Legende wurde.

Die Feuer brannten herab, und die Kolosch zogen in langer Reihe zur Ostküste zurück, wo die englischen Schiffe sie erwarteten. Nur einige ausgewählte Aleutenmädchen wurden mitgeschleppt. Nach vielen Jahren, als ihre Schönheit längst verblichen war, fanden einige dieser Überlebenden den Weg zurück zu ihrer Heimatinsel.

Das alte Dorf und die Mission, der Hafen und das nutzlos gewordene Fort lagen nun gespenstisch schweigend im Nebel. Fort waren die Engländer, Yankees und Russen. Verlassen war die Insel, menschenleer. Auch all die anderen östlichen Inseln, Atka und Tanaga wie Kiska, Agattu und Attu, alle waren in Verwüstung und Urzustand zurückgesunken. Die großen weißen Völker hatten den Archipel in einen Zustand völliger Verwüstung gebracht, hatten Mensch und Tier ausgetilgt und ausgerottet. In einer letzten Raserei der Mordlust hatten sie Eingeborene gegen Eingeborene aufgeboten, um alle Spuren menschlichen Daseins zu tilgen.

Nirgends war jetzt auf den Inseln der fröhliche Gesang derer zu hören, die zur Jagd auszogen oder von der Jagd heimkamen. Die alten Erntefeste, die Spiele der Dörfler auf dem von Schilfgrasfeuern umringten Dorfplatz, all das war dahin, dahin mit dem Geist, der dies alles hervorgebracht hatte. Aber auch in diesen Jahren gaben die Feuer speienden Berge ihre Rauchsignale, als wären sie der alten Tage eingedenk, da sie die Menschen durch stürmische nebelverhangene See heimgewiesen hatten. Die Händler reisten nun auf neuer Beutesuche nach beiden Indien und der Südsee, nach den Gewürzinseln und Goldländern, und die Aleuten waren nur ein vager Name, schattenhafte Erinnerung an ferne Inseln, die man eine kurze Weile lang bestaunt und dann vergessen hatte.

Für die Wenigen, die dem Blutbad entgangen oder übersehen worden waren, drehte sich das Leben nur noch um Nahrung und Unterschlupf. Arbeitsteilung gab es kaum mehr. So erwarb niemand eine besondere Fertigkeit zu bestimmten Verrichtungen, da ja jeder seine ganze Kraft einsetzen musste, um das Nötigste herbeizuschaffen.

Auf Attu, der ersten Insel, auf die der verhängnisvolle Blick der weißen Händler gefallen war, blieben nur jene sieben zurück, die sich in den Felsgang gerettet hatten, als die Pelzjäger an die Ausrottung der Einwohner gingen.

Nak, der Sohn des alten Häuptlings Kalk, jetzt auf den Namen Iwan Garoff hörend, den ihm die Missionsväter zugeteilt hatten, hatte jetzt das Mannesalter erreicht. In natürlicher Erbfolge war er zum Häuptling des verbliebenen Häufleins geworden. Kita, nun Olga Schukoff, das Mädchen, das Umph, der starke Mann, dem russischen Pelzjäger entwunden hatte, war Iwans Frau geworden. Zusammen mit Pawel, Sera, Sofia, mit Michael Melikoff und seiner Frau Marfa führten sie das nunmehr so schwere Leben auf der Insel.

Langsam wuchs ihre Zahl wieder, doch waren es immer noch viel zu wenige, als dass man daran hätte denken können, Seelöwen zu jagen oder im Frühling auf Robben auszufahren. Der Verlust eines einzigen Mannes wäre tragisch geworden, da konnte man es sich nicht leisten, gefährliche Begegnungen mit Walen und Orcas zu riskieren, und durfte sich den Springfluten nur aussetzen, wenn die schiere Not dazu zwang. Lachs, Kerzenfisch und Seevögel konnten mit geringerer Gefahr erbeutet werden. Die Frauen konnten den Strand nach Seeigeln, Muscheln und anderem kleinen Getier absuchen, nach Beute, die man in den guten alten Tagen gering geachtet hätte. Das Gelände, auf dem man einst Beeren gepflückt hatte, lag tief unter dem Auswurf des Feuer speienden Berges vergraben. Zähes Gras wuchs noch in den Salzlagunen, aber es waren nicht genug alte Frauen zur Hand, es zu schneiden, die Stängel zu trocknen und dann zu verweben.

Von Zeit zu Zeit zeigte sich wohl am Strande der glatte schmale Kopf eines Otters, aber die Tiere waren scheu, und man konnte nur schwer an sie herankommen. Da man nur drei erwachsene Männer aufzubieten hatte, durfte man nicht daran denken, die Otter mit einem Dutzend Bidarkas einzukreisen, wie es in Attus großen Tagen der Brauch gewesen war.

Auch Besuche von Insel zu Insel gab es längst nicht mehr. Da sich auf Attu niemand aus Agattu oder Kiska oder einer der anderen Inseln zeigte, begriff Iwan, dass auch sie alle der Verwüstung durch die weißen Händler erlegen waren. Jetzt wohnten wohl nur mehr Seevögel am felsigen Strand, und die Sonne war für immer über den Aleutenmenschen untergegangen. Er erinnerte sich, dass sein Vater und Großvater Ungewisses über ein Volk gesprochen hatten, langschädelige Menschen, die einmal hier gelebt hatten und vor Zeiten völlig ausgestorben waren. Vielleicht war es das Schicksal der Völker, zu wachsen, eine Weile lang zu blühen und dann vom Erdboden zu verschwinden.

Kein Wandel in den Glücksumständen der Völker aber vermochte an den wallenden Nebeln und den Williwaws etwas zu ändern, an den tobenden Stürmen, die über Meer und Land hinwegrasten. Eisige Regengüsse überströmten das schwarze Gestein,

Schneefelder schoben sich von den Bergen heran und zogen sich wieder zurück – kamen nahe und entfernten sich, so wie die Jahre dahingingen, unwandelbar. Die alte Generation welkte mit den Jahren dahin, doch die Erinnerung an die argen Schicksale verblasste nicht.

Und dann erschien eines Tages ein Schiff im Hafen, nicht ein großes Schiff mit wehenden Segeln, sondern ein niedriges, schlank gebautes, das Rauch ausstieß. Das waren wohl Pelzhändler aus irgendeinem neuen Land, von dem man noch nie gehört hatte, und man konnte so gut wie sicher sein, dass sie nichts Erfreuliches im Schilde führten. Doch verfügte man nicht über die Kraft, irgendjemandem zu widerstehen, und auch der Geist der Widersetzlichkeit war nicht mehr wach. Was diese Händler verlangten, das sollten sie bekommen, und man konnte von Glück sagen, wenn sie vielleicht abzogen, ohne Tod und Verheerung zurückzulassen.

Zögernd, ungewiss zogen die Aleuten den Hang zum Hafen hinab. Sie führten keine Waffen mit sich, und auf ihnen lastete eine große Traurigkeit, dass nun neues Unheil über sie kommen sollte. Schweigend standen sie bereit, als die Fremden herankamen. Die beiden Gruppen musterten einander mit forschenden Blicken.

Dann sagte der eine der Fremden: »Hört mich, Leute, ich bin Peter, einer der eurigen, selber ein Aleute. Von Umnak bin ich. Doch lebe ich schon seit langer Zeit bei den Weißen. Ich kann den Weißen alles sagen, was ihr vorbringt.

»Wir werden tun, was die weißen Leute anordnen«, bot Iwan an. »Wir werden gehen, wenn es verlangt wird, und wir können auch bleiben. Nur fügt uns nichts Böses zu.«

»Ihr braucht keine Angst zu haben«, sprach Peter ihnen Mut zu. »Die schlimmen Zeiten, da die Pelzhändler über euch kamen, sind vorbei. Wir sind keine Händler. Dies ist ein Regierungsschiff, und es ist hierher gekommen, damit ihr wissen sollt, dass ein sehr großes Land, das Amerika genannt wird, das Festland hier und die Inseln den Russen abgekauft hat. Und die Länder sind untereinander übereingekommen, dass auf viele Jahre hinaus Robben und Otter nicht gejagt werden dürfen. Ihr seid also jetzt auch Amerikaner. Wenn ihr etwas nötig habt, dann wird Amerika es euch geben. Ihr braucht keine Angst zu haben.«

Iwan und die andern hörten staunend zu. Das klang zu ungewohnt, um sogleich begriffen zu werden. Immerhin konnte man sich an Peters Zusage klammern, dass nichts zu fürchten sei, wenigstens für den Augenblick. Zu erwarten, dass weiße Männer hierher kämen, ohne für später Arges zu planen, zu solchen Hoffnungen durfte man sich nicht versteigen. Iwan fand fürs Erste keine Worte der Erwiderung.

»Wenn ihr zum Beispiel auf einer anderen Insel wohnen oder euch auf dem Festland, welches Alaska heißt, ansiedeln wollt – man lebt dort viel leichter und angenehmer –, dann wollen wir euch gerne dahin bringen.«

»Ich meine, wir bleiben auf Attu.« Das war eine Antwort, die Iwan ohne Nachdenken geben konnte.

»Aber es lebt sich hier nicht leicht, wie?«, versuchte Peter nach den Lebensbedingungen auf der Insel zu forschen.

»Das Leben ist schwer und karg«, sagte Iwan bedrückt. »Wir sind so wenige.«

Nun sprach Peter zu den Fremden in ihrer Sprache. Dann richtete er das Wort wieder an Iwan, ließ sich von ihm berichten, wie das große Blutbad verlaufen war und wie die Überlebenden dann ihr Leben geführt hatten. Wort für Wort wiederholte er seinen Leuten, was Iwan ihm berichtet hatte. Dann sagte er: »Komm auf das Schiff. Bring deine Leute mit.«

Zaghaft folgten Iwan und die andern. Jetzt würde wohl herauskommen, worauf es diese Fremden abgesehen hatten. Doch sprach dagegen, dass Peter einer der Ihren war – noch war es nie geschehen, dass ein Aleute den andern betrog. All dies war befremdlich.

Und noch viel Befremdlicheres geschah nun. Diese Leute auf dem Amerikanerschiff gaben ihnen Dinge, ohne dafür im Tausch Arbeit oder Felle zu verlangen. Gar nichts verlangten sie. Das war völlig unglaubwürdig. Betreten starrten die Aleuten die Geschenke an, die sich vor ihnen häuften. Da waren Messer, so scharf, wie man noch nie Messer gesehen hatte, da waren Spulen, Schnur und Tau, schachtelweise Kerzen und, in kleineren Schachteln, Zauberholz, das aufflammte, wenn man es anrieb. Dann funkelnde Büchsen, metallene Teller und Becher, dann Kannen voll Öl, und das Öl darin brannte in stetigem, gleichmäßigem Licht. Das Erstaunlichste aber von allem waren die fremden Kleidungsstücke; es waren Kleider, wie man noch nie welche gesehen hatte, durchaus ähnlich den Kleidern, die diese befremdlichen Amerikaner selbst trugen. Und dann noch kleine Schachteln mit verschiedenstem Inhalt, Nadeln, Zwirn, Knöpfe. Lauter verwunderliche Dinge!

Die Fremden sagten, sie müssten weiterziehen, und die Aleuten sollten, was sie an Geschenken bekommen, ins Dorf tragen. Noch einmal versuchte Peter ihnen auseinander zu setzen, dass sie jetzt alle Amerikaner wären, einem großen Häuptling untertan, der auch sie jetzt in seine Obhut nehmen werde. Und in einigen Monaten würde das Schiff wieder hier anlaufen, um zu sehen, ob alles in Ordnung wäre.

Iwan fand keine rechten Worte, wenigstens keine, die sich passenderweise vorbringen ließen. Früher hatte sein Volk, wenn man ihm Geschenke machte, Gegengeschenke geboten, schöne Robben- und Otterfelle; jetzt aber waren sie arg herabgekommen und hatten nichts zu bieten. Niemals hatten Aleuten etwas für nichts bekommen. So fassungslos war Iwan, dass er in einer jähen Gefühlswallung auf die Fremden zutrat, der Reihe nach, von einem zum andern, und sie unbeholfen in seine Arme zog. Sie sagten irgendwelche Worte, die herzlich klangen, die Iwan aber nicht verstand. Und fuhren wieder fort.

Lange noch umstanden die Dorfleute ihre Geschenke und wollten nicht recht glauben, dass ihnen das jetzt gehören solle. Unvorstellbar, wie ihr Leben, von Tag zu Tag, von der Hand in den Mund, nun leichter sein würde. Die Tage und die langen Winternächte waren wie durch einen Zauberschlag verwandelt.

Hinzu kam ein fürs Erste befremdliches Gefühl, irgendwo zugehörig zu sein, das sie lange Zeit nicht recht fassen konnten. Darüber musste man viel nachdenken. Wie geschah das nur, dass sie jetzt ein Teil eines großen und ungemein fern liegenden Landes sein sollten, Doch worauf es hauptsächlich ankam, das war, dass man jetzt unter einem Schutz stand. Von nun an durften keine tollwütigen Pelzjäger über die Inseln kommen, den Eingeborenen alles rauben und ihre Dörfer zerstören. Das konnte man nicht fassen, ohne sich erst langsam und zögernd an den Gedanken zu gewöhnen, und selbst dann blieb es befremdlich. Dieser Winter auf Attu war der beste seit langem, seit den alten Tagen, da alle Vorratskammern gefüllt gewesen waren.

Im Frühling kam das Dampfboot wieder. Diesmal brachte es beträchtlichen Bevölkerungszuwachs. Von Insel zu Insel fahrend, hatten die Leute auf dem Schiff ehemalige Bewohner von Attu aufgespürt, solche, die von den russischen Händlern verschleppt worden waren. Und immer hatten diese Leute sich nach ihrer Heimatinsel gesehnt. Jetzt kehrten sie heim und brachten ihren halbrussischen Nachwuchs mit. Stumm vor Glück blickten sie um sich, betasteten alle Dinge, die sie in der Erinnerung vor sich gesehen hatten, sogar die herumliegenden Felssteine und das struppige Marschgras. Hier waren sie geboren, und nirgends anderswo waren sie jemals glücklich gewesen.

Als die Neuankömmlinge solchermaßen wirklich Heimkehrer geworden waren und sich nach den ersten scheuen Blicken mit ihren auf der Insel verbliebenen Verwandten verständigt hatten, begann Peter, der Dolmetscher, ihnen auseinander zu setzen, welche neuen Wunder das Schiff diesmal, auf seiner zweiten Fahrt, für sie mitgebracht habe.

Lebendige Tiere waren es – zahme Tiere, die Schafe genannt wurden. Er setzte den Inselleuten auseinander, wie nützlich diese Tiere wären. Man dürfe sie nicht einfach umbringen, wie Otter in einer Lagune, sondern nur einzeln töten, im Maße, in dem sie sich vermehren. Eines oder wohl auch zwei zu gleicher Zeit, aber nicht zu oft. Schafe, erklärte er, gäben ein gutes Fleisch, weit besser noch als Robben. Das Beste daran aber wären die Felle. Trug man sie nach innen gewendet, so gäben sie eine warme Bekleidung. Viel erstaunlicher jedoch war, dass diesen Schafen alljährlich etwas wie Haar zuwüchse, das man wegschneiden konnte, ohne die Tiere zu töten. Und vielerlei ließ sich aus solchem jährlichen Ertrag an Haar, Wolle genannt, herstellen.

Die Aleuten standen ungläubig und wortlos da. Wie sollte ein Tier seine wärmende Decke verlieren und trotzdem weiterleben und Jahr für Jahr einen neuen Pelz haben? Sie schmunzelten. Peter trieb wohl seinen Spaß mit ihnen. Nein, dies würden sie ihm nicht glauben, es wäre denn, er führte es ihnen vor. Als die Schafe vom Schiff gebracht wurden, starrten die Aleuten die Tiere in wortlosem Grauen an. Dass Tiere leben und gedeihen konnten, die nicht aus dem Meer kamen und nicht in das Meer zurückstrebten, war so gegen alle Erfahrung, dass man selbst Peter nicht glauben mochte. Auch schien es ganz unvorstellbar, dass ein Tier dauernd auf trockenem Boden leben wolle. Mit völliger Sicherheit erwarteten sie, dass die Schafherde sich im ersten unbewachten Moment ins Meer stürzen würde, aber diese unglaublichen Tiere liefen, als man sie frei ließ, landwärts und begannen das alte Marschgras abzuweiden.

Peter setzte ihnen lachend auseinander, wie man sie zu den Grasbeständen der Täler hinauftreiben solle. Und wenn man behutsam und klug vorging, würden die Inselleute jetzt immer Nahrung und Kleidung haben, genug für ihren Bedarf.

Als die Schafe ihre Weideplätze bezogen hatten und die Verwunderung einigermaßen abgeklungen war, forderte Peter einige Männer als Helfer an, um nun das zweite Wunder vorzuführen. Das Schiff hatte eine Fracht Holz an Bord, hunderte und aberhunderte von glatten weißen Brettern. Lang genug, so meinte er, habe das Inselvolk in den dunklen Barabaras gelebt. Jetzt sollten sie sich Häuser bauen, Häuser wie jene, in denen Amerikaner lebten. Und eben solch ein Haus müsse für die Schafe gebaut werden, damit sie an kalten und stürmischen Tagen eine Zuflucht hatten.

In tiefstem Staunen betrachteten die Inselleute dieses Holz, fassungslos, dass es so viel Holz an einem Platz geben konnte, wie da an Land gebracht wurde. Die Leute vom Schiff hatten auch Hammer und Sägen und Nägel, und sie brauchten drei Tage, um das erste Haus zu errichten; geduldig unterwiesen sie die Männer von Attu im Gebrauch des ungewohnten Werkzeugs. Erst dann wirbelte wieder Rauch von ihrem Schiff auf, und sie fuhren ostwärts davon, emsig in ihrem Dienst, den sie auf Befehl jener verrichteten, welche Regierung hießen.

Nie hatte ein Frühling so viel Arbeit mit sich gebracht. Zuerst musste in der Nähe eines Weideplatzes das Schutzhaus für die Schafe errichtet werden. Jeden Tag zogen alle Dorfleute hinauf, um die Schafe zu betrachten. Nicht satt konnten sie es werden, sich über diese Tiere zu wundern, die nicht wie Robben oder Otter flüchteten, sobald Menschen in Sicht kamen. Diese Schafe kannten keine Furcht, sie gingen höchstens langsam zur Seite, wenn man sich ihnen näherte. Und wenn sie gar Junge hatten, dann ging das Muttertier überhaupt nicht beiseite, sondern stand da und stampfte mit einem Vorderfuß auf, gleichsam zum Zeichen, dass man die Jungtiere nicht stören dürfe. Die Aleuten waren davon entzückt, und ihr Stolz, dass sie nun solche Tiere besaßen, war ohne Grenzen.

Kleine Holzhäuser wurden in der Nähe des alten Dorfes errichtet. Nichts konnte die Leute bewegen, sich für ihre Siedlung einen anderen Platz zu wählen. Hier hatten ihre Vorfahren gelebt, hier wollten auch sie leben, solange man sie nicht gewaltsam fortschleppte. Einmal, zu Zeiten eines alten Häuptlings, der Zip geheißen hatte, war das Dorf an einen anderen Platz verlegt worden, und da war der große Berg, der stets friedliche, ein Feuer speiender Berg geworden, und das Dorf war vom Erdboden verschwunden. Die Alten hatten gewusst, warum sie sich hier angesiedelt hatten, und ihre Weisheit sollte nicht in Vergessenheit geraten.

Höchst seltsam mischte sich in ihrem Denken altes Wissen und die neue Lehre, die sie von der Mission empfangen hatten. Obwohl die Väter längst fortgezogen oder im Indianerkrieg zu Grunde gegangen waren, wirkte ihr Einfluss weiter. Viele der Frauen, die von den russischen Händlern verschleppt worden waren, hatten in der Mission Unterricht erhalten, und als sie jetzt mit ihren Kindern nach Attu zurückkamen, brachten sie, was sie von der neuen Lehre begriffen, mit. Sie verlangten sogar ganz ernsthaft, dass ihnen ein geeigneter Raum für Gottesdienste zur Verfügung gestellt werde, und so bauten ihnen die Attu-Leute eine Kirche. Es war ein seltsames Gebilde, kaum als Kirche zu erkennen, aber es tat seinen Dienst.

In diesem sonderbaren Nachbild einer Kirche wurden eigenartige Zeremonien abgehalten. Die Leute, die unter dem Einfluss der Missionare gestanden hatten, entsannen sich bruchstückweise des Rituals, selbst wenn sie kaum verstanden, was es bedeutete. Und doch fanden sie darin eine instinktive Befriedigung ihres Verlangens nach Trost, auch eine wohltuende Erinnerung an Gottesdienste, denen sie früher beigewohnt hatten. Der halbrussische Nachwuchs bewahrte mancherlei Erinnerung an die Lehre, die er in der

Missionsschule empfangen hatte, und diese Lehre geriet kaum in Konflikt mit den alten Traditionen, mit jener Geisterwelt, deren man sich nur schattenhaft entsann.

Alte Ängste, tief in das Leben vieler Generationen eingepflanzt, machten sich jetzt im Leben des Inselvolkes kaum mehr bemerkbar. Und doch schlief die Angst nur, wartete bloß darauf, sofort zu erwachen, wenn eine wirkliche oder eingebildete Gefahr sich zeigte. Stieß irgendwo im Umkreis ein Vulkan eine größere Rauchwolke aus, so erwachten Befürchtungen. Die Alten meinten dann, der Berg sei wohl von den Erbauern des neuen Dorfes nicht genügend in seiner Würde beachtet worden. Einmal, als man solches getan und ein neues Dorf erbaut hatte, war alles verloren gegangen. War es möglich, dass sich die Schafe bei ihrem Herumwandern den Hängen des Berges zu sehr genähert hatten? Berge waren sehr auf ihre Würde bedacht, überaus empfindlich und stolz auf ihre Herrschermacht. Jederzeit waren sie bereit, Freiheiten zu verübeln, die man sich da herausnahm. Die jüngeren Leute wollten von solchem Geraune nichts wissen. Und doch, vielleicht war im alten Glauben eine Spur von Wahrheit? Um nichts zu riskieren, verwies man die Schafe auf einen anderen Weideplatz. Und siehe da, schon nach wenigen Tagen war von der drohenden Rauchwolke nur mehr ein dünner Rauchfaden zu sehen.

In weit auseinander liegenden Zeiträumen kam das Patrouillenboot, brachte nützliche Dinge, die man benötigte, und stärkte in den Eingeborenen von Attu das Bewusstsein, dass sie jetzt alle zu einem großen Land gehörten. Es war ein angenehmes Gefühl, einem reichen Land anzugehören, selbst wenn es so weit entfernt war, dass man es wohl nie sehen würde. Und einem weisen und mächtigen Häuptling gleich, sorgte dieses ferne Land für sein Volk. Immer wieder machten die Leute, die mit dem Boot kamen, sich anheischig, die Bewohner von hier fortzubringen, in ein schöneres Land, in dem es unzählige Bäume gab und wo fast immer die Sonne schien. Doch fanden die Attu-Leute, es könne keinen besseren Ort auf Erden geben als Attu, und keiner wollte von hier fortziehen.

Mehrere Monate lebte ein Mann aus dem großen fernen Land auf der Insel. Er lehrte die Eingeborenen, wie man Schafe scheren, wie man die Wolle verspinnen und verweben konnte. Wer hätte sonst geahnt, was sich alles aus Wolle anfertigen ließ? Jetzt würde sich niemand mehr nach den alten Tagen der Robben- und Otterfelle sehnen! Viel gab es zu lernen, wenn die Schafherde größer und größer werden sollte. Sogar das richtige Schlachten und das Aufbewahren des Fleisches musste verstanden und dem Gedächtnis eingeprägt werden.

An den langen Abenden versammelten sich die Dorfbewohner in der Kirche, die sie erbaut hatten, und mit großer Geduld brachte ihnen der Amerikaner seine Sprache bei. Und als dann das Patrouillenboot kam, um ihn abzuholen, holte er ein paar hübsche Tuchstücke hervor, versuchte den Eingeborenen auseinander zu setzen, was Flaggen wären: Wenn man diese Tuchstücke an einem hohen Mast befestigte, dann würde das bedeuten, dass sie zu dem großen Land gehörten. Irgendwie dämmerte den Leuten auf, dass dies etwas ganz Besonderes wäre, und als der Mann längst fort war, gab es unter ihnen viele Erörterungen darüber, was er wohl damit gemeint hatte. Nun, die Tuchstücke, die er Flaggen nannte, sahen hübsch aus, am lustigsten die Ecke mit den vielen Sternen.

So hatte das Volk von Attu wieder das Gefühl gewonnen, die Dinge nähmen ihren geregelten und normalen Verlauf. Vor nicht allzu langer Zeit hätte ein Seesturm oder sonst ein Unglück, bei dem nur drei Männer verloren gegangen wären, für all die Frauen und Kinder den Untergang bedeutet. Jetzt war die Zahl der Einwohner beträchtlich angewachsen, und daraus zogen sie ein neues Gefühl der Sicherheit.

Wenn eine so gewaltige Macht über ihnen war, schrumpften die Aufgaben des Häuptlings, der über die Insel gebot. Bedurfte man eines Mannes, der rasche Entscheidungen treffen sollte, so agierte Lew, der Sohn Iwan und Olga Garoffs, als Vormann der Gemeinde, doch genoss er längst nicht mehr das Ansehen, das früher den Häuptlingen zugekommen war. Igor Melikoff, der länger die russische Missionsschule besucht hatte als alle andern, wurde Kirchenältester.

Eines Tages machte Iwan, der als Schafhüter wenig zu arbeiten hatte, eine befremdende Beobachtung. Er hatte es sich zur Gewohnheit gemacht, stundenlang durch ein altes Schiffsteleskop, das ihm Peter, der Regierungsdolmetscher, geschenkt hatte, den Horizont abzusuchen. Vielleicht hatte er Heimweh nach den alten Tagen, da sein Volk noch ein Volk von Seefahrern und Jägern gewesen war, von Insel zu Insel ziehend, um Otter, Robben und Seelöwen zu erbeuten? In der Folgezeit waren sie, weil es sowohl an Menschen wie auch an reicher Beute gebrach, an Land geblieben. Vielleicht fehlte es ihnen auch an dem alten kühnen Abenteurergeist, der Springfluten, Williwaws und mörderischen Orcas nicht ausgewichen war?

Solchen trübseligen Gedanken mochte Iwan Garoff nachhängen, wenn er durch sein altes Teleskop sah, und dabei entdeckte er zum ersten Mal die fremden Schiffe. Sie waren nicht so groß wie Händlerschiffe, und sie strebten nicht danach, sogleich in den Hafen einzulaufen. Tagelang kreuzten sie um die Insel, während die Dorfbewohner sich müßigen Gedanken hingaben, wer diese Seefahrer wohl sein mochten. Musste man etwa wieder befürchten, es wären Händler und Jäger, und der alte Jammer begänne von neuem? Wie sollte man auf Attu wissen, ob das große Land sie nun auch wirklich schützen werde? Das Patrouillenboot war in weiter Ferne, in absehbarer Zeit war nicht mit ihm zu rechnen.

Eines Morgens kamen dann die fremden Seeleute an Land. Lew und Igor gingen ihnen entgegen. Es waren kleine gedrungene Burschen, den Fremden, die man bisher gesehen hatte, in keiner Weise ähnlich. Sie machten viele Bücklinge und zeigten grinsend ihre Zähne, offenbar um darzutun, dass sie Freunde wären. Ihr Reden aber war ganz fremd, und Igor, der sowohl russisch wie englisch palavern konnte, verstand gar nichts davon. Nun entfaltete Lew die Flagge, die er mitgebracht hatte, um den Leuten zu zeigen, unter welchem Schutz man stehe. Die Fremden sahen die Flagge an, redeten untereinander aufgeregt und waren sichtlich überrascht, aber keineswegs erfreut.

Dann wurde ein anderer Mann herbeigerufen, und nachdem sie sich mit dem besprochen hatte, begann dieser zu den Eingeborenen nach der amerikanischen Weise zu reden. Igor antwortete eifrig, er wollte diesen Leuten zeigen, dass er die Sprache des Landes verstand und reden konnte, dem man zugehörte. Natürlich war es schwierig für beide Teile, sich in einer dritten Sprache, die man nur radebrechen konnte, zu verständigen, aber schließlich kam man doch so weit, dass man einander einigermaßen begriff.

Der Fremde hatte es sichtlich darauf angelegt, den guten Freund zu spielen. Er setzte den Eingeborenen auseinander, sie, die Neuankömmlinge, lebten auch auf Inseln, und der Name dieser Inseln wäre Japan, und Japan wäre den Aleuten weit näher als Russland und noch viel näher als Amerika oder England. Darum wolle man gute Freundschaft halten, denn sie wären ja sozusagen Nachbarn und müssten einander verstehen, weil auch sie auf Inseln lebten. Dies klang klar und einleuchtend. Inselleute müssen einander begreifen.

Igor erklärte dem Fremden, alle Aleuten wollten bloß in Frieden leben, und so befänden sie sich unter dem Schutz ihres großen Landes wohl. Die amerikanische Art passe ihnen recht gut, und sie hätten gelernt, für sich selber zu sorgen, sodass die Leute des Patrouillenbootes, wenn sie kämen, nicht enttäuscht wären.

Als die Rede auf das Patrouillenboot gekommen war, hatten die

Jap-Leute viele Fragen zu stellen. War es denn ein großes Schiff? Wie oft kam es wohl? Hatte es Kanonen an Bord? Wie viel Mann zählte die Besatzung? Wie viel Tage blieb das Patrouillenboot im Hafen? Wozu kam es eigentlich nach Attu? All das interessierte die Jap-Leute. Der Dolmetscher brachte die Hoffnung zum Ausdruck, seine Leute würden das Patrouillenboot einmal hier treffen, und dann werde man große Freundschaft schließen.

Nun aber, erklärte er, müssten sie zu ihrer Arbeit zurück, denn sie wären doch nur bescheidene Fischer. Doch würden sie eines Tages nach Attu zurückkehren, um ihre hoch geehrten Freunde wieder zu sehen, und dann werde Freude und Freundschaft allgemein sein. Dann gab es wieder Verneigungen, und die Fremden gingen zum Strand zurück.

Ihre Schiffe verschwanden im Nebel, und Lew bekam eine geraume Zeit nichts von ihnen zu sehen. Von Zeit zu Zeit aber tauchten sie wieder auf, dieselben oder ähnliche, verschwanden aber bald wieder in der Ferne oder im Nebel.

Als das Patrouillenboot kam, berichteten Lew und Igor vom Besuch der Jap-Schiffe. Die Regierungsleute stellten allerlei Fragen und schrieben in ein Buch, was ihnen die Attu-Leute gesagt hatten. Doch zeigten sie keine Besorgnis. Die Jap-Leute schienen nicht sonderlich bedeutsam zu sein.

Dann kam die Rede auf einige fremdartige neue Tiere, die sie mitgebracht hatten, und die Füchse geheißen wurden. Es waren kleine Tiere, und sie sollten auf einer kleinen Insel in der Nähe von Attu freigelassen werden. Keinesfalls, wurde gesagt, dürften sie an die Schafe herangelassen werden.

Über diese Füchse wussten die Amerikaner viel zu sagen. Zunächst einmal sollte man sie drei Jahre lang auf ihrer Insel unbehelligt lassen, dann war zu hoffen, dass sie sich beträchtlich vermehrten. Fuchsfelle waren wertvoll, nicht so wertvoll wie Otterfelle, aber doch sehr geschätzt. Ob die Füchse hier gedeihen würden, wisse man noch nicht, das müsse man eben ausprobieren. Die Füchse wären keineswegs zahm wie die Schafe, sondern überaus scheu. Und man solle sie auch nicht erschrecken. Viel wurde über Füchse gesagt, und noch mehr hoffte man darüber zu erfahren. Die Amerikaner empfahlen, es sollten an hellen Tagen zwei oder drei Leute von Attu auf das Inselchen hinüberrudern, die Füchse beobachten, so viel über sie in Erfahrung bringen, als nur möglich wäre, und sich alles gut einprägen, damit sie es den Patrouillenbootleuten beim nächsten Besuch berichten könnten.

Dann wurden die Dörfler an Bord genommen, um die kurze Fahrt zur Fuchsinsel mitzumachen. Was gab es da nicht alles zu bestaunen, wie verwunderlich waren die Dinge in dem Schiff! Nicht auszudenken, dass ein solches Durcheinander gleißender Metallteile ein Schiff übers Meer treiben konnte. Das ging über allen menschlichen Verstand, da konnte man nur in einem Respektabstand stehen bleiben, all diese sich drehenden Teile des Metallgewirrs bestaunen.

Auf der Insel wurden dann zehn kleine Tiere, die buschige Schwänze hatten, aus ihren Käfigen herausgelassen. Im nächsten Augenblick waren sie bergwärts entwischt. Die Männer des Patrouillenbootes hofften, die Füchse würden dort heimisch werden, sich wohl fühlen und sehr vermehren.

Bevor das Patrouillenboot wieder in See stach, wurde den Inselleuten ein gut gebautes und trefflich ausgerüstetes Ruderboot übergeben. Es war breit und tief und hatte drei Paar Ruder. Es konnte nicht schwer fallen, in einem solchen Boot zu der Fuchsinsel hinüberzufahren. Seit keine Seelöwen und Robben mehr gejagt wurden, waren die alten Bidarkas in einen solchen Zustand geraten, dass man sie nicht einmal mehr reparieren konnte.

Die Insulaner fühlten sich jetzt als besitzende Leute. Nicht nur Schafherden hatten sie, jetzt war auch noch diese Fuchsinsel dazugekommen, und wer konnte vorauswissen, was für Wunderdinge diese

Amerikaner nächstes Mal bringen würden? Mit dem Besitzgefühl aber erwachte auch ein starker Verantwortungssinn. Die Patrouillenbootleute zeigten, dass sie den Attu-Leuten vertrauten, und dieses Vertrauens musste man sich würdig erweisen. Ohne diese Hilfe hätte man nur ein armseliges Dasein gefristet, von Tag zu Tag bangend. Jetzt sah es ganz so aus, als ob die guten Tage wiedergekommen wären, die man unter den alten Häuptlingen verlebt hatte.

In weiter Ferne zeigten sich von Zeit zu Zeit die Jap-Schiffe. Iwan beobachtete sie, aber sie boten wohl kaum Anlass zu Besorgnis, es waren eben Fischer, und die Patrouillenbootsleute hatten ja auch kein besonderes Interesse gezeigt. Oft war monatelang nichts von ihnen zu sehen, dann erschienen sie am Horizont, tauchten aber alsogleich wieder im Nebel unter.

Einmal aber, zur Frühsommerszeit, kamen die Jap-Leute wieder an Land. Sie hatten kleine Zelte mitgebracht und begannen überall auf der Insel herumzulaufen. Das wäre nur Spiel, erklärten sie, sie leisteten sich eben nach einem Jahr harter Arbeit ein paar vergnügte Tage. Sie führten kleine schwarze Kästchen mit sich, in die sie oft blickten, während sie den Strand und die Berge abliefen. Aus diesen Kästchen kamen dann Bilder hervor, auf denen man die Berge und Buchten, und was die Wanderer sonst abgegangen hatten, genau sehen konnte. Und solche Bilder machten sie auch vom Dorf, von den Dorfleuten, die sich dazu vor ihren Häusern aufstellen mussten, und von den Schafherden – einfach von allem. Die Jap-Leute versicherten, Menschen, die viele Länder bereisten, machten immer solche Bilder, um sich an die Plätze, an denen sie gewesen seien, erinnern zu können. Den Dörflern gefiel es gut, dass sie auf den Bildern wirklich so aussahen, wie sie einander kannten. Die Jap-Leute schenkten ihnen solche Bilder, immer mit vielem Lächeln und mancherlei Freundschaftsbezeigungen. Bevor das Patrouillenboot auftauchte, waren diese Erholungstage plötzlich vorbei, und die Gäste verschwanden.

Doch auch diesmal zeigten die Leute des Patrouillenbootes nur mäßiges Interesse. Es stimmte, dass es so Brauch war, die Leute machten unzählige kleine Bilder, um festzuhalten, was sie gesehen hatten, besonders wenn sie in einem fremden Land waren. Solcher Brauch war weit verbreitet, darin brauchte man nichts Bedenkliches zu erblicken.

Ein volles Jahr zeigten sich die Jap-Schiffe nun nicht mehr. Dann aber hatten die Jap-Leute plötzlich entdeckt, dass wieder Otter aufgetaucht waren. Ob die Attu-Leute nicht Lust hätten, sich an der Jagd zu beteiligen? Wer da mit ihnen auf Jagd führe, dürfe darauf zählen, reichlich beschenkt zu werden.

Igor und Iwan hörten sich diese Reden an. Befremdlich und verlockend war es zugleich, dass man wieder wie vor Zeiten auf Otterjagd gehen sollte. Von den Leuten, die jetzt auf der Insel lebten, hatte nur Michail Mironoff jemals an einer Otterjagd teilgenommen, und der war nun zu alt, um noch auszufahren. Überdies fiel Iwan jetzt ein, dass es zwischen den Ländern ein Versprechen gab, nicht Otter zu jagen, bevor die Otterbestände nicht nachgewachsen wären. Doch die Jap-Leute versicherten, sie hätten nichts dergleichen versprochen.

Nun hielten die Eingeborenen untereinander Rat. Michail erinnerte daran, dass man, sooft man mit fremden Händlern auf Jagd gegangen war, schlimme Erfahrungen gemacht habe. Die Gier nach Jagdbeute schien in den Menschen einen unheimlichen und grausamen Trieb zu wecken, sie achteten dann auch menschliches Leben nicht und wurden herrisch gegen jene, die ihnen dienten. Der Drang, aufs Meer hinauszufahren, war in den Aleutenleuten nicht mehr lebendig; auch aus Otter machten sie sich nichts. Ein Schaffell war viel leichter zu erlangen, darum hatten Otterfelle auch am Ort ihre Geltung verloren. Auch blieb es ungewiss, ob Aleuten, da sie ja nun zu dem großen Amerika gehörten, überhaupt Otter jagen dürften. Vielleicht hatten die Amerikaner ein Versprechen gegeben, das auch für die Aleuten galt. All das sprach dagegen, dass man mit den Jap-Leuten auf gemeinsame Jagd ging.

Die zeigten sich darüber sehr verärgert. Zuerst verbargen sie ihren Unmut unter Lächeln und Versprechungen, aber als sie sahen, dass die Inselleute an ihrem Beschluss festhielten, begannen sie zu drohen. Es wäre an der Zeit, sagten sie, dass alle Völker, die nicht weiß wären, untereinander brüderlich handelten und die Herrschaft der Weißen abschüttelten. Das Inselvolk gehöre zu den Ostvölkern, und wenn die zusammenstünden, wäre es mit der Herrschaft der Weißen für immer vorbei. Wie käme es den Weißen zu, Gesetze über die Otterjagd zu erlassen? Waren es nicht die Weißen, die die Otterjagd zu Grunde gerichtet hatten? Und jetzt wollten sie andere Völker davon abhalten, aus dem Wenigen Nutzen zu ziehen, das die Weißen noch übrig gelassen hatten. Das Land der Weißen läge in weiter Ferne. Wie sollten die überhaupt wissen, ob man hier ein paar Otter fange oder nicht?

Die Aleuten aber zogen ihre neuen Häuser in Betracht, ihre Schafherden, die Kleider, die sie am Leibe trugen, das mannigfache Werkzeug und Gerät – alles, was man von den Weißen bekommen hatte, und so blieben sie fest und zeigten keine Lust, mit den Weißen zu brechen.

Nun prahlten die Jap-Leute mit ihren unzähligen Soldaten, Millionen davon würden demnächst aufgeboten werden, die Welt zu erobern. Und dann würden sie wohl wissen, wer sich schon vorher mit ihnen auf freundschaftlichen Fuß gestellt und wer die außerordentlich hohe Ehre von sich gewiesen habe, einem so mächtigen Reich zu dienen. Ihr Häuptling, der mächtigste auf Erden, brauche nur ein paar von diesen unzähligen Soldaten hierherzuschicken, und die brauchten nur hier zu landen, dann war alles geklärt. Vermutlich würde die Insel auch so eingesackt, dazu werde es nicht einmal der Soldaten bedürfen. Im Handumdrehen. Sie waren offensichtlich wütend, ihren Willen nicht durchgesetzt zu haben. Sie zogen ab, ohne sich auch nur umzudrehen.

So sollte also der Jammer von neuem beginnen! Da hatte man Jahre des Friedens genossen und allmählich Kräfte gesammelt – sollte nun wieder ein Krieg die Insel verheeren? Das musste man den Amerikanern sagen. Jedenfalls war das eine Sache, die ernsthaft bedacht werden musste und vielleicht zu gegebener Zeit viel Mut und Kraft erfordern würde.

Die Jap-Leute kamen zwar nicht mehr an Land, aber sie verschwanden auch nicht. Viele Wochen lang konnte Iwan sie durch sein Teleskop beobachten. Ihre kleinen Schiffe kamen immer wieder in die Nähe der Küste. Bald zogen sie sich zurück, dann fuhren sie wieder in die Buchten ein, suchten sogar die kleinste Bucht ab. Iwan sah von seinem Versteck hinter den Felsen aus, wie sie loteten und Tiefen maßen. Die kleinste Bucht, jede Bachmündung schien sie zu interessieren. Dann aber waren sie eines Morgens doch fort und ließen sich monatelang nicht blicken.

Diesmal zeigten die Leute des Patrouillenbootes ernste Gesichter. Sie stellten unzählige Fragen und schrieben alles in ihre kleinen Bücher. Auf ihre eigentümliche stille Weise, ganz ohne lautes Toben, waren sie erbittert; versuchten den Aleuten auseinander zu setzen, warum sie fürs Erste wenig tun konnten. Daheim in ihrem großen Land gab es viele große Häuptlinge, und über allen stand einer, der noch größere Häuptling. Man konnte nicht auf einen Feind schießen oder ihn gefangen nehmen, solange diese mächtigen Häuptlinge nicht das Wort dazu ausgegeben hatten. Es war schwer zu erklären, wieso man allein dadurch, dass man eines anderen Landes Fischer oder Schnüffler oder Spione packte, einen großen Krieg auslösen konnte, einen Krieg, in dem an einem einzigen Tag mehr Leute getötet wurden, als je auf den Aleuten gelebt hatten. Dies war ein fürchterlicher Gedanke. Die Leute des Patrouillenbootes hätten gern etwas unternommen. Auch sie waren der

Meinung, man solle die Jap-Schiffe so fortjagen, dass sie gar nicht erst wiederkämen. Bedauerlicherweise aber konnte man das erst tun, wenn die großen Häuptlinge das Wort gesagt hatten. Vielleicht würden sie es tun, wenn sie hörten, wie hier spioniert, gelotet und fotografiert wurde und wie man die Eingeborenen einzuschüchtern suchte.

Bevor sie wieder abfuhren, versprachen sie, die Inselleute nicht zu vergessen. Sie wären treues und braves Volk, und Amerika werde sie nicht im Stich lassen, wenn Schlimmes über sie hereinbräche. Manchmal lebten Länder jahrelang am Rande des Krieges, und der Krieg kam nicht. So wäre es vielleicht jetzt. Die Aleuten sollten sich nicht zu viel Sorgen machen. Dann fuhren die Leute des Patrouillenbootes wieder ab. Und die Einwohner von Attu fühlten sich sicherer als zuvor.

In den folgenden Jahren zeigten sich keine Jap-Leute auf Attu. Manchmal kamen die Schiffe nahe, zumeist allerdings beschränkten sie sich darauf, vor entlegenen Inseln nach Otter zu wildern. Irgendwie schien es zwischen den Jap-Schiffen und dem Patrouillenboot etwas wie ein Einvernehmen zu geben, jedenfalls begegneten sie einander nicht. Die Leute des Patrouillenbootes wollten wohl den Tag abwarten, an dem ihre Hände nicht mehr gebunden waren. Dann würden sie gegen die Eindringlinge vorgehen.

Iwan beobachtete die frechen kleinen Schiffe aufmerksam, wenn sie mit ihrer Beute an Otter davonfuhren. Es war traurig, mit anzusehen, wie diese Tiere gänzlich ausgerottet wurden, und gar nichts tun zu können, um wenigstens einige zu retten. So kühn waren die Otter nach den furchtbaren Jahren ihrer Abschlachtung daran gegangen, sich wieder an den alten Küsten anzusiedeln! In stummer Wut musste Iwan zusehen, wie diese Schiffe die neuen Stämme vernichteten. Er empfand ein tiefes Wohlwollen für diese Tiere, die den Inselmenschen so ähnlich waren – nie darauf aus, andere anzugreifen, in aller Stille ihr Leben fristend, keinem zum Nachteil. Und dann war aus einer unbekannten Welt plötzlich der Tod gekommen, und Mensch wie Otter hatten das Blutbad kaum überlebt. Man wurde hoffnungslos, wenn man das sah, und Iwan wandte sich mit Trauer im Herzen von dem Anblick ab.

Dann aber, eines Tages, der sich ganz gewöhnlich anließ, eben wie irgendein Tag, geschah Seltsames. Obwohl kein Besuch des Patrouillenbootes fällig war, tauchte es plötzlich im Hafen auf. Die Leute aus dem Boot kamen ins Dorf gelaufen. Jetzt war es so weit, der lang erwartete Tag war gekommen, jetzt durfte man den Feind schlagen. Doch war es ein sehr mächtiger und tückischer Feind, und es war durchaus möglich, dass er zuerst zuschlug. Obwohl es in den Jahren warnende Vorzeichen genug gegeben hatte, war das große Amerika nicht zum Kampf vorbereitet. Dies allerdings war für die einfachen Aleuten schwer verständlich, dass nach all dieser Herausforderung der große Beschützer nicht fähig sein sollte, dem Feind gegenüberzutreten.

Indessen, so lagen die Dinge, und falls die Japs nach Attu kommen sollten, wäre es für die Einwohner wohl heilsamer, von der Insel zu verschwinden. Die Männer des Patrouillenbootes wollten also ihr Versprechen einhalten. Sie konnten die Insel zwar nicht verteidigen, aber sie boten an, das Inselvolk aus dem Bereich des Feindes fortzuführen. Allerdings müsse das in großer Eile geschehen. Jetzt konnte jeder Tag, jede Stunde den feindlichen Überfall bringen. Und diesmal würden es nicht kleine Fischereidampfer sein, sondern große schnelle Kriegsschiffe mit schweren Geschützen, und schlimmere Zerstörung, als ihnen von diesen Geschützen drohte, konnte jeden Augenblick vom Himmel fallen. Wie das zugehen sollte, dass Krieger durch die Luft geflogen kämen wie die Möwen, ging über das Verständnis der Dorfleute, aber die Männer aus dem Patrouillenboot versicherten, es wäre eben so. Große

Kriegsvögel ließen eiserne Eier herabfallen, die im Zerbersten ein ganzes Dorf vernichten konnten, das wäre für sie die Sache eines Augenblicks.

Den Aleuten widerstrebte es wie eh und je, ihre Inseln zu verlassen. Die Angst vor dem Unbekannten machte sich auch jetzt wieder fühlbar. Nur der junge Lew, der Sohn Iwans und der Olga Garoff, sollte gehen, so wurde beschlossen. Zwar standen die Häuptlinge nicht mehr in solchem Ansehen wie früher, doch war das Gefühl immer noch lebendig, dass das Gedeihen der Insel irgendwie vom Fortbestand des Häuptlingsstammes abhinge. Und noch ein paar Leute gingen widerstrebend an Bord, die andern aber blieben.

In dieser Situation hatte der Captain des Patrouillenbootes einen weitsichtigen Gedanken. Wenn es hier zum Kampf kam, würden ein paar Eingeborene, die alle Schlupfwinkel am Strand und in den Bergen kannten, als Späher und Führer von Nutzen sein. Jeder hatte das Recht, die Insel zu verlassen, aber wer bleiben wollte, durfte es. Und nun war keine Zeit mehr zu verlieren; in aller Eile, ehe man recht voneinander Abschied genommen hatte, fuhr das Boot davon.

Ein unbekanntes Gefühl der Verlassenheit überkam die Leute. Ihr Entschluss war aus zwei Quellen entsprungen, einmal aus der Zähigkeit, mit der sie an ihrer Heimat hingen, dann aber auch aus einer neuen Treue dem Lande gegenüber, das ihnen Lebensmut wiedergegeben hatte. Wenn es im Kampf gegen einen Feind nützlich war, dass man auf der Insel jeden Winkel kannte, dann wollten sie bereit sein. Dieses Zugehörigkeitsgefühl zu einem anderen Land war eher verwunderlich, sie verstanden es auch selbst nicht recht, waren aber doch stolz darauf. Als sie sich nach dem Hafen umwandten, war das Schiff schon im Nebel untergetaucht.

Aus Vorsicht begannen die Inselleute, planmäßig Vorräte an vielen Stellen zu verstecken, unter Felsen, in Höhlen am Felsenstrand, die über Brandungshöhe lagen, hoch in den Bergen in Schneegruben, unter überhängenden Felsen, wo man früher Zuflucht gesucht hatte, wenn die Feuer speienden Berge ausbrachen. Diese Vorräte wurden so verborgen, dass Fremde sie nicht finden konnten. Sie waren nicht groß, konnten aber, wenn es zum Schlimmsten kam, das Leben retten.

Und dann galt es nur noch zu warten, und das war die härteste aller Prüfungen. Jetzt, da ein Teil von ihnen fortgezogen war, empfanden sie die Einsamkeit doppelt bedrückend. Dagegen zeigten sie eine neue Zuneigung zu ihren Schafherden. Die Schafe weideten, zogen ein paar Schritte weiter, weideten wieder eine Strecke ab, ganz wie sie es immer gehalten hatten. War man den Schafen nahe, so empfand man eine wunderliche Kameradschaft, genoss die Illusion, alles wäre, wie es immer gewesen war. Die Leute fanden einen erstaunlichen Trost darin, sich bei ihren Herden zu halten.

Iwan Garoff wirkte immer noch als Gemeindeältester. Auch Igor Melikoff wollte seine Kirche nicht verlassen, wenn auch die Gottesdienste, die er hielt, kaum mehr jenen der Missionsväter glichen.

War er nicht mehr da, so würde es gar keine Zeremonien mehr geben. Auch Sofia Nowik war geblieben, sie war nun schon sehr alt, konnte aber noch erzählen, wie sie als junges Mädchen einem russischen Pelzjäger entrissen und in einer warmen Höhle versteckt worden war. Das waren die Menschen der alten Generation.

Geblieben waren noch die Schwestern Olenko, Maria und Anna, dann Maria Androjeff, dann Pascha Tschekno und ihr Mann, Lyoff. Sie, Nikolai Kaschput, Wanka Ruwenski und Makar Korolenko bildeten die junge Generation.

Jeden Morgen versammelte man sich in der Kirche, und Igor vollzog die Zeremonien, so gut er sich ihrer aus der alten Zeit der Mission erinnern konnte. Was die Riten zu bedeuten hätten, verstand niemand so recht, doch klammerte man sich daran in einer vagen Hoffnung, in der Stunde der Bedrängnis eine Hilfe nahe zu haben. Und so wartete man, wie Menschen eben auf einen Sturm oder auf den Ausbruch eines Vulkans warten.

Da erschienen die Japs auf Attu. Sie kamen in aller Stille, vielleicht im Lauf der Nacht oder vom Nebel gedeckt. Sie gingen in der großen Bucht, die am unteren Ende des Massakertales lag, an Land, jenes Tales, in dem die Aleuten einst eine ganze Truppe der Russen erschlagen hatten und dann ihrerseits erschlagen worden waren.

Die Inselbewohner sahen, wie die Japse zu hunderten aus den Landungsbooten kamen. Sie brachten viel Material an Land, befremdliche Dinge, für die die Inselleute keinen Namen wussten. Bauholz wurde angeschleppt, Baracken wuchsen längs des Ufers aus dem Erdboden, unter der Hügelkette, direkt über dem Sandstrand. Andere gruben Höhlen in das Gestein, trieben tiefe Schächte in den Berg. So geschäftig waren sie, dass sie eine Weile kaum Notiz von den Eingeborenen nahmen.

Dann aber entdeckten japanische Späher die Schafherden. Sogleich erwachte ihr Interesse. Sie mussten Schafe haben, Frischfleisch für ihre Offiziere. Das war doch großartig, eine richtige Überraschung, dass man so unerwartet Proviant auf der Insel gefunden hatte. Jeden Tag wurden einige Schafe fortgeholt, und als Iwan zu protestieren wagte, zog ein Jap seinen Revolver und knallte ein paar Tiere nieder, wohl zum Zeichen, dass es allen so ergehen würde, wenn man auf Widerstand stieß. Es war niederdrückend, zu sehen, wie die kostbaren Herden dahinschmolzen, aber man war ja ohne alle Mittel, seinen Besitz oder auch nur sich selbst zu schützen.

Monate verstrichen so, und die Insel war in Verteidigungszustand gesetzt, als die Japaner begannen, sich auch im Inland umzusehen. Nun forderten sie eingeborene Führer an, um sie auf die Berge zu geleiten. Die Attu-Leute sollten ihnen helfen, strategisch bedeutsame Pässe zwischen den Bergen zu finden, Vorberge, die Passwege beherrschten, günstige Plätze, wo man Batterien aufstellen konnte, um gegen Süden die Massakerbai und gegen Norden die Holtzbai unter Feuer zu halten. Nun, da man über all diese unterirdischen Befestigungen, über ein solches Netz von Verteidigungsanlagen verfügte, könne, so prahlten die Japaner, kein Feind sie jemals wieder von der Insel vertreiben. Und da wirklich niemand versuchte, sie hier zu stören, begannen sie zu glauben, der Feind wage sich gar nicht an sie heran. Überdies erhielten sie aus vielen anderen Teilen der Welt Nachrichten von gewaltigen Siegen. Die Herrschaft der weißen Rasse sei erledigt, verkündeten sie den Aleuten, und ihre amerikanischen Beschützer würden sich hier nie mehr blicken lassen.

Das Vertrauen der Aleuten wurde, als tatsächlich keine Amerikaner in Sicht kamen, auf eine harte Probe gestellt. Je sicherer sich die Japaner aber fühlten, umso frecher und hochmütiger traten sie auf. Als sie Führer in die Berge anforderten und die Aleuten nichts davon wissen wollten, wurde Nikolai Kaschput niedergeschossen. An systematischen Widerstand war nicht zu denken, er hätte nur zur Ausrottung der Einwohnerschaft geführt. Wanka und Lyoff wurden gezwungen, Bergführerdienste zu leisten.

Immer waren die Japs darauf aus, von allen Plätzen, von Pässen, Satteln und Bergspitzen Planskizzen aufzunehmen. Wanka und Lyoff mussten Trupps in die wilden Berge führen, und nie wussten sie, ob sie zurückkommen würden, denn es war schwer, den Anforderungen der neuen Herren zu genügen. Tatsächlich wussten die Aleutenfischer wenig vom Bergland ihrer Insel, aber die Japaner glaubten ihnen das nicht.

Hatte man im Anstieg eine gewisse Höhe erklommen, so setzte Schneefall ein. Die Gipfel selbst waren häufig schneefrei, aber die Schluchten waren mit Schnee ausgefüllt. Am Tage war es noch erträglich, doch nachts setzte in Bergeshöhe eine so durchdringende Kälte ein, dass Wanka und Lyoff zu erfrieren fürchteten. Ihr Leben lang hatten sie an der Küste gewohnt, in diesen eisigen Höhen waren sie fremd.

Auch zeigten sich die Japaner sehr ungeduldig, wenn nicht alles, was sie sehen wollten, unverzüglich gefunden wurde. Dann wurde gedroht, denn die Japaner meinten, ihre einheimischen Führer stellten sich nur unwissend. Wanka und Lyoff lebten in beständiger Todesangst. Waren die Japs unzufrieden, so drohten sie gleich mit ihren Revolvern. Die hohen Berge schienen Wanka und Lyoff unersteigbar, die Schlachten und Abgründe bodenlos. Ständig trieben Nebelschwaden zwischen den Bergspitzen dahin und hüllten die Pässe ein.

Und doch war es der Nebel, der den beiden Männern dann das Leben rettete. Die Japs waren allmählich so ungeduldig geworden, dass die Führer jeden Morgen ungewiss waren, ob sie den Tag noch überleben würden. Als dann einmal dichter Nebel sich über sie hinwegwälzte, warfen Wanka und Lyoff sich platt in den Schnee und ließen sich einen Steilhang hinabgleiten. Sofort begannen die Japaner in die Nebelwand hineinzuschießen. Die beiden Flüchtigen hörten wohl die Schüsse, doch hatte der Nebel ein Einsehen und hüllte sie ein, und so blieb das Feuer wirkungslos und hörte auf.

Als sie im Tal aus der Nebeldecke hervortraten, war es möglich, sich rasch fortzubewegen. In dem unübersichtlichen Gelände waren sie bald gegen Entdeckung sicher. Nur die Wanderung zum Strand war weit und gefahrvoll. Die beiden waren erschöpft, als sie endlich den Strand und die schützenden Felsgalerien erreichten, unter denen frühere Generationen Zuflucht gefunden hatten, wenn der Berg tobte. In einer Höhle dieser Galerie waren Vorräte versteckt, und hier beschlossen die beiden Männer zu bleiben. An eine Rückkehr ins Dorf war nicht zu denken. Wenn die Japaner kamen, würden sie sie erkennen, und dann war die grausame Strafe sicher.

Die Dorfleute waren über das Unheil, das über die Schafe gekommen war, fast ebenso unglücklich wie über ihr eigenes. Sie überlegten hin und her, was zur Rettung der sanften Tiere geschehen konnte, aber einer solchen Überzahl bewaffneter Feinde gegenüber schien jeder Plan wirkungslos. Die Herden schmolzen rasch dahin. Auch achteten die japanischen Metzger nicht auf das Wohlbefinden der Tiere. Die Schafe hatten gerade Junge, doch oft wurden die Muttertiere weggeholt und die Lämmer dem Verhungern preisgegeben. Schließlich versuchte der alte Iwan, die Japaner darauf hinzuweisen, aber die stellten sich, als ob sie ihn nicht verstünden.

Als dann die japanischen Offiziere von der Expedition in die Berge zurückkamen, gab es eine überraschende Haussuchung im Dorf. Die Offiziere wollten einfach nicht glauben, dass Eingeborene so blöde wären, auf ihrer eigenen Insel zu verschwinden und zu Grunde zu gehen. Als aber dann keine Spur von Wanka und Lyoff gefunden wurde, verhaftete man ihre Frauen, Pascha und Elena, und schleppte sie in das große Lager in der Massakerbai. Niemand sah die beiden jemals wieder.

Tiefe Trübsal überkam die Leute. So waren also die schlimmen Tage wiedergekommen, Männer gingen verloren, Frauen wurden verschleppt, die einen gleich, andere morgen, und bald würde kein Aleute mehr auf Attu am Leben sein. Warum schickte das große Amerika nicht seine vielen Schiffe und seine Krieger? So hatten es die Männer des Patrouillenbootes versprochen, aber Monate gingen dahin, und es war klar, dass Amerika die Insel vergessen hatte.

Eines Nachts, als dichter Nebel das Dorf einhüllte, stahlen sich Wanka und Lyoff in ihre Häuser. Ihre erfrorenen Füße waren jetzt so weit geheilt, dass sie die Wanderung wagen konnten, und so wollten sie in Erfahrung bringen, was aus ihren Familien geworden war. Als sie hörten, dass Pascha und Elena verschleppt worden waren, würgten sie ihre Verzweiflung lautlos hinunter.

Doch brannte in beiden, in Wanka und Lyoff, ein verzehrender Zorn, solch ein Zorn, wie er in einem ganzen Menschenleben nur selten aufglüht. Worte waren da unnütz. Die beiden wussten, was sie zu tun hatten. Sie verbargen sich bei Tagesanbruch im Ginstergebüsch, das die Schafweide eingrenzte. Weißlich schimmernder Nebel lag über dem Tal, aber die Schafe, über den weiten Weideplatz zwischen zwei Hügeln verstreut, waren deutlich zu erkennen. Eines nach dem andern erhob sich von seinem Lager, reckte und streckte sich einen Moment lang und trottete davon, zur Weide.

Mit der Geduld, die ein furchtbares Vorhaben einflößt, warteten die beiden Männer. Jetzt wurden zwei kleine stämmige Kerle sichtbar, japanische Metzger. Sie schossen in die Herde, und zwei der Tiere gingen zu Boden; die übrigen Schafe liefen ein Stück und begannen dann zu weiden, als hätten sie nichts bemerkt. Jeder der beiden Jap-Männer lud sich ein Schaf auf die rechte Schulter, und so machten sie sich an den Abstieg zu Tal.

Wanka und Lyoff hefteten sich an ihre Fersen. Sie hielten sich zur Rechten der beiden, denn die Japs hatten über die Tiere hinweg, die sie auf ihre Schultern geladen hatten, keinen Ausblick. Die Aleuten hielten ihre langen Messer, die sie von den Leuten des Patrouillenbootes erhalten hatten, bereit. So folgten sie den Japanern, nicht allzu dicht. Es war, als ob sie die Frist, die sie ihrer Rache gesetzt hatten, auskosten wollten.

Mit einem Gebrüll, das eher tierisch als menschlich klang, stürzten sie sich plötzlich auf ihre Opfer. Die Messer vollbrachten ihr tödliches Werk, und die Japs stürzten unter ihrer Last zusammen. In einem Anfall von Tobsucht warfen sich die Aleuten über ihre Feinde, als könnten sie jetzt rächen, was ihnen in einem langen Leben angetan worden war. Danach wich die blinde Wut plötzlich von ihnen, und sie betrachteten fast ungläubig, was sie da getan hatten. Rasch entschlossen schleppten sie die jämmerlichen Reste zu einem Steilhang und rollten Felsen darüber. Die getöteten Schafe trugen sie zu ihrem Versteck in der Felsengalerie.

Japanische Späher suchten überall, konnten aber keine Spur der verschwundenen Schafdiebe finden. Obwohl nichts darauf hinwies, dass hier Eingeborene etwas angestellt hatten, waren die Jap-Leute doch fest überzeugt, dass ihre Männer in eine Falle gegangen waren. Als Vergeltungsmaßregel holten sie Maria und Anna Olenko, Maria Andrejeff und die übrigen jungen Frauen aus dem Dorf. Nur zwei, Olga Garoff und Sofia Nowik, blieben zurück. Kein Bitten und keine Beschwerde half. Das Dorf schmolz zusammen, und noch immer kamen die Amerikaner nicht.

Bis auf die Greise und die Kinder wären wohl alle Leute von Attu in die Höhlen und Bergunterschlupfe geflüchtet. Die Kinder allerdings konnten unter so harten Bedingungen nicht leben, und so musste man sich an die schwache Hoffnung klammern, dass doch noch Hilfe kommen werde, bevor alle zu Grunde gegangen waren.

Der alte Igor, der Kirchenälteste, sprach den Leuten immer wieder Mut zu: »Vielleicht heute.«

Und wenn der Tag wieder verstrichen war, und wenn ein neuer Tag dämmerte: »Vielleicht doch heute.«

Die Japs hatten bemerkt, dass sich die Attu-Leute auf der Insel bewegten, als ob die häufigen Nebeleinfälle sie gar nicht störten. Eine solch erstaunliche Geschicklichkeit galt es nutzbar zu machen. Die Truppen mussten häufig zwischen den beiden großen Lagern, Massakerbai und Holtzbai, über Land marschieren. Hierzu wurden die Eingeborenen als Führer gepresst, hatten fast ständig zum Dienst bereit zu sein. Es war den Eingeborenen klar, dass jeder Versuch, den Feind in die Irre zu führen, zu ihrer eigenen Vernichtung ausschlagen musste.

Dann wurden die Japaner freundlicher. Sie versuchten wieder, die Aleuten auf ihre Seite zu ziehen. Sie empfanden wohl, wie wichtig es werden konnte, die Eingeborenen zu Verbündeten zu haben, wenn man auf der Insel Feindfühlung bekam.

Den Attu-Leuten blieb dieser seltsame Wechsel, diese wunderliche Mischung aus Arroganz und Zutraulichkeit unverständlich. Nur zu gut hatten sie in Erinnerung, wie übel man ihnen vorher mitgespielt hatte.

Eines Tages endlich, hoch im Frühling, ließ sich der lang erwartete Schlachtenlärm hören. Das Echo der Einschläge kam aus dem Norden, von der Holtzbai her. Dann setzte Salvenfeuer schwerer Schiffskanonen ein, und nun schienen die Nebelbänke unter dem rhythmischen Druck zu wallen. Wie flinke Schatten flüchteten große Wildgänse aus dem Schussbereich. Und nun rollte das Echo schweren Artilleriefeuers an den schwarzen Felswänden hin. Die feindlichen Parteien streuten Vernichtung in den dichten Nebel, der diesen Kampf einhüllte.

Den Vormittag über mussten Nikolai und Makar japanische Verstärkungen zur Holtzbai führen. Am frühen Nachmittag hob sich der Nebel, und so bekam man zum ersten Mal amerikanische Soldaten zu sehen. Die großen Kreuzer lagen weit draußen, aber viele flache Boote zogen sich in langer Zeile strandwärts und landeten Truppen an einem schmalen Uferstreifen nördlich der Holtzbai. Die Japaner, von diesem Angriff überrascht, zeigten sich verwirrt. Das Ufergewässer war hier so klippenreich, dass sie eine Landung, selbst in kleinen Barken, für unmöglich gehalten hatten. Der Küstenstreifen war von einer mehrere hundert Fuß hohen Klippe beherrscht. Eine Hand voll Soldaten hätte genügt, diese natürliche Festung zu halten, doch jetzt war es dazu zu spät. Schon breiteten sich die Amerikaner am Strande aus, brachten Geschütze, legten Schützengräben an, arbeiteten sich an den fast senkrechten Bergwänden hinauf. Unzweifelhaft hatten sie es darauf abgesehen, die Holtzbai mit starker Truppenmacht anzugreifen.

Der Nebel zog wieder einen Vorhang über diese Szene, doch jetzt waren Nikolai und Makar unwillige Führer. Beängstigend drang das Jaulen der schweren Geschosse durch den Nebel. Einmal sahen sie, wie drei Japaner auf Bahren ins Lager getragen wurden, doch gab es vorläufig noch wenig Verwundete. Die Feinde waren noch weit voneinander getrennt, und bei diesem Licht konnte man kaum Stellungen wahrnehmen und auf sie zielen. Immerhin, nach langen Monaten des Wartens sah man jetzt doch die Amerikaner – sie hatten Attu nicht vergessen. Aber würde es ihnen gelingen, ihre Feinde, die sich bereits in hundert Höhlen und Unterschlupfen längs der Küste und in den Bergen festgesetzt hatten, auszugraben? Den ganzen Tag über ging das schwere Artilleriefeuer über die Köpfe der Marschierenden hinweg, ohne ihnen sonderlich gefährlich zu werden; erst mit Einbruch der Dunkelheit setzte das Feuer aus.

Schon in den Wirren des ersten Tages hatten Nikolai und Makar etwa ein Dutzend Attu-Leute gesehen, die auch zu Führerdiensten gezwungen worden waren. Jetzt, da der Krieg auf die Insel gekommen war, konnte man nicht mehr daran zweifeln, dass für solche Führer der geringste Irrtum, er mochte unterlaufen oder beabsichtigt sein, tödlich werden musste. Die Japaner zeigten sich über diese Landung, die sie für unmöglich gehalten hatten, völlig verstört. Sie argwöhnten Verrat und beobachteten misstrauisch jede Bewegung ihrer Führer.

Die Attu-Leute erwogen alle Möglichkeiten, zu den Amerikanern hinüberzugelangen, doch hatten sie immer Jap-Offiziere im Rücken – fühlten geradezu die schussbereiten Revolver in ihrem Genick. Nachtsüber wurden die Führer an Armen und Beinen gefesselt. Am Morgen mussten sie erst eine Weile herumtaumeln, um das Blut in ihren tauben Gliedmaßen zum Zirkulieren zu bringen.

Noch immer lag Nebel über der Insel, aber das durchsickernde Morgenlicht verlieh allen Bewegungen eine geisterhafte Unwirklichkeit. Schon in der frühen Dämmerung setzte Gewehrfeuer zwischen einzelnen Trupps ein. Die Gegner hatten sich dichter aneinander herangearbeitet. Die japanischen Gewehre ließen ein schrilles surrendes Geräusch hören, auf das die tiefere Stimme, das dumpfe Bellen der amerikanischen Gewehre, antwortete. Als die Geschütze sich einmischten, gab es Echos von den Felsen, die, kaum verklungen, vom Widerhall der nächsten Salve weitergetragen wurden.

Bald nach Sonnenaufgang hob sich plötzlich der Nebel, und das ganze Schlachtfeld lag in scharfen Umrissen klar in der kalten Luft. In jäher Wut begannen die schweren Schiffskanonen zu dröhnen. Maschinengewehre spürten einander in den engen Seitentälern auf und ließen sich auf rasende Duelle ein. Und nun wurden auch die seltsamen Kriegsvögel sichtbar, von denen man den Aleuten erzählt hatte und an die sie kaum hatten glauben wollen, sie fegten über das Schlachtfeld hin, ihre eisernen Eier abzuwerfen. Wo immer sie auftauchten, spritzte Land auf wie in jähen Eruptionen kleiner Vulkane. Die Aleuten waren von dem Dröhnen und dem Beben der Luft wie benommen. Unfasslich schien es, dass man da am Leben blieb und dass Offiziere in aller Gelassenheit Anweisungen gaben und Männer, diese Kommandos zu befolgen, umhergingen, als hätten sie von jeher in solchem Tumult gelebt.

Den ganzen Tag über tobte der Kampf um den Besitz eines hochgelegenen Sattels zwischen zwei Bergen. Von diesem Sattel aus konnte man einerseits die Küstenstrecke, auf der die Amerikaner gelandet waren, unter Feuer halten oder das große Japanerlager in der Holtzbai beschießen. Schließlich arbeiteten sich die Amerikaner quer über die verschneiten Hänge den Bergrücken hinauf. Von unten aus sah man ihre winzigen Silhouetten, die sich vom Schnee abhoben. Die dunklen Gestalten hatten etwas Unwirkliches an sich. Kleinen Puppen glichen die Kämpfenden, die Granaten auf andere kleine Puppen warfen. Ihre Bewegungen waren blitzschnell, die Gewehre, auf die Bajonette aufgesetzt waren, sahen auf dem weißen Schneehintergrund wie schwarze Striche aus.

Schweres Geschütz der Japaner belegte von der Holtzbai herüber das Gelände. Die Granaten explodierten über den kämpfenden Puppen, die Figürchen fielen oder wurden grotesk in die Luft gehoben und lagen dann regungslos im Schnee verstreut. Die japanischen Granaten ergossen ihre Sprengstücke gleicherweise über Feinde und eigene Leute. Doch als dieser kurze Kampf geendet hatte, hielten die Amerikaner die Höhe, und die Japaner zogen sich zurück. Vom Tal aus hatte der bittere Kampf wie ein fantastisches Spiel ausgesehen, doch als dann die Sanitäter die Verwundeten dieses ersten Zusammenpralls anschleppten, wurde die grausame Wirklichkeit des Krieges spürbar.

Und die ganze Zeit über erwartete man jähen Nebeleinfall. Auch wo die Japaner nahe am Feind waren, mussten die Attu-Leute in ihrem Dienst bleiben. Schon beim ersten Zusammenstoß gingen zwei eingeborene Führer verloren. Sie hatten nicht am Kampf teilzunehmen, aber hatten bereitzustehen, falls Nebel einfiele. Verängstigt lagen sie regungslos im Schnee. Als dann Rückzug befohlen wurde, konnten sie sich auf ihren erfrorenen Beinen nicht bewegen. Die Japaner ließen es nicht darauf ankommen. Ob diese Eingeborenen sich nur lahm stellten, wusste man nicht, aber in die Hände des Feindes durfte man sie nicht gelangen lassen. So wurden sie einfach niedergeschossen – die ersten Inselleute, die im Kampf um Attu fielen.

Aber noch immer kam kein Nebel, und schon in der ersten Dämmerung setzte der Kampf um die Höhenstellungen wieder, diesmal in breiterer Front, ein. Besonders um die Hänge des höchsten Gipfels, der seither den Namen Bloody Point führt, wurde bitter und erbarmungslos gekämpft, Gefangene wurden nicht gemacht. Über die ganze Szene waren Löcher, die man in den Schnee gegraben hatte, verstreut. In diesen Schneegräbern verendeten Soldaten, teils durch Feuer oder im Bajonettkampf niedergestreckt, teils von der eisigen Kälte erledigt. Im Augenblick, in dem das Leben aus einem Menschen wich, erstarrte er durch den Frost in der letzten Gebärde seines Todeskampfs. Den Aleutenleuten schien es unfasslich, warum man um einen kleinen Schneeberg so verzweifelt kämpfte, wenn doch derartige Berge zu hunderten ringsum lagen. Doch dies war eben der Punkt, der das lang gestreckte Tal, den Zugang zur Holtzbai, beherrschte.

Auch als Nebelschleier die Kämpfenden einhüllte, setzten die Amerikaner ihren Vormarsch fort. Von Höhle zu Höhle, von Erdloch zu Erdloch wurde das Gelände abgesucht, zäh ging die grausame Arbeit der Handgranaten und Bajonette weiter. Der Nebel unterwarf, dass man Freund von Feind unterschied, oft dem schieren Zufall.

Eine Stunde vor Sonnenuntergang trat einer dieser unvorhersehbaren Wechsel ein, die der Krieg mit sich bringt. Wie ein Vorhang hob sich die Nebelwand. In Trupps zu hunderten sah man Japaner in langen Kolonnen den Hang hinaufziehen. Offenbar versuchten sie, vom Nebel gedeckt, einen geordneten Rückzug gegen Süden, auf Massakerbai zu. Jetzt waren sie plötzlich voll in Sicht, und die Geschütze eröffneten vom gegenüberliegenden Hang her ihr Feuer. Flugzeuge kreuzten auf dem plötzlich klaren Himmel. Tief gingen sie herab, richteten auf die Kolonnen Maschinengewehrfeuer, ließen Bomben herabregnen. Noch vor Einbruch der Dunkelheit war die Holtzbai und das umliegende Gelände für die Japaner verloren. Schwerer fiel der Verlust einiger hundert Mann ins Gewicht, unter denen sich drei weitere aleutische Pfadweiser befanden.

Doch bevor man die japanische Basis in der Massakerbai stürmen konnte, musste die kleinere Saranabai vom Feind gesäubert werden. Die Amerikaner waren durch ihre schweren Verluste und durch die langen Leiden, die sie auf dem schlimmsten Schlachtfeld der Welt hatten erdulden müssen, zu äußerster Wildheit und Bitterkeit gereizt. Die Japaner ihrerseits kämpften nach dem Verlust der Holtzbai und fast aller Truppen, die dort gestanden hatten, mit der Wut der Verzweiflung. Zum ersten Mal sahen sie sich auch hier der Möglichkeit der Niederlage gegenüber. Der Rückzug von Attu war ihnen abgeschnitten. Jetzt war töten oder getötet werden die grausame Wahl; der Ausweg, sich zu ergeben, schien ihnen undenkbar, war wohl für sie dem Getötetwerden gleich.

Als sich der Schlachtenlärm dem Platz näherte, an dem Wanka und Lyoff sich verbargen, kamen sie aus ihren Verstecken hervor, um zu horchen. Selbst aus einiger Entfernung war das Dröhnen der Schlacht atemraubend. Noch nie war dergleichen über Attu zu hören gewesen. Und wie sie so dastanden und lauschten, lüpfte der Widerprall der schweren Einschläge ihnen sacht die Hüte von den Stirnen, ließ sie wieder niedersinken. Ein gespenstisches Gefühl – auch wenn man nicht verstand, wie dies zu Stande kam, musste man doch begreifen, welch ungeheure Kräfte hier tobten.

Von ihrem Verstecke aus hörten sie das Anschwellen und Absinken des Kampflärms. Auch als wieder Nebel einfiel, setzte der Kampf nicht aus, doch war sein Widerhall jetzt gedämpft. Wanka und Lyoff hatten nicht vergessen, wie man ihre jungen Frauen als Geisel weggeschleppt hatte. Dass sie zwei japanische Schafräuber erledigt hatten, genügte ihnen nicht. Nun wollten sie Rache nehmen. Da die Amerikaner jetzt wirklich gekommen waren, musste man ihnen auch helfen. Sie waren enttäuschend lang fortgeblieben, aber sie waren doch die einzigen Freunde, die je von Übersee auf diese Insel gekommen waren.

Nachdem die beiden lange genug den heranrollenden Kampflärm belauscht hatten, sagte Lyoff ernst: »Ich denke, wir kommen Amerika zu Hilfe.«

»Helfen wir Amerika«, entschied Wanka.

Aus ihrem sicheren Versteck herauszukommen und sich in einen so unfasslichen Krieg zu stürzen, war ein heroischer Entschluss. Mit Bogen und Pfeilen bewaffnet, Säcke mit Vorräten auf dem Rücken, traten sie den Marsch in der Richtung auf das Feuer an. Im dichten Nebel marschierten sie schnellfüßig, sooft aber der Himmel sich klärte, tasteten sie sich nur von Deckung zu Deckung weiter. Da sie ja nicht wussten, wie sich der Kampf im Gelände abspielte und wo die Gegner standen, musste man auf der Hut sein, einfach in ein Lager der Feinde hineinzulaufen.

Als sie sich dann dem Kampfgebiet näherten, wechselten sie Blicke, und beide hatten wohl den gleichen Gedanken. Die Versuchung, von hier zu verschwinden, war sehr groß. Wie sollten Menschen in solchem Chaos leben? Jeder las die Panik im Gesicht des andern.

Schließlich sagte Lyoff: »Es ist doch unser Zuhause.«

»Es ist unser Zuhause«, bestätigte Wanka.

So gingen sie weiter, umkreisten schwarze Bergwände, mieden sorglich die Küste. An einer Bergwand lagerten sie sich im Nebelschutz hinter einer Deckung und warteten wieder auf klare Sicht. Als es am späten Nachmittag aufklarte, hatten sie Sicht auf die Holtzbai hinab. Überall wimmelte es von Menschen. Aus den schwarzen Mündungen der Geschütze pufften Rauchwolken auf. Zum ersten Mal sahen die beiden die grässlichen, von Menschenhand angefertigten Kriegsvögel, die über fernen Hängen kreisten. Auch den beiden schien es, dass die Erde sich, wo immer solche Vögel über sie hinwegzogen, auftat, als brächen Vulkane aus. Lähmend war die ungeahnte Wucht und Ungeheuerlichkeit des Krieges. Hilflos und beschämt blickten sie auf ihre Bogen und Pfeile. Was für Kinderspielzeug war das doch!

Plötzlich entschied Wanka: »Ich meine, wir gehen da hinunter.« Und sogleich begann er den Hang hinabzuschreiten.

»Wart, Wanka!« Lyoff, der Vorsichtigere, war seiner Sache nicht so sicher. »Vielleicht laufen wir in den Feind hinein.«

»Doch, es ist die Flagge«, schrie Wanka zurück. Und er machte sich wieder auf den Weg, und Lyoff folgte.

Als sie an den Strand herankamen, begannen sie zu rennen. Plötzlich standen ihnen zwei Männer gegenüber, versperrten ihnen den Weg. Die Männer hatten Gewehre, auf die lange funkelnde Messer aufgesetzt waren.

»Was sind denn das für Idioten?« Der Mann hob sein Gewehr, als wolle er jeden Augenblick schießen.

»Sieh dir das an, Joe«, schrie der andere. »Pfeil und Bogen! Das glaubst du nicht!«

»Donnerwetter, Höhlenmenschen.« Er wandte sich Lyoff zu. »Wer seid ihr?«

»Männer von Attu. Wir helfen Amerika, denke ich.«

»Du lieber Himmel, Bill, wir haben Verbündete gekriegt!« Die beiden lachten. »Die Pfeil- und Bogenbrigade rückt an.« Er wandte sich wieder Lyoff zu. »Wie viele seid ihr?«

»Nur wir zwei«, gestand Lyoff betrübt. »Andere Attu-Leute tot. Japs geschossen, kann sein.«

»Das glaub ich gern, schaut diesen Teufelszwergen ähnlich. Los, kommt mit. Wir gehen zum Captain. Weiß zwar nicht, was er mit euch anfangen soll, aber kommt jedenfalls mit. Sag übrigens, wieso redest du amerikanisch?«

»Patrouillenleute oft herkommen«, erklärte Lyoff.

»Jetzt versteh ich! Daran hab ich gar nicht gedacht. Die Inseln waren ja seit Jahren patrouilliert. Du bist ja sozusagen ein Amerikaner.«

»Seit langem haben amerikanische Flagge«, erklärte Lyoff stolz.

Der junge Soldat lächelte. »Haben dich erst für einen Spion gehalten, oder so was, aber mir scheint, ihr seid okay. Soll der Captain entscheiden.«

Nachdem Wanka und Lyoff den Captain überzeugt hatten, dass sie richtige Einheimische und nicht Spione der Japaner waren, fragte der: »Aber was könnt ihr in einem solchen Krieg tun?« Und er besah sich die Pfeile und Bogen.

»Wir kennen alle Plätze beim Strand«, erklärte Lyoff. »Wir finden auch im Nebel.«

Der Captain wurde ernst. »Das kann nützlich sein.« Er rief einen Soldaten heran: »Bringen Sie diese beiden Attu-Leute zur Feldküche. Sehen Sie zu, dass sie versorgt werden. Die haben einen langen Weg hinter sich.«

Höchst befremdlich war es, inmitten einer solchen Menge von Menschen zu sein. Nie hatten Wanka und Lyoff so viel Menschen beisammen gesehen. Alle schienen fieberhaft beschäftigt, rannten umher, ohne ihre Gewehre wegzulegen. Gewiss konnte man mit so vielen Menschen und so erstaunlichen Waffen selbst den zähesten Feind niederzwingen. Doch dann senkte sich Nebel und Dunkelheit herab, und der Kampflärm ließ nach, erstarb schließlich ganz.

Am Morgen lag dichter Nebel über Land und See. Die Leute waren abgekämpft, hatten unter der Kälte, dem Nebel und der Mühsal an den steilen Hängen gelitten. Sanitäter brachten Verwundete von den Kämpfen des Vortags ein. Das mühselige Schleppen im tiefen Schnee, das Herausholen der Verwundeten, die man oft mit Hackmessern aus dem eisigen Harsch lösen musste, hatte die Nerven der Bahrenträger hart beansprucht. Der ungewohnte jähe Wechsel von Nebel und klarer Sicht durchkreuzte alle Pläne und Anordnungen. Noch nie hatte man in solchem Gelände, in solch einem Klima Krieg geführt.

Der Morgen ging vorbei, und noch immer schoben sich neue Nebelbänke von der See heran. Die Mannschaften waren der Erschöpfung nahe, und noch immer wollte der Kampf nicht nachlassen. Jedes Abwarten war für sie eine Qual, und wenn auch nur wenig Boden gewonnen wurde, so hatte man darin doch einen Gewinn an Selbstbewusstsein, an dieser unfasslichen Kraft, die man die Moral des Soldaten nennt.

Patrouillen wurden zusammengestellt, zu denen sich die Rastlosesten und jene meldeten, die über den Verlust von Kameraden am tiefsten erbittert waren. Das war die Chance für die beiden Attu-Leute, die fast magisch den Weg selbst durch dichtesten Nebel fanden. Sie wurden als Führer, um Unterschlupfe der Japaner aufzuspüren, in weiße Tarnmäntel gesteckt. Im milchweißen Nebel, auf weißer Schneefläche, bewegten sie sich wie Geister.

Die Soldaten dieses hochtechnisierten Krieges lächelten natürlich, als sie sahen, wie Wanka und Lyoff wieder nach Pfeil und Bogen griffen. Und doch boten diese handgemachten vertrauten Waffen den beiden Männern ein Gefühl der Sicherheit, das ihnen das beste Gewehr nicht hätte verschaffen können.

So machte man sich auf den Weg nach der Saranabai, Lyoff als Pfadweiser einer, Wanka einer anderen Gruppe. Bald gelangten sie aus dem schneefreien Felsengebiet auf Terrain, das, gegen den Sattel zu, schwer zu begehen war: Der Schnee war hier trocken und knisterte unter den Sohlen. Wenn die Japaner daran dachten, diese Stellung zu verteidigen, dann mussten sie sich auf dem Höhenkamm eingenistet haben. Die Soldaten erklärten Lyoff und Wanka, was man erwarten musste. Die Feinde waren unberechenbar, verkrallten sich zuweilen in eine belanglose Stellung, zogen sich manchmal auch überraschend zurück.

Lautlos, in äußerster Spannung, bewegten sich die Trupps weiter. Immer noch wallten Nebel über die Insel. Wenn sie sich plötzlich hoben, konnte man in eine sehr bedenkliche Lage kommen und unerwartet dem Feind ein Ziel bieten. Auch der erfahrenste Krieger konnte nicht voraussehen, was der nächste Augenblick brachte.

Bedachtsam folgten die Leute Lyoff, der wie ein Geist durch Nebel und über Schnee dahinschwebte. Einmal machten sie einen Augenblick halt, und in das Schweigen hinein war ein zirpender Laut zu vernehmen. Während alle noch den Atem anhielten, tauchte Lyoff aus dem Nebel auf. Geisterhaft winkend rief er sie näher. Nach ein paar Schritten blieb er stehen, wies auf etwas. In atemloser Spannung näherten sich die Leute, bildeten einen Kreis. Zu ihren Füßen lag ein Japaner, in sein Schneeloch geduckt, das Gesicht in der Armbeuge vergraben, als schämte er sich, solchermaßen von dem verachteten Feind überwältigt worden zu sein. Aus seinem Hals ragte einer von Lyoffs eisengespitzten Pfeilen.

Als Lyoff den kostbaren Pfeil aus der Wunde zog, regte sich der Japaner. Im nächsten Augenblick war Lyoff über ihm, bearbeitete ihn mit unerwarteter Wut, stach mit dem Messer auf ihn ein.

»Hör einmal, du«, sagte einer der Soldaten, »du kannst die Japs aber gar nicht ausstehen, was?«

»Das für Pascha und Elena«, erklärte Lyoff noch wutbebend.

»Sind das Freunde von dir?«

»Frau von Wanka und meine Frau.« Es kostete ihn Mühe, die Stimme zu senken.

»Und was ist denen passiert?«

»Japs fortnehmen Pascha und Elena.«

»Verdammt, das ist übel.« Die Soldaten beugten sich über das Schneeloch, in dem der Japaner lag. »Das versteht man. Dafür holst du dir ein paar von denen. Brauchst gleich noch einen?«

Lyoff nickte. Wenn diese Wut ihn wieder überkam, konnte er zu schreien beginnen, und das würde die ganze Truppe gefährden. Wortlos verschwand er wieder in den Nebel.

Kurz nachher hörten die Soldaten wieder Lyoffs Pfeil schwirren, und einer meinte: »Da hat wieder einer in den Schnee gebissen.«

Sie warteten einen Augenblick, aber Lyoff kam nicht zurück. Nach einer Weile schickten sie sich an, ihm vorsichtig zu folgen. Man hatte es mit einem Feind zu tun, der Fallen zu stellen wusste.

So kamen sie zu einem zweiten Schneeloch, in dem ein toter Japaner lag. In schweigender Verwunderung zogen die Leute weiter. Noch ein solches Loch, wieder eines und wieder: und alle besetzt mit den stummen Zeugen von Lyoffs Rache.

Seltsam, nun war Lyoffs Waffe die beste, die man sich nur ausdenken konnte. Sein Tarnkleid ermöglichte es ihm, unentdeckt an die Schützenlöcher heranzukommen. Das Schwirren des Bogens war nicht weit genug hörbar, um die Japaner in den anderen Schützenlöchern zu alarmieren. Kein Blitz und kein Knall eines Schusses verrieten ihn. Solang dieser Nebel vorhielt, war seine Kampfmethode die beste.

Mit wachsendem Staunen zogen die Leute von Schützenloch zu Schützenloch. Eine Ein-Mann-Armee führte da Krieg, war nicht auf Hilfe von Kameraden angewiesen. Die folgten seiner Spur wie unbeteiligte Beobachter.

Und plötzlich stand Lyoff wieder leibhaftig vor ihnen, hatte sich wie ein Geist aus der Luft materialisiert. Seine Stimme klang enttäuscht: »Keine Schneelöcher mehr. Japs aus.« Entmutigt schüttelte er den Kopf.

Offenbar waren nicht mehr Leute auf diesem Höhenkamm postiert gewesen. Es war eine wichtige Schlüsselstellung, Zugang zum nächsten Tal. Der Sergeant gab Meldung zurück nach Holtzbai. Jetzt konnte man gefahrlos Leute heraufschicken – eine geschlossene Truppe. Hier war die Verteidigungslinie durchbrochen, von hier aus konnte man bis Saranabai durchstoßen.

Ungeduldig warteten die Männer. Als die Verstärkung eintraf, wurde der Abstieg über den Südhang angetreten. Eine halbe Stunde lang kam man rasch vorwärts, dann lief man mitten ins helle Sonnenlicht hinein. Die Tücken des Nebels waren fast noch unberechenbarer als die des Feindes.

Und sofort flammte der Kampf wieder auf. Japanische Schützennester gaben Maschinengewehrfeuer. Einzelposten ließen sich nur schwer aus Schützenlöchern und Felsspalten herausholen. Hier war der Kampf zäher und erbitterter als auf dem Gipfel und zu Beginn des Abstiegs. Auch schienen die Feinde zu fühlen, dass hier die Entscheidung in diesem wilden Kampf um Attu fiel. Als sich das Dunkel auf die Hügel rings um Saranabai herabsenkte, war auch dieser Teil der Insel erobert.

Unten berichteten die Soldaten von Lyoffs Einzelkrieg oben auf dem Berghang. Der Oberst sagte: »Aus dem würde ich einen Korporal machen oder sogar einen Sergeant, wenn er ausgebildet wäre. Gebt ihm vorläufig eine Uniform und einen Stahlhelm.«

Lyoff war von dieser Pracht entzückt, wollte sich aber keinesfalls von seinem Bogen und seinen Pfeilen trennen, diesen Pfeilen, die er nach Aleutenart wieder aus dem Opfer herausgezogen hatte.

Die Lage der Japaner, die jetzt auf einem schmalen Abschnitt der Insel zusammengedrängt waren, war hoffnungslos. Und doch dachten sie nicht daran, sich zu ergeben. Selbst kleine Abteilungen von drei oder vier Mann, die von der Haupttruppe abgesprengt waren, streckten nicht die Waffen. Immer kämpften sie bis auf den letzten Mann und forderten ihren Feinden noch schweren Blutzoll ab. So fanatisch war dieser Feind, dass die Soldaten, erschöpft und bedrückt, sich zu fragen begannen, ob man jemals mit ihm fertig werden könne.

Bahrenträger brachten Verwundete von den Berghängen herab. Auch sie waren von ihrer schweren Arbeit in einem Klima voll jäher Wechsel, vom Manövrieren in Schnee und Schlamm und über Steilhänge erschöpft. Männer, die noch vor einer Woche hochgemut in den Kampf gezogen waren, sahen alt und müde aus, als hätten sie einen monatelangen Feldzug hinter sich.

Und Wanka wurde mit den Verwundeten eingebracht. Als sich der Nebel plötzlich hob, hatten die Feinde ihn erwischt. Als Lyoff sich ihm in der neuen Uniform zeigte, betrachtete Wanka ihn mit freudigem Staunen. Gut, dass die Amerikaner jetzt wussten, welch beherzte Männer die Leute von Attu waren.

Es war eine seltsam stille, klare Nacht, weder Nebel gab es noch Regen oder Wind. Eine unheimliche Stille – keine feindlichen Angriffe, nicht einmal der fernste Widerhall eines Schusswechsels zwischen Vorposten. Ein Unbehagen überkam die Offiziere. Unnatürlich war diese Stille. Solchem Frieden war, solange feindliche Abteilungen so nahe waren und die Nacht für einen Angriff günstig war, nicht zu trauen. Ein General bemühte sich um telefonische Verbindung mit einem Oberst. Ein Oberst in vorgeschobener Stellung suchte Verbindung mit einem Sergeant auf Feldwache. Keine Antwort. Die Verbindungen waren durchschnitten.

Eine Truppe wurde aus der Rast geholt, mit Granaten und Munition kampffertig gemacht. Vergnügt waren die Leute gerade nicht, dass sie in solch kalter Nacht aus dem Schlaf geholt wurden. Musste man wirklich zu solch gottloser Stunde einen Angriff unternehmen? Doch niemand konnte sich selbst die Spannung erklären, dieses Atemanhalten in der Stille vor dem Sturm.

Dann kam aus der Ferne wirres Geschrei, schrill, wie von erschreckten Frauen. Und schon knallten mitten in das Geschrei hinein Schüsse.

Kaum war dort das Kampfgetümmel verstummt, da erneuerte es sich im Nordwesten: Schüsseknattern, das gleiche schrille Geschrei. Die Dunkelheit ließ die Stimmen geisterhaft erscheinen. Die Männer standen bereit, fassungslos, unsicher.

»Japs kommen! Schießen! Japs! Viele Japs! Mit Speeren!«, schrie eine Stimme – eine Stimme in fremdem Akzent.

Jetzt gellten die durchdringenden schrillen Schreie durch das Lager. In großer Zahl kamen die Japaner angestürmt, tauchten gespenstisch aus dem Dunkel auf. Ihr hysterisches Kampfgeschrei wirkte lähmender als der Überfall selbst. Mit Bajonetten stürzten sie sich auf die Leute im Lager, ein zum Äußersten entschlossenes Selbstmordkommando, bereit, zu töten oder getötet zu werden.

Die Soldaten feuerten, wo immer sich ihnen ein Ziel bot, aber in solchem Durcheinander von Freund und Feind boten die Schusswaffen keinen Vorteil. Mit Handgranaten und Bajonetten stürzte man aufeinander los, Mann gegen Mann, hilflose Schreie klangen vom Sanitätsplatz herüber, wo man die Verwundeten untergebracht hatte. In jäher Wut stürzten die Leute dahin, ihre Verwundeten zu schützen. Dieser Kampf war, von beiden Seiten, eine wilde Raserei, ein primitives Gemetzel von Hand zu Hand, entfesselte Mordgier. Erst in der Morgendämmerung wurde es einigermaßen möglich, den Feind zu erkennen und wieder zu den Schusswaffen zu greifen. Allmählich gelang es, die letzten Japaner aus dem Lager abzudrängen. Und als diese Menschen einsehen mussten, dass ihre Lage hoffnungslos geworden war, taten sie etwas Furchtbares. Jetzt wandten sie ihre Messer und Handgranaten gegen sich selbst. Ergebung war eine Schande, die ein Mann nicht ertragen konnte. Eine Lehre, tief in ihre Herzen eingeprägt, zog diesen letzten Schluss: Sie wählten das bessere Geschick, wenn sie sich töteten, nun, da das Schicksal gegen sie entschieden hatte.

Im ganzen Lager ging, wer noch über seine gesunden Glieder verfügte, daran, den Verwundeten zu helfen, auch jenen, denen keine wirkliche Hilfe mehr gebracht werden konnte. Soldaten waren in ihren Schlafsäcken überrascht und getötet, Verwundete niedergemetzelt worden. Ein schauriger letzter Akt des Dramas, ein Ausbruch des Irrsinns. Als die Japaner wussten, dass sie geschlagen waren, hatten sie sich mit diesem letzten fanatischen Willen auf die Lager gestürzt.

Als man für die eigenen Leute gesorgt hatte, begannen die Amerikaner das Gelände abzusuchen. Überall lagen tote Japaner in grotesken und fantastischen Stellungen. Der selbstgewählte Tod, den sie sich mit Granaten und Bajonetten zugefügt, hatte hunderte von Leichen hinterlassen.

Lyoff, der sich den Soldaten angeschlossen hatte, fand Nikolai und Makar, die getötet worden waren, nachdem man sie gezwungen hatte, bei dem nächtlichen Überfall als Führer zu dienen. Unzweifelhaft waren sie es gewesen, deren Warnungsrufe man gehört hatte. Mehrere Soldaten bestätigten, dass sie diese mit fremdem Akzent ausgestoßenen Alarmschreie gehört hatten: »Japs kommen! Schnell schießen!« Es musste den beiden klar gewesen sein, dass sie eine solche Warnung sogleich mit dem Leben zu bezahlen hatten, aber sie hatten ihr Bestes getan. Es konnte keine Frage darüber geben, ob Nikolai und Makar unter den Gefallenen der Amerikaner eingereiht werden sollten.

Viele im Hauptlager der Japaner hatten Selbstmord begangen. Den Verwundeten hatte man Gift verabreicht. Selbst Ärzte und andere Kriegsbedienstete hatten sich in der Stunde ihrer Verzweiflung erschossen.

Die Rückeroberung von Attu war nun vollendet. Einige Tage lang wurden noch versprengte Trupps von Japanern in den Bergen aufgespürt. Sie leisteten Widerstand und mussten vernichtet werden. Als die große Abrechnung kam, waren von den zweitausenddreihundert Japanern, die Attu besetzt hielten, nur vierzehn in Gefangenschaft. Und diese paar Leute, die zu schwach, zu benommen gewesen waren, Widerstand zu leisten oder sich selbst zu vernichten, schienen kaum zu begreifen, was geschehen war. Als sie es schließlich erfassten, baten sie ernsthaft, man möge ihre Namen nicht aufzeichnen, damit ihre Familien nie erführen, dass die größte, die unauslöschliche Schande sie getroffen hatte.

Genau ein Jahr nach seiner Landung war dieser zähe Feind vernichtet. Aber Attu war wie eine Hülse – leer, eine Insel ohne Menschen.

Tagelang suchte Lyoff nach Spuren seiner Landsleute. Er wanderte von Bucht zu Bucht, ging Felsgalerien ab, Berge und Täler, aber nichts hatte der Feind hinterlassen, was auf das Schicksal seiner Gefangenen hingewiesen hätte. Kein anderer Aleute war auf Attu am Leben geblieben. Er wanderte zu dem alten Dorf hinüber, wo sein Volk seit ungezählten Generationen gelebt hatte. Die Häuser waren zu Ruinen verfallen, zerstört vielleicht durch Bomben, vielleicht durch Beschuss von den Kriegsschiffen her. Vielleicht hatte man die kleinen geduckten Hütten irrtümlich für ein feindliches Lager gehalten. Vielleicht war die Verheerung in Nacht und Nebel ziellos über das Dorf hereingebrochen.

Man bot Lyoff an, ihn zu seinen Landsleuten zu bringen, die aufs Festland geschafft worden waren. Unerträglich einsam musste doch dies Leben sein, weit und breit ohne einen Menschen seines Volkes – vielleicht auf tausend Meilen im Umkreis ein letzter Mensch. Lyoff erwog lange, überlegte hin und her, konnte sich aber nicht entschließen. Die uralte Anhänglichkeit an die Heimatinsel war noch wirksam in ihm.

Eine Weile lang hauste er bei den Soldaten in der Massakerbai. Doch schien ihm jetzt, so freundlich man ihm auch begegnete, wieder zu Bewusstsein gekommen zu sein, wie fremd diese Umgebung war. Oft wanderte er einsam durch die Täler, hing den Erinnerungen an vergangene Zeiten nach. Erlebtes und Überkommenes mischten sich in seinem Gedächtnis. Hier, in dieses Tal, waren die Mädchen alljährlich gezogen, um Beeren zu pflücken. Fröhlich war es dabei zugegangen, bis zu jenem schlimmen Tag, da die ersten russischen Pelzhändler hierher gekommen waren und die Mädchen auf ihr Schiff verschleppt hatten.

Und durch dieses Tal waren die Russen dann gezogen, selbstsicher und sorglos, um gegen die Mauern des neuen Dorfes anzurennen. Doch ein alter Häuptling hatte den Feind listig näher und näher gelockt, bis die Verteidigung einen mörderischen Pfeilregen niederprasseln ließ. Keiner war von diesem Marsch zurückgekommen. Doch im nächsten Jahr waren die Russen zurückgekehrt, hatten eine neue Art ausgedacht, den Wall zu sprengen, hatten eine Bresche geschlagen und fast alles Volk auf Attu ausgerottet.

Dann hatte ein furchtbarer Ausbruch des Vulkans, der so lange erloschen schien, das neue Dorf begraben, und eine Schicht von

Asche und Lava hatte das Beerenfeld überzogen. Und wieder lange nachher hatten Amerikaner und Japaner hart um dieses Tal gekämpft. Alter Boden war das – ein düsteres Tal, verlassen nun, nachdem Gier und Rachsucht die Menschen ausgetilgt hatten.

All das stand vor Lyoff, wenn er das unheilsschwere Gelände abschritt. Kam er dann längere Zeit nicht ins Lager zurück, so hielten Soldaten nach ihm Ausschau. Sie fanden ihn dabei, wie er dicht neben den Ruinen des alten Dorfes ein neues kleines Haus baute. Aus den jämmerlichen Resten versuchte Lyoff eine neue Wohnstätte zu errichten. Das war ein trauriges und einsames Arbeiten, aber niemand brachte es übers Herz, es ihm auszureden. Hier hatte er sein Leben verlebt, nur hier würde er jemals glücklich sein. Wenigstens einer aus dem Dorf war am Leben geblieben.

An sonnigen Tagen sah man ihn zwischen den Klippen am alten Hafen. Stundenlang konnte er dort sitzen und auf das Meer hinausblicken, auf das die Attu-Leute einst fröhlich mit ihren Bidarkas ausgefahren waren. Dies Meer, einst war es die gestaltlose Mutter alles dessen gewesen, wovon die Insel lebte und gedieh. In die Buchten und Lagunen waren die Otter gekommen, hatten hier Nahrung gesucht und in den Salzlagunen ihr Spiel getrieben. Kaum zu glauben, dass die sanften Tiere wieder den Weg hierher finden würden. Auch sie waren ausgerottet bis zum letzten Stamm. Und wenn durch schieren Zufall ein paar besonders scheue, besonders vorsichtige Tiere am Leben geblieben waren, dann hatte sie gewiss das Getöse der Schrapnells und Bomben von ihren bevorzugten Heimstätten vertrieben, zu fernen Ufern.

Wohl möglich, dass Lyoff in diesen Tagen seiner Einsamkeit der Warnungen gedachte, die einst vor Zeiten die alten Häuptlinge gegeben hatten. Er selbst hatte Nak gekannt, der hernach Iwan Garoff hieß, als die Missionsväter auf der Insel waren, und Iwan hatte oft von seinem Vater Kalk erzählt. Dahinter verlor sich die Erinnerung an ältere Häuptlinge im Dämmer – Zip und Zok und

Hig, Männer, die im Nebel ungeschriebener Geschichte untertauchten. Die Warnungen aber, die sie so oft wiederholt hatten, waren hernach auf der Insel eine Tradition geworden.

Ein Jammer war es, dass niemand sie wirklich ernst genommen hatte.

Der Blick des Einsamen ruhte auf den alten Feuerbergen. Der Rauchfaden des Gipfels zog sich hoch, unter dem, in warmen Höhlen, die ehrenwerten Toten von Attu Unterkunft gefunden hatten. In weiter Ferne trieben andere Feuerberge ihre Rauchsäulen himmelwärts. In alten Tagen waren das die Signale gewesen, die mit kühnen Seeleuten bemannte Bidarkas heimwärts wiesen. Die Otterjäger von Attu und Agattu, von Kiska, Tanaga und Atka hatten ihren Pfad über das Meer von solchen Rauchsäulen markiert gefunden. Einverständnis hatte geherrscht, damals, zwischen Menschen und Bergen.

Lyoff, der Letzte von Attu, dachte über diese Geschicke nach. Saß auf dem hohen Riff und blickte in den Sonnenuntergang. Dämmerung war rings um ihn, Dämmerung der Inseln, Dämmerung seines Volkes.

Chronik der Aleuteninseln und ihrer Bewohner

vor 10 000 v. u. Z.

Während der letzten Eiszeit sind Asien und Amerika durch die Beringia, eine weite Steppenlandschaft, verbunden. Als zum Ende der Eiszeit der Meeresspiegel ansteigt, entstehen als Überreste dieser Landbrücke die Aleuteninseln, mit 2000 Kilometern der heute längste Inselarchipel der Welt. Das Klima der aktiven vulkanischen Inselkette ist sehr unbeständig, Regen, Nebel, Schnee und starke Winde sind an der Tagesordnung. Die Vegetation ist karg, es gibt keinen Baumbestand.

10 000–2 000 v. u. Z.

Die Aleuten wandern vermutlich von Sibirien Richtung Alaska und siedeln sich auf den Aleuteninseln an. Ihre Erdbehausungen bieten bis zu hundert Menschen Platz. Sie ernähren sich hauptsächlich von Seelöwen, Walen und Lachs, die Seejagd betreiben sie mit doppelsitzigen Kajaks, Harpunen, Speeren, und Netzen. Die Aleuten sprechen drei Dialekte, die Ähnlichkeiten mit der Sprache der Inuit aufweisen. Sie bezeichnen sich selbst als »Unangan«, den Namen »Aleuten« geben erst die Russen.

1741

Auf seiner zweiten großen Expedition entdeckt Vitus Bering gemeinsam mit Alexej Tschirikow die Aleuteninseln. Bald etabliert sich der lukrative Handel mit Seeotterpelzen. Die russischen, später auch die britischen und amerikanischen Pelzhändler beuten die Aleuten und die natürlichen Ressourcen der Inseln brutal aus. Die Bevölkerungszahl nimmt infolge von Hunger, Gewalt und eingeschleppten Krankheiten dramatisch ab. Lebten 1741 12 000–15 000 Aleuten auf den Inseln, waren es 1780 einige Tausend und um 1800 noch 1200 Aleuten. Um 1800 sind die Aleuten durch die russische Kolonialmacht christianisiert und russifiziert. Die russische Vorherrschaft hält bis ins 19. Jahrhundert an.

1867

Die USA erwerben Alaska und die Aleuteninseln für 7,2 Mio US-Dollar. Durch gezielte Schutzmaßnahmen erholt sich zwar der Pelztierbestand, aber die Ausbeutung der Aleuten und der Tierbestände wird fortgesetzt.

1942

Während des Zweiten Weltkrieges besetzt Japan die Inseln Attu und Kiska, die 42 in Attu verbliebenen Einwohner werden in Hokkaido, Japan, interniert. Die Amerikaner siedeln die Bewohner der anderen Aleuteninseln nach Südalaska um. Viel sterben vor Erschöpfung, Hunger und Krankheit. Im Mai 1943, nach elf Monaten, erobern die USA durch massiven Truppeneinsatz beide Inseln zurück, auf Attu findet eine blutige Schlacht statt. Die Besetzung und Rückeroberung der Aleuteninseln wird in den USA lange verschwiegen und heute als der »vergessene Krieg« bezeichnet.

1969

Auf Amchitka führen die USA Atomtest durch. Friedensaktivisten protestieren 1971 vor der Insel und rütteln die Öffentlichkeit auf. Aus dieser Aktion entsteht die Umweltorganisation Greenpeace.

1988

Nach jahrzehntelangen Bemühungen um Wiedergutmachung spricht die amerikanische Regierung gegenüber den Aleuten eine Entschuldigung aus und leistet Entschädigungszahlungen für die Umsiedlung und Internierung im Zweiten Weltkrieg.

Aleutische und andere Organisationen bemühen sich heute um den Aufbau wirtschaftlicher Strukturen, vor allem durch Fischfang und Tourismus. Die Erforschung und Erhaltung der aleutischen Kultur ist ein weiteres, bereits fortgeschrittenes Vorhaben. Insgesamt leben zweitausend Aleuten in elf Gemeinden auf sieben Inseln, wobei sich die größte Gemeinde mit rund tausend Einwohnern auf den Pribiloffinseln, nördlich der Aleuteninseln, befindet. Attu, seit dem Zweiten Weltkrieg unbesiedelt, ist heute ein Naturschutzgebiet für Seevögel.

Mehr zu den Aleuten finden Sie unter *www.unionsverlag.com*

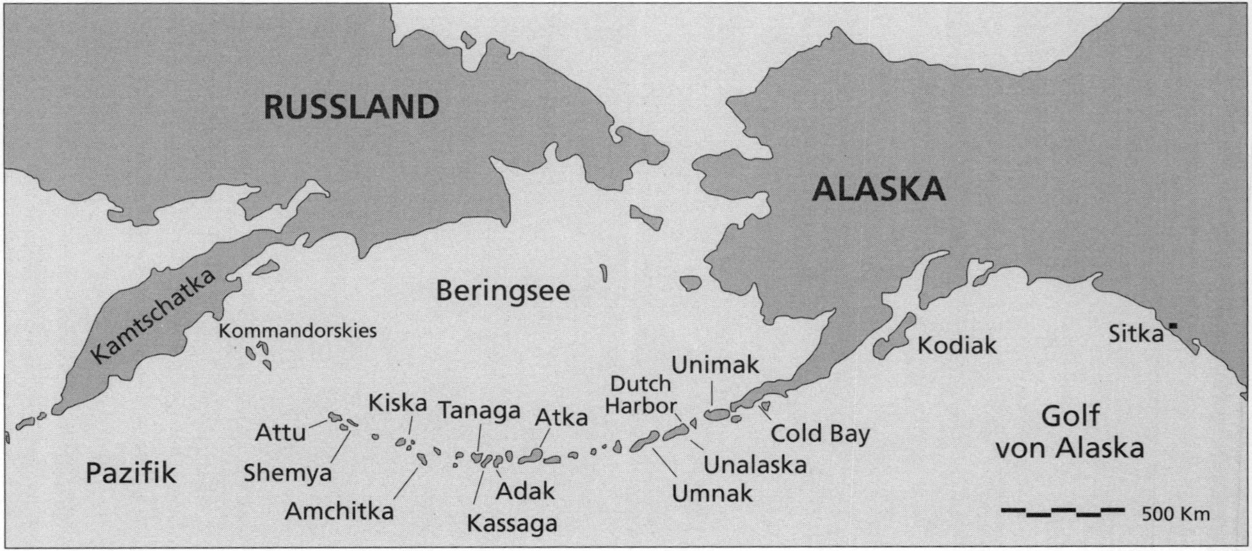
RUSSLAND
ALASKA
Beringsee
Kamtschatka
Kommandorskies
Kodiak
Sitka
Unimak
Dutch
Harbor
Kiska
Tanaga
Atka
Attu
Shemya
Cold Bay
Golf
von Alaska
Pazifik
Unalaska
Umnak
Adak
Amchitka
Kassaga
500 Km